소년탐정 실패하다

이것은 픽션입니다. 모든 이름과 캐릭터와 장소와 사건들은 저자의 상상력의 산물입니다.
혹시 실재하거나 실재했던 인물, 혹은 실제 있었던 사건과 유사한 점이 있다고 해도 그것은
전적으로 우연의 일치라는 점을 밝혀둡니다.

소년탐정 실패하다

지은이 / 죠 메노
옮긴이 / 김현섭
펴낸이 / 조유현
편 집 / 이부섭
디자인 / 박민희
펴낸곳 / 늘봄

등록번호 / 제1-2070 1996년 8월 8일
주소 / 서울시 종로구 동숭동 19-2
전화 / 02)743-7784
팩스 / 02)743-7078

초판발행 2012년 5월 10일

ISBN 978-89-6555-011-2 03840

BOY DETECTIVE FAILS by Joe Meno
Copyright ⓒ 2006 by Joe Meno
All rights reserved.
Korean translation rights ⓒ 2011 by Nulbom Publishing
Korean translation rights arranged with Akashic Books/Punk Planet Books , New York
(www.akashicbooks.com) through Amo Agency, Seoul, Korea.
이 책의 한국어판 저작권은 아모 에이전시를 통해 저작자와 독점 계약한 늘봄에 있습니다.
신 저작권법에 의해 한국 내에서 보호를 받는 저작물이므로 무단 전재와 무단 복제를 금합니다.

※ 값은 표지에 있습니다.

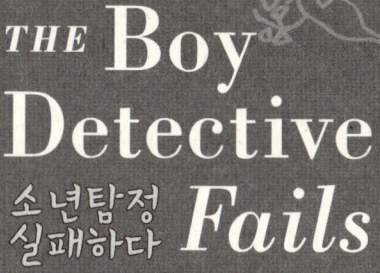

THE Boy Detective Fails

소년탐정
실패하다

죠 메노 지음
(넬슨 올그런 문학상 수상작가)

김현섭 옮김

늘봄

"천재성은 유년기를 연장시킬 수 있는 능력이다."

— H. L. 멘켄

CHAPTER THIRTY-ONE

소년탐정의
불가사의한 정체성

그것은 시시한 마술 쇼가 아니다. 어둠 속에서 빛을 내는 해골이 하나 있다. 어떻게 된 건지는 모르겠지만 그것은 지금 우리 앞에 떠 있다. 들어 보라. 해골이 말하고 있다. 네 이름을 댄다. 해골은 너와 네가 좋아하는 꽃과 너의 열 번째 생일에 대해서 모두 다 알고 있다. 하지만 그건 상관없다. 너는 믿지 않는다. 무슨 이유에서인지 너는 여전히 의심으로 가득하다. 너는 숨겨진 전선을 찾기 위해서 어둠 속을 유심히 살핀다. 너는 숨겨진 줄을 움켜잡기 위해서 손을 뻗는다.

ONE

독자들에게,

독자 여러분들은 아마도 잊어버렸을 것 같으니, 지금까지의 줄거리를 정리해보자면, 빌리 아고는 어린아이였을 때에도 거의 모든 조합, 배치, 형태로 된 퍼즐을 푸는 데 천부적인 재능을 나타냈다.

그게 전부다.

아니다 — 그건 재능 이상이었다. 그것은 일종의 대단히 슬픈 천재성이었는데, 그 대단히 슬픈 천재성이 소년탐정에게서 나타난 것은 마치 손이 하나 없다든가 한쪽 다리가 짧은 것 같은 기형을 가지고 태어난 아이가 남들과 섞이지 못한 채 공상에 잠겨서 사춘기를 보내는 것과 같은 방식이었다. 말하자면 이마 한복판에 코끼리 모양의 반점을 가지고 태어난 것처럼, 그 천재성은 빌리로 하여금 어느 정도는 사람들을 피하고, 어느 정도는 내성적인 성향을 갖도록 이끌었다. 물론 처음부터 그랬던 것은 아니다. 그렇다, 처음에는 빌리도 잘 노는 아이였다. 즐겁고 대담하며, 남몰래 교활한 짓도 하면서 말이다.

뉴저지 주 고담이라는 삭막한 세계 — 흰색의 작은 집들과 검푸른 숲이 현대적인 공장지대를 둘러싸고 있는 소도시, 몰도폼 플라스틱 공장과 해리스 낚싱배관 공장이 있던 곳, 그래서 '번영'도 있었지만 그에 따르는 '범죄'로 북적대던 그곳에서, 빌리는 여동생 캐롤라인과 손을 잡고 달려가고, 그 뒤에서는 어린 시절의 동네친구 펜튼 밀즈가 그들의 이름을 부르면서 달려오곤 했다.

멀리 플라스틱 공장의 굴뚝에서 검은 연기가 뿜어져 나오는 들판에서, 아이들은 하얀 민들레 솜털과 멋대로 자라서 얽히고설킨 덤불을 밟으면서 소리치며 뛰어다니곤 했다. 그들은 버려진 공장 부지를 아지트로 사용했는데, 비밀을 간직한 듯한 데이지가 엄청나게 피어 있는 은색과 녹색의 넓은 공간이었다. 공장 부지는 팔리지 않고 있었다 — 그곳에 있었던 드립레스 페인트 공장에서 폭발사건이 일어난 후로 유출된 납 때문에 심하게 오염되어 있기 때문이었다. 버려진 화학공장의 그림자 아래에서, 묘석 없는 무덤을 덮은 흙 위에서, 아이들은 스스로 만들어 낸 게임을 즐기곤 했다. 가상의 역마차에서 훔친 황금 수송품의 손실액을 계산하는 '서부의 회계원들!' 놀이라든가, 최근에 헤어진 연인을 되찾기 위하여 폐품을 이용해 슈퍼컬라이더[초대형 입자가속기]를 건립하는 '최근에 이혼한 과학자들!' 같은 게임이었다. 아이들은 다함께, 끝없이, 경이로움과 불가사의로 가득한 어둑어둑한 세계를 탐험하곤 했다.

어린 시절의 소년탐정은 머리숱이 적고 얼굴빛은 창백한, 대체적으로 신경이 과민한 아이로, 나이에 비해 키는 상당히 작았으며 모양새는 특이했다. 이상하리만치 큰 빌리의 눈에 얽힌 초등학교 시절의 일화가 있다. 학교 식당에서 일어났던 일로, 여기에는 다른 친구들을 괴롭히던 학교의 깡패, 웨인 미니 3세가 등장한다. 어느 날, 아무런 낌새도 채지 못한 채 여동생 옆에 앉아 있던 빌리는 뒤통수에 무언가 날아와 맞는 것을 확실히 느꼈다. 두개골은 아프고 얼굴은 붉어진 빌리가 뒤돌아보자, 울퉁불퉁한 푸른 사과 하나가 바닥에 떨어져 있는 것이 보였다. 웨인 미니 3세는 웃음을 터뜨리며 손가락질을 하면서 말했다. "야, 올빼미 눈깔. 너 사과는 좋아하니?" 빌리는 잠시 그 질문에 대해서 곰곰이 생각했지만 적당한 대답을 찾지 못했다. 그의 눈은 실제로 크고 현명했으며, 솔직히 말하자면 다소 어울리지 않기는 했다. 하지만 여동생 및 그들의 단 하나뿐인 진정한 친구 펜튼과 함께 붕괴된 개미총을 조사하거나 파괴된 울새 둥지의 크기를 측정할 때면 — 물론 반점이 있는 울새 알들은 그들의 조그맣고 때탄 손에 조심스레 올려놓고 말이다 — 빌리의 큼지막한 눈은 핵심적인 역할을 했다.

여동생 캐롤라인은 몸집이 자그마한 금발의 멋진 소녀로, 흰색과 금색으로 된 수첩을 들고 다니면서 늘 메모를 했는데, 그 수첩은 그들이 발견한 모든 것에 관한 완벽한 기록이었다. 캐롤라인은 늘 우아하게 절을 했으며, 늘 프랑스어를 배우고 있거나 혹은 그런 것 같았다. 그렇다면 캐롤라인이 가장 즐겨 쓰던 프랑스어는 무엇이었을까? 바로 jejune [너무 단순해서 지루하다]으로, "학교에서 입으라는 교복은 정말 jejune하다고." 같은 식으로 말하곤 했다.

그들의 동네친구 펜튼은 키가 작고 토실토실하며 땀을 많이 흘리고 늘 숨이 차서 헐떡이면서 제일 뒤에서 따라오곤 했는데, 머리에 쓴 빨간색 비니는 낫지 않는 건선(乾癬)을 감추기 위한 엄마의 처방이었다. 이 통통한 소년은 그들이 하는 일이 부모님에게 걱정을 끼칠는지도 모른다는 생각이 들 때면 다른 아이들에게 이제 너무 늦은 것 같다고 환기시키곤 했다.

그것은 게임과 퍼즐과 경이로움으로 가득했던, 그들 셋에게는 절대로 끝나지 않는 여름이었다.

그것은 우리가 침대에 누워있을 때, 우리에게도 한 번쯤은 있었으면 좋았을 텐데, 라는 생각이 드는 그런 여름이었다.

TWO

열 살이 되던 생일날, 빌리 아고는 유니스 숙모로부터 '트루라이프 주니어용 탐정도구 세트'를 선물로 받았다. 자그마한 노란색 주방에는 아고 씨와 아고 부인, 빌리, 캐롤라인, 해군에 복무하다가 휴가 받아서 나온 큰형 데릭, 그리고 동네친구 펜튼까지, 가족이 모두 모여 있었다. 그날 빌리는 푸른색 파티 모자를 쓰고 즐겨 입는 푸른색 슈트 차림에 클립온 타이를 매고 있었는데, 넥타이 중앙에는 주황색 올빼미가 그려져 있었다. 가족들은 흰색 리놀륨 식탁 주변에 빌리를 둘러싸고 서서 선물을 하나씩 건네면서 환호하고 있었다. '만세!' 그들이 말했다. '아이가 한 살 더 먹었구나. 만세, 우리는 1년 더 죽음에 가까워졌구나.'

그해의 생일선물은 별로 재미없었다. 아고 씨가 준 선물은 목공도구 세트였는데, 그것은 18세 미만 사용금지라서 다시 빼앗겨야만 했다. 아고 부인이 준 선물은 새로 산 푸른색 카디건이었는데, 작년에 받은 것과 정확하게 같은 사이즈였고, 당연히 너무 작아 입을 수 없었다. 캐롤라인으로부터 받은 선물은 과일 향이 나는 컬러마커 세트였는데, 어쩐지 사용하던 것 같은 물건이었다. 형 데릭으로부터 받은 선물은 〈적극적인 미혼남을 위한 무드음악〉이라는 타이틀이 붙은 레코드로, 이를 본 엄마는 '다소 부적절하긴 하지만 그럼에도 불구하고 사려 깊은 선물'이라고 평했다.

마침내 빌리는 마지막 선물을 바라보았다. 푸른색 종이로 포장된 그 선물에는 '상당히 훌륭한 소년의 생일을 축하하며!' 라고 쓰여 있었다. 빌리 옆에 서 있는 캐롤라인과 펜튼은 서로의 파티 모자를 잡아당기고 서로의 귀에 대고 호루라기를 불어대면서 역겨운 태도로 박수를 치고 있었다. 빌리는 그런 건 무시한 채 숙모로부터 온 선물상자를 열었다. 세 명의 아이들이 상자 안에 무엇이 있는지 본 순간, 입에 문 호루라기는 죽은 듯 소리를 멈췄고 심오하고 즉각적인 침묵이 흘렀다. 상자 안에 있는 것은 아이들의 작은 눈과 심장과 마음으로는 한 눈에 파악할 수 있는 것 이상이었다. 확대경, 연필, 수첩, 지문 세트, 실제로 자물쇠를 열 수 있는 도구 한 벌, 쌍안경, 한쪽 눈을 가리는 안대, 실제로 불이 들어오는 회중전등, 그리고 변장용 턱수염과 콧수염이 들어 있었다.

그 다음에 일어난 일은 다음과 같다. 지금까지 찾지 못했던 부분이 ─ 지금까지 어디에 두었는지 몰라서 잃어버리고 있던 것 같은, 소년의 심장을 여는 은색 열쇠가 ─ 갑자기 발견되었다. 말은 필요 없었다. 소년탐정이 손에 확대경을 들고 원래 그에게 주어졌던 임무를 시작하자 방안은 고요해졌다. 어둠에 가려져 있던 불가사의한 것, 알 수 없는 것, 확인되지 않은 것들이 그의 눈앞에서 당장 선명하게 구별되었다. 그것은 소년탐정의 최초의 수사가 시작된 순간이었다.

상황은 정확하게 이런 식으로 흘러갔다. 빌리가 확대경을 들이대자, 가족의 의아한 얼굴들이 완전히 선명하게 보였는데, 그들의 부드러운 표정은 갑자기 심각하게 바뀌면서 각자 감춰 둔 비밀이 드러났다. 빌리는 바로 옆에 서 있던 형을 확대경으로 실펴보았는데, 그러자 그 순간 네렉은 자신이 동성애자라는 것을 털어놓았다. 또한 자신은 해군 생활을 증오한다는 것도 고백했다.

그러자 아고 부인은 신경과민으로 생일케이크를 떨어뜨렸으며, 데렉은

동생을 끌어안고 생일파티를 망쳐서 미안하다며 사과했으며, 이러한 극적인 상황이 종료된 후, 소년탐정은 앞으로는 또 어떤 기이한 것들을 발견하게 될는지 궁금해 하면서 잠자리에 누웠다.

해답은 그로부터 2주일도 채 지나지 않아서 나왔다. 〈고담 데일리〉 신문 1면에는 아이들의 사진이 실렸으며 그 위에 다음과 같은 헤드라인이 달려 있었다.

소년탐정, 수수께끼 살인사건을 해결하다
어린 여동생과 이웃 친구가 도움을 주다

1면의 사진에 설명을 붙여보자면 흥미롭다. 빌리와 캐롤라인과 펜튼이 피어스 시장으로부터 축하를 받고 있다. 몸집이 육중한 피어스 시장은 노조의 지지를 받는 미심쩍은 정치인으로 엄청난 대머리의 소유자다. 이들 네 명은 모두 고담시청 앞에 있는데, 앞에는 신문 기자들이 모여들어 질문을 퍼부어대며 플래시를 터뜨리고 있다. 같이 실린 사진들을 보면, 아이들은 놀라울 정도로 침착하고 진지한 모습이다. 빌리는 푸른색 슈트를 입고 클립온 타이를 매고 있는데, 오른쪽 눈에는 확대경을 대고 왼쪽 눈에는 안대를 하고 있다. 함께 있는 캐롤라인은 흰색 원피스를 입은 채 가짜 턱수염으로 변장을 했으며, 가짜 콧수염을 달고 비니를 쓴 펜튼은 단순한 그림을 한 장 들고 있는데, 그림에는 에이브러햄 링컨으로 변장한 스틱피겨[사람을 선과 원으로 간략하게 그리는 그림]가 장총을 들고 뛰어가고 있다. 링컨의 한

쪽 다리는 사건의 희생자인 토비어스 얼 경이 총에 맞아 죽은, 우중충한 잿빛 대저택에 걸쳐져 있으며, 다른 쪽 다리는 그 지역의 밀랍인형 박물관에 걸쳐져 있는데, 바로 이곳에 범죄자가 숨어있던 것을 소년탐정이 통찰력으로 찾아낸 것이었다. 1면에 있는 사진에서 시장은 어정쩡한 태도로 아이들 곁에 서 있는데, 구겨진 블랙 슈트를 입은 이 뚱뚱한 남자는 콧수염조차 힘없이 늘어져 있다. 시장은 처음에는 아이들에게 손을 내밀어 악수를 할 것 같았지만, 그렇게 하면 자신이 바보처럼 보일까 하는 두려움에 아이들에게 상금만 수여하는데, 상금은 희생당한 백만장자의 가족이 제공한 것이다. 시장은 초대형 흰색 수표를 들어 올리고 있는데, 그곳에 쓰인 '$1,000'라는 글자는 시장이 웅얼거리는 '축하한다'라는 찬사만큼이나 판독불가능하다.

그로부터 일이 주가 지나지 않아 또 하나의 단서, 그리고 또 하나의 헤드라인.

소년탐정, 치명적인 고아원 방화사건을 해결하다
여동생과 이웃 소년이 살인사건 조사에 일조를 하다

또다시 신문 1면에 실린 사진. 잿더미가 된 고아원, 여진히 연기가 피어오르고, 멀리 불에 타서 뼈대만 남은 기숙사 건물과 그네를 배경으로 어린 빌리가 음흉해 보이는 소방관을 손으로 가리키고 있다. 수갑이 채워진 소방관은 턱수염을 기른 경찰관 두 명에게 연행되고 있는데, 모두들 슬프게 찡그린 표정이다. 캐롤라인과 펜튼은 못마땅하다는 듯 쳐다본다. 캐롤라인은 희미한 지문을 들고 있는데, 그 소방관의 것이다. 펜튼은 이번에도 용의자의 범행동기를 설명한 그림을 들고 있다. 불타는 고아원, 자다가 영문도 모르는 채 화염에 휩싸인 아이들, 그 아래쪽으로 해적의 보물 은닉처가 조용히 숨겨져 있는데, 금고에는 웃고 있는 해골과 더블룬 금화 [과거 스페인과 남아메리카 등에서 사용되었던 금화]가 그려져 있어 그것이 해적의 보물 상자라는 것을 명확하게 보여준다. 그 다음 사진을 보면 세 명의 아이들이 또다시 시장으로부터 상을 받는데, 장소는 여전히 시청 계단이다. 불명예스러운 소방관의 범죄와 아이들의 범죄 해결 능력 때문에 스타일을 구긴 시장은 — 몇몇 평론가에 의하면, 이 두 가지 사건으로 인하여 시장의 시정施政 전체가 의심을 받게 되었다고 한다 — 이번에는 친히 아이들과 악수를 하고 있고, 옆에는 신원을 파악할 수 없는 시민들이 서서 박수를 치고 있다.

소년탐정, 우라늄 광맥을 발견하다
파산 직전의 도시를 아이들이 구하다

이번 사진에서는 빌리와 캐롤라인과 펜튼이 큼지막한 탄광용 헬멧을 쓰고 있는데, 모자에 달린 라이트는 녹색으로 빛나는 거대한 암석을 비추고 있다. 캐롤라인은 빌리가 들고 있는 은색 방사선 탐지기를 손으로 가리키고 있는데, 탐지기의 길쭉한 핸들은 널찍한 아치헤드에 연결되어 있다. 아이들은 또다시 시장과 악수를 하는데, 몸을 숙여서 갱도 입구로 들어오느라 땀으로 범벅이 된 시장은 바보처럼 보인다. 이제 시장은 곧 닥칠 선거에서 확실하게 패배할 것 같은 징후를 보이기 시작했다. 흙먼지로 완전히 얼룩진 그의 얼굴은 나태한 경찰병력을 파헤친 신문기사와 쌍벽을 이룬다. 시장으로서의 자존심을 완전히 구긴 것처럼 보이는 시장은 그래도 온 힘을 다해서 정치가의 미소를 짓고 있지만, 그 미소에 속는 사람은 아무도 없다.

소년탐정, 비행접시 날조 사건을 해결하다
현장에서 세 명 사망

이처럼 승승장구하는 신문기사가 줄줄이 출현함에 따라, 빌리 아고의 부모, 즉 잭 아고와 준 아고는 더할 나위 없이 자랑스럽고 즐거웠다. 미스터 아고는 해군의 법무참모였으며, 동시에 세계 수준의 가라데 밴텀급 챔피언이었다. 종종 뒤뜰에서 맨주먹으로 벽돌을 격파하는 모습을 보이기도 했으며, 혹은 전혀 모습을 보이지 않기도 했는데, 그것은 골칫덩어리 해군 병사를 기소하기 위하여 한밤중에 비행기를 타고 가야만 했기 때문이다. 그의 아내인 미시즈 아고는 노벨상을 수상한 세계 유수의 화학자로 아마추어 예술가이기도 했다. 실험실에서 수많은 분젠버너 [화학실험용 가스버너]와 은색의 화학약품 분말을 사시고 창의적인 실험에 몰두하고 있지 않을 때에는 유명한 세계 지도자들의 초상화를 그리곤 했다. 각자 자신의 일에 바쁘지 않을 때면, 이들 부모는 정의에 대한 아들의 확고한 신념과 불굴의 호기심을 기꺼이 북돋아주었다.

그 모든 빌리의 고난을 함께 한 것은, 지문채취의 1인자이며 늘 사랑스러웠던 어여쁜 동생 캐롤라인과 그들의 충성스러운 동료이며 친구, 인간의 고결한 본성에 대한 믿음과 선이 악을 이긴다는 굳건한 확신을 가진 펜튼이었다. 이들 셋은 '수사의 3대 기본수칙'에 서약했는데, 물론 그것은 빌리가 고안해낸 것으로, 후에 캐롤라인의 일기장에 완벽한 필체로 기록되었다.

기본수칙 #1. 소년탐정은 불가사의한 미스터리는 어떤 것이든 해결해야 한다.

기본수칙 #2. 소년탐정은 할 수 있는 한 어떤 범죄행위도 좌절시켜야 한다.

기본수칙 #3. 소년탐정은 친구들에게는 언제나 진실해야 한다.

그로부터 머지않아, 추악한 수수께끼와 터무니없는 날조와 꾸며낸 문제들은 모두 이들의 손으로 신속하게 해결되어 갔다. 거기에는 기쁨의 환호와, 애정과, 범죄자의 항복이 수반되었다.

THREE

   소년탐정이 해결한 사건 중에서 가장 기억할 만한 것은 '사탕공장의 유령' 사건이다. (하지만 그 이야기는 뒤에 나온다.)

FOUR

문제가 시작된 것은 이듬해, 늘 소년탐정의 조수 역할을 하는 것이 따분해진 캐롤라인이 크리스마스 선물로 마술 세트를 요청하면서부터였다. 은색 크리스마스트리에 흰색 전구가 꽃처럼 피어 있던 그 아름답던 아침, 캐롤라인은 다른 선물 상자를 수 없이 찢어 열어본 후에 주름진 은색 포장지로 싸인 '트루라이프 주니어용 마술도구 세트'를 찾아냈다. 빳빳하게 풀먹인 흰색 잠옷을 입은 캐롤라인은 난폭하게 포장지를 찢고 상자를 열었다. 빌리는 절망과 두려움으로 그걸 지켜보았다. 캐롤라인이 상자 안에서 검은색 마술사 모자를 꺼내자마자 흰색 비둘기가 날아올라 가족들의 머리 위에서 경쾌하게 퍼덕거렸다. 기뻐 날뛰면서 박수를 치며 비둘기가 내려 앉는 곳마다 잡으러 쫓아다니느라, 캐롤라인은 빌리가 준비한 선물을 무시해버렸다. 그것은 손잡이에 황금색 리본이 달려있는 최신식 확대경이었다.

"그 새를 뭐라고 부를 거니?" 미시즈 아고가 물었다.

"마가렛 대처." 캐롤라인은 고민도 없이 즉시 대답했다. 뾰루퉁해진 빌리는 돌아서서 아버지가 준 선물을 끌렀다. 그것은 박제도구 세트와 토크렌치[일정한 회전력에 맞추어 볼트와 너트를 조이는 공구] 한 벌이었다. 빌리에게 그것은 최악의 크리스마스였다.

그 이후 몇 달 동안 캐롤라인은 오빠의 탐험에 전혀 관심이 없었다.

소년탐정, 혼자서 은괴 밀수업자들을 손쉽게 잡다

놀라운 소년탐정, 어떤 종류의 도움도 전혀 없이
타로 카드 사기를 밝혀내다

소년탐정은 여동생이 빠진 것을 상당히 서운하게 생각했다. 이들 두 명의 아이들이 각자의 침실 사이에 있는 흰색의 작은 통로에서 서로 격렬하게 소리치며 욕을 해대는 광경이 종종 눈에 띄었다. "이 어리석은 난쟁이야!"라든가, "이 구제불능 야만인!"처럼 둘 다 제대로 이해하지 못하는 정체불명의 모욕을 주고받았다. 캐롤라인은 마술이 좀 더 재미있다고, 왜냐하면 경이로움과 미스터리라는 관념에서 작용하기 때문이라고 단언했다. 이 말을 들은 빌리는 동생의 마술 세트를 바닥에 팽개치면서, 마술은 이성이 없고 유치한 아기들에게나 재미있는 것이라고 주장했다.

논쟁은 대개 같은 방식으로 끝났다. 캐롤라인이 침대에서 혼자 우는 것.

어느 날, 중요하고도 이상한 사건이 일어났다. 캐롤라인의 마법 비둘기 마가렛 대처가 선천적으로 타고 난 심장결함 때문에 자연사하여, 반짝이는 은색 새장 안에 옆으로 쓰러져 죽은 채 발견되었다. 깃털이 부풀어 오른 하얀 새가 죽은 채 그곳에 누워서, 이승이 아닌 곳으로부터 오는 낯선 눈빛으로 응시하는 것을 보는 것은 대단한 충격이었다. 캐롤라인은 즉시, 어떤 마술이든 흥미를 완전히 잃었다. 적절하게 매장해주지 않으면 틀림없이 새의 유령이 나타날 것이라고 생각한 캐롤라인은 오빠 빌리에게 도와달라고 애원했다. 남매는 화해를 하고, 죽은 새를 보물 상자 안에 넣어 현관 베란다 밑에 묻음으로써, 애완동물에게 적절한 장례를 치러주었다.

그렇게 해서, 캐롤라인은 다시 한 번 행복하게 오빠의 모험에 동참하게 되었다.

소년탐정, 열리지 않는 금고 사건을 해결하다

소년탐정, 노래하는 다이아몬드의 수수께끼를 잠재우다
소년탐정, 귀신 나오는 등대의 비밀을 밝혀내다

그들의 모험이 얼마나 즐거웠는지 알아보기 위해서, 당시 캐롤라인의 일기 한 부분을 인용해본다.

다른 여자아이들은 모두 스커트를 입고 화장을 한다.
헤어스타일과 매니큐어에 신경 쓰는 아이들도 있다.
하지만 나는 그런 데에는 조금도 관심이 없다. 나는
어두컴컴한 탄광 안으로 기어들어가는 게 훨씬 더 좋다. 나는
오빠를 따라서 폐광으로 들어가는 게 훨씬 더 좋다. 가끔
오빠는 참기 어렵게 굴 때도 있고, 가끔은
자기가 대장인 것처럼 행동하지만, 꽤 사랑스럽기도 하다.
오빠 뒤에서 조용히 따라가면서, 나는 종종 생각한다.
오빠도 나랑 함께 있는 걸 좋아하는 걸까? 나는
암호나 퍼즐에는 썩 소질이 있는 것은 아니지만, 실제로
지문 도구를 다루는 데에는 상당히 전문적이고, 또한

아무리 어두운 곳이라고 해도 아주 부지런히 메모를 해서

우리가 하는 모험을 모두 기록으로 남긴다.

오빠에게 내가 필요하다면 좋은 일이다.

뿐만 아니라, 오빠는 높은 곳을 두려워하는 것 같은데

나는 아니다. 오빠는 박쥐도 무서워한다.

박쥐 소리만 들으면 오빠는 패닉에 빠진다.

박쥐의 섬세한 날개에는 오빠를 진짜로 몸서리치게 만드는

무엇인가가 있다. 그래도 오빠는

우리의 훌륭한 친구 펜튼 밀즈가 함께 있을 때면

아주 용감하게 행동한다. 내가 진짜 가장 좋아하는 것은

우리가 비밀을 함께 한다는 것이다.

예상치 못했던 비둘기의 죽음 이후 몇 달이 지난 다음, 빌리와 캐롤라인은 흰색 나무로 된 경사진 현관 베란다 아래에서 마가렛 대처를 파헤쳐서 딱딱하게 굳은 비둘기 사체의 잔해를 캐롤라인의 새 확대경으로 조사하고 있었다. 그 순간, 설명할 수 없는 죽음의 본질 앞에 최면에 걸린 오빠와 여동생은 신성한 믿음의 맹세를 하게 되었다. 만일 그들이 모험을 계속하다가 어느 쪽이든 먼저 가장 위대하고 가장 심오한 미스터리, 즉 죽을 수밖에 없는 단호한 운명을 겪게 된다면, 그 사람이 사후세계에 대한 증거로써 어떤 메시지를 보내주기로 한 것인데, '사후세계'에 대해서 캐롤라인은 찬성 입상을, 빌리는 반대 입장을 각각 주장했다.

명칭이야 어떻든 사후세계에 관한 엄숙한 증거로써 그들이 채택한 메시

지는 오직 그들 둘만이 공유하는 것으로, 펜튼에게도 부모님에게도 비밀이었다. 아고 남매는 가장 진지한 자부심을 가지고 메시지를 채택하고, 맹세를 하고, 침묵을 지켰다. '애브러커대브러'[주술사의 주문]라는 한 단어를 채택하여 캐롤라인의 수첩 종이 한 장에 그 메시지를 두 번 쓰고, 종이를 먹을 수 있을 만큼 작게 접었다. 아이들은 각자 종이를 삼키고 악수를 함으로써 이를 피를 나눈 맹세로 삼았으며, 일상적이든 일상적이 아니든 어떤 상황에서라도 비밀을 발설하지 않기로 약속했다.

FIVE

소년탐정이 여동생 캐롤라인과 친구 펜튼을 뒤에 남겨둔 채, 저명한 국제범죄학자가 되려는 희망으로 형법을 공부하기 위하여 명문 그레이터뉴저지 대학교와 파머슈티컬 칼리지의 고색창연한 강의실을 떠나버림으로써, 그들의 완벽했던 유년 시절은 완벽하게 끝났다. 고등학교 졸업식 날 소년탐정은 마지막 사건을 해결했다.

소년탐정, 고등학교를 조기졸업하다
같은 날 유명인사 이중 살해사건을 해결하다

소년탐정, 대학에 가다
증가세로 돌아선 범죄율, 신임 시장은 우려를 표명하다

곧 소년탐정은 아버지와 악수를 하고, 어머니와 작별키스를 하고, 캐롤라인과 펜튼과 포옹을 하고, 그토록 익숙했던 세상을 향해 손을 흔들어 작별인사를 했다. 그것은, 그들 중 어느 누구의 기억 속에서도, 그들이 함께하지 못하게 된 최초의 순간이었다. 그들은 각자의 방법으로 외로움에 직면해야만 했다.

• 대학교 도서관에서, 너덜거리는 갈색 책에 둘러싸인 채, 통이 좁은 푸른색 카디건을 입어 촌스러워 보이는 빌리는 형사법 학위를 2년 일찍 끝내려는 계획으로 여느 때보다도 더 열심히 공부했다.

• 최근 열여섯 살이 된 캐롤라인은 한 번에 몇 주일씩이나 앓아누웠는데, 의사의 진단에 따르면 정체불명의 비탄과 뒤늦게 찾아온 사춘기가 원인이었다. 몇 달 동안이나 캐롤라인은 황금색 침대시트 안에서 조앤 바에즈와 카펜터즈의 레코드를 들으면서 자신의 탐정일지를 물끄러미 바라보다가, 갑자기 참을 수 없는 울음을 터뜨리곤 했다.

• 젊은 펜튼 밀즈는 위험할 정도로 살이 쪄서, 몸무게가 3백 파운드를 훌쩍 넘고, 몸은 마치 공기를 과다 주입한 비행선처럼 온 방향으로 불가능하리만치 늘어났다. 그는 오후 프로그램의 토크쇼에 몇 번 출연했는데, 가정주부와 파출부 사이에 거의 광신적인 팬들이 생겨났다. 당시 그의 사진은 '펜튼 포에버' 티셔츠와 범퍼 스티커에 자주 등장하곤 했다.

캐롤라인은 계속되는 우울증을 수동적으로 견디는 대신에 다시 한 번 야망과 용기를 발현하여 오빠의 발자취를 따르기로 결심했다. 그녀가 택한 첫 번째 사건은 폐쇄된 동굴에서 섬뜩한 신음과 울부짖는 소리가 들린다는 소문의 진상을 조사하는 것이었다. 동굴에는 한때 머스터드 가스 [화학전에 사용되는 독가스의 일종] 저장고가 자리 잡고 있었지만, 공공보건상의 이유로 즉시 폐쇄되었다. 캐롤라인은 혼자서 '위험! 통행금지!'라는 표지판과 동굴 입구를 막아 놓은 바리케이드를 넘어, 아귀가 맞지 않는 널빤지 위로 살금살금 걸어서 어두운 밤의 기괴한 장난 속으로 잠입해 들어갔다.

하지만 슬프게도 캐롤라인은 혼자의 힘으로는 이 이상한 사건을 해결할 수 없었다. 그 사건 직후 (물론 이것은 우리의 추측일 뿐이다), 아마도 굴욕이나 자만심이나 패배 때문에 — 혹은 오빠와 함께 모험을 하던 진짜 아름다웠던 시절을 너무도 그리워한 나머지 — 가여운 캐롤라인은 끔찍한 짓을 저질렀다.

집에 있는 목욕탕의 때 탄 흰색 욕조에서, 검은색 촛불을 켜 놓고, 카세 트플레이어에서는 비틀즈의 '예스터데이'가 떨리는 목소리로 흘러나오고, 샤워꼭지에서는 뿌연 김이 끊임없이 솟아나고 있을 때, 알몸으로 서 있던 캐롤라인은 그곳으로부터 길을 따라 1마일 거리에 있는 공장에서 생산된 '쁘띠 레이디 쉐이버' 핑크색 플라스틱 1회용 여성면도기에서 잘라낸 칼날 로 자신의 연약한 손목을 천천히 그었다. 그러자, 즉시, 소녀는 끔찍하고 둔탁한 소리를 내며 쓰러지면서 머리는 수도꼭지에 부딪치고 몸은 타일 바닥에 축 늘어졌다.

각자 구독하는 석간신문을 숙독하고 있던 아고 부부는 딸이 쓰러지는 소리에 하던 일을 멈췄다. 중대한 문제가 생겼음을 즉시 알아차린 그들은 신문을 내려놓고 서로 어리둥절하게 쳐다보았다. 그로부터 얼마 후, 그들 은 다급한 전화를 걸고, 그 다음엔 축 늘어진 소녀의 목을 손으로 단단히 받쳤으며, 캐롤라인은 흔들거리는 은색 들것에 실려 나갔고, 아고 씨와 아 고 부인은 딸 옆에 걸어가면서 침착성을 찾으려고 최선을 다했지만 실제 로는 서로 초조하게 말하고 있을 뿐이었다.

— 괜찮을 거예요.

— 괜찮은 것 정도가 아니라 더 잘 될 거야. 모든 것이 다시 한 빈 행복 하게 될 거야.

— 그저 괜찮기만을 바라자고요.

— 그래, 그래. 오버해서 미안해.

캐롤라인은 살아났지만 걱정 없이 해맑은 소녀였던 예전의 모습을 되찾지는 못했다. 더 이상은 들판에서 뛰어다니지도 않았고 동굴을 탐사하지도 않았으며, 맨발로 있는 적도 없었다. 대신에 그녀는 다른 사람이 되어갔다. 병원에서 강제로 착용하도록 한 플라스틱 팔찌를 풀지 않은 채, 부모에게는 자기를 '101174번 환자'라고 불러달라고 했다. 검은색 옷을 칭칭 두르고 검은색 화장을 하기 시작했으며, 이전보다 훨씬 더 비참하고 수심에 가득차고 넋이 나간 모습이 되어갔다.

이 첫 번째 사건 이후 소년탐정이 불려오기만 했더라도, 캐롤라인이 비밀을 털어놓기만 했더라도, 결말은 달라졌을 것이다. 하지만 그렇게 되지는 않았다. 아마도 아고 부부는 캐롤라인 문제에 대해서 입을 다무는 편이 낫다고 결론지었던 모양이다. 첫 학기 기말과제로 '버려진 놀이공원에서의 비밀스러운 범죄 음모'라는 주제의 리포트를 정성스레 쓰고 있던 빌리에게 부당하게 걱정을 끼치고 싶지 않았던 것인데, 우리 모두 알고 있듯이 그 과제는 겨우 C⁻를 받았으며, 그것은 빌리가 학교에서 받았던 점수 중 최악이었다.

그랬다. 소년탐정을 위하여, 모든 일을 쉬쉬하며 덮어 두었다.

그 첫 번째 사고 후 몇 달이 지나지 않아, 캐롤라인은 근처에 있는 들판에서 — 어린 시절에 산책하곤 했던 그 들판에서 — 한 무리의 낯선, 얼굴에 여드름이 난 남자아이들과 나란히 누워서 프렌치키스를 하고, 인적 없는 숲 속에서 음란한 말을 해대고, 자신의 방으로, 자신의 비어있는 침대로 그들을 끌어들였다. 캐롤라인은 검은색 시스루 탑과 나일론 미니스커트를 벗으면서 남자에게 윙크를 한 번 하곤 했으며, 밀회가 끝나면 자기는 그런 것 따위는 전혀 신경 쓰지 않는다는 것을 보여주기 위해서 담배를 피우면서 웃어젖히곤 했다. 하지만 실제로 캐롤라인은 그 남자들을 하나하나 모두 증오했으며, 남자들은 겁먹은 표정으로 그녀를 비라보다가 이색하게 떠나곤 했다.

어느 날, 어린 나이에 마약을 하는 턱수염이 보송보송한 부치 [난폭한 남자]라는 이름의 소년을 집으로 끌어들여 하고 싶은 대로 하도록 했던 날, 그 남자가 캐롤라인을 옷장 문에 묶어 놓는 바람에 학교 가방을 걸어놓는 금속 고리가 계속해서 그녀의 뒤통수를 찔러댔던 날, 그녀는 방문을 닫고 나서 마지막 울음을 터뜨렸고, 그녀의 탐정일지는 영원히 닫혀버렸다.

얼마 후 같은 주에, 소년탐정의 여동생은 화재경보기를 잡아당기고 교장을 '똥 같은 놈'이라고 불렀다는 이유로 빌라 빅토리아 사립학교에서 퇴학당했다. 바로 그날 빌리 아고는 두 번째 기말시험을 끝내고 있었는데 — 특히, '미국의 백인 연쇄살인범들'에 관한 시험 — 캐롤라인은 정말 혼자라는 생각이 들었다. 그녀는 욕조 안에 알몸으로 서서 다시 천천히 손목을 그었다.

이번에는 레코드나 촛불에 대한 기록은 없었다.

왼손에 '애브러커대브러'라는 메시지가 쓰인, 찢어진 종잇조각만이 남아 있었디. 그리고는 쓰리겼다. 최후의, 놀라운 붕괴었다.

그날 저녁, 아고 씨와 아고 부인은 현장에 없었다. 고담 시가 선정하는 '진정으로 뛰어난 부모' 상을 받아 시상식에 참석하고 있었기 때문이었다.

사건을 발견한 순간, 소년탐정은 동생 캐롤라인이 교묘하게 계획된 극악무도한 복수극의 희생양이라는 것을 입증하겠다고 결심하고, 범죄현장을 축소판으로 재구성하기 시작했다. '만일 씽커 [아이디어맨]가 아직 살아있다면, 이건 확실히 씽커의 솜씨야.' 그는 혼잣말을 했다. '아니, 어쩌면 닥터 메니스 [협박]일지도 몰라.' 빌리는 비장의 디오라마와 작은 종이인형을 사용해서 설명했지만, 경찰 검시관 미스터 쏜 [가시]으로 하여금 그 비극적 사건이 자살이 아니라고 믿도록 설득하는 데에는 실패했다.

— 하지만 여길 보세요, 미스터 쏜, 창문이 열려 있었어요. 캐롤라인의 목에 있는 이 낯선 붉은 자국들도 보세요.

— 빌리, 내가 해줄 수 있는 일이 있으면 좋겠다만……

— 게다가 메시지도 있어요. 확실히 동생은 누군가로부터 위협을 받는 것을 알고 있었던 거라고요.

— 그래, 빌리, 정말 안 됐구나.

장례식에 뭘 입어야 하는지 잘 몰라서 올빼미가 그려진 넥타이에 푸른색 카디건을 입은 빌리는 관 앞에 서서 울고 있었으며, 그 옆에 있는 어린 시절 친구 펜튼은 이제는 이전보다도 더 엄청나게 살이 쪄서 걸을 때면 튼튼한 강철 지팡이의 도움을 받아야만 했다. 그들은 서로 아무 말도 하지 않았다. 정작 아고 씨와 아고 부인은 창백한 흰색 관 가까이에는 오지 않으려 했다. 그들은 값비싼 카나페 주위를 맴돌거나, 큰아들 데렉이 오지 않은 이유에 대해서 말다툼을 벌이곤 했다. 그 방의 한결같은 침묵 속에서, 소년탐정은 동일한 말을 되풀이하여 중얼거리고 있었다. '왜? 왜? 왜 이런 일이 일어난 걸까? 누구의 책임인가? 어떤 기괴한 음모가 원인이 되었던 걸까? 이 끔찍한 행동 뒤에는 어떤 악당이 있는 걸까? 그것은 어느 한 순간이라도 정체를 드러내지 않는 미스터리로, 너무나 칙칙하고 흐릿하기 때문에 빌리는 그곳에 서 있는 것만으로도 자신이 그 수수께끼의 어두운 심연 속으로 사라지는 느낌이었다.

비탄에 잠긴 소년탐정은 마침내 고개를 돌려, 낮은 목소리로, 자기가 없을 때 캐롤라인을 돌보지 않았다며 평생친구인 펜튼을 비난하기 시작했다.

— 너! 네 탓이야. 너 때문에 이런 일이 일어났어.

— 아니야.

— 캐롤라인이 위험하다는 걸 나한테 알려줬어야만 했어.

— 내가 어떻게 알 수 있었겠어?

— 어떻게 알 수 있냐고? 봐, 캐롤라인이 어떻게 됐는지 보라고. 캐롤라인을 보고서 어떻게 그런 말을 할 수 있어?

— 하지만 내가 어떻게 알 수 있었겠어? 어떻게 알 수 있었겠냐고?

푸른색 카디건 스웨터를 입은 깡마르고 허약한 소년탐정은 올빼미 눈을 접시만큼이나 크게 뜨고, 작고 하얀 손을 부들부들 떨면서 계속해서 펜튼에게 소리를 질러댔고, 이에 대하여 펜튼은 계속해서 흐느낄 뿐이었는데, 몸집 큰 펜튼의 그칠 줄 모르는 눈물 때문에 시들어가던 장례식용 꽃들이 흠뻑 젖어들었다. 결국, 빌리는 분개하여 펜튼에게 손가락질만 해댔고, 비난을 받아들인 펜튼은 사죄의 뜻으로 얼굴을 손에 묻고 대책 없는 눈물만 흘릴 뿐이었다. 그것이 그들 둘이 개인적으로 얘기를 나눈 마지막 순간이었다.

소년탐정은 미칠 것 같았기 때문에 대학 공부를 마칠 수 없었다. 그는 수상경력은 있지만 죄책감에 시달리는 부모 곁으로 돌아왔으며, 부모는 최선을 다해서 비탄에 잠기는 방법에 관한 가이드와 어드바이스와 책들을 제공하였다.

몇 달이 이런 식으로 — 침대에 엎드린 채 여동생이 듣던 카펜터즈 레코드를 들으며, 여동생이 쓰던 지문 채취 도구를 쓰다듬으며, 하염없이 눈물만 흘리면서 — 흘러갔다. 머지않아, 마침내, 상심한 소년탐정 빌리 아고는 여동생을 따라 가장 심오하며, 거부할 수도 인지할 수도 없는 미스터리인 죽음을 택하기로 결심했다. 빌리는 알몸으로 욕조에 서서, 깡마른 가슴팍을 부들부들 떨면서, 아버지의 여행용품에서 집어낸 면도날을 자신의 손목에 대었다. 그는 손목을 그었고, 동생과 유사한 끔찍한 소리를 내면서 쓰러졌는데, 그 소리는 또 한 번 온 집안에 울려 퍼졌다.

아들의 갑작스러운 잘못된 행동은 비몽사몽 저녁을 보내고 있던 아고 부부를 방해했다. 이제는 둘 다 퀘일루드 [진정 최면제]를 복용하고 있었으며, 둘 다 그 특정한 종류의 추락의 고통스러운 소리가 무엇인지 알고 있던 아고 부부는 신문을 덮고 서로를 사납게 바라보았다. 곧 앰뷸런스 사이렌이 울부짖고, 빌리는 흔들거리는 은색 들것에 실려 나갔으며, 그의 부모는 아들 옆에서 걸어가면서 침착성을 찾으려고 최선을 다했지만 신경질적으로 서로를 비난할 뿐이었다.

— 당신 때문에 일어난 일이야.

— 아니, 당신 때문에 일어난 일이야.

— 아니, 당신 때문이야.

— 아니, 당신 때문이라니까.

같은 실수를 되풀이하기 싫어서, 그리고 진정으로 빌리의 행복을 위하여, 아고 부부는 도시에서 멀리 떨어진 곳에 있는 성 비투스 노약자 및 정신장애자 병원에 임시로 소년탐정을 입원시키기로 결정했다. 머지않아 빌리는 성 비투스 병원의 차분한 휴게실에 있는 플라스틱으로 커버를 씌운 소파에 앉아서, 붕대를 감은 손목을 만져보면서, TV에서 흘러나오는 외국 드라마의 단조로운 소음과 곁에 있는, 오랫동안 버림 받은 사람들의 이상하리만치 차분한 목소리를 듣고 있었다.

휴게실 전체에 놓여 있는 작은 갈색의 카드테이블에서는 다양한 단계의 정신장애를 가진 다양한 정신장애 환자들이 다양한 종류의 조각 퍼즐을 맞추면서 시간을 보내고 있었다. 새끼 고양이에서부터, 국가 지정 기념물, 역사적 인물의 사진들이 각자 다른 상태의 완성도를 보이며 놓여 있었는데, 환자들의 표정은 매우 진지했고 손놀림은 매우 부지런했다. 생각할 것도 없이, 종종 빌리는 부상당한 손목을 바라보던 시선을 들어 고개를 돌려 도움을 원하느냐고 묻곤 했다. 그러면 곧 링컨의 턱수염이 복구되었고, 그레이트데인 [犬]의 다리는 제 자리를 찾았고, 피라미드는 측면은 완성되었다. 이처럼 방 안에 있던 미해결 퍼즐은 모두 신속하게 해결되었다.

결국 소년탐정은 성 비투스 병원에서 10년 이상 있었다. 내막은 이렇다. 처음에 빌리는 집에 돌아가고 싶지 않았기 때문에, 외부세계로의 재진입 준비 상태를 평가하는 시험에 모두 다 일부러 낙방했다. 하지만 이것도 언급할 필요가 있다. 차차 충분한 쏘라진 [항정신병 약물]을 투여 받고 나자, 과다한 의약처방을 받은 환자들이 다 그렇듯 빌리도 반응이 느려지고 자신만의 슬픔이라는 우주 안으로 침잠하여 사라지고 말았던 것이다.

그로부터 10년 후, 주 [州] 예산이 전반적으로 삭감되고 새로운 병원장 닥터 콜버그가 부임함으로써 성 비투스 병원의 과도한 정신과 약물치료는 곧 감소되었고, 한 때 심각한 혼수성으로 분류되었던 환자들은 모든 증세를 다시 등록하게 되었다. 빌리는 약물이 유도한 마비상태로부터 깨어나서 병상의 양쪽 은색 골조를 움켜잡고, 턱수염이 난 낯선 자기 얼굴을 긁적이고는, 캐롤라인의 이름을 울부짖기 시작했다. 그것은 당시 소년탐정이 머리와 가슴과 혈관 깊숙이 지니고 있던 단 하나의 생각이었다. 캐롤라인의 죽음을 초래한 자들을 찾아내서 그들에게 똑같은 정도의 공포와 좌절로 벌하는 것.

그로부터 며칠 안에, 그리고 환영 면도를 한 후, 빌리는 필요한 테스트는 모두 통과했고, 전적으로 정확하지는 않다고 해도 예후가 성급하게 진단되었는데, 당시 주 위원회는 소년탐정이 더 이상 성 비투스 병원에 있을 필요가 없다고 결정함으로써 빌리는 퇴원하게 되었다. 병원 스태프들은 ― 그중에서도 특히 교도관 같은 간호사, 붉은 머리의 미시즈 헤밍스가 ― 빌리로 하여금 주 정부로부터 원조를 받는 셰이디 글렌스 재활 시설에 거처를 확보하고, 시내에서 생산적인 직업을 가짐으로써, 이방인에게는 위험하고 친구들에게는 잔혹한 곳이라고 생각해왔던 바깥세상에서 여생을 타협하면서 사는 방법을 찾을 수 있도록 도와주었다.

소년탐정은 고담 시내로 향하는 버스에 올라타면서 자신을 배웅 나온 부모에게 다시 한 번 손을 흔들어 작별인사를 했다. 빌리는 깡마르고 얼굴은 수척했으며 색 바랜 푸른색 스웨터를 입고 있었다. 머리는 거의 삭발에 가깝게 면도되어, 귀 위쪽으로 머리카락 없는 부분이 원형으로 빛나고 있었으며, 피부는 마지막 전기치료요법을 받기 위하여 깨끗이 씻겨 있었다. 소년탐정은 문으로 올라 타 창가에 자리를 잡고 앉아서 그의 부모가 천천히 사라지는 중차대한 광경을 지켜보았다. 빌리는 무릎을 내려다보면서 손목에 있는 두껍고 하얀 흉터를 만져보고, 그 다음에는 머리 양쪽에 머리카락 밀어버린 곳을 더듬어보았다. 그는 다시 고개를 들어 손을 흔들었지만, 이제 더 이상 부모는 보이지 않았다. 대신에, 저기 멀리, 큰 강 저편으로 점점 더 희미해지면서 보이는 것은 반갑게 맞아주지 않는 불가사의한 대도시 뉴욕에서 발사되는 은색과 녹색의 서치라이트였다.

그런 식이었다.

결국, 그렇게 아주 낯설지도 않았다.

그러나 여전히 빌리 아고는 소년탐정의 삶이 얼마나 예상치 못한 변화를 겪게 될 것인지 알지 못했다.

CHAPTER THIRTY-TWO

토끼 머리 실종 사건

사람들은 소년탐정에 대해서
뭐라고 생각할까?

버스 기사 : 언제나 시간에 정확한 사람

우편배달부 : 아주 예의바른 사람

학교 교사 : 어휘력이 뛰어난 사람

은행가 : 우리 딸이 잃어버린 다리 한 쪽을
　　　　　찾아준 사람

로켓 과학자 : 정말 똑똑한 사람

ONE

우리가 사는 도시 — 그림자의 도시, 미스터리의 도시 — 에서는 빌딩들이 이유도 없이, 완전히 사라지기 시작했다. 여전히 신실한 거주자들로 꽉 들어차 있는 그 빌딩들은 사람들과 함께 모두 소리도 없이 해체된다. 놀라지도 않고 죽어간 사람들의 생기 없는 목소리와 회환으로 가득한 대기는 숨 쉬기조차 힘들다. 통근자들은 출근할 때 사랑하는 사람들의 사진을 가지고 다니기 시작했다. 버스에 타면, 우리는 서로를 바라본다. 슬픈 표정의 아내와 은근히 미심쩍은 아이들이 우리 곁에 가까이 모여들어 있는 사진을 보면서, 우리 자신의 죽음에 대한 무언의 설명을 조용히 상상한다. 하지만 저녁 때 집에 오면, 아침에 보았던 사진이 우리의 비겁을 배반하기 때문에 우리는 실망하게 된다. 우리는 사라지고 있는 도시에 살고 있는데, 그보다 더 나쁜 것은, 사라진 빌딩들처럼 우리의 희망도 사라졌고 더 이상은 어떤 일에도 놀라지 않는다는 것이다.

그저 바라보기만 해도 안다. 지평선을 따라 높게 반짝이고 있는, 아직 남아 있는 은빛 마천루들의 저편, 그늘진 녹색 강물 너머를 보라. 이름은 이미 오래 전에 잊힌 모(某) 창시자에게 헌정된 작은 도심공원의 저편, 팔 없는 남자가 청동 말에 올라 타 있는 동상 너머를 보라. 흰색의 작은 집들과 잿빛의 좁은 도로의 저편 — 도로는 아직 우리 도시에 남아 있는 공장의 굴뚝 사이에 파묻혀 있는 으스스한 막다른 골목에서 끝난다 — 그곳을 보라. 거기에 '셰이디 글렌스 정신질환자 적응 센터'가 보인다.

좀 더 자세히 보면 그곳 인도에 서서 사각형의 건물을 서글프게 바라보

는 인물을 볼 수 있다. 그것은 소년탐정인데, 이제 서른인 그는 마침내 정
신병원에서 풀려난 것이다. 만세. 여러 가지 이유로 그는 여전히 불행하
다. 그는 노란색 슈트케이스를 손에 든 채, 이상하리만치 현대적인 건물,
바로 셰이디 글렌스 정신질환자 적응 센터 앞에 서 있는데 아주 실망한 모
습이다. 소년탐정이 생각한다. '오, 맙소사.' 소년탐정이 생각한다. '건물
모양새가 정말 마음에 들지 않아.' 울컥 흐느낌이 치솟는 것을 느끼지만
이를 악물고 참아낸다. 그는 고개를 들고 검은 테 이중초점 안경을 올리고
눈을 깜빡인다.

앞서 말했듯이 이 시설물은 현대식으로, 꼭 직사각형으로 생긴, 밋밋한
벽돌로 지어진 흰색 건물인데, 창문 — 이 건물의 눈 — 에 설치된 두꺼운
검은색 창살 때문에 이 장소 역시 불행하다는 느낌을 준다. 하지만 잘못
찾은 것은 아니다. 보안장치가 된 유리문 옆에 붙은 희미한 회색 숫자는
빌리가 떨리는 손에 잡고 있는 흰색 종잇조각에 비뚤비뚤 쓰인 번지수와
정확하게 일치하는데, 그걸 보자 닥터 콜버그와 나누었던 대화가 되살아
난다. 정확하게 이런 대화였다.

— 빌리, 이제 바깥세상으로 돌아갈 준비가 되었겠지?

— 아뇨, 선생님, 전혀 그렇지 못합니다.

— 하지만 영원히 이곳에만 있을 수는 없잖아?

— 왜 안 되죠? 선생님, 저는 다른 사람을 귀찮게 하지 않는데요.

— 왜냐하면 그건 건강하지 않기 때문이야. 빌리, 자네는 아주 특별한
젊은이라네. 이제는 자네 스스로 그걸 깨달아야 할 시간이야. 혼자서, 저
바깥세상에서. 세상은 자네가 생각하는 것만큼 끔찍하지는 않을는지도

몰라.

— 이곳에서 한 달만 더 있고 싶습니다. 선생님, 그러면 안 될까요?

— 한 달이라고? 왜 그렇지?

— 그러면 여름이 끝날 테니까요, 선생님. 여름이라면 바깥세상에 나갈 수 없어요.

— 왜 나갈 수 없지?

— 어린 소녀들이 놀고 있는 걸 보고 싶지 않을 거예요. 저 밖에 꽃이 피어 있는 것도 보고 싶지 않을 테고.

— 왜?

— 왜냐하면, 지금 당장은 행복한 것들도 모두 다 죽을 테니까.

— 하지만 빌리……

— 예쁜 것이라면 하나도 되새기고 싶지 않을 거예요.

— 하지만 빌리, 물론, 뭐든지 그럴 수……

— 저는 되새기고 싶지 않을 거예요.

— 알았어, 알았어. 빌리, 그럼 방법을 찾아보자고.

닥터 콜버그는 그가 할 수 있는 방법을 모두 동원했고, 마침내 학교에서는 새 학기가 시작되고, 꽃들은 시들기 시작한 다음에야 빌리는 병원을 나서게 되었다.

갑자기 소년탐정이 고개를 들어 바라본다. 길 건너편 어느 집 앞마당에서 창백한 금발 소녀가 그를 향해 소리치고 있다. 소녀 옆에는 어린 소년이 말없이 눈살만 찌푸리고 있다.

"그쪽에 우리 토끼의 머리가 있어요?" 소녀가 소리친다.

그것은 다른 사람이 아니라, 아주 어색해 보이는 열한 살의 사춘기 소녀 에피 멈포드이다. 에피에 관해서 독자가 알아야 할 것은 그녀가 지역 단위, 주 단위, 국가 단위의 과학경시대회를 3년째 석권하고 있다는 사실이다. 또한, 그녀는 대책 없이 아마추어 로켓공학에 폭 빠져 있다. 뿐만 아니라, 언제나 왕따 당해왔고, 콧물이 멈출 수 없이 흘러나오는 증세를 오랫동안 앓고 있고, 되풀이되는 눈병의 말없는 희생자이며, 미래에는 저명한 신경생물학자가 된다는 것도 알아야 한다. 마지막으로, 에피 멈포드에 관한 또 하나 중요한 사실은 다른 사람이 만지는 것을 싫어한다는 것이다. 누구든, 결코 안 된다.

에피의 일상에 대해서 말하자면, 소녀의 옷차림은 아주 부적절해서, 흰색과 자주색이 섞인 겨울 재킷을 1년 내내 입고 있는데, 여름철 가장 더울 때에도 그것을 벗지 않으며, 목에는 흰색 스카프를 두르고, 털이 달린 후드를 뒤집어써서 작은 머리를 완전히 감싸고 있다.

에피 옆에 있는 아이는 남동생 거스 멈포드, 사각형 두상을 가진 가무잡잡한 아홉 살 소년인데, 3학년 선생님들을 다 합한 것보다도 똑똑하지만, 그럼에도 불구하고 남을 괴롭히는 문제아로 알려져 있다. 바로 그날 아침, 거스는 에이브러햄 링컨 암살에 관한 질문에 대답하려고 손을 들었지만, 게일 선생님은 거스를 곁눈으로 힐끗 보기만 하고는 미시 블랙워스를 지명했다. 손이 큰 것이, 얼굴이 사각형으로 생긴 것이 소년의 잘못이란 말인가? 말없는 살과 살이 부딪치는 소리를 선천적으로 좋아하는 것이 소년의 잘못이란 말인가? 소년은 친구들을 괴롭히는 3학년 문제아가 되고 싶은 것은 아니지만 그렇게 되어 있다. 소년은 쉬는 시간에 루시 윌리스의 발목에 돌멩이를 던지고 싶지 않지만 무슨 이유에서인지 그렇게 한다. 거스는 원래 누구와도 말을 하지 않기 때문에 지금도 말없이 서서 발치에 있는 피투성이 광경을 지그시 바라보고 있다.

빌리는 그들을 보고, 눈을 가늘게 뜬 채, 의아하다는 듯 자기 자신을 가리킨다.

"지금 나한테 말하는 거니?" 빌리가 묻는다.

"그래요."

소년탐정은 검은 테 이중초점 안경을 올린다.

소녀는 금발인 것 같다. 앞이마에는 머리카락 몇 가닥이 물결치고 있으며, 두꺼운 자주색 테 안경을 끼고 있다. 한쪽 눈에는 흰색 안대를 한 것이 보인다.

"그쪽에 우리 토끼의 머리가 있어요?" 소녀는 다시 묻는다.

소년탐정은 고개를 돌려 주위를 둘러보고는 고개를 젓는다.

머릿속에서는 '없어.'라고 말하고 있지만, 그 말이 입 밖으로 나오는 데에는 시간이 걸린다.

"없는데."

"아, 그래요. 그럼 정말 실종됐네."

소년탐정은 이렇게 생각한다. '?'

마치 고요한 폭발처럼 — 이 새로운 수수께끼가, 어딘가 그의 앞에 기다리고 있는 이상한 질문에 대해 대답을 거의 알 것 같은 그런 수수께끼가 등장함으로써 — 빌리는 자신의 발이 움직이는 것을 발견한다. 어느새 그는 흑백으로 된 자그마한 수첩을 꺼내서 메모를 하고 있다. 그는 서둘러 길을 건너 소녀 곁에 서서 그녀가 바라보고 있는 것을 내려다본다. 소녀가 주장한 것과 정확하게 똑같이, 그곳에는 옅은 갈색의 작은 토끼 한 마리가, 머리를 잃은 채 쓰러져 있는데, 잘린 목에서는 피와 근육이 처참하게 흘러나와 있었고, 그 끔찍한 상처 주위에는 파리가 윙윙대며 들끓고 있었으며, 토끼 발에는 여전히 두 켤레의 발레리나 슈즈가 신겨져 있었다.

"이게 뭐야?" 빌리가 묻는다.

"머리가 몸에 붙어 있지 않아요."

"그래. 아니면 그렇게 보이는 거겠지."

소년탐정은 이미 수사를 시작하고 있다. 크기를 측정하고, 도표를 만들고, 흑백 청사진을 만든다. 사라진 토끼 머리의 상세한 도해가 이미 그의 연필 끝에서 마법처럼 나타나고 있다. 그는 자신을 이렇게 소개한다. "내 이름은 빌리 아고. 나는 탐정이야."

"탐정이요?"

"그래. 네 이름은 뭐니?"

"에피 멈포드에요." 그 말을 하면서 소녀는 콧물을 훔친다. 옆에 있는 남동생 거스는 의심스러운 눈초리로 바라볼 뿐이다.

"그럼 동생 이름은 뭐니?" 빌리가 묻는다.

"거스 멈포드. 하지만 얘는 말 안 해요."

"그렇구나. 그런데 왜 말을 안 하지?"

"얘네 선생님이 수업시간에 얘한테는 발표를 시키지 않거든요. 말은 안하지만 글로 얘기해요."

소년탐정은 검은 눈동자의 이상한 어린 소년을 응시하고, 소년은 흰 종 잇조각을 건넨다. 거기에는 이렇게 쓰여 있다. '낯선 아저씨, 안녕하세요.'

소년탐정은 메모를 보고 고개를 끄덕이고는 다시 묻는다. "이 토끼를 마지막으로 본 게 언제지?"

"글쎄요. 어젯밤. 잠자리에 들기 전이요." 에피가 대답한다.

"이런 일은 처음이니, 아니면 전에도 비슷한 일 있었어?"

"아뇨, 전혀 없었어요. 진짜 예상하지 못했던 일이에요. 정말 놀라운 일이에요."

"그럴 것 같구나."

"진짜 역겨운 사건이에요."

"그래. 정말, 아주 역겨운 사건이구나." 소년탐정은 수첩에 이렇게 기록한다. '상당히 역겹다.'

소녀가 말한다. "토끼 머리가 이쪽에는 없는 것 같아요. 집 앞 근처를 샅샅이 찾아 봤거든요."

거스 멈포드가 또다시 소년탐정에게 쪽지를 건넨다. '우리가 찾는 거 도와줄래요?'

빌리는 또다시 이 특이한 소년을 바라보며 고개를 끄덕인다.

이들 세 명은 벽돌 건물 옆쪽으로 돌아다니면서 청록색 덤불 안을 살피고, 튼튼한 흰색 현관 베란다 아래를 들어디보고, 잿빛의 좁다란 골목을 뒤진다. "미스터 버튼스!" 소녀는 다리를 치면서 토끼 이름을 부른다. "미스터 버튼스!"

"이름을 부른다고 뛰어나올 것 같지는 않은데."

소년탐정과 소녀는 잠시 서로를 바라본다. 그들은 두 개의 은색 쓰레기통 뒤쪽을 찾아보지만 소득이 없다. 그들이 찾아낸 것이라고는 스프링이 달린 쥐덫과 말라비틀어진 코사지 뿐이다.

곧 멈포드 부인이 문 쪽으로 다가온다. 짧은 검은색 머리와 푸른 눈동자, 러플이 달린 네이비블루 원피스를 입은 모습이 꽤 아름답다. 그녀는 자신의 앞뜰에 있는 낯선 남자를 바라본다. "무슨 일이시죠?" 그녀가 묻는다.

"저는 탐정입니다. 토끼에게 무슨 일이 생겼는지 알아내기 위해서 여기에 있습니다."

"에피, 내가 말했지? 미스터 버튼스를 쓰레기통에 버리라고."

"엄마, 우리는 토끼에게 무슨 일이 있었는지 알아내려는 중이에요." 에피가 항의한다.

"좋아. 그럼 어지르지 마라. 30분 후에 밥 먹는다."

"알았어요."

"거스, 애야, 너도 마찬가지야."

거스 멈포드는 고개를 끄덕이지만, 그는 이미 알고 있는 것에 대해서 재차 확인 당하는 것을 싫어한다. 그는 쪽지를 들어 올린다. '알았어요!'

"그리고 너희 둘, 화학약품 가지고 놀면 안 돼. 화학약품 가지고 노는 거 두 번 다시는 보기 싫다."

이 말을 남기고 멈포드 부인은 하던 빨래를 마저 하기 위하여 집 안으로 사라진다.

소년탐정과 멈포드 남매는 다시 한 번 목 없는 토끼를 내려다본다.

"이제 내가 중요한 질문을 할게. 에피 멈포드와 거스 멈포드, 너희가 아는 사람 중에서 이런 짓을 할 만한 사람 있어?"

"있어요. 거의 모두 다 그럴 걸요."

"그건 왜?"

"왜냐하면 다들 증오에 가득 차 있으니까요. 나는 학교에서 뭐든지 1등
인데 그것 때문에 그들이 나를 증오하거든요."

"누가 그런 이유로 너를 증오하는데?"

"증오심에 가득한 사람들이죠. 특히 여자아이들."

"학교에서 1등하는 것 때문에 너를 증오한다고?"

"그래요."

"알겠다." 소년탐정은 또다시 수첩에 적는다. "너는 몇 학년이지?"

"두 번 월반해서 8학년이에요."

"8학년이라고? 지금 몇 살인데?"

"열한 살."

"아, 그래."

소년탐정과 아이들은 갈색의 작은 시체를 내려다보며 서 있다.

"그럼……" 소녀가 말한다.

"뭘?"

"그럼, 토끼 머리를 찾아내는 거예요?" 소녀가 묻는다.

"아니. 찾을 수 없을 것 같은데."

"못 찾는다고요?" 소녀가 묻는다.

"그래. 찾을 것 같지 않다."

"아저씨는 아주 훌륭한 탐정은 아니군요?"

"아니란다. 아닌 것 같구나."

그러자 그 다음엔 어떤 말을 해야 하는지 모르는 그들은 그저 어색한 침묵 속에서 토끼의 몸통을 내려다볼 뿐이다.

TWO

이것은 과학적인 사실이다. 뉴저지 주 고담 시에는 당신이 생각하는 것보다 범죄가 더 많이 발생한다. 그걸 알면 정말 놀랄 것이다. 그것은 최근에 죽은 자들은 으스스한 얼굴이 출몰한다는, 끔찍한 밀랍인형 박물관 같다. 뉴저지 주 고담 시의 연간 범죄기록을 한눈에 파악해보자면 다음과 같다.

살인사건 19건

강간사건 67건

강도사건 706건

폭행사건 739건

침입절도사건 1,173건

도난사건 2,400건

자동차 도난사건 1,095건

범죄지수 = 785.8

(지수가 높을수록 범죄가 많음을 의미함. 미국 평균 = 330.6)

이 도시는 진정으로 소년탐정을 필요로 한다. 소년탐정은 그게 얼마나 절실한지 잊어버린 것뿐이다

소년탐정은 내려놓았던 노란색 슈트케이스를 다시 들지만, 움직이지는 않는다. 그는 셰이디 글렌스 정신질환자 적응 센터 안으로 들어가고 싶지

않다. 그는 절대로, 절대로, 절대로, 절대로 그곳에서 살고 싶지 않다. 안으로 들어가면, 낯선 상표의 인스턴트 으깬 감자 같은 냄새가 날 것이다. 안으로 들어가면, 누군가 빌리가 알지 못하는 노래를 빽빽 소리 질러 부르고 있을 것이다. 사각형 건물의 적막함과 약물치료 때문에 안정된, 그러나 슬픈 눈빛으로, 흰색 환자복을 입고서 병원 앞마당을 따라 천천히 거닐고 있는 동료 환자들의 병적으로 창백한 모습을 보자 소년탐정은 생각에 잠긴다. 이런 생각이다. 그들의 불균형과 자기 자신의 불균형의 원인은 오늘날 이 시대 어떤 과학자가 아무리 현미경으로 들여다본다고 해도 정체를 알 수 없는 흐릿한 안개로 남아 있을 뿐이다. 그들과 자신을 그토록 미치게 만든 것이 화학물질에 의한 장애든, 정신적 외상을 초래한 사건이든, 아니면 비인도적인 환경적 압박감이든, 소년탐정이 가장 두려워하는 것은 자신이 겪는 질환의 미스터리다.

또한, 그 자신이 받는 치료가 고도로 과학적인 추측 게임일 뿐이라는 것도 두렵기는 마찬가지다. 현재 빌리는 우울증과 강박증과 충동조절장애 등, 서너 가지 질환에 대한 치료를 받고 있다. 그는 인지행동 치료법(즉, 크로스워드 퍼즐을 끝내고자 하는 충동, 옷장 문을 닫고자 하는 충동, 다른 사람들이 휘파람으로 부르는 노래를 완성시키고자 하는 충동을 감소시키는 것)과 병행하여, 일반적으로는 '아나프라닐'이라고 알려져 있으며 의학적으로는 '클로미프라민'이라는 세로토닌 재흡수 억제제(즉, 세로토닌이 두뇌로 흡수되는 속도를 늦추는 것)를 하루에 2백 밀리그램씩 복용하는 치료를 받고 있다. 또한, 두 종류의 항우울제를 복용하는데, 자신의 재량에 따라 조절한다. '아티반'은 패닉의 초기에 꽤 빨리 효과를 내며, '세로

켈'은 그만큼 효과가 빠르지는 않지만 신경계에 오래 남아서 작용한다. 그런데 이런 약물들이 왜 효과를 내는가? 우리는 알지 못한다. 그런 병이 시작된 원인은 무엇인가? 누가 알겠는가? 아무도 모른다. 이상하게도, 바로 이런 미스터리 — 그 질병의 당혹스러움, 해명되지 않는 불행의 원인, 빌리의 마음 속 어둡고 비밀스러운 지하세계에서 자행된 해답 없는 범죄 — 때문에 소년탐정은 이토록 심하게 우울해지고, 지금 막 손에 경련이 시작되는 것이다.

소년탐정이 길을 건너서 이중 유리문을 연 바로 그 순간, 어깨 너머 뒤쪽에 있는 불가피한 미스터리의 세계를 바라보며, 소년탐정은 자신이 두려워해왔던 바로 그런 곳에 있다는 것을 알게 된다.

그러자 소년탐정은 이런 생각을 한다. '나는 캐롤라인이 왜 자살을 했는지 밝혀내고, 누구든 그 책임을 져야 할 자를 응징한 다음, 기회가 닿는 즉시 나 자신을 칼로 찌를 것이다.'

THREE

축구연습 시간이 되면 에피 멈포드는 최악이다. 정말이다. 자주색 겨울 재킷을 입고 후드를 덮어썼기 때문에 시야가 좁을 수밖에 없다. 끝없이 흘러내리는 콧물 때문에 종종 멈춰 서서 소맷자락으로 콧물을 훔쳐야 한다. 보통, 에피의 안경은 떨어져서 그녀보다 덜 어색하고 좀 더 운동신경이 있는 아이들에게 밟히게 마련이다. 공이 자신이 있는 쪽으로 오기라도 한다면, 에피는 광분하면서 쫓아가다가 공을 잡기도 전에 넘어져서 무릎이 까질 것이다. 그녀는 자기편으로부터 공을 뺏으려고 할 것이다. 미국의 '전[前] 사춘기 축구연맹' 규정에 의하면, 에피는 어느 시합이든 최소한 4분 동안은 뛰어야 한다. 바로 이 4분 동안 그녀가 소속된 '고담 쿠거스' 팀이 시합에 지는 일이 다반사다. 그래서 그녀의 팀에서는 이런 노래를 만들었다.

이-에프-에프-아이-이 [에피]
우리는 그녀를 원치 않아
너희가 제발 데려가
나중에 병신 캠프로 돌려보내 주면 돼

바로 그날 일찍 축구연습을 할 때, 우연히도 공이 에피가 있는 방향으로 날아왔다. 에피는 "내가 잡았어! 내가 잡았어!"라고 소리치며 공을 향해 뛰었지만, 넘어져서 직통으로 얼굴을 땅바닥에 부딪쳤다.

"너는 내가 본 중에서 최고의 병신이야." 같은 팀원, 갈색 머리를 포니테일로 묶고 뺨이 발그레한 소녀가 에피를 내려다보며 말했다. 그녀의 이름은 파커 레인이었다. 그녀는 짧은 반바지를 입고 푸른색 아이섀도를 칠하고 있었는데, 이미 투명테이프가 몇 줄이나 붙어 있는 에피의 안경을 스파이크 운동화로 힘껏 밟아서 박살을 내버렸다. "네가 장님이 돼 버린다면 좋겠어."

에피는 손으로 귀를 막은 채 말했다. "나는 지금 여기에 있는 것이 아니다. 나는 북극에 있다." 그녀는 부서진 안경 조각들을 집고는 재빨리 도망쳤다.

여기서 짚고 넘어가야 할 것은, 머리가 실종된 토끼, 미스터 버튼스는 사실 교내 과학경시대회를 위해서 에피 멈포드가 준비하던 실험의 일부였다는 사실이다. 에피 멈포드의 최근 실험들이 거의 모두 그렇듯이, 이번 실험도 악의 본질에 관한 것이었다. 거의 세 달 동안, 에피 멈포드는 미스터 버튼스의 토끼장 옆에 레코드플레이어를 설치해놓고, 다양한 종류의 음악과 연설과 노래가 토끼의 신경계와 반사작용과 사교반응에 미치는 일반적인 효과를 기록하곤 했다.

에피 멈포드가 최근에 시도했던 다른 실험들은 다음과 같다. 연쇄살인범과 부패한 세계 지도자들의 머리와 손과 발의 모양을 비교하여 그들 사이의 연관성을 찾아내는 실험, 일상적인 대회에시의 무례함을 과학적으로 평가하는 실험, 그리고 인체에서 악을 생성하는 분비선의 위치를 찾아내는 연구조사 등이었는데, 특히 마지막 실험은 방금 사망한 사체를 입수하지 않으면 증명이 불가능한 가설이었다.

실험대상 토끼가 예기치 않게 살해당하기 전까지 그녀가 최근 실험에서 수집한 증거는 다음과 같다. 환경적 자극요인이 토끼의 일상적 존재에 미치는 심오한 영향을 보여주는 명확한 사례로써, 토끼는 음악을 대개 즐기는 것 같았는데, 그중에서도 특히 빅밴드 재즈를 들려주면 혈압은 확연히 낮아지고 반사작용은 빨라지며, 인간과 토끼의 친밀도는 상당히 향상되었다. 하지만 실제 독일의 전쟁 소음이나 닉슨 대통령의 취임연설을 들려주면, 토끼는 반응이 없어지고 애정도 없어지고 행동은 둔해지고 슬퍼 보였으며, 때로는 분개하여 에피의 손을 깨물려고 들기도 했다. 어쩌면 에피 멈포드는 자신이 이미 알고 있는 것을 입증하려는 것이었는지도 모른다. 즉, 모든 동물과 마찬가지로, 그녀도 자신을 둘러싸고 있는 세계의 일반적 장애와 상상력 없는 비열함에 의하여 좌지우지되고 있다는 것.

FOUR

소년탐정은 셰이디 글렌스 재활원의 연녹색 현관 복도에서부터 자기 방까지 몇 걸음인지 부지런히 세고 있다. 그래야 혹시 납치를 당해 눈을 가렸다고 해도 몇 걸음이면 안전한 곳에 도달할 수 있는지 알 수 있을 테니 말이다. 해답은 서른일곱 걸음이다. 그는 큰 소리로 "서른일곱"이라고 중얼거린다.

바로 이것이 소년탐정이 하는 일이다. 그는 언제나 수를 세고, 추정하고, 기록하고 있다. 그는 자신이 하던 일을 멈추고 그냥 다음 단계로 이동하지 못한다. 그에게 있어서 삶은 연관성과 정해진 양식과 역사와 동기부여로 이루어진 것이다. 소년탐정의 세계에서는, 우리의 세계에서와 마찬가지로, 모든 일에는 이유가 있다. 이유가 없다면, 계획이 없다면, 가장 가까운 대피로에 이르는 걸음 수를 정확하게 세지 않는다면, 세상에는 아무것도 없다.

셰이디 글렌스 재활원 이쪽 병동의 관리인 중 하나인 엘루이즈 간호사, 검은 눈동자 검은 머리에 피 묻은 손자국이 있는 제복 스커트를 입은 그녀가 빌리와 함께 복도를 따라 걷는다. "당신은 이곳에 오게 되어서 아주 긴장했거나 매우 흥분했거나 둘 중 하나군요."

"아니에요." 빌리가 말한다. "나는 아무 것도 아니에요."

그들은 밝게 불이 켜진, 타일로 된 복도를 따라 걷다가 미스터 플루토 옆을 지나친다. 머리가 벗겨지고 몸집이 거대한 남자로, 그가 입고 있는 푸른색 환자복은 몸집이 작은 남자 네 명분의 가운을 만들고도 남을 정도의 천으로 만든 것이다. 빌리는 그를 보는 즉시 오래 전 서커스단의 괴력사로 이름을 떨치다가 몇 건의 금고털이로 기소되었던 '놀라운 플루토!'라는 것을 알아차린다. 그의 눈은 검은색 작은 단추 같으며, 알아들을 수 없는 말을 중얼대는 것으로 보아 분명히 돌았다는 것을 명확히 알 수 있다. 그는 머리카락 없는 머리를 황금색 브러시로 빗질하면서 매우 흥분한 듯 흐느끼고 있다.

"가여운 미스터 플루토, 무슨 일이에요?" 엘루이즈 간호사가 묻는다. "또 가발을 잃어버렸군요?"

미스터 플루토는 고개를 끄덕인다.

"저 가여운 친구는 새로운 사람들을 만나는 게 불안해서 저러는 거예요." 엘루이즈 간호사가 설명한다. "빌리, 당신이 직접 인사하는 게 어때요?"

빌리가 거인을 보며 미소를 짓자, 거인은 겁먹은 듯 시선을 돌린다.

"아, 낯선 사람 앞에서는 그냥 수줍어하는 거예요." 엘루이즈 간호사는 이렇게 말하면서, 빌리의 손을 잡고 그가 머물게 될 방으로 이끌고 간다.

이상한 일이지만, 방에 들어서는 순간 소년탐정은 자신이 예상했던 것과 똑같다고 결론짓는다. 명목상으로는 레지던스 [거주용 시설]라고 되어 있지만, 재활원 전체에는 분명히 보호시설다운 특징이 남아있다. 방은 상당히 작고, 색 바랜 녹색 벽지는 표면이 일어났으며, 천장에는 이상한 검은 반점들이 점점 자라고 있다. 하나 뿐인 창문에는 철창이 쳐져 있고, 가구라고는 흰색 나무 옷장과 연한 녹색과 흰색으로 칠한 침대뿐이다. 그것은 정신병원에 있을 때 그가 있던 방과 거의 똑같은데, 마침내 소년탐정은 그

방이 이상하리만치 편안하다는 생각이 든다.

간호사가 조명 스위치를 탁 켜자, 놀랍게도 불이 들어오는 것이 아니라 눈이 날리기 시작한다. 천장으로부터 떨어져 나온 흰색 조각들이 가루처럼 떠돌아다니자, 간호사는 사과 같은 뺨을 붉히면서 황급히 스위치를 끈다.

"수리해야겠군요." 그녀가 말한다.

눈송이는 칙칙한 녹색 카펫에 녹아들면서 사라지기 시작한다. 빌리는 손가락으로 눈송이 하나를 집어서 그것이 눈물로 변하는 것을 지켜본다. 그는 고개를 들고 눈살을 찌푸린다. "괜찮아요." 그가 말한다. "별로 신경 쓰이지 않아요."

"아뇨, 미안해요." 당황한 엘루이즈 간호사가 사과한다. "그럼, 좀 둘러 보세요."

"좋아요." 빌리가 말한다.

소년탐정은 방문을 닫고 새로운 방을 둘러본다. 그는 손목 상처를 긁으면서 푹 꺼지고 먼지가 이는 침대에 걸터앉는다. 벽에 걸린 먼지 쌓인 황금색 액자에는 슬픈 눈빛을 한 머리 큰 아이의 그림이 있는데, 소년탐정은 그걸 바라보며 한숨을 쉰다. 그는 슈트케이스를 열고 옷가지를 조금 꺼낸다. 올빼미 모양의 알람시계를 찾아서 태엽을 감아 침대 곁에 놓는다. 모험으로 흥미진진했던 그의 어린 시절을 얘기해주는 신문의 1면 스크랩을 모아놓은 것을 찾아내서 다시 한 번 한숨을 쉬고는, 하나씩 하나씩 빛바랜 녹색 벽에 붙이기 시작한다.

소년탐정, 바다의 괴물 사기사건을 해결하다
사기꾼들을 고담 호수에서 낚아 올리다

소년탐정, 귀중한 크로스워드 퍼즐을 풀다
어린 여동생과 이웃 친구의 도움으로 보석 가득한 사라진 단어를 해독하다

소년탐정, 폭죽 밀수단을 일망타진하다
밀수꾼 서너 명은 화재로 사망하다

　소년탐정은 자기가 그토록 그리워하는 친숙한 얼굴들로 벽이 가득 찰 때까지 계속해서 붙여 나간다. 저기에 턱수염과 콧수염으로 변장한 캐롤라인과 펜튼이 있다. 저기에 흰색 원피스를 입은, 아주 어린 캐롤라인이 의심스러운 소방관을 가리키고 있다. 저기에는 펜튼이 어떤 아이스크림을 좋아하느냐를 묻는 기자의 질문에 미소를 짓고 있는데, 이웃 친구의 보드라운 작은 손에는 증거 그림이 들려 있다. 저기에는 악한이 경찰차 뒷자리에 타고 있다. 저기에는 아이들이 승리를 기뻐하며 웃고 있는 사진이 있다. 저기에는 부패한 정치인을 비웃는 여동생의 발그레한 얼굴이 있다. 저기에는 또다시 캐롤라인이 경악스러운 사건에 대해 대담한 단서를 제공한 지문 세트를 들고 있다. 저기에 캐롤라인의 반짝이는 눈과 작은 귀와 얇은 입술이 있다. 저기에 그녀의 모습이 있는데, 이제는 노랗게 바래가는 신문지 위에 검은 점으로만, 펄프지 위에 있는 검은 얼룩으로만 남아 있다. 저기에 또다시 캐롤라인이 있다.

캐롤라인

캐롤라인

너는 그때 왜 갔니?

자기 방 안에서 혼자, 자신을 둘러싼 모든 알 수 없는 것들이 두려운 빌리는, 침대에 누워서 눈을 감는다. 언제나 그렇듯 그는 기억을 시작한다. 자신이 소년이었던 시절 아주 멋지게 해결했던 '사탕공장의 유령' 사건을 되살린다. 빌리는 힘들 때마다 즐거이 회상하곤 하는 오래 전의 기억을 꿈꾸면서, 벽에 붙어 있는 얼룩진 신문기사 스크랩을 바라본다.

오래 전의 여름, 고담 시 경찰은 새로 설립된 해피랜드 사탕공장에서 이상한 것들이 연이어 출몰하는 사건으로 쩔쩔매고 있었다. 공장 대들보 몇 개가 풀려서 떨어지면서 새로 들여 놓은 '스트로베리 키서' 제조기를 박살내고 단단하게 굳은 날카로운 젤라틴 조각 때문에 공장견학에 나섰던 아이들 몇 명이 부상을 당한 사고가 발생하기 직전에 아이들은 '유령 같은 형체'가 '초콜릿 마시멜로' 통 위를 맴도는 것을 보았다고 말했다. 며칠 후, '누가 스플래시다운'을 찍어내는 기계의 배관 연결부 몇 곳이 터지면서 인부들 위로 위험한 스파크의 폭발을 쏟아 부은 사건이 발생하기 직전에, 기계를 조작하던 공장 직원이 제어판 근처에서 유령의 소리가 들렸다고 증언했다. 얼마 후에 익명의 편지 한 통이 은박지로 싸인 초콜릿 바 안에 넣어진 채 발송되었는데, 그것이 최초이며 유일한 단서였다. 빌리와 캐롤라인과 펜튼은 경찰서에서 나란히 서서 그 편지를 천천히 읽어보았다.

EVERY DEAD GHOST IN A FACTORY IS BENT
[공장에 있는 죽은 유령은 모두 등이 굽었다]

소년탐정은 이런 종류의 사건은 잠결에 해결한다. 최소한 예전에는 그랬다.

FIVE

갑자기 소년탐정은 자신의 평생 숙적인 폰 골룸 교수가 복도 맞은편에 살고 있다는 것을 깨닫게 된다. 틀림없다. 골룸 교수는 키가 크고 호리호리하며 침울한 표정을 하고 있다. 그는 흰색 파자마 위에 맵시 있는 흰색 가운을 입고 있다. 그는 환영인사도 하지 않은 채 빌리의 방에 불쑥 들어오더니 즉시 염탐을 시작하는데, 조그맣고 욕심 많은 손가락으로 빌리의 물건을 하나하나 탐색하면서 흥미로운 것을 찾아내면 혼자 중얼거리면서 빙긋 웃는다.

"아주 흥미롭군." 그는 고개를 끄덕이며 말한다. "아, 정말 흥미로워."

빌리는 한숨을 쉬고 침대에 걸터앉아서 골룸 교수가 방을 찬찬히 뒤지는 걸 지켜본다.

"우리 다시 만났군, 빌리 아고. 그것도 가장 뜻밖의 장소에서 말이야. 그렇지?"

빌리는 자신의 손을 내려다보고 손목을 만지면서 눈살을 찌푸린다.

바로 그 순간, 마법처럼, 빌리는 폰 골룸 교수가 죽었다는 사실을 깨닫는다. 얼마 전, 자신의 실험실에서 작업하던 중 결함이 있는 분해광선으로 인한 이상한 사고가 생기는 바람에 그는 죽고 곁에서 도와주던 예쁜 조수는 불구가 된 참사가 있었던 것이다. 빌리는 아주 갑자기 이 사실을 기억해내고는 공포에 질려 올려다본다.

"나는…… 나는 당신이 죽었다고 생각했어요." 빌리가 나지막이 말한다.

"나도 그렇게 생각했어." 교수가 말한다. "하지만 여기 이렇게 침대에 앉아 있잖아. 그동안 내가 알게 된 것은 이승에서 나를 실망시키지 않는 것은 하나도 없다는 거야. 우리 자신의 죽음조차도 말이야."

"그렇군요."

"그래, 그건 정말 꽤 이상한 일이지." 골룸 교수는 이렇게 말하고 슬프게 고개를 끄덕인다.

"그래요. 이상하죠."

"소년탐정, 내가 들은 얘기가 사실인가?"

"나는……" 소년탐정은 말을 더듬는다.

폰 골룸 교수는 빌리의 손목을 쓰다듬으면서 빌리를 쳐다본다. 빌리의 상처를 보자, 골룸 교수는 말없이 고개를 끄덕인다.

"오, 이제 알겠어. 그리고 손목에 대해서도 알겠어. 최소한 그건 용감한 행동이었군."

"당신은 왜 여기에 있죠?" 소년탐정이 묻는다.

"그건…… 너도 알듯이 나는 여자에 관해서 문제가 있었지. 내가 아무리 두뇌가 뛰어나다고 해도 여성에 대해서만은 제대로 파악하지 못했어. 내 실험실에 이 아름다운 젊은 여성 샘플이 하나 있었는데, 얼마나 말이 많던지, 마침내 나는 '너 입 다물고 옷 벗지 않으면……'이라고 말했어. 그러자 그녀는 이렇게 말했지. '하지만 저는 겨우 열다섯 살인걸요." 바로 그 시점에서 나는 결론을 내렸어. 아마도 이 여자라는 종족을 — 모든 의사들을 — 이해하는 최선의 방법은 아마도 그중 하나를 열어서, 그러니까, 그 속을 들여다보면서 거기에 있는 것들이 어떻게 작용하는지 살펴보는 것이겠지, 타임머신처럼 말이야……"

폰 골룸 교수는 갑자기 예민해지더니 깜짝 놀란 듯 주위를 살핀다.

"빌리, 그런 얘기는 들었나?" 그가 묻는다. "간호사들은 늘 염탐질을 하고 다닌다네. 내 충고가 필요한가? 귀중한 물건이라면 무엇이든 항상 몸에 지니고 다니게."

폰 골룸 교수는 빌리의 스웨터 한 벌을 집어서 입어보면서 거울에 비친 자신의 모습에 감탄한다.

"빌리, 이곳에서는 아무도 신뢰할 수 없어. 음, 나는 예외지만 말이야. 우리는 말하자면 오래된 친구니까. 그렇지?"

폰 골룸 교수는 방안을 가로질러 가더니 빌리와 캐롤라인의 신문 기사 스크랩 하나를 벽에서 떼어냈다. 그는 짧은 금발에 왼쪽 귀 뒤에 데이지를 꽂고 있는 캐롤라인의 모습을 바라보더니, 입을 벌린 채 눈을 떼지 못한다.

"그래 이 소녀, 바로 이 소녀, 늘 정말 사랑스러웠지."

빌리는 골룸 교수의 손에 있는 신문 기사를 잡아채고, 교수는 낄낄거리며 고개를 끄덕이고는 재빨리 몸을 뺀다.

"너에게 필요한 것은 다시 사람들을 신뢰하는 법을 배우는 거야, 빌리. 너는 이제 바깥세상에 나왔다고. 모든 사람이 너를 해치려고 하는 건 아니야." 교수는 빌리의 어깨를 부드럽게 두드리면서 검은 눈동자를 반짝이며 미소를 짓는다. "그래, 그래, 신뢰에 대해서 얘기할 테니 들어 봐. 아마 너도 관심 있을 거야. 미스터 룬트라는 친구가 여기에 살고 있어. 그는 바보 같은 신사분이야, 너나 나처럼 말이지. 비록 한때는 사기꾼이었지만 — 도둑질, 은행털이, 강도, 끔찍한 짓들을 저질렀지. 한창 때 꽤 많은 장물을 끌어 모았다는데, 지금은 우리와 함께 바로 여기서 살고 있어. 나의 바로 맞은 편 방, 너의 바로 옆방에서 말이야. 그 이기적인 늙은이는, 음, 그는 어디 먼 곳에 상당한 장물을 숨겨 놓았는데, 아직도 그냥 그곳에 두고 있다고 ─ 자기 말로는 1909년에 한탕 했던 거라던데. 그 가여운 늙은이는 이 경이로운 재산이 어디에 숨겨져 있는지 말해주지 않지만, 나는 이 재활원의 구성원으로서 우리 모두 그 재산을 공유할 권리가 있다고 생각하거든. 그래서 나는 몇 가지 추측을 해왔는데, 너하고 나는 천재니까, 음, 우리라면 그 현금 다발이 어디에 숨겨져 있는지 그에게 확인할 수 있다고, 아니, 정확히 말하자면 그게 어디 있는지 알아낼 수 있다고 생각했는데……"

빌리는 당황스러운 듯 고개를 젓는다. "제발, 싫어요, 교수님. 나는 그냥 혼자 있고 싶어요."

"싫단 말이야? 그렇다면 너만 손해야, 빌리. 왜냐하면 어떻게든 어떤 방법으로든 나는 그 사랑스러운 보물에 손을 댈 것이고, 그 작업이 모두 완성되면 나는 어디로든 달아나서 왕처럼 살 텐데, 너는 여전히 여기에서 멍청이들하고 함께 색칠하기 놀이나 하면서 썩어가고 있을 걸."

소년탐정은 말이 없다.

어색한 침묵이 흐르자, 골룸 교수가 다시 말을 꺼낸다. "이제 나는 너를 죽여야만 하겠지?"

"네, 그렇겠죠." 빌리가 손을 내려다보면서 말한다.

"그래, 그런 것 같군."

"괜찮습니다."

"좋아, 너는 내가 컨디션을 회복하는 대로 죽게 될 거야."

"네, 좋습니다."

폰 골룸 교수는 아주 재빨리 빌리가 들고 있던 신문기사 스크랩을 뺏어서 문으로 뛰쳐나가는데, 여전히 소년탐정의 푸른색 스웨터를 입고 있다. 눈 깜빡할 사이에 폰 골룸 교수는 복도 건너편에 있는 자기 방으로 들어가서는 문을 닫고 잠근다. 빌리는 선 채로 설레설레 고개를 젓고, 그 다음엔 한숨을 쉬고, 슈트케이스가 있는 곳으로 돌아 와서 소리 없이 물건정리를 계속한다.

잠시 후, 정리가 거의 끝나갈 때, 옷 밑에 있는 소지품들 제일 아래쪽에서 캐롤라인의 황금색 일기장이 발견된다. 그는 천천히 일기장을 꺼내고는, 아무 생각 없이 마지막 페이지를 펼친다. 빌리는 작은 흰색 종이 위에 손가락을 움직인다.

거기에는 소녀다운 필체로 이렇게 쓰여 있다.

선한 것은 없다. 선한 것이라고는 아무 것도 없다.

일기 앞쪽에 있는 또 다른 페이지에는 다음과 같은 내용이 적혀 있다.

어디서부터 시작할까? 평소와 마찬가지로, 오늘도 빌리 오빠는 꽤 용감했다.
우리 오빠는 유명한 탐정. 우리가 버려진 낡은 집을 수색하던 중,
나는 창백한 여자를 그린 대형 초상화 뒤에서
비밀 통로를 발견했다. 나는 너무 무서워서 들어가지 못하고 있는데

빌리 오빠는, 언제나처럼 앞장섰다.

우리는 꽤 큼직한 나무문을 살그머니 통과해서

아래쪽으로 휘어진 좁은 복도를 따라갔다.

그곳에는 거미줄이 수 없이 쳐져 있었고, 다리가 길고 위협적으로 생긴

다양한 거미들이 살고 있었지만, 우리 셋은 그저 당당하게 걸어 나아갔다.

빌리 오빠는 회중전등을 들고, 펜튼은 혼잣말을 중얼대고, 나는 뒤를 돌아보며

유령이나 강도나, 아니면 위장한 악한의 흔적이 있는지 살펴보면서.

그런 다음, 우리는 큼지막한 트렁크를 찾아냈는데, 그걸 열자,

다들 예상했듯이, 그 안에는 해적이 입었던 번쩍이는 옷이 있었다……

소년탐정은 삐걱거리는 침대의 매트리스 밑에 일기장을 숨겨놓는다. 그런 다음 빌리는 가방에서 '트루라이프 주니어용 탐정도구 세트'를 꺼내서, 기억으로 되살린 다정함과 일종의 거부감을 가지고 그걸 바라본다. 탐정 세트는 제대로 보관되지 못했다. 모서리는 함몰되었고, 상자 뚜껑에 있는 소년의 그림은 — 소년의 머리는 원래 금발이었지만 지금은 잿빛으로 때가 타 있다 — 확대경을 들고, 절대로 완벽하게 해독될 수 없는 비밀 메시지를 판독하고 있다. 상자는 이제 낡고 움푹 파였으며, 소년의 그림은 왜소하고 주름졌으며, 종이는 휘어들고 부식되기 시작했다.

빌리는 손이 떨림에도 불구하고 도구 상자를 열기 시작하다가 곧 멈추고, 마침내 그것을 흰색 옷장 제일 아래쪽 서랍에 넣어두기로 한다. 그는 서랍을 닫고 나서 응시한다. 서랍 안에는 탐정도구 세트가 열어보지도 않은 채 놓여 있다. 소년탐정은 다만 그 안에 무엇이 들어있을 것인지 상상

만 할 뿐이다.

그가 도구 상자를 치워버린 것에 대해서 우리는 비난할 수 없다. 비난하지 못한다. 그가 두려워하는 것에 대해서 우리는 비난할 수 없다.

SIX

소년탐정은 다시 짐을 싸기 시작한다. 벽에 붙여 놓았던 사랑스러운 신문 기사들을 떼어내어 조심스럽게 접어서 자그마한 노란색 슈트케이스 안에 집어넣는다. 그가 셰이디 글렌스 재활원의 이중 유리문을 나서서 길을 따라 걷고 있는데, 바로 그때, 여전히 자주색과 흰색으로 된 겨울 재킷을 입은 에피 멈포드가 황급히 따라온다.

"어디 가는 거예요?"

"나는 내가 준비되었다고 생각했었는데, 이제는 모르겠어." 그는 블록 끝에 있는 버스정류장을 향해 부지런히 발걸음을 옮기느라 숨이 차서 씩씩거린다.

"하지만 잠깐만요. 우리 토끼는 어떻게 하고요? 토끼 머리는 찾지 않을 거예요?"

"내가 도움이 되지 못할 것 같구나."

"하지만 아저씨는 탐정이라면서요?"

"그랬지. 하지만 아니야. 이제는 아니야."

"하지만 이것 좀 보세요." 이렇게 말하면서 소녀는 멈춰 서서 주머니에 손을 넣어 밝은 자주색 지갑을 꺼낸다. "토끼 머리를 찾아주면 1달러를 줄게요."

"너한테서 돈을 받고 싶지는 않아." 빌리는 슈트케이스를 내려놓고 숨을 가쁘게 몰아쉬면서 말한다.

"아니에요. 이 돈을 받고 토끼 머리를 찾아줘요."

소년탐정은 너무 헐어서 부드러워진 지폐를 바라본다. 소녀가 내밀고 있는 작은 손바닥과 괴상하리만치 동그란 얼굴과 한쪽 눈에 붙어 있는 흰색 안대와 깨진 안경을 바라본다. 그는 자기가 바라보고 있는 소녀의 모습이 바로 자신의 심장이 어떤 모양인지 보여주는 자화상이라고 생각한다. 작고, 슬프고, 망가진 모습. 빌리는 잠시 멈춰서 그의 목에 내리쬐는 햇볕, 이마의 땀, 복슬복슬하고 달콤한 꽃향기, 어딘가에서 개 짖는 소리, 자신의 머리 위에서 위협적으로 넓게 펼쳐져 있는 하늘, 여름의 가장 마지막 순간에 반짝이며 날아다니는 벌들의 소리를 느낀다. 그리고는 알게 된다. 계속 걸어서 버스정류장으로 간다면, 다시는 이런 것들을 볼 수 없게 되리라는 것을. 다시는 시도조차 하지 않으리라는 것을. 그저 자신의 죽음으로, 그 낯익고 완벽한 세계로 되돌아가기만 하리라는 것을. 소년탐정은 돈을 손에 움켜쥐고는 천천히 미소를 짓는다.

"좋아, 그렇게 할게."

"그렇게 한다고요?"

"그래. 토끼 머리를 찾아낼게. 주말까지는 이 사건을 해결할게."

"좋아요. 고마워요. 빌리 아저씨, 고마워요."

소녀는 그를 올려다보면서, 마치 적도에 있는 이름 모를 등위도선(等緯度線)만큼이나 넓게 미소를 지으며 그의 손을 꽉 잡는다.

소년탐정은 돌아서서 가방을 들고 셰이디 글렌스 재활원 쪽을 향해 단호한 걸음을 옮기기 시작한다. 그는 아직 아무도 그가 떠난 것을 눈치 채지 않았기를 바라면서 서둘러 자기 방으로 돌아가서 슈트케이스를 바닥에 내려놓고 침대에 오른다. 아티반 약병을 찾아서 평소보다 두 알이나 더 먹자, 아주, 아주 빨리 눈앞이 흐릿해지기 시작한다. 그가 눈을 크게 뜨고 천장을 바라보자 미세한 눈송이로 이루어진 흐릿한 구름 덩어리가 그의 얼굴 위로 부드럽게 모습을 드러낸다. 그는 창밖에 있던 높은 사무용 건물이 갑자기 사라지는 것을 보면서 흠칫 놀란다.

언젠가 뉴욕시 근교에 아름다운 은빛 성당
이 세워졌다. 오래 지나지 않아, 복면을 쓴
악당이 폭발물로 성당을 날려버리면서 사람
들이 많이 죽었다. 사실 이 사건은 거론하고
싶지도 않은 것이, 슬프게도 당신의 예쁜 사
촌 에이미도 그 안에 있었기 때문이다. 다른
모든 사람들과 마찬가지로, 그녀 역시 즉시
눈부신 스테인드글라스 폭발로 변해버렸다.
폭발의 작은 잔해들은 도처에 떨어졌다. 화
려한 유리 조각들은 강을 타고 흘러 사라지
면서 스치는 것들을 모두 잿빛으로 변화시
켰다. 어린 아이들, 물고기, 사슴 — 폭발 주
변에 있었던 것이면 뭐든지 — 모두 등이 굽
고 늙어버렸다. 그 위대한 도시의 불빛으로
부터 몇 마일이나 떨어진 우리 동네, 당신을
포함한 마을 사람들은, 핏속을 흐르는 화려
한 유리 때문인지, 아니면 저 멀리 지평선에
성당이 솟아 있었던 곳을 바라보는 슬픔 때
문인지, 모두 병들어 갔다.

SEVEN

같은 날 저녁 늦은 시간, 소년탐정은 재활원 현관 복도에서 누군가 조용히 흐느끼는 소리를 듣는다. 그가 푸른색 스웨터를 입고 밖으로 나가자, 미스터 플루토가 문틀에 기대 누워 있었는데, 그의 단추 같은 눈에서 거대한 눈물방울이 펑펑 솟구쳐 떨어져 이미 슬픔의 물웅덩이를 이루고 있었다. 이 남자는 무엇 때문인지 마음이 상당히 상한 것이 분명하다. 빌리가 그를 향해 안 됐다는 표정을 짓자, 미스터 플루토는 눈물을 닦으며 미소를 지어 보인다.

"무슨 일이에요? 뭐가 문제죠?" 빌리가 묻는다.

미스터 플루토는 거대한 황금색 헤어브러시를 들어 머리를 빗으려고 하지만, 문제는 분명하다. 그의 가발이 사라졌다는 것은 무엇보다도 분명한 사실이다. 미스터 플루토는 빌리의 손을 잡아서 자신의 거대한 대머리에 갖다 대면서 여전히 흐느낀다.

"당신 가발이 사라졌군요?"

미스터 플루토는 고개를 끄덕인다. 빌리는 미스터 플루토가 일어서는 것을 도와준다.

"하지만 당신 나이의 남자가 가발을 쓴다는 것부터가 굉장히 바보 같은 짓이에요."

미스터 플루토는 자기 가슴을 주먹으로 쿵쿵 치며 한층 더 크게 울부짖는다.

"좋아요, 알았어요. 내가 도와줄게요." 빌리는 고개를 설레설레 젓고 한

숨을 쉬며 말한다. 그는 미스터 플루토의 손을 잡고 현관 복도를 따라 걸으면서 혹시 단서나 증거나 신호가 될 만한 것을 찾아본다. 이 아주 미미한 범죄행위의 동기를 구성해보기 위하여, 빌리는 간단한 질문을 하기 시작하는데, 그것은 소년탐정의 위대한 도구다. "마지막으로 가발을 사용한 게 어디였어요? 그거 기억하겠어요?"

미스터 플루토는 고개를 끄덕인다. 그는 빌리를 복도 끝에 있는 자신의 방으로 데려 가는데, 침대 가에 놓인 작은 손거울 옆에 흰색 스티로폼으로 만든 두상이 있는데, 그게 바로 가발을 놓아두는 곳이다. 빌리는 허리를 숙여 머리빗을 천천히 조사한다. 브러시 모[毛]를 따라 작고 노란 머리카락 한 가닥이 보인다.

'노란 머리카락 한 가닥.

유레카.'

빌리가 고개를 끄덕이고 알았다는 듯 미소를 짓자 수수께끼는 단번에 풀린다. 그는 미스터 플루토의 거대한 손을 움켜쥐고 다시 복도를 따라 폰 골룸 교수의 방 앞으로 걸어간다. 빌리는 방문 앞에 서서 열쇠구멍으로 들여다보는데, 방 안으로부터 이상한 재즈 음악이 큰 소리로 흘러나온다.

이런 식이다. 열쇠구멍으로 보니, 폰 골룸 교수는 침대에 누워 있는데 그 곁에는 빌리의 푸른색 스웨터가 베개 위에 씌워져 있고, 그 위에 얼굴이 있어야 할 부분에는 빌리의 여동생 개를라인의 신문기사 스크랩이 놓여 있으며, 그 위에 놓인 미스터 플루토의 금발 가발은 이 귀신같은 인물의 머리 부분을 완성시키고 있다. 골룸 교수는 합성으로 만든 가상의 여인에게 아주 다정하게 말을 걸고 부드럽게 팔을 만지면서, 이 유일한 동반자의 특히 어떤 점이 마음에 드는지 이야기하면서 연애를 걸고 있다.

"너는 이빨이 정말 잘생겼구나. 아니, 말하지 마. 그냥 거기 누워 있어. 이렇게 바라보니 치아가 정말 예쁘구나."

빌리는 고개를 끄덕이고 미스터 플루토에게 손가락으로 방을 가리키며 가발이 그곳에 있다는 신호를 보낸다. 분개한 미스터 플루토는 작은 눈이 커지더니, 살며시 빌리를 제치고, 한 발 뒤로 물러섰다가 단 한 번 세차게 문을 걷어참으로써 문을 연다. 미스터 플루토가 한 걸음에 방으로 들어가 거대한 흰 손으로 폰 골룸 교수의 목을 움켜잡고 침대에서 들어 올리자, 숨이 막힌 교수는 높은 비명을 지른다. 살인은 막아야겠다고 생각한 소년탐정은 미스터 플루토의 푸른색 가운을 잡아당긴다. 미스터 플루토는 교수를 다시 내려놓는데, 교수는 여전히 몸을 웅크린 채 캑캑거린다.

빌리는 폰 골룸 교수 옆으로 다가서서, 그의 어깨와 목을 따라 곱실거리는 길고 노란 머리카락을 바라본다. 소년탐정은 이 낯선 머리카락을 이전에 이미 주목하고 있었다. 왜냐고? 그것은, 소년탐정의 머리는 늘 뭔가를 탐지하고 있기 때문인데, 그건 스스로도 멈출 수 없다. 빌리는 머리카락을 집고는 미소를 짓는다. 미스터 플루토는 몸을 돌려서 골룸 교수를 밀쳐내고 으르렁거리면서 자기 가발을 집는다.

"이제 당신은 내 방문에서 떨어지세요." 빌리가 미스터 플루토에게 말한다.

미스터 플루토는 수줍은 듯 고개를 끄덕이고 가능한 한 소리가 안 나도록 조심조심 방에서 나가 거대한 발로 복도를 쩌렁쩌렁 울리면서 사라진다. 골룸 교수는 욕을 하면서 캑캑거리다가 마침내 자신을 수습한다. 그는 몸을 돌려서 손톱에 때가 낀 기다란 손가락으로 빌리에게 손가락질을 한다.

"너는 끔찍한 실수를 한 거야. 내 확실히 말해 두지. 소년탐정, 지금부터 너는 나로부터 '심각한' 괴로움을 당하게 될 거야."

소년탐정은 한숨을 쉬고 나와서 자기 방으로 돌아간다. 그는 눈살을 찌푸리고, 그 다음엔 눈을 깜빡이면서 벽에 붙어 있는 신문기사 스크랩을 바라보면서, 지금 막 찾아낸 기사 하나를 벽에 붙인다.

귀신 나오는 탄광의 공포
밀러의 동굴에는 무엇이 숨어있는가?

그날 저녁 소년탐정이 이 낯선 방, 이 낯선 침대에 누워서 자고 있는데, 누군가 비명 지르는 소리에 깨어난다. 그는 침대에서 펄쩍 뛰어 나와서 공포 때문에 얼굴이 상기된 채 복도로 향하는 문을 열어본다. 흰색 제복을 입은 엘루이스 간호사가 서둘러 지나가다가 잠시 멈춰서 그를 안심시킨다.

"미스터 룬트가 또 유령을 본 것뿐이에요."

복도 저쪽으로부터 그 노인이 소리치는 것이 들린다. "유령이다! 유령이다! 자비로운 주님, 저에게 구원을 허락하소서!"

빌리는 방문을 닫고 다시 침대로 기어오른다. 다시 잠들기 시작하지만 곧 노인은 다시 비명을 지르기 시작한다.

"유령이다! 유령이야! 나의 지주 빈은 운명! 주여, 자비를 베푸소서!"

소년탐정은 침대에 누워서 미소를 짓는다. 엘루이스 간호사의 발소리를 들으면 마음이 아주 편안해지는 것이다.

EIGHT

정확히 자정이 되자, 어떤 — 목이 잘린 것처럼 보이는 — 남자가 검은색 가방을 연다. 그 남자는 거리의 불빛을 피해서 작은 파랑새 둥지가 있는 나무 아래 서 있는데, 입고 있는 검은색 슈트, 흰색 셔츠 칼라, 검은색 넥타이, 그 모든 것이 아무 것도 없는 목에 불가사의하게 걸쳐져 있다. 갑자기 장갑을 낀 손이 나타난다. 그는 슈트케이스를 내려놓고 잠금장치를 열어 큼지막한 은색 가위를 꺼낸다. 가위가 이상한 소리를 내기 시작하자 곧 조용한 거리를 따라 펼쳐진 어둠에 활기가 넘친다. 가위가 찰칵, 찰칵, 찰칵, 소리를 낼 때마다 나무들과 공중전화들이 즉시 수축과 팽창을 시작하는 것 같다. 나무 위에 있던 새들은 공포에 질린 소리로 우짖기 시작하더니, 곧 죽은 듯 잠잠해진다. 밤의 대기는 여전히 윙윙거리고 있다.

NINE

버스 정류장에서 소년탐정은 흰색 모피코트를 입은 화려한 여인이 필터가 긴 담배를 맛있게 피우는 것을 두려움에 찬 시선으로 지켜본다. 소년탐정은 담배에 공포를 가지고 있다. 담배연기, 그것은 임사 [臨死]의 악의에 찬 희미한 갈고리 같아서, 가여운 빌리는 발작을 일으킬 정도다. 그는 여인으로부터 몇 발짝 떨어져 보지만 소용이 없다 — 마치 인식력이 있는 잿빛 질환처럼, 담배 연기는 빌리의 얼굴로 다가와 그로 하여금 몸을 떨면서 기침을 시작하게 만든다.

잠시 후, 푸른색 비즈니스 정장을 입은 잘생긴 남자가 휴대폰에 대고 큰소리로 통화하면서 버스 정류장으로 다가온다. "아니. 내가 말한 그대로야. 더 이상 논의하지 않겠어." 그가 말한다.

빌리는 남자의 얼굴을 바라보면서 허약한 정신으로 추측한다. '누구와 얘기를 하는 걸까? 조금 전에는 무슨 얘기를 했다는 걸까? 왜 논쟁을 거부하는 걸까?'

"아니, 아니. 이미 얘기했잖아. 아니, 내 말 들어. 내 말 들으라니까. 일을 개판으로 만들지 마. 내 경고한다. 개판 만들지 말라고."

빌리는 손으로 귀를 막고 위쪽을 쳐다본다. 버스 정류장 전체에 붙어 있는 광고들은 어떤 식으로든 동일한 비관론을 반창하고 있다.

1-800-애 아빠가 누구일까. 지금 당장 알아보세요.

발기부전으로 고민하세요?

총으로 사람을 쏴 죽이고 감방에 가라.

버스에 올라탄 소년탐정은 남루하고 낯설고 위협적인 승객들을 바라보면서 탐탁찮고 경멸하는 표정으로 그들을 노려본다. 소년탐정은 생각한다. '이 세상은 예의와 의미를 모두 잃어버린 것 같다. 사람들은 모두 정신을 잃어버린 것 같아. 우리는 마치 공간의 어둠 속으로 질주하는 불타오르는 피난선을 타고 표류하고 있는데, 절대로 탈출구는 없어.'

버스를 타고 가는 동안, 소년탐정은 낯선 승객 세 명의 신발 끈이 풀려져 있는 것을 다시 매 주고 싶은 충동을 참아야만 한다.

회사에 도착하자 소년탐정은 완전히 겁에 질린다. '매머드 라이프라이크 콧수염 인터내셔널' 사의 전화 세일즈맨으로 고용된 빌리는 칙칙한 녹색 로비에 앉아서 회사 카탈로그를 보고 있는데, 이 회사에서는 다음과 같은 유형의 가짜 콧수염과 턱수염을 취급하고 있다.

- 중견 간부 스타일
- 사냥에 나선 귀족 스타일
- 신비로운 이방인 스타일

사무실 자체는 좁은 칸막이로 이루어진 끝없는 미로 같은데 그 사이로 비즈니스맨과 중요하게 보이는 흰색 서류들이 끊임없이 오가고 있다. 음료 냉각기 주변에는 다양한 책상이 다닥다닥 모여 있는데, 매력적이며 잘 차려입은 콧수염 세일즈맨 몇 명이 웃고 윙크하면서 서로서로 악수를 나누고 있다. 그들은 모두 매끈한 표정에 아주 잘 빠진, 자연산처럼 보이는 콧수염을 달고 있다. 칸막이 위쪽에 있는 은빛이 도는 전선줄에는 완결된 신상품 주문서들이 컨베이어벨트처럼 전송되고 있다. 사무실의 다른 부서 직원들이 그 주문서를 떼어내고 다른 종이로 갈아 끼우는데, 겉으로 보기에는 그 움직임에 질서가 없는 것 같다. 아주 바쁘고 혼란스러운 광경으로 바로 이것이 빌리를 걱정시키고 있다.

"빌리?"

바로 그 순간, 커리어우먼다운 푸른색 정장을 당당하게 차려 입은 검은 머리의 백인 여자 멜린다가 빌리의 이름을 부른다. 빌리는 고개를 끄덕여 대답한다. 멜린다는 엄청나게 짙은 화장을 하고 있는데 선명한 붉은 색 립스틱이 번져 있다. 그녀는 말하는 내내 빌리의 손을 잡아 악수한다.

"당신이 빌리군요. 내 말 맞죠? 멋지군요. 자신 있게 말하건대, 당신은 멋지게 일할 거예요. 우리는 아주 훌륭하게 해나갈 거예요. 그럼 지금부터 초급자용 헤어 대용품에 관한 평가시험을 보겠어요. 괜찮죠?"

그렇게 해서 소년탐정은 필기시험을 치르게 되는데, 다양한 헤어 제품과 제품명을 짝짓기 하는 문제와 200문항이 넘는 OX 문제의 답을 맞히는 시험이다.

9번 문제 : 투페이 [대머리를 감추기 위하여 사용하는 부분 가발]는 프랑스어로 요령 있게 사용하는 헤어 제품을 뜻한다. 맞으면 O, 틀리면 X.

36번 문제 : '매머드 라이프라이크 콧수염 인터내셔널' 시의 모든 싱품은 내화성이 보증되어 있다. 맞으면 O, 틀리면 X.

115번 문제 : 가발은 여성만 사용하는 것이다. 맞으면 O, 틀리면 X.

"멋지군요! 장담하건대 당신은 이 일에 꼭 맞는 사람이에요! 놀라워요! 즉시 사장님에게 면접을 보도록 추천하겠어요. 자리에 앉아서 기다리면 사장님이 금세 오실 거예요. 괜찮죠?" 멜린다가 말한다.

빌리는 사장실 밖에 있는 딱딱한 녹색 의자에 앉아 있는데, 참을 수 없을 정도로 손이 떨린다. 멜린다가 립스틱을 매만지면서 다시 나타나더니 들어오라는 손짓을 한다. 빌리는 일어서서 떨리는 손을 꼭 잡고 낯선 여자를 따라 작은 방으로 들어가는데, 보호시설에서 사용하는 녹색으로 칠해져 있고 나무판자로 마감한 방 안을 보는 순간, 빌리는 성 비투스 병원의 원장실을 떠올린다.

"자, 빌리, 당신도 이미 알고 있을는지도 모르겠지만, '매머드 라이프라이크 콧수염 인터내셔널' 사의 사장인 J. D. 매머드 씨는 경탄스러운 사업가일 뿐만 아니라 세계 수준의 운동가이며 유명한 왼손잡이였고 — 그래서 이 사무실에 있는 물건은 모두 왼손잡이용으로 되어 있죠 — 게다가 테크놀로지에 관해서는 귀재 같은 분이었어요. 그는 12년 전 코끼리 사냥 중에 수수께끼 같은 사고로 돌아가셨는데, 바로 그 직후에 우리 회사는 처음으로 연방정부의 감사를 받게 되었죠. 우리에게는 끔찍한 한 해였는데, 매머드 사장님이 모든 것을 미리 준비해놓지 않았더라면 회사는 망하고 말았을 거예요. 그분은 당신이 없는 미래에 대비하여 오픈릴 테이프에 9만 시간 분량의 계획, 구상, 지시사항, 대화, 그리고 요구사항들을 모두 녹음해두었어요. 고용, 해고, 징계 처분까지도 — 그 모든 것이 색상 코드로 분류된 시스템으로 조작되고 있죠. 테크놀로지라는 것은 정말 놀랍죠?"

빌리는 겁먹은 채로 방 안을 둘러보며 고개를 끄덕인다. 비어 있는 마호

가니 책상 위에는 매머드 씨의 초상화가 — 대머리에, 키가 작고, 포동포동하고, 콧수염이 난 남자가 양복을 입고 있는 그림이 — 걸려 있다. 매머드 씨가 호랑이, 사자, 코끼리 등 다양한 종류의 대형 사냥감을 사냥하는 대형 사진들도 있는데, 그들의 죽은 눈은 애처롭게 빌리를 바라보고 있다. 멜린다는 책상 뒤쪽으로 가서 대형 오픈릴 식 테이프레코더 단추를 누르는데, 녹색 플라스틱 녹음기에는 먼지가 잔뜩 끼어 있다. 멜린다는 녹음기 옆에 기대서서 활짝 미소를 짓는다.

"자, 걱정할 것 없어요. 빌리, 자리에 앉아서 시작합시다."

빌리는 작은 의자에 앉아서 손을 맞잡고 테이프 녹음기가 돌아가는 것을 바라본다. 녹음기의 기어와 톱니바퀴로부터 유령 같은 목소리가 흘러나오기 시작한다. "환영합니다! 선량한 시민이여, 제일 먼저 우리는 당신이 '매머드 라이프라이크 콧수염 인터내셔널' 사의 세계에 온 것을 환영합니다. 이제 당신은 우리의 광범위한 평가 절차를 통과하여 헤어 대용품 전화 세일즈라는 박진감 넘치는 세계로의 첫 걸음을 시작하려 합니다. 당신이 일을 시작하기 전에, 앞으로 당신이 대표하게 될 이 회사의 역사에 대해서 아는 것이 중요하다고 생각합니다. 선량한 시민이여, 당신 생각은 어떻습니까?"

빌리는 자기가 대답을 해야 하는지 아닌지 잘 모르지만 여하튼 대답한다. "좋습니다."

"그럼, 친절한 직원이여, 이제 솔직하게 말하겠다. 우리가 당신 나이일 때, 우리는 종종 앉아서 천장을 바라보면서, '우리에게도 일할 곳이 있을까? 우리가 소속될 곳이 있을까?'라는 의문을 가지곤 했다. 친절한 직원이여, 바로 그때 불현듯 떠오른 생각이 바로 콧수염이었다. 잘 생긴 콧수염을 기를 수 없는 미국인 남자들이 얼마나 많은지 아는가? 수천 명이다. 수십만 명이다. 어떤 사람들은 금발이라서, 어떤 사람들은 남성 호르몬이 부족해서, 어떤 사람들은 끔찍한 범죄의 희생자라서 콧수염을 기르지 못하지만 그들은 모두 꿈을 가지고 있다. 근사하게 보이려는 꿈이다. 천천히, 우리가 만든 제품은 수천 명, 뒤이어 수천 명의 마음을 두드렸다. 그 다음에는 국제 시장으로 진출했다. 우리가 중동지역에 얼마나 많은 턱수염을 수출하는지 아는가? 이제 우리는 짜임 머리, 늘임 머리, 가발 등 새로운 분야로 진출하여 고객 모두의 헤어 대용품 욕구를 충족시켜가고 있다. 이유가 뭐냐고? 그것은 우리가 모두 최고로 멋있게 보인다면 세상은 더 나은 곳이 되기 때문이다. 친절한 직원이여, 이제 내가 묻는다. 친절한 직원이여, 당신도 그런 꿈을 가지고 있지 않은가?"

소년탐정은 나지막이 대답한다. "그렇습니다."

"좋다, 친절한 직원이여, 그 대답으로 이제 당신은 이곳 '매머드 라이프 라이크 콧수염 인터내셔널'에서 최고의 운을 찾길 바란다. 기억하라, 당신들 각자 안에는 나의 일부가 포함되어 있음을. 녹음 끝."

"네, 감사합니다." 빌리는 조용히 웅얼거린다.

멜린다는 다시 한 번 악수하면서 외친다. "멋지군요! '매머드 라이프라이크 콧수염 인터내셔널' 팀에 온 것을 환영합니다. 이제 가서 간단한 일부터 시작해볼까요?"

TEN

매머드 라이프라이크 콧수염 인터내셔널 사의 제품 카탈로그는 다음과 같다.

현대적이며 매력적인 남성을 위하여

중견 간부 스타일

중견 간부는 진정한 수완가이다. 일을 해치우는 틈틈이 놀 시간도 만드는 그런 사람이다. 매일 곧바로 꼭대기 층으로 올라가는 그런 사람이다. 자연스러운 갈색, 금발, 붉은색으로 출시된다.
No. 001-125 — 44.95달러

신비로운 이방인 스타일

신비로운 이방인은 모든 사람들이 쑥덕대고 있는 바로 그 남자다. 누가 파티 장에 걸어 들어오자마자 이목을 집중시키는가? 숙녀 분들, 누가 오늘 밤 당신을 집까지 데려다 줄 것인가? 두 가지 한 세트로 개개인의 취향에 따라 맞춤 가능.
No. 024-490 — 44.95달러

북유럽 왕자 스타일

북유럽 왕자는 위세당당하고 귀족적이며 사람들을 거느리고 있다. 그는 언제나 자신이 존중받을 것을 요구하는데, 클럽에서도 그렇고 이사회 회의석상에도 그렇다. 북극권 금발 색상만 출시된다.
No. 096-065 — 54.95달러

사냥에 나선 귀족 스타일

사냥에 나선 귀족은 혼자 있는 걸 좋아하지만 마음 맞는 여성이라면 동행하는 것도 마다하지 않는다. 일단 먹잇감이 시야에 들어오면, 이 남자는 사격의 명수가 된다. 외래 수술이 필요할 수도 있음.
No. 001-003 — 55.95달러

믿음직스러운 아버지 스타일

믿음직스러운 아버지는 일요일 아침에 아내와 함께 침대에 누워있는 것을 좋아한다. 신문, 슬리퍼, 갓 뽑은 커피를 지닌 그는 모든 사람들이 어드바이스를 구하러 오는 사람이다. 이런 남자의 생일에 그저 넥타이만 사줘서 되겠는가.
No. 009-121 — 69.95달러

늠름한 선원 스타일

늠름한 선원은 여자들이 선호하는 항구를 살 알고 있다. 성격은 급하지만 늘 신사다운 그는 전 세계를 돌아다녀봤으며, 자기 운명의 선장이 되는 법을 알고 있다. 콧수염과 턱수염 개별 판매.
No. 871-063 — 34.95달러

소년탐정은 두발 대용품이 실제로 장사가 된다는 것을 알고는 탄복한
다. 하지만 아무리 탄복한다고 해도 우선 무엇부터 해야 할 것인지 고민만
하고 있을 수는 없다. 일단 작은 잿빛 칸막이 자리에 앉자 멜린다가 전화
리시버를 건네주는데, 그것은 크고 녹색이 도는 회색 컴퓨터에 연결되어
있다. 컴퓨터는 70년대 가전제품처럼 전체가 플라스틱으로 만들어져 있
는데 이상하리만치 구식으로 보인다.

"멋지군요! 그럼 훌륭하고 쉬운 일부터 시작하도록 할까요? 훌륭하군
요. 그런데 빌리, 전에 왼손잡이용 전화기를 사용해본 적이 있나요?"

"아니요."

"그렇군요…… 하지만 곧 익숙해질 거예요. 자, 다이얼 돌리는 것부터
계좌 정보에 이르기까지, 어려운 일은 여기 있는 컴퓨터가 다 하니까, 당
신은 그냥 얘기만 하면 돼요. 쉽죠? 자, 빌리, 우리 회사가 헤어 대용품 시
장에서 경쟁력을 유지하는 것은 독보적인 구매층 공략 때문이에요. 우리
는 건강이 나쁜 사람들과 나이든 사람들을 타깃으로 하죠. 어떻게 하느냐
하면, 신용카드 회사로부터 수백 명의 잠재 고객 리스트를 사들이는 거예
요. 여기서 잠재적인 고객이란, 쉽게 말하자면, 건강하지 못한 사람들이죠
— 암 환자, 교통사고 희생자, 화재나 다른 자연재해에서 겨우 살아남은
생존자 등, 몇 년 안에 가 버릴 사람들 말이에요. 때로는 어떤 잠재 고객이
살아 있는지 이미 죽었는지 파악하는 데 시간이 걸리기도 하는데, 그건,
믿기 어렵겠지만, 그 자체로 꼭 '막다른 골목'이 되라는 법은 없어요. 믿거
나 말거나, 때로는 같은 병실에 있는 또 다른 암 환자가 전화를 받기도 하
거든요. 아니면 같은 차 사고를 당했거나, 같은 화재를 당했다가 살아난

사람들, 아니면 — 어쩌면, 그냥 어쩌면 — 그들 역시 몇 년 안에 가버릴지도 모르죠. 중요한 것은 낙담하지 말라는 거예요. 당신이 누군가의 삶에서 전체적인 헤어의 질을 개선하려고 노력하는 동안 어떤 일이 일어날 수있는지 미리 알아두는 게 도움이 될 거예요."

빌리는 수화기를 내려다보며 고개를 끄덕인다.

"그럼, 좋아요, 여기 초심자용 통화대본이 있어요. 잠시 마음을 가라앉히고 나서 전화 통화를 시작하세요. 그저 즐겁게 하면 돼요."

"멋지군." 멜린다가 재빨리 나가자마자 빌리가 혼잣말로 웅얼댄다.

소년탐정은 전화기를 들고 컴퓨터가 시끄러운 소리를 내며 다이얼을 돌리기 시작하자 기어와 톱니가 과격하게 돌아가는 것을 지켜본다. 일을 시작하자 그의 심장은 쿵쾅거리고, 그는 매머드 라이프라이크 헤어 카탈로그를 불안하게 뒤적이고 세일즈맨 대본에 있는 낯선 낱말들을 바라본다.

바깥세상 어딘가에서 한 명의 외로운 고객이 — 노란색 실내복을 입은중년의 미망인이 — 전화를 받는데, 손에는 힘이 없고 눈은 회색으로 슬퍼보인다. 배경에서는 그녀의 아이들이 비명을 질러대며 싸우고 있다. 고객이 그녀의 지저분한 금발을 쓸어 넘기면서 현관 복도에 걸려 있는 남편 사진을 보자 그녀의 검은색 마스카라가 눈물을 타고 얼굴로 흘러내린다. 각진 얼굴의 벽돌공이었던 남편은 최근에 사망했다.

"여보세요?" 여자가 낮은 목소리로 말한다.

"여보세요." 빌리도 낮은 목소리로 대답한다.

"네? 뭐요? 뭐라고요?"

"죄송합니다……" 이렇게 말하면서 빌리는 숨이 가빠진다. "저는……"

"글렌…… 당신이죠? 오, 세상에, 뭐라고 말 좀 해요. 제발 말 좀 해봐요…… 뭐든지……"

빌리는 수화기를 불안하게 잡은 채로 할 말을 잃고 한숨만 쉰다.

"오, 글렌, 말하지 않아도 돼요. 당신 보고 싶어요. 정말 보고 싶어요. 그냥, 쉬잇…… 그냥 말하지 말고 있어요. 나 정말 미안해요. 당신이 그리워요. 너무 너무 그리워. 언제 돌아올 거예요? 그냥 언제 올 건지 말해줘요."

"저는……" 소년탐정은 한숨을 쉰다.

"아니, 아니, 당신 말이 맞아요. 나는 스스로 강해질 필요가 있어요. 나 혼자서 해나가야겠죠."

"그래요."

"아이들도, 세상에, 글렌, 아이들도 당신을 그리워해요. 우리 모두 그래요. 당신, 당신은 어린 레너드가 대견했을 거예요. 그 아이는 관에 다가가서 아빠의 볼에 입을 맞췄으니…… 오, 글렌, 내가 당신 없이 어떻게 해야 되는 거예요? 뭘 할 수 있겠어요?"

바로 그 순간, 소년탐정은 작은 흰색의 관 안에 누워 있던 캐롤라인을 기억한다. 긴 금발 머리가 불타는 후광처럼 펼쳐 있던 캐롤라인의 이미지는 지금 빌리가 손에 들고 있는 카탈로그의 '북유럽 왕자 스타일' 가발과 정확하게 들어맞는다.

고객은 이제 전화기에 대고 울고 있다.

빌리는 무슨 말을 해야 할지, 어떻게 해야 할지 생각할 수가 없다. 수화기를 귀에 댄 채, 여동생 캐롤라인을 생각하면서, 슬프게 속삭인다. "안 됐군요."

빌리는 전화를 끊는다. 눈에 고인 눈물을 훔친다. 그는 자리에서 일어나서 화장실 쪽으로 향하다가 옆 칸막이에 주저앉아서 주체할 수 없이 울기 시작한다.

소년탐정이 남자용 화장실로 비척거리며 들어가자 그 안에는 또 다른 남자가 울고 있다. 그는 작은 술병을 들고 마시면서 눈물을 닦고 있다. 남자는 키가 작고, 기름기가 흐르는 통통한 세일즈맨으로 거대한 검은색 부분가발과 아주 작은 검은색 콧수염을 달고 있다. 엄청난 금목걸이를 두르고 금반지를 몇 개씩이나 끼고 있다. 남자는 미소를 짓고 어깨를 으쓱하더니 술병을 빌리에게 내민다.

"친구, 바로 이것이 매일매일 치밀어 오르는 울화를 이겨내는 유일한 방법이지."

빌리는 뒤로 물러서며 눈살을 찌푸린다. 남자는 어깨를 으쓱하더니 또 한 모금 벌컥 마신다.

"젊은이, 자네가 일주일 후에는 어떻게 달라지는지 두고 보자고. 아직 묘지근무[즉, 야간근무라는 의미] 배정은 받지 않았나?"

"안 받았어요."

"그게 최악이야. 사람들이 한밤중에 혼자 있을 때 무슨 말을 할 것인지 절대 알 수 없거든. 장담하건대 일주일만 야간근무를 하고 나면 나처럼 엉망이 될 거야. 이 불쌍한 늙은 래리를 보라고. 나는 5년 내리 야간근무만 해왔어. 회사에서는 왼손잡이 사용법에 익숙해질 거라고 하지만 그렇지 않아. 그건 내가 잘 알지."

빌리는 래리의 왼손을 쳐다보다가 손가락에 결혼반지가 끼워져 있었던,

하얀 자국을 본다. 그는 래리가 끼고 있는 반지 안쪽에는 모두 녹색 표시가 있다는 것도 알아차린다.

"그래, 물론, 자네도 알겠지만 나는 현재 회사의 국내 세일즈 부문 판매왕이야. 하지만 그게 언제나 이렇게 쉬웠던 건 아니야."

"제가 알기로는 국내 판매왕은 패트릭 비고인데요. 방금 로비에서 그의 이름이 있는 상패를 봤거든요."

"그건 이번 달만 그런 거라고, 젊은이. 나는 한 해 전체를 말하는 거야."

"하지만 연간 국내 세일즈 부문 판매왕은 데브라 커밍스였잖아요. 그녀의 상패도 붙어 있었는데요."

"그래, 좋아. 거 참 꽤 똑똑한 친구네. 하지만, 음, 내가 말하는 건 올해라고. 작년에 대해서 말하는 게 아니야. 올해의 연간 판매왕 말이야."

"거짓말은 하지 않는 게 좋아요. 솔직히 말해서 어느 쪽이든 나한테는 상관없으니까."

"젊은이, 왜 그런 말을 하는 거야? 왜 내가 거짓말을 한다는 거야?"

"당신 구두 위쪽에는 전당포 물표가 붙어 있어요. 게다가 당신이 하고 있는 귀금속은 모두 가짜인 걸요."

"그래, 좋아, 내가 좋은 물건들은 저당 잡히고 이런 쓰레기 같은 것들을 얻어야 했던 건 모양새를 유지하기 위해서였어. 그런데, 젊은이, 정말 놀라운데. 자네 혹시 독심술이나 뭐 그런 거 하는 거야?"

"아뇨."

"하지만 그렇게 하는 건 초인적인 능력인데. 어떻게 하는 거야? 내가 어떤 사람인지 밝혀내는 것 말이야."

"저도 몰라요. 누구에게나 잘하는 게 있죠. 저는 진실을 밝혀내는 걸 잘 해요."

"그렇다면 자네가 이곳에 있다는 건 진짜 위험한 일인데. 물론, 친구, 내 앞에서는 괜찮아. 그런데 정말 한 모금 생각 없는 거야?"

빌리는 흰색 타일 바닥을 내려다본다. "고맙지만 사양하겠어요. 이제 자 리로 돌아가봐야 할 것 같아요."

"그래, 좋아, 살아만 있으라고, 젊은이. 그건 자네가 고객들을 이해해주 는 것 이상이라니까, 하 하. 혹시 기분이 우울해지면 나를 찾아오라고."

래리는 빌리의 손을 잡아 흔든다. 빌리는 그 손을 바지에 닦으면서, 천 천히 자기 자리로 돌아온다.

소년탐정은 수화기를 들고 다시 한 번 다이얼을 돌린다.

어딘가에서 또 다른 전화벨이 울린다. 식탁에 앉아서 큼지막한 안경 너 머 죽은 아내의 사진을 바라보던 노인이 유감스러운 듯 전화를 받는다.

"안녕하세요. 글래디스 집에 있나요?"

"여보세요? 아니, 아니, 글래디스는 집에 없어. 없어…… 이제는 없어. 다시는 돌아오지 않을 거야."

빌리는 재빨리 전화를 끊는다. 그가 다시 수화기를 들자 컴퓨터가 다이 얼을 돌린다.

도시의 끝자락 어딘가에 있는 조그맣고 황폐한 하숙집에서, 킬러 코왈 자비치가 ─ 얼굴이 망치처럼 생긴, 괴물 같은 기결수(既決囚)로, 더럽고 찢어진 푸른색 셔츠를 입고 있다 ─ 어둑어둑하고 꾀죄죄한 셋방에 앉아 있다. 머리는 박박 면도되어 있고 몸에는 온갖 종류의 튜브와 장치가 연결되어 있다. 그는 상당히 늙고 상당히 병들었지만 여전히 무시무시하다. 소년탐정이 말을 시작한다. "안녕하세요……"

"누구요?"

"안녕하세요, 저는 매머드 라이프라이크 콧수염 인터내셔널 사의 빌리 아고라고 합니다. 혹시 고객께서……"

"이름이 아고라고? 빌리 아고?"

"그렇습니다. 매머드 라이프라이크 콧수염 인터내셔널 사 직원입니다. 혹시 고객께서 잠깐 시간 좀 내주실 수 있을까 해서 전화 드렸습니다만."

"빌리 아고, 너는 이미 내 시간 대부분을 빼앗아 놓고는 무슨 시간을 더 내달라는 거야?"

"뭐라고요?"

"네가 나에게 주어진 시간을 거의 다 앗아 갔기 때문에 이제 나는 시간이 얼마 없다고. 빌리 아고, 내 목소리 기억 못하겠어?"

"아뇨. 죄송합니다. 기억 못하는 데요."

"틀림없어, 틀림없다고. 십 년쯤 전에, 너하고 네 꼬맹이 여동생하고 뚱보 친구가 나를 잡아넣었잖아. 전당포 납치 사건, 기억 나? 틀림없어, 틀림없다고. '소년탐정, 기이하고 불가사의한 연쇄 납치사건을 해결하다' 기억 나? 틀림없어, 틀림없다고. 그게 나였어."

"킬러 코왈자비치? 언제 풀려난 거죠?"

"겨우 몇 주일 전이지. 이 더러운 방에 혼자 앉아 죽을 날을 기다리기에 꼭 알맞은 시간에 말이야."

"나는…… 당신이 그렇게 끝나게 되어서 정말 유감이군요. 나는…… 누구든지 — 물론 당신도 — 상처 받는 건 결코 바라지 않았어요. 하지만 당신이 데이지 홀리스 양이 어떻게 되었는지 자백만 했다면 상황은 훨씬 수월했겠죠. 당신도 알겠지만, 경찰은 결국 그녀를 찾아내지 못했어요."

"그 소녀에 대해서는 아는 게 없다고 경찰에서 말했어. 나를 어떤 부류의 납치범이라고 생각하는 거야? 물론 나는 소녀들의 화려한 소지품을 빼앗아서 전당포에 맡기긴 했지만, 그 홀리스라는 소녀는 아니야. 경찰도 그 사건을 내 탓으로 돌리지 못했어. 나는 그 모든 것을 무덤까지 안고 갈 거야. 소년탐정, 알겠어? 너는 사건의 절반도 제대로 알지 못할 걸."

"당신하고는 더 이상 말하지 않겠어."

"좋아, 좋아. 하지만 전화 끊기 전에, 우아하게 대답 좀 해봐. 너의 그 사랑스러운 여동생은 어때?"

소년탐정은 수화기를 쾅 내려놓고는 곧바로 울음을 터뜨린다. 통로 건너편에 있던 래리가 다가와서 빌리를 일으켜 세우고는 목 뒤쪽을 부드럽게 문질러준다.

"이게 전부 출근 첫 날의 스트레스야, 젊은이. 잠을 푹 자면 해결되지 않을 게 없지. 저녁 잘 먹고 일찍 잠자리에 들라고. 내일이면 언제 그랬냐는 듯 다시 활기찬 생활로 돌아오게 될 거야."

"알았어요." 이렇게 말하면서 빌리는 자신이 아직도 수화기를 손에 잡고 있다는 걸 깨닫는다.

버스정류장에서 소년탐정은 부모님에게 전화하고 싶은 것을 애써서 참는다. 그는 상상한다. 지금 이 특정한 시간에 부모님은 너무 바빠서 나하고 통화할 수 없을 것이다. 아마도 아버지는 해군 법정에서 거대한 나무탁자를 두드리며 '이의 있습니다!'라고 외치고 있을 것이며, 그러면 판사가 '이의를 기각합니다!'라고 소리칠 것이다. 어머니는 플라스틱을 대체할 수 있는 새로운 물질로 실험을 하고 있거나, 아니면 플랑드르 미술품을 연상시키는 걸작을 그리고 있을 것이다. 그는 전화박스 안에 서서 아래쪽을 바라보다가 발치에서 갈색의 이상한 형체를 보게 된다. 그의 심장이 박동을 멈춘다. 그것은 누군가의 머리카락이다. 인간의 머리카락 한 뭉치가 그곳 공중전화박스 구석에 놓여 있는 것이다. 이 순간, 소년탐정은 생각한다. '세상이 미쳐버렸군. 이 세상은 망가지고, 산산이 부서지고, 완전히 미쳤어.' 그는 떨리는 손으로 작은 약병을 꺼내어 아티반 세 알을 입에 털어 넣는다.

소년탐정은 수화기를 걸어놓고 전화박스에서 나와서 버스정류장을 향해서 어색하게 뛰어가는데, 작은 눈물방울이 볼을 타고 흘러내린다.

ELEVEN

소년탐정은 언제나 '사탕공장의 유령' 사건을 되살리곤 한다.

캐롤라인은 흰색 나무로 된 현관 베란다 아래 자신이 숨는 장소에 앉아서, 황금색 수첩에 실마리가 된 편지 내용을 계속해서 쓰고 있었다. 누가 먼저 유령이 남긴 수수께끼 같은 편지의 뜻을 알아낼 수 있는가 — 이제 그 문제는 그들 사이의 내기가 되었는데, 빌리는 여동생이 나무판자 아래서 안달복달하는 소리를 들으면서 그녀가 쓸데없이 애쓴다고 비웃다가 미안한 생각이 들어서 입을 다물었다. 몇 시간이 지난 후, 빌리는 베란다 아래로 기어 들어가서 캐롤라인의 손에서 종이와 연필을 뺏어 들고 비밀을 밝혔다.

EVERY DEAD GHOST IN A FACTORY IS BENT
[공장에 있는 죽은 유령은 모두 등이 굽었다]

이 문장의 철자 순서를 바꾸면 이렇게 된다.

EATING CANDY IS SO VERY BAD FOR TEETH
[사탕을 먹는 것은 치아에 아주 정말 나쁘다]

캐롤라인은 오빠의 손을 잡아 흔들면서 미소를 지었다. "하지만 도대체 누가 이런 말을 썼을까?" 그녀가 물었다.

"누구일 거라고 생각해?" 빌리가 대답했다.

"치과의사?"

"아마도." 빌리가 말했다. "아주 비열한 치과의사겠지."

캐롤라인이 덧붙였다. "충치를 증오하는, 아주 저열한 치과의사일 거야."

TWELVE

소년탐정과 멈포드 남매는 현관 옆에서 단서가 될 만한 것들을 찾고 있다. 이제 막 비는 그쳤고, 노란색 축구 유니폼에 자주색과 흰색이 섞인 재킷을 입은 에피는 무릎을 꿇고 앉아 있고 그 옆에는 남동생 거스가 있다. 이들은 모두 호기심에 가득한 추측이라는 낯선 세계에 몰입한 채, 표시나 단서가 될 만한 것들을 찾느라고 말이 없다.

"빌리 아저씨." 에피가 부른다.

"응?"

"사람들은 대부분 선한 걸까요, 아니면 악한 걸까요? 아저씨는 어떻게 생각해요?"

"그런 걸 왜 묻니?"

"그 문제에 관해 아저씨는 어떻게 생각하는지 알고 싶어서요."

"잘 모르겠어. 그것에 대해서 생각해봐야 할 거야."

"나도 모르겠어요." 에피 멈포드가 말한다.

"그건 훌륭한 질문인데."

"그렇죠. 나도 그렇게 생각해요." 소녀가 말한다.

그들은 둘 다 잠시 말이 없어진다. 거스 멈포드도 진지하게 생각하면서 고개를 끄덕인다.

"우리가 토끼 머리를 찾아내게 될까요?" 에피가 묻는다.

"그래. 나는 꽤 자신이 있어."

"왜요?"

"모든 사람의 유일한 공통점은 실수할 수 있는 능력을 천부적으로 타고 났다는 거지. 우리는 모두 결점이 있어. 아무리 잘 꾸며진 계략이라고 해 도 어딘가에는 실수가 있기 마련이야. 그래서 늘 어떤 실마리나 지문이나 표시를 남기게 된다는 것을 확신할 수 있어. 우리는 지금 그걸 찾아야 하 는 거야. 이 시점에서 우리는 범죄자 입장에서 생각해야 돼. 틀림없이 범 인이 끔찍한 범행을 숨긴 것은 밤이겠지."

"그렇겠죠."

"틀림없이 범인은 자기가 눈에 띌까봐 불안해서 서두르고 있었겠지."

"그래요."

"그렇다면 틀림없이 도망치다가 뭔가 빠뜨렸을 거야."

소년탐정은 잠시 말을 멈추고, 흙 위에 몇 개의 수평선이 가로지른 자 국, 현관 베란다 아래로 지나간 자국의 흔적을 조사한다. 빌리는 무릎을 꿇고 손으로 그 흔적을 추적한다.

"여기 있는 게 뭘까?" 그가 나지막하게 말한다.

거스 멈포드가 빌리에게 쪽지를 건넨다. '발자국 같은데요?'

"너희 둘 중에 누구 하나라도 최근 현관 베란다 밑에 들어간 적 있어?"

멈포드 남매는 고개를 젓는다. 빌리가 손발을 짚고 현관 베란다 밑으로 기어 들어가자 멈포드 남매도 따라서 들어간다.

"그건 몸집이 큰 남자의 신발 자국이야. 흙투성이지만 그래도 남자 신발 인 게 확실하지? 아닌가? 이제 우리가 알게 된 것은, 내가 추측했던 대로 그 놈이 이곳 현관 베란다 아래에 있었다는 것과, 그 남자가 — 그래, 그건 남자야 — 자기 행동을 숨기기 위해서 이 장소를 선택했다는 거야. 그런데 여기 핏자국이 거의 없다는 것에 주목하라고. 겨우 한두 방울뿐이야. 그러니 우리는 추적을 계속해야 돼."

"싫어요." 에피가 속삭인다. "더 이상 보고 싶지 않아요."

"하지만 내 생각으로는 우리가 어느 정도 실마리를 찾은 것 같은데. 할일이 더 남아 있어." 빌리가 대답한다.

에피 멈포드는 눈을 가린 채 고개를 끄덕인다. 그녀는 소리 없이 울기 시작한다.

"알아요. 그건 많은 사람들이 나를 싫어하기 때문이에요. 그래서 그들이 이런 짓을 한 거라고요." 에피가 말한다.

"뭐라고?"

에피 멈포드의 눈은 눈물로 젖어 있다.

"그건 내가 학교에서 어떤 존재인가 하는 문제 때문인데, 그건 나도 어쩔 수 없다고요."

"나도 알아."

"나는 내가 운동을 좀 더 잘하고, 머리는 덜 똑똑했으면 좋겠어요. 정말 그래요."

빌리는 미소를 짓고 고개를 돌린다. 큼지막한 검은색 자동차가 멈포드네 집 앞에 와서 선다. 화난 것처럼 보이는 남자가 경적을 시끄럽게 울려대기 시작한다.

"우리 코치에요. 나는 이제 축구 연습을 하러 가야 돼요."

"괜찮아. 수사는 나중에 계속하면 돼."

"좋아요." 에피는 이렇게 말하면서 계속 울고 있다.

"이번에는 뭣 때문에 우는 거야?"

"우리 코치가 나를 너무 많이 미워하지 않았으면 좋겠어요."

"왜 코치가 너를 미워한다고 생각하니?"

"시합 때마다 내가 우리 팀을 지게 만드니까요."

"그렇구나."

"코치는 아주 불친절해요. 나한테 아주 못된 말을 해요."

소년탐정과 멈포드 남매는 현관 베란다 아래 숨어서 에피의 코치가 경적 울려대는 소리를 듣는다.

삑 ― 삑 ― 삑

삑 ― 삑 ― 삑

삑 ― 삑, 여기서 세 번째 경적 소리는 울리지 않는다. 소리가 너무나 거칠고 시끄러운 데다가 세 번째 경적 소리는 나지 않는다는 사실 때문에 빌리의 눈 아래쪽 신경이 경련을 일으킨다. 코치는 다시 시작한다.

삑 ― 삑 ― 삑

삑 ― 삑 ― 삑

삑 ― 삑, 이번에도 세 번째 경적 소리는 없다. 빌리의 손은 소용없이 허공을 움켜쥔다. 또 한 번, 코치는 경적을 울린다.

삑 ― 삑 ― 삑

삑 ― 삑 ― 삑

삑 ― 삑, 그러자 스스로 인식하기도 전에 빌리는 현관 베란다 아래에서부터 기어나가고 있다.

"너희 둘은 여기서 기다려." 그는 아이들에게 말한다.

"빌리 아저씨?"

빌리는 즉시 코치의 모습이 마음에 들지 않는다고 결론짓는다. 그 남자의 얼굴은 크고 성난 표정이었으며 거대한 턱에는 억센 수염이 자라 있었다. 코치는 이번에는 아예 경적을 계속 누르고 있다. 빼이이익.

빌리의 눈 안쪽으로부터 강렬한 흰색 열기가 폭발하고 있다. 폭발은 그를 엄습한다. 주위를 둘러보자 에피 멈포드의 필드하키 스틱이 앞마당에 놓여 있는 것이 보인다. 빌리는 스틱을 움켜잡고 한 마디 말도 없이 휘둘러 자동차 앞쪽 헤드라이트를 박살낸다. 헤드라이트는 그저 한 번 퍽 하는 조용한 소리 외에는 별 소음 없이 깨진다. 코치는 경적에서 손을 떼더니 갑자기 자동차 밖으로 나와서 빌리를 밀친다. 그는 끔찍한 풀 넬슨 자세로 빌리의 목을 조른다. 에피 멈포드는 황급히 베란다 밑에서 나오지만 이미 코치는 빌리의 복부에 펀치를 날려서 땅에 쓰러뜨렸다.

"안 돼요, 안 돼, 안 돼!" 에피 멈포드가 소리친다. "그 사람은 몰라서 그러는 거라고요."

"저놈은 내 차를 부수기 시작했다고!" 코치가 되받아 소리친다. "미친놈이야."

에피 멈포드는 숨을 몰아쉬는 빌리의 손을 잡고 일으켜 세운다.

"아저씨, 왜 그랬어요?" 에피가 묻는다.

"잘 모르겠어." 빌리가 말한다. "저 남자 얼굴이 마음에 들지 않아."

"아, 그렇군요." 에피 멈포드가 말한다.

그들 세 명은 햇빛을 받으며 서 있으며, 그중 빌리는 몸을 구부리고 거칠게 숨을 몰아쉰다.

THIRTEEN

소년탐정의 비밀스러운 약점은 아주 대담하지는 않다는. 것이다. 물론 그는 자신이 아주 용감했으면 하고 바란다. 그가 아픈 갈비뼈를 움켜잡고 작은 침대에 누워 있는데, 복도 저쪽 휴게실로부터 인기 프로그램의 주제 곡이 크게 흘러나오는 것이 들린다. 그 프로그램은 〈모던 폴리스 카데트〉 라는 50년대 영국의 흑백 시리즈물이다. 주제곡의 가사는 다음과 같다.

모던

폴리스

카데트

그는 최신 법률에 정통하다네

모던

폴리스

카데트

조심하라 범죄자들아

어디에서나

〈모던 폴리스 카데트〉는 두말할 것도 없이 소년탐정이 영원히 애정하 는 텔레비전 프로그램이다. 서툴고 신경과민이며 말조차 더듬는 경찰 사 관후보생 레오폴드 존스가 런던 경찰청에 부임하여 낮 동안 사건을 철저 히 파헤치는 영웅담을 그린 시리즈물인데, 여기서 '낮 동안'이라는 것은,

밤에는 그가 경탄스러우리만치 현대적인 범죄 해결 기술을 사용하여 지금까지 미제로 남아있는 사건들을 검토하기 때문이다. 빌리는 휴게실로 가서 텔레비전을 볼 것인지 아닌지 결정해야 한다. 그는 꽤 오랫동안 고민한다. 그는 날렵한 콧수염을 기른 현대적 경찰 사관 레오폴드 존스가 기이한 사건을 해결하는 장면을 머릿속에 그려 본다 — 예를 들어 '다이아몬드 손도난 사건'에서처럼 단서를 추적하다가 사관 시험을 놓치고 (그는 종종 그런다), 마침내 미녀 강도를 잡고는 수줍은 듯 훈계를 할 것이다. 그러자 빌리는 휴게실로 가서 지금 방영하는 에피소드가 전에 봤던 것인지 아닌지 확인만 하기로 결정한다.

그는 문손잡이에 손을 뻗다 말고 멈춰서, 자신이 복도를 따라 걷는 중에 다른 환자가 다가와서 말을 시키거나, 손을 대거나, 혹은 더 나쁜 경우 자신을 공격하려 들 수도 있다는 생각을 한다. 그는 문 앞에 서서 그런 위험을 감수하면서 휴게실로 갈 필요가 있는지 고민한다. 그는 앞으로도 한 시간 이상 그곳에 서서 가야 하는지 말아야 하는지 고민할 것이다.

FOURTEEN

당혹스러운 얘기지만, 제14장은 도난당했다. 이 점에 대해서 우리는 깊이 사과한다.

FIFTEEN

소년탐정과 멈포드 남매는 프리즈 태그 놀이를 하고 있는 중이다. 석양 무렵이라, 아이들은 한 시간 후에는 집에 들어가야 한다. 빌리는 달리는 자세로 얼어붙은 듯 서 있고 그 주위로 거스 멈포드가 에피 멈포드를 쫓는다. 바로 그때, 검은색 더스터 [길고 넉넉한 코트]를 입고 검은색 눈 화장을 한 십대 소년 두 명이 지나간다. 소년들은 마주보며 윙크를 하고 있다. 통통한 쪽은 검은색 머리를 포니테일로 묶었으며, 키가 큰 쪽은 짧은 금발을 울프 스타일로 세웠다. 그들은 미심쩍어 보이는 여자용 자전거를 가운데에 두고 밀고 가는데, 핑크색 작은 자전거는 그들에게 어울리지 않는다.

빌리가 잠시 자전거를 쳐다보자, 그의 마음속에서 기발한 책략이 돌아가기 시작한다. 그는 '!' 라고 생각한다. 그는 두 명의 소년이 서로 팔꿈치로 밀치면서 웃으며 지나가는 것을 노려본다. 포니테일을 기른 키가 작고 통통한 놈이 친구에게 뭔가 들어본 적이 없는 한 마디 말을 속삭이고, 그들은 둘 다 코웃음을 친다.

"거기 너희들." 빌리가 소리쳐 부른다. "그 자전거에 관해서 물어보고 싶은데."

빌리는 안경을 바싹 고쳐 쓰면서 소년들을 향해 걷기 시작한다.

"뭐?"

"그 자전거 어디에서 구했는지 물어보고 싶은데."

"당신 엉덩이에서 나왔잖아." 오동통한 놈이 말하면서 웃음을 터뜨린다.

"맞아, 당신 엉덩이에서 나왔지." 키 큰 놈이 말하면서 고개를 끄덕인다.

"그렇게 대들 필요는 없어. 그냥 그 자전거가 별나 보여서 그래. 나한테 대답을 해주면 고맙겠는데."

"당신이 고마워하든 말든 우리는 아무 상관없어."

소년탐정은 고개를 끄덕인다. 이제 소년들이 자전거를 훔쳤다는 것은 확실하지만 그 다음엔 정확히 어떻게 해야 하는지 그는 알지 못한다.

"나는 그저 몇 가지 질문을 하고 싶을 뿐이야."

"꺼져주시지. 우린 당신한테 할 말 없어."

소년탐정은 고개를 끄덕이며 한 걸음 다가선다.

"나는 예의를 지키려고 노력하는 중인데 너희들이 그걸 어렵게 만들고 있군."

"그래서 어쩔 건데? 쥐뿔도 없으면서."

"부탁이야. 나는 그냥 자전거에 관해서 몇 가지만 물어보면 된다니까."

"웃기고 자빠졌네. 우리는 악마와 동맹을 맺은 사이야." 통통한 놈이 소리친다. "우리는 우리가 하고 싶은 대로 한다고."

"우리는 어둠의 위력을 휘둘러서 우리 맘대로 한다니까." 키 큰 놈이 악을 쓴다.

"우리는 죽이고 파괴하지."

"우리는 잔인하게 없애 버리지."

"우리는 순수한 악 그 자체야."

소년탐정은 뚱뚱한 소년의 얼굴에 시선을 고정시킨 채 한 걸음 다가선다. 소년탐정은 생각한다. '이 어린 망나니들은 겁쟁이라서 실제로 가해를 하지는 못한다.' 그는 생각한다. '내가 나의 끔찍하고 끔찍한 두려움을 드러내지만 않는다면 아무 문제도 없을 거야.' 그는 주먹을 불끈 쥔다. 그는 자신 있는 태도로 소년들의 반짝거리는 작은 눈을 노려본다. 하지만 바로 그 순간 빌리의 왼쪽 콧구멍에서 선홍색 피 한 방울이 흘러나와 손등으로 떨어진다. 빌리는 그것을 보고, 눈살을 찌푸리고, 그 다음에는 즉시 정신을 잃고 쓰러진다.

소년탐정이 정신을 차려보니, 자신이 옆으로 누운 채 위쪽을 바라보면서 중얼거리고 있다. "코피다. 코피가 흐른다. 코피가 흐른다." 코피는 얼굴을 타고 줄줄 흘러내려 푸른색 스웨터 앞판에 돌이킬 수 없는 얼룩을 만들고 있다. 그가 머리를 들어 보니 두 명의 소년은 사라졌고 대신에 두 명의 멈포드 남매가 작은 얼굴에 근심스러운 표정을 띤 채 서서 내려다보고 있다.

"나는 괜찮아." 그가 중얼거린다. "괜찮다고."

"우리는 아저씨가 죽은 줄 알았어요." 에피 멈포드가 빌리의 머리를 받쳐주며 말한다.

엘루이스 간호사가 코피를 멎게 하는 방법을 알고 있다는 것은 좋은 일이다. 그녀의 설명에 의하면, 남자형제가 넷이나 있었기 때문이란다. 그녀는 셰이디 글렌스 휴게실에서 빌리 앞에 서서 그의 얼굴에 얼음주머니를 대고 있으며, 미스터 플루토가 이 광경을 초조하게 지켜보고 있다. 마침내 코피가 멎자 엘루이스 간호사가 묻는다. "빌리, 코피가 왜 났어요?"

그러나 소년탐정은 말이 없다.

"당혹스러워하는 거 알아요. 하지만 당신이 어떻게 해서 코피가 났는지 알고 싶은데."

그러나 빌리는 고개를 젓는다.

"나는 불안해서 긴장하면 코피가 나요." 그가 말한다.

"저기 블록 끝에 있는 소년 두 명 때문인가요? 금발하고 키 작은 아이?"

잠시 동안 소년탐정은 조각상처럼 굳는다. 그러다가 눈이 파르르 떨면서 그는 엄숙하게 고개를 끄덕인다. 엘루이스 간호사가 그의 등을 토닥이며 한숨을 쉰다. "걔네들 때문일 거라고 생각했어요. 정말 못된 애들이야, 둘 다."

미스터 플루토는 소년탐정을 바라보다가 서둘러 방에서 나가는데, 그의 육중한 발소리가 복도에 메아리친다.

"머리를 앞으로 향한 채 거기 누워 있어요." 엘루이스 간호사가 말한다. "한 바퀴 돌아보고 나서 30분 후에 다시 올게요." 그녀는 빌리에게 텔레비전 리모컨을 건네주었지만, 빌리는 그걸 그저 무릎 위에 놓고 있을 뿐이다. 그는 머리를 앞으로 기울인 채 울음을 참느라 눈을 깜빡인다.

얼마 지나지 않아 미스터 플루토가 작은 자전거를 조심조심 끌고 돌아온다. 그것은 정확히 아까 십대 소년 두 명이 사이에 두고 걷던 미심쩍은 핑크색 자전거다.

"사악한 행위는 경이로움의 증밀이다." 거인이 나시막이 말하는데, 그 목소리는 깊고 지적이다.

아주 부드럽게, 미스터 플루토는 빌리에게 자전거를 건네주고 나서 고개를 끄덕이며 주먹을 내보인다. 거인 같은 남자의 손 안에는 엄청난 인간의 머리카락 뭉치가 놓여 있다. 그것은 검은색 포니테일로 완벽하게 감겨져 있다. 소년탐정은 즉각적으로 기쁘면서도 약간은 겁이 난다. 미스터 플루토가 미소를 지으며 돌아갈 때까지, 빌리는 그곳에 서서 말없이 자전거를 응시한다.

엘루이스 간호사가 다시 나타나서 얼음주머니 위치를 조정한다. "빌리, 기분이 나아졌어요?"

빌리는 '그래요'라는 뜻으로 고개를 끄덕이지만, 그것은 코의 상태가 나아졌기 때문은 아니다. 그것은 자신이 생각을 하고 있다는 것 때문이다. 그는 그 소년들이 아마도 어떤 식으로든지 토끼의 불가사의한 참수(斬首) 사건과 연루되어 있을 것이라고 생각하고 있다. 그는 턱 아래 손을 대고 다시 고개를 끄덕이는데, 그것은 생각에 잠긴 위대한 탐정의 완벽한 초상이다. 물론, 코피를 멎게 하기 위한 얼음주머니만 제외한다면 말이다.

SIXTEEN

다음 날 에피가 학교에서 집으로 돌아오자 '정체불명의 이방인'으로부터 전화가 걸려온다. 에피 멈포드는 시리얼을 먹고 있다. 그녀가 끼고 있는 안경은 작년 여름에 끼던 것으로 큼직한 갈색 플라스틱으로 부서진 곳을 흰색 테이프로 접착해 놓았는데, 정확하지 않은 처방에 의하여 만든 것이다. 에피와 남동생 거스는 TV로 일본 만화영화를 보려고 하고 있는데, 그 때 전화벨이 울리기 시작한다.

"에피……" 목소리가 조용히 속삭인다. "나는 지금 네가 뭘 하고 있는지 알고 있다. 나는 집에 너희 둘 밖에 없다는 걸 알고 있다." 고음의 목소리는 변조된 것 같으며 가쁜 숨소리는 불안정하다. "현관으로 나와라. 밖으로 나와라. 너를 보고 싶다."

"싫어. 허풍떨지 마, 가버려." 에피는 투덜투덜 말하고는 전화를 끊는다. 오 분 후, 그녀가 시리얼을 다 먹을 때쯤, 전화벨이 다시 울린다. TV 앞에 앉은 에피는 한숨을 쉬고 전화를 받는다.

"나에게 비밀을 말해줘, 에피."

"싫어."

"비밀만 말해준다면 전화 안 할 거야."

"상관없어."

"비밀만 말해준다면 오늘 밤에 너를 죽이지 않을 거야."

"좋아."

"에피, 너의 비밀이 뭐니?"

"이 세상 사람들은 모두 날 싫어해."

"왜 세상사람 모두 너를 싫어하는데?"

"왜냐하면 내가 이상하게 생겼기 때문이야. 나는 정말 못 생겼으니까."

전화기에서는 한동안 말이 없다.

"내가 갈게, 에피. 내가 그쪽으로 갈 테니 들여보내줘."

"말도 안 돼."

"내가 거기로 가면 너는 나를 들여보내줄 거야. 내가 하고 싶은 대로 하도록 해줄 거지?"

"아니."

"내가 하고 싶은 대로 하게 해줄 거잖아. 그렇지?"

"신경 안 써." 에피가 말한다. "오든지 말든지."

"지금 가고 있어, 에피. 현관 문 열어 놓는 게 좋을 거야, 에피."

"좋아. 맘대로 하라고." 에피는 전화를 끊고 현관으로 가서 문이 잠겨 있는지 확인한다.

그녀는 남동생 거스와 함께 텔레비전 앞에 앉아있는데, 날은 어두워지고 마침내 엄마의 차가 녹슨 소리를 내면서 도착하는 소리가 들린다. 남매는 재빨리 누워서 눈을 감고, 엄마와 아버지가 나란히 들어와서 미소 지으며 그들을 내려다보는 것을 상상한다. 하지만 눈을 뜨고 보면 작은 푸른색 모자를 쓰고 푸른색 코트를 입은 엄마 혼자서 양팔 가득 식료품을 안고 있다. 엄마 바로 뒤쪽 벽에 걸려 있는 가족사진에는 아버지의 얼굴이 송두리째, 완전히, 도려내어져 있다.

"에피." 엄마가 조용하게 말한다. "애야, 왜 옛날 안경을 끼고 있니?"

SEVENTEEN

밤에 침대에 누워서 소년탐정은 낯선 탐정 말투를 연습한다. 그는 무슨 말을 할 것이며 그 말을 어떻게 할 것인지 연습하느라고 잠을 이루지 못한다. 연습이 쉽지 않기 때문이다. 우리들은, 세상이 다 그렇듯이, '소년탐정'이라는 이름을 가진 사람이라면 모든 범죄와 모든 수수께끼와 모든 미스터리를 모두 풀어낼 것이라고 기대하는데, 바로 이 두려움 — 혹시 우리의 기대를 저버리게 될까 하는 — 때문에 그는 침대에 누운 채 상당히 낯선 말들과 상당히 극적인 표정들을 밤새 연습하는 것이다.

이른 저녁, 소년탐정은 블록 끝자락에서 두 명의 십대 소년을 탐문한다. 그들은 집 앞 계단에 앉아 있는데, 통통한 소년은 심각하게 고통스러운 표정으로 뒤통수를 부여잡고 있다.

"나는 진실을 알고 싶어. 너희들 중 누구 하나라도 누가 소녀의 토끼를 죽였는지 아는 바 있나?"

"전혀." 통통한 소년이 작은 목소리로 말한다.

"죽은 고양이를 본 적은 있어." 키 큰 소년이 말한다. "그 고양이도 머리가 없었어."

"이디? 이디에서 그걸 봤나?"

"저기 강가에서. 하수관 바로 옆."

"그건 어디에 있나?"

"거리 끝에 있는 집 뒤쪽 숲 속. 도랑물이 다 모여드는 거기 말이야."

"그게 언제였나?" 소년탐정이 묻는다.

"이틀 전. 고양이 시체는 그냥 거기 놓여 있었어. 정말 굉장히 역겨웠어."

빌리는 소년들의 얼굴을 쳐다보면서 혹시 거짓말의 흔적이 있나 찾아보지만 그런 기미는 없다. 그들이 거짓말을 하는 게 아니라는 확신이 든다.

"자, 내가 약속한 대로." 소년탐정은 이렇게 말하면서 그들에게 핑크색 자전거를 돌려준다.

"순진한 아저씨, 이건 원래 우리 것도 아니야." 통통한 소년이 빙긋 웃는다. "완전히 훔친 거라고."

소년탐정은 그 얘기는 무시하기로 하고 거리를 따라 블록의 끝까지 서둘러 간다. 그는 인도경계석 옆에 뻗어있는 좁은 금속 배수로를 따라, 그것이 아래쪽으로 굽어지는 곳으로 ― 작은 언덕 몇 개를 지나서 강물 소리가 시끄러운 숲 속으로 ― 따라 들어가서 대형 은색 배수관이 물을 토해내는 장소에 다다른다. 그곳 나무들은 키가 크고 빽빽하고 초원초[북아메리카 지역에서 자라는 억센 풀]는 녹색으로 높이 자라있으며, 은색으로 빛나는 작은 벌레들이 윙윙거리는데, 이곳에 운동화 한 짝, 오래된 도색잡지 한 권, 그리고 누군가의 책가방이 통째로 버려져 있다.

부드러운 물소리를 따라가다가 몸을 숙여서 천천히 갈대를 옆으로 젖히자, 그곳에서 소년탐정은 큼지막한 발자국 몇 개를 찾아내는데, 에피네 집 현관 베란다 아래에서 찾아낸 것과 상당히 유사하다. 소년탐정은 고개를 들어 살핀다. 감시당하는 느낌이다. 어둠 속에서 누군가 숨 쉬는 소리가 들린다. 작은 나뭇가지 하나가 똑 하고 부러진다. 큰 나뭇가지가 재빨리 움직인다. 빌리가 고개를 숙이자 곧 염분이 섞인 찝찝한 습지의 얕은 곳에서 무언가 그의 시선을 사로잡는다. 소년들이 말했던 그대로다. 흰색 털이 폭신한, 움직이지 못하는 고양이 한 마리가 둑 옆에 놓여 있다. 동물의 머리는 불가사의하게 사라져 있다. 빌리는 고양이를 쳐다보며 강 옆으로 난 발자국을 따라 수풀과 나무가 뒤섞인 덤불 속으로 들어간다.

앞쪽에서, 그림자 같은 것이 — 남자의 형체처럼 보이는 것이 — 갑자기 어둠 속으로 달려간다. 빌리는 숨을 죽인 채 응시한다. 어딘가 가까운 곳에서 나뭇가지가 부러지면서 속삭인다. 이동하면서도 내내 모든 것을 있는 그대로 기억하기 위해서 눈을 크게 뜨고 있던 빌리는 이제 소리 나는 곳 쪽으로 황급히 따라간다.

어둠 속에 손을 뻗어 나뭇가지며 허리까지 오는 잡초들을 제치면서, 소년탐정은 은색 달빛을 배경으로 몸집이 큰 남자가 달빛을 가로지르는 광경을 포착한다. 남자는 직사각형 서류가방을 들고서 어둠 속을 달려서, 쓰러져 있는 통나무와 덤불을 건너뛰며 어둠 속으로 사라지더니, 거칠고 신경질적인 숨소리를 내며 다시 돌아온다. 나무들 꼭대기를 뚫고 들어온 가을 달빛이 흔들린다. 달 자신은 의혹에 찬 하나의 거대한 눈처럼 엿보고 있으며, 바람은 앙상한 나뭇가지 사이로 높고 날카로운 소리를 낸다. 바로 그때 빌리는 자신이 길을 잃었다는 것을 깨닫는다. 그는 길을 잃었으며, 이제 그를 둘러싼 어둠 속 어디쯤 그 낯선 남자가 숨어있을 것인지 명확히 감을 잡지도 못한다.

빌리는 둘러보기 시작하는데, 바로 그러는 중에 머리가 없는 남자의 얼굴과 정면으로 마주보게 된다. 눈도 없고 코도 없고 입도 없고 얼굴의 어느 부분도 없는, 아무 특징 없는 유령처럼 텅 빈 공간이 있을 뿐인데, 그곳에서 섬뜩한 목소리가 흘러나온다.

"왜 나를 따라오는 거야?" 귀신같은 형체가 화난 목소리로 묻는다.

낡은 검은색 양복을 입은 그 남자는 성큼 다가오더니 그의 검은색 손에서 큼지막한 검은색 서류가방이 나온다. 남자는 재빨리 가방을 열더니 은빛으로 반짝이는 긴 가위를 꺼내고, 바로 그 순간 빌리는 비명을 지르며 뒤로 물러서다가 복잡하게 얽힌 덤불에 걸려서 옆으로 쓰러진다. 가위가 위험할 정도로 가까이 다가오자 빌리는 남자의 두꺼운 양복 재킷을 부여잡고, 남자의 손목을 움켜잡으며 사투를 벌인다. 공포에 질린 빌리가 얼굴 없는 남자의 넥타이를 잡아당기자 검은색 매듭이 쉽게 풀린다. 그러자 즉시 치명적으로 해체된 악한은 울부짖기 시작한다. 빌리는 풀어진 넥타이를 손에 잡은 채, 괴상한 남자가 비명을 지르는 것을 공포에 싸인 채 지켜보는데, 그 귀신같은 목소리는 숲 속에 메아리친다. "저주 받은 내 운명, 비참한 내 운명……"

곧 머리 없는 남자의 옷은 생명을 잃고 초라하게 처지기 시작하고, 빌리는 검은색 넥타이를 내려다보면서 악한이 최후를 맞았다는 것을 재빨리 깨닫는다. 괴상한 남자는 마치 솔기가 풀린 듯 계속해서 해체되고, 그의 검은색 양복과 구두와 바지와 가방만 그곳에 남아 있는데, 그 버려진 옷으로부터 흐릿한 수증기만 피어오르고 있다.

갑자기 숲 속이 고요해진다.

소년탐정이 주위를 둘러보자 아무도, 아무 것도 없는데, 울 것 같은 눈으로 흘깃 보니, 캄캄한 밤만이 반점처럼 보일 뿐이다. 그는 호기심에 낯선 남자의 소지품을 뒤지다가 남자의 포켓 안에서 작은 초청장을 찾아낸다. 거기에는 이렇게 쓰여 있다.

안내 드립니다.

우리는 당신과 당신의 최근 행적을 눈여겨보았는데, 우리 마음에 들었습니다. 이번 수요일 자정에 밀랍인형 박물관에 오시면 우리의 가장 유력한 조직과 함께 미래 가능성을 의논할 수 있으니 참석하여 주십시오. 박물관은 9번 노선을 따라 있는 소형 상가 안에 있습니다. 혼자 오시기 바랍니다. 여흥이 제공됩니다.

빌리는 초대장을 바라보면서 궁금해 한다. 그는 주머니에서 아티반 두 알을 꺼내어 살며시 입 안에 털어 넣는다. 그러자 소리라고는 나무를 스치는 바람뿐이다. 움직임이라고는 교활한 달빛뿐이고, 그는 손을 가슴에 대고 심장 고동이 잦아드는 것을 느낀다. 애써서 숨을 쉬자 밤이 흐릿해진다. 귓속에서는 낯선 윙윙 소리가 울린다. 갑자기 세상은 그림자가 되고 그는 매우

폭신하고

흐릿한 기분이 된다.

그것은 과학적인 사실이다. 뉴저지 주 고담 시의 유령 세계는 의미심장하다. 참수 당한 갈색 토끼 미스터 버튼스는 자기 머리가 발견되고, 자신의 죽음에 책임이 있는 악행의 가해자가 밝혀질 때까지는 평온을 얻지 못할 것이다. 토끼의 혼은 자기 육신을 찾아 동네를 방황하고 있다. 그것은 당장 육신을 찾아야 한다고 결심하고는, 녹색과 노란색으로 칠해진 가든 노움 [땅속 요정 노움의 석상으로 정원 장식용으로 사용된다] 위를 떠돌면서 치수를 재 본다. 그것은 똑바로 세워져 있기 때문에 불편하다. 다음번에는 이웃의 뒷문 현관 베란다에 놓여 있는 코끼리 봉제인형인데, 배 부분에 봉제선이 터져 엄청나게 찢어져 있음에도 불구하고 치수를 맞춰 보지만 잘 맞지 않는다. 거리 끝에 플라스틱으로 만든 작은 새 한 마리가 있는데 날개기 바람에 빙빙 돌아가고 있다. 미스터 버튼스는 그 육신이 어떻게 움직이는지 가늠할 수 없자, 이제는 맞춰보는 것도 지겨워 다시 어둠 속으로 되돌아간다. 이 세상 모든 유령들이 그러하듯, 이제 미스터 버튼스의 유령도 악의에 희생된 또 하나의 피해자로 구원을 기다리고 있는 것이다.

EIGHTEEN

소년탐정은 신발과 양말을 벗은 채 긴 의자에 누워 있다. 그의 상담치료사는 체리목으로 만든 파이프에 신중하게 불을 붙인다. 소년탐정에게는 선택권이 없다. 일주일에 두 번씩 턱수염을 기른 이 낯선 남자를 찾아와야 하는 것은 그의 퇴원 프로그램의 일부이기 때문이다.

"그런데, 빌리, 모든 사람을 구원해야 한다는 욕구는 무엇 때문인가? 그게 왜 중요하지?"

"뭐라고요?"

"좋아, 풀어서 말하지. 모든 사람을 악으로부터 구해내야 한다는 욕구는 무엇 때문이지?"

"무슨 말인지 모르겠습니다."

"그 모든 기억을 통틀어 보면, 자네는 언제나 어떻게든 단서를 잡든가 가까스로 해결하든가 하고 있네. 왜 그렇지? 자네는 누구로부터 승인을 받으려고 애쓰는 건가?"

"그런 건 없습니다. 저는 수수께끼 푸는 걸 좋아합니다."

"인생은 수수께끼라네. 그걸 풀어보려고 한 적 있나?"

"음…… 없는데요, 선생님."

"말해보게. 자네 아버지는 뭘 하는 분이셨나?"

"군에 있었습니다. 해군 변호사였죠."

"흥미롭군. 어머니는?"

"과학자였습니다."

"물론 사실이 있고 진실이 있지. 그런데 삶은 그 어느 쪽하고도 별 상관이 없다네." 상담치료사가 사려 깊게 턱수염을 잡아당기면서 말한다. "자네가 마지막으로 해결한 범죄가 뭔가?"

소년탐정은 손목시계를 본다. "시간이 다 되었습니다."

"마지막으로 해결한 범죄가 뭐였나?"

"의사 선생님, 저는 이제는 범죄해결 같은 건 하지 않습니다."

"왜 하지 않는가?"

"이제 어른이니까요."

"그러면 포기한 건가?"

"그렇습니다."

"그럼 완전히 그만 둔 건가?"

"아뇨. 중단했을 뿐입니다."

"왜 중단했지?"

"대학교에 갔기 때문입니다."

"여동생이 죽었기 때문이 아니라?"

"아뇨. 중단한 건 그 이전이었습니다."

"대학에서는 뭘 공부했나?"

"범죄학입니다."

"범죄학? 정말 흥미롭군, 빌리. 나는 자네가 포기했었다고 생각했는데."

"포기했었죠."

"포기했던 건 여동생이 죽었기 때문인가?"

"그렇습니다."

"그렇다고?"

"그렇습니다."

"그럼 이 질문에 대답해 봐. 정말 궁금하군. 자네의 경우에는 성공하지 못했을 때 어떤 일이 일어났나?"

"뭐라고요?"

"사건을 해결하지 못했을 때 말이네."

"우리는 늘 사건을 해결했습니다."

"언제나?"

"언제나."

"단 한 번도 실패한 적이 없다고?"

"단 한 번도 없습니다."

"그럼 자네에게 미스터리를 하나 물어보겠네. 캐롤라인은 왜 자살했다고 생각하나?"

"모릅니다."

"그건 이 세상이 사악한 곳이기 때문인가? 결국 악을 물리치는 것은 불가능한 일인가? 그렇다면, 여동생은 그저 도덕적 약자였다는 말인가?"

소년탐정은 또다시 손목시계를 본다.

의사는 미소 지으며 고개를 끄덕인다. "약은 잘 듣나?"

"가끔씩은 약 때문에 느려지곤 합니다."

"곧 안정될 걸세." 상담치료사는 여전히 고개를 끄덕이며 말한다. "하지만 약을 먹는다고 기분이 변화되는 것은 아니지. 일어난 일들이 달라지는 것도 아니고."

"의사 선생님, 시간이 없습니다. 죄송합니다. 저는 가봐야겠습니다."

NINETEEN

소년탐정과 멈포드 남매는 현관 베란다 앞에서 말없이 앉아 있다.

"이해하지 못하겠어." 빌리가 속삭인다.

"앞으로는 아저씨하고만 같이 있으면 안 된대요." 에피 멈포드가 다시 말한다. "우리 엄마는 아저씨가 정신이상자일 거라고 생각해요. 엄마 말로는 아저씨가 길 건너에 살고 있다는 것도, 다른 모든 이야기들도 알지 못한대요. 엄마는 아저씨가 진짜 탐정이라고 생각해요."

"나는 진짜 탐정이야."

"아뇨. 진짜 탐정 말이에요."

"하지만 나는 단서를 찾아냈어. 앞으로 며칠 안에 사건을 해결할 거야."

"엄마는 아저씨가 하고 싶다면 여기 현관 앞에 앉아서 우리하고 얘기하는 건 괜찮대요. 하지만 이름을 불러서 들리지 않을 만큼 멀리 가면 안 된다고 했어요."

"알겠어."

'이제 뭘 할 거예요?' 거스 멈포드가 쪽지를 건네어 묻는다.

"나 혼자서 조사를 계속할 거야."

'위험할는지도 몰라요.' 거스 멈포드는 또 다른 종이를 건네어 대답한다.

"나도 알아. 하지만 혹시, 내가 이 사건을 해결한다면, 너희 엄마가 나를 달리 볼는지도 모르잖아."

"그럴지도 모르죠." 에피 멈포드가 말한다. "하지만 이미 안 그럴 거에요."

"그래. 아마도 안 그러겠지."

그들 세 명은 한동안 말이 없는데, 마침내 거스 멈포드가 쪽지를 건넨다. '다음번에는 무슨 일이에요?'

"오늘밤에 나는 밀랍인형 박물관에 가야 해."

"밀랍인형 박물관?"

"응."

'조심하세요.' 거스 멈포드가 종이에 써서 대답한다.

"그럴게. 이제 너희 둘은 '기본수칙'을 기억하도록 해."

"기본 수칙이라고요?"

"그래, 탐정의 기본수칙. 수칙 1번 : 우리는 어떠한 불가사의한 미스터리라도 해결해야 한다."

"네." 에피는 말로 하고 거스는 고개를 끄덕임으로써, 멈포드 남매는 서약을 한다.

"수칙 2번 : 우리는 할 수 있는 한 어떤 범죄라도 좌절시켜야 한다."

"좋아요."

"그리고 기본수칙 3번 : 우리는 언제나 친구들에게 진실해야 한다."

아이들은 손을 올리고 공식으로 선서를 하고는 고개를 끄덕인다. 빌리도 고개를 끄덕여 응답하고 그들은 서로 악수를 한다.

"여기 이거요." 에피 멈포드가 입고 있는 겨울 재킷 안에서 삭은 은색 말발굽을 꺼내더니 소년탐정에서 살며시 건넨다. "이건 행운을 주는 거예요. 이걸 지니고 있으면 나는 언제나 과학경시대회에서 우승해요."

"고마워."

거스는 작은 흰색 종이쪽지를 건네준다. '잘 자요, 빌리 아저씨.'

"잘 자라."

TWENTY

소년탐정은 밀랍인형 박물관이 초청장에 적혀있는 대로 실제로 소형 상가 안에, 퀵스탑 편의점과 한국식 네일살롱 사이에 있다는 것을 발견한다. 거의 자정이 다 된 시간이다. 밀랍인형 박물관으로 통하는 문은 잠겨 있지 않은데, 소년탐정은 조심스럽게, 그리고 가능한 한 최대로 살그머니 안쪽으로 숨어든다. 처음에는 어둡지만, 빌리는 박물관 내부가 마치 철거용 쇳덩이에 맞은 것처럼 망가져 있는 걸 알아차린다. 부서진 석고 덩어리가 천장에 매달려 있으며 그 옆에는 파이프와 전선이 늘어져 있다. 이제는 상당히 신중한 빌리는 비틀거리다가 '악한의 전당'이라는 제목이 붙은 대형 밀랍 전시물 앞에 멈춘다. 거기에는 이렇게 적혀 있다.

미해결 범죄 중에는 특히 1930년대에 클리블랜드 시 킹스베리런에서 일어난 '토르소 [몸통] 킬러' 연쇄살인사건이 있다. 당시 킹스베리런은 잘 알려지지 않은 구역으로 쿠야호가 하상 제방을 따라 형성된 작은 판자촌이었다. 1934년부터 1938년까지 킹스베리런은 토르소 킬러의 무대가 되었는데 기록에 남은 살인사건만 최소한 13건이 발생했다.

1934년에 유명한 탐정 엘리엇 네스가 클리블랜드 시로 오자마자 해결되지 않은 토르소 살인사건 조사팀 대장으로 임명되었다. 하지만 토르소 킬러는 그의 악마 같은 행위를 계속했다. 1936년 1월부터 1938년 8월까지 여덟 명의 사람들이 토르소 킬러에 의해 살해당하곤 했다. 시체는 대부분 목이 잘려나갔으며 몸통과 다른 신체 부위는 킹스베리런의 열차기지에서 발견되었다.

마침내 1938년 8월 16일, 토르소 킬러는 대담하게도 신원이 밝혀지지 않은 여자의 몸통을 이스트 9번가와 레이크사이드에 유기했는데, 그 장소는 엘리엇 네스의 사무실에서 잘 보이는 곳이었다. 그러자 엘리엇 네스는 프랭크 돌리잘 이라는 사람을 두 건의 살인사건 용의자로 체포했는데, 용의자는 경찰에 구금 되었던 동안 방치된 부상으로 인해 재판을 받기도 전에 감옥에서 죽고 말았다.

살인용의자의 사망에도 불구하고 엘리엇 네스는 자신이 킹스베리런 살인사 건을 해결했다고 공공연하게 주장하였다. 결국, 네스 탐정은 킹스베리런 살인 사건을 서툴게 처리했다는 악평을 영원히 뒤집어쓰고, 사체가 훼손되었던 가여 운 희생자들만큼이나 비극적인 운명이 된다. 나중에 그가 클리블랜드 시장에 출마했을 때, 일부 유권자들은 신체가 절단된 마네킹을 나무에 걸어서 반대 표 시를 했다.

결국 탐정은, 물론, 선거에서 패배했다.

소년탐정은 고개를 들어 엘리엇 네스를 보는데, 산뜻하게 핀스트라이프 슈트를 차려입은 탐정은 떨어진 아치에 의해 머리가 쪼개진 채, 팔다리가 떨어져 나간 알 카포네의 머리꼭대기에 놓여 있다. 그들 곁에는 턱이 바닥 에 눌어붙고 몸은 해체되기 시작한 존 딜링거 [1930년대 초반에 활동했던 미국의 전설적인 은행 강도]가 열기 때문에 졸아붙고 있는 자그마한 아돌프 히틀러의 발치에 놓여 있다. 빌리는 어둠 속을 응시하면서 밀랍 조상(彫像)들이, 그 들이 살았던 시대의 선량하고 고귀한 사람들의 목을 조르기 위해서 여전 히 비틀린 손을 내뻗고 있는 것이라는 생각이 든다.

빌리는 부서진 밀랍 팔다리와 더러워진 머리카락 무더기를 기어올라 단서나 신호나 퍼즐 조각을 찾아본다. 잠시 후 사악한 비명소리가 들리고 검은색 날개 달린 박쥐 몇 마리가 재빨리 스쳐가자, 빌리는 — 눈이 날카롭고 몸집이 작은 동물을 보고 겁에 질려 — 발을 헛디뎌 넘어지면서 무릎을 짚고 쓰러진다. 손바닥에 둔탁한 통증을 느낀 그는 그 사이에 손을 베었다는 것을 알아차린다. 머릿속에서 생각이 천천히 돌아간다. '너는 더 이상 소년이 아니다. 너는 더 이상 탐정이 아니다. 그러니 돌아가라, 빌리.' 그러자 그의 몸 전체가 떨리기 시작한다. 손을 가슴에 댄 채, 빌리는 자신이 무엇을 두려워해왔는지 이제는 알게 된다. 그는 또다시 길을 잃었다. 그는 인생에서, 이 사건에서, 이 낯선 장소에서 어떻게 진행해야 할지 모르는 것이다 — 그러자 즉시 그의 눈에서는 눈물이 곧 쏟아질 듯 반짝이기 시작한다.

바로 그때, 그는 은색의 작은 말발굽 — 에피 멈포드로부터 받은 행운의 징표 — 이 다른 쪽 손 안에서 찬란하게 빛나고 있다는 것을 알아차린다. 그렇다면 모든 것이 다 어두운 것은 아니다. 이 작은 발광체의 희미한 빛에 의존하여, 빌리는 고개를 들어 그의 앞에 놓인 길을 바라보는데, 험준하고 어둡긴 해도 통과할 수 없는 것은 아니다. 그는 몸을 일으켜 세워 다시 천천히 걷기 시작한다.

빌리는 멈춰서 통로를 막고 있는 나폴레옹을 옆으로 치우는데, 팔다리가 떨어져 나간 황제는 바싹 건조된 채 쥐들이 갉아먹어 너덜너덜해셨나. 그가 돌아서자 갑자기 섬뜩한 웃음소리가 메아리치는 것이 들린다. 그러자 어둠 속으로부터 괴상한 모습의 악한이 걸어 나오는데, 자신의 비밀 은신처에서 길을 잃고 헤매는 소년탐정을 발견하고 재미있어 하는 것 때문에 그의 기괴한 외모가 더욱 끔찍하게 보인다. 그 남자는 다름 아닌 '블랭크' [초인적 능력을 가진 슈퍼악당 만화 캐릭터]로 흰색 마스크에 검은색으로 뚫려 있는 작은 눈구멍, 검은색 슈트에 검은색 넥타이 외에는 몸을 알아볼 수 없다. 어둠 속에서 그 괴상한 하얀 얼굴은 거의 떠있는 것처럼 보인다.

빌리는 몸을 돌려 인상을 쓰고 있는 블랭크와 대면한다.

"죄송합니다." 빌리가 작은 목소리로 말한다. "여기서 당신을 만나게 되리라고 예상하지는 못했습니다."

"소년탐정, 진짜 놀란 건 바로 나다." 블랭크 역시 작은 목소리로 말한다.

"나는 오랫동안 멀리 가 있었습니다." 빌리는 이렇게 말하면서 한 걸음 다가선다. "사실은 내가 여기에서 뭘 하고 있는지 나도 모릅니다. 실수로 들어왔어요. 곧 떠나겠습니다. 아까도 말했지만 정말 죄송합니다."

이상하게도, 블랭크는 고개를 끄덕이더니 손을 내민다.

"아니다. 나의 정다운 친구여, 사과해야 할 사람은 바로 나다." 그가 속삭이듯 말한다. "내가 할 일이 많기 때문에 우리의 재회를 여기에서 끝내야 하니까. 다시 한 번 이 점에 대해서 사과한다."

그러자마자 악한은 검은색 권총 견대에서 칙칙한 은색 권총을 꺼낸다. 아무 말도 없이, 침묵 속에서, 그는 소년탐정을 향해 근거리발사를 한다.

TWENTY-ONE

병원에 입원한 소년탐정은 탐정잡지를 읽는다. 왼쪽 관자놀이에 총알이 스쳤을 뿐이지만 머리 전체에 붕대를 감았기 때문에 그는 혼자서 — 아무도 병문안 오지 않았다 — 이틀 내내 그의 모험담을 내려다보면서 앉아 있어야만 한다.

병원에서 풀려나자, 소년탐정은 비틀거리며 버스에 올라타다가 거스름 돈으로 받은 한 줌의 은색과 청동색 동전을 흘리는데, 동전은 사람 없는 통로를 따라 방울소리를 내면서 굴러간다. 버스 운전사는 짜증스러운 듯 한숨을 쉬고는 빌리에게 그냥 가라고 손짓하고, 머리 전체에 붕대를 감고 있는 빌리는 자신만큼 괴상한 모양새를 하고 있는 승객들의 시선을 한 몸에 받는다. 잠시 후, 전신에 핑크색과 흰색이 섞인 토끼 복장을 한 남자가 버스에 올라타더니 빌리 옆자리에 앉는다.

XXX 토끼뜀 XXX 사 소유 주차장의 텅 빈 끝자락에서 소년탐정은 오래전 동업자였던 브라우닝 탐정을 만나는데, 그는 현재 특별히 한심한 어떤 스트립쇼 클럽의 경비원으로 일하고 있다. 그는 이전보다 훨씬 살이 쪘으며, 검은색이었던 머리는 벗겨지고, 밝은 푸른색이었던 제복 대신에 칙칙한 고동색 윈드브레이커를 입고 있다. 머리 위로는, 볼륨 있는 여자가 어두운 하늘을 향해 볼륨 있는 엉덩이를 흔들어대는 거대한 네온사인이 핑크색에서부터 파란색으로 번쩍이고 있다. 그 불빛은 빌리와 전직 탐정의 얼굴을 번쩍이며 비춘다.

"내 눈으로 그 남자를 똑똑히 봤어요. 그는 뭔가 엄청난 일을 계획하고 있어요." 빌리가 말한다. "이미 무슨 조직을 결성하기 시작했다고요."

"나는 몰라." 전직 탐정 브라우닝이 담배를 한 모금 빨아들이면서 웅얼거린다. "아무 것도 들은 게 없어, 빌리. 물론 내가 더 이상은 그런 일을 열심히 찾아보는 것은 아니지만 말이야." 그가 말한다.

"그래요. 여기에서 당신을 만나게 되어 놀랐어요." 빌리가 대답한다.

전직 탐정은 고개를 끄덕인다. "나도 놀라고 있어." 그는 둥글고 붉은 코를 긁적이고는 담배를 또 한 모금 뻐끔거린다. "그게 말이야, 까짓것, 한번 해보지 뭐, 라고 생각했을 뿐이야. 나는 세상의 쓰레기 청소부가 되는 일에 질렸다고. 나도 좋은 일을 한 적은 있지 — 단 한 번 말이야 — 그런데 그게 나를 망친 거야."

"당신은 물에 빠진 소년을 구해냈어요. 다른 사람의 생명을 구한 거죠."

"그래." 전직 탐정이 말한다. "하지만 그게 내 인생을 망치고 말았어. 그 사건 이후 나는 온갖 신문에 났고, 그러자 사람들은 내가 항상 그런 일을 할 거라고 기대하기 시작했어. 내 아내, 우리 아이들 — 그들은 모두 내가 무슨 영웅이라도 되는 것처럼 바라봤는데, 사실 나는 영웅이 아니라는 걸 알고 있었어. 바로 그 사실이 실제로 나를 죽인 거야. 나는 그런 일은 다시는 할 수 없었어. 내 말은, 나는 근무가 끝난 다음에도 밤에 나가서 혼자서 차를 타고 돌아다니면서 누구 구해줄 사람이 없나 찾아다니곤 했지. 하지만 한 명도 찾아내지 못했어. 얼마나 열심히 찾아다녔는데. 하지만, 음, 내가 아까도 말했듯이, 그 소년을 구해낸 것이 내가 했던 일 중 최악이었던 거야."

"나는 그렇게 생각하지 않아요."

"자네가 그렇게 생각하든 아니든 그건 중요하지 않아. 나는 오랫동안 그 문제에 대해서 생각해봤어. 아마도 우리는 일생을 통틀어 단 한 가지의 좋은 일을 하는 것 같아. 내 경우에는 그 아이를 강물에서 끌어낸 일이었지. 아마도 그것이 우리가 할 수 있는 일의 전부인가 봐. 물론 우리들 중에는 그만큼도 하지 못하는 사람들도 있지만 말이야. 우리는 그 한 순간을 제외하고는 정말 끔찍하게 사는 것 같아. 아마도 인생 전체에서 그 짧은 한 순간에 — 우연이든 상황 때문이든 — 어쩌다가 올바른 일을, 최상의 행동을 하게 되고, 그런 다음에는, 말하자면, 남은 인생 동안은 자기가 한 선행이 요행이나 실수가 아니었다고 스스로를 기만하면서 살아가는 것 같아. 나는 잘 모르겠으니 자네가 말해봐. 나는 일개 경비원일 뿐이니까."

"그런 것에 대해서는 조금도 알지 못합니다, 브라우닝 탐정님."

"이제는 프랭크라네. 그냥 프랭크, 누가 뭘 공짜로 집어가지 않는지 감시나 하고 있는 궁지에 몰린 놈, 프랭크라고. 이제 내가 자랑할 것이라고는 어떤 놈이 스트립 걸 뒤에서 때리지 못하게 막는 일을 한다는 것뿐이지."

"선생님, 주위에서 어떤 나쁜 음모가 꾸며지고 있다는 얘기 들은 적 없어요?"

"만일 그런 일이 있다고 해도 나는 아무것도 알 수 없을 거야."

"알았습니다. 감사합니다, 선생님."

"빌리, 자네를 믿고 하는 얘긴데, 아직도 자네는 누군가 자네에게 고마

위하거나 그럴 거라고 생각하나? 그래? 자네가 충분히 많은 사람들에게 도움을 준다고 치자. 그게 실제로 중요한 일인가? 나를 보라고, 빌리. 선한 것은 절대로 악을 정복할 수 없어. 내가 바로 그 증거야."

"시간을 내주셔서 고맙습니다. 브라우닝 탐정님."

"프랭크라니까."

"그래요. 프랭크, 고마워요."

"별 말씀을." 브라우닝 탐정은 새 담배에 불을 붙이고 한동안 빌리를 바라본다. "이봐, 빌리, 자네 머리가 왜 그렇게 됐는지 물어봐도 될까?"

"총 맞았어요. 머리에 총을 맞았죠."

전직 탐정 브라우닝은 대답 대신 슬프게 고개를 끄덕인다.

소년탐정이 돌아서자, 바로 그때, 프랭크가 소리치면서 빌리 옆으로 뛰어온다.

"잠깐만, 잠깐만 기다려. 이봐, 내가 뭘 보여준다면, 자네…… 절대로 보지 못한 척할 수 있겠나?"

빌리는 어깨를 으쓱하면서 브라우닝 탐정의 얼굴을 응시한다. 프랭크는 고개를 끄덕이고 윈드브레이커 안에 손을 넣어 조그마한 카드를 꺼내는데 거기에는 '악의 집회'라고 쓰여 있다. 아래쪽에는 근처에 있는 별 특징 없는 호텔의 주소와 날짜, 시간이 쓰여 있는데, 그걸 보니 행사는 겨우 이틀밖에 안 남았다.

"자주색 마스크에 자주색 망토를 쓴 놈이 지난주에 여기에 왔었지. 스트립 걸을 움켜잡다가 밖으로 쫓겨났는데, 그 다음날 인도에서 이걸 발견했지."

"선생님?"

"괜찮아, 괜찮아, 내 생각에는, 음…… 그들이 일종의 집회를 가지는 모양이야." 전직 탐정이 말한다.

TWENTY-TWO

그날 저녁 소년탐정이 셰이디 글렌스 재활원으로 돌아오자 엘루이스 간호사가 부엌에서 케이크를 만들면서 울고 있다. 작은 은빛 눈물방울이 코끝에 모였다가 케이크 반죽으로 떨어진다. 그녀는 자신과 논쟁을 벌이고 있다. 소년탐정은 젊은 간호사가 큼지막한 나무 주걱으로 반죽을 젓는 것과, 흘러내리는 눈물이 그녀의 부드럽고 동그란 얼굴을 적시는 것을 보면서 궁금하게 생각한다. '왜 저러는 걸까?' 빌리는 그곳 음료 자판기 뒤에서 있는데, 엘루이스 간호사가 쳐다보고는 얼굴을 찡그린다. 그녀는 작은 목소리로 말한다. "나는 사람들에게 상처 입는 게 지겨워졌어요."

"이해해요." 빌리도 작은 목소리로 말한다.

"어젯밤에 집에 갔는데 헤어진 남자친구가 — 마술사에요 — 내 물건을 몽땅 챙겨가고 있었어요. 새로운 마법 토끼인지 뭔지 때문에 돈이 필요하다고 하면서 말이죠."

"안 됐군요." 빌리는 자기 발을 내려다보면서 중얼거린다.

"내 옷도 집어 갔어요. 새 도우미에게 입힐 거라고 하면서." 엘루이스 간호사는 화난 목소리로 말하고는 계속해서 울면서 반죽을 젓는다.

소년탐정이 방으로 돌아오자 놀랍게도 우편함에 정체불명의 편지가 한통 와 있다. 우체국 소인도 없고 주소도 없다. 봉투에는 손으로 쓴 검은색 작은 글씨로 그냥 '소년탐정 앞'이라고 되어 있다. 빌리는 봉투 접힌 곳 안쪽으로 손가락을 넣어 찢어서 천천히 편지를 열어본다. 봉투 안에는 노랗게 색 바랜 종이 한 장이 들어 있는데, 이렇게 쓰여 있다.

X1 : 5-12-15-15-2
26-11-2 11-4-25-8 2-8-24 9-18-21-10-18-23-23-8-17 16-8?

그것은 암호다. 하지만 누가 보냈을까? 소년탐정은 즉시 '캐롤라인이
다!'라고 생각하고는, 그런 생각을 했다는 것에 대해서 스스로 야단을 친
다. 그는 잠시 편지를 쳐다보다가 포기하고, 대체 이게 무엇일까 두려워하
면서 편지를 매트리스 아래 숨겨놓는다.
친애하는 독자들이여, 어쩌면 당신이 소년탐정을 도와줄 수 있을 것이다. 위에
있는 암호 X1과 책 뒤쪽 표지 안쪽에 있는 해독용 원반을 맞춰 보라.

소년탐정은 침대에 누워 이마에 감겨 있는 붕대를 만지면서, 어떤 검사
를 함으로써 — 자격시험이나 X레이나 혈액검사 같은 — 누가 나쁜 사람
인지 누가 선한 사람인지 밝혀낼 수는 없을까, 하고 생각한다. 있다면 정
말 좋을 텐데, 라고 그는 생각한다. 이 세상을 돌아다니는 동안 — 거리를
걷고, 버스와 엘리베이터를 타고, 이곳에서 저곳을 거쳐 저곳으로 이동하
면서 — 누가 나를 파괴하고 싶어 하는지, 누가 내 심장에 독을 부으려고
하는지, 누가 나에게 강노릇을 하고 칼로 찌를 수 있는지, 누가 어둠 속에
서 타란툴라 독거미를 든 채 내 위에 서 있을 만한 사람인지 구별하지 못
한다는 것은 대단한 압박감이다. 결론적으로, 누가 나를 정말 싫어하는지
겉모습으로는 구별할 수 없다는 것이 소년탐정을 슬프게 하는 것이다. 그

는 누운 채로 '악의 집회'로의 초대장을 들고 손으로 펼쳐서 쳐다본다.

한 시간 후 빌리는 복도를 따라 거닐다가 엘루이스 간호사가 케이크를 완성한 것을 보고는 공포에 질린다. 그것은 위에 흰색 설탕이 씌워져 있는 붉은색 벨벳 케이크인데, 반으로 잘린 토끼 모양인 것이다.

TWENTY-THREE

회사에서 소년탐정은 전화에 대고 중얼댄다. "그래요, 이게 바로 그겁니다, 선생님, 기적이지요. 현대식 삶의 기적이에요. 두발교체 수술은 비쌀 뿐 아니라 위험하기도 합니다. 설마 그런 위험한 수술을 하시겠어요? 우리 회사 제품은 양질의 두발 대용품으로 심각한 위험이나 부작용도 없답니다."

고객의 반응이라고는 전화 신호음만 들리는 무서운 공허뿐이다.

래리가 자기 칸막이 위로 고개를 내밀어 빌리를 향해 윙크한다.

"빌리, 이 친구야, 머리 상처는 왜 생겼어?"

"총 맞았어요."

"총 맞았다고?"

"그냥 스쳤어요."

"그저 스치기만 했다고? 그런데 오늘 판매실적 어때?"

"사람들이 필요로 하지 않는 물건을 판매하고 싶지는 않아요. 그건 부당행위거든요."

"이봐, 내 말 좀 들어보라고. 생각해봐. 자네는 사람들에게 은혜를 베푸는 거야. 이 사람들에게 위안을 제공하고 있잖아. 대화 말이야. 그 사람들에게 뭐가 부족한지 알아내고 그걸 팔면 그들은 정확히 자신들이 꿈꿔 온것을 얻게 되는 거야. 그러면 자네의 판매실적도 오를 테고 말이야. 서로에게 이로운 거라고. 예를 들어서, 남편을 여읜 노부인이 있다 치자고. 그부인의 원기를 북돋아 주고 기운을 회복시켜 주는 데에는 신상품 '영원한 공주' 모델만한 게 없을 걸. 혹은 병들어서 털이 다 빠진 남자가 있다고 치자. 오토바이 사고 희생자라도 좋겠지. '위풍당당한 신사' 콧수염과 눈썹 세트면 해결할 수 있어. 그 남자에게 다시 인간이 된 느낌을 갖게 해주라고. 자네는 그냥 그들의 말을 들으면서 그들이 무슨 말을 하는지 파악해서 자네가 할 수 있는 유일한 방법으로 도움을 제공하는 거야. 양질의 헤어 대용 상품으로 말이야. 그렇게 본다면, 오히려 자네가 그 사람들에게 좋은 일을 해주는 셈이라고."

"그건 좋은 일 해주는 게 아니에요. 아니라고요. 좋은 일이 아니라는 거 나는 알고 있어요."

"그럼 하루 종일 우울하게 살고 싶은 사람이 있을까? 우리가 뭘 한다 하더라도 결국은 아마도 사랑하는 사람의 칼날에 의해서 죽을 것이라는 사실을 받아들이고 싶은 사람이 누가 있겠어? 악을 받아들이는 것, 패배를 받아들이는 것 — 나한테는 그게 진짜 비극이야."

"래리, 당신 말에 수긍할 수 없어요."

"자네는 누군가를 잃었군. 그렇지?"

"그래요. 잃었어요."

"누군데?"

"여동생."

"그렇다면, 여기에 앉아서 슬퍼하고, 하루 종일 여동생 생각이나 하고, 꿈속에서 그녀와 얘기를 하면 기분이 조금 나아지나?"

"아뇨."

"자네는 소용없고 무력하다고 느끼는 거야. 어쩌면 자네가 그리워하는 것이 바로 이걸 거야. 조금이라도 기분이 나아지는 순간. 다시 충만하다고 느끼는 순간. 인간이라고 느끼는 순간. 아마 이것이 그 질문에 대한 해답이 될 거야 — 그 끔찍한 질문 말이야. 선량한 사람들에게 나쁜 일이 생긴다면 자네는 어떻게 하겠나?"

"가짜 콧수염을 산다고 해서 그 해답이 나올 것 같지는 않은데요, 래리."

"음, 현실에 직면해야 하는 것은 내가 아니라 바로 자네야. 자네가 뭘 하든, 어떤 고객이든 십 분 이상은 말하지 마. 처음 십 분 동안 팔지 못한다면, 팔지 못하는 거야. 그럼 젊은이, 잘 해봐."

래리는 다시 한 번 소년탐정의 어깨를 토닥이고는 자기 자리로 돌아간다. 빌리는 침울하게 수화기를 든다. 그는 수화기를 바라보는데, 곧, 자신이 이미 전화에 대고 말하기 시작했다는 것을 깨닫는다.

"그렇습니다, 이게 바로 그겁니다, 사모님, 기적이지요. 현대식 삶의 기적이에요. 두발교체 수술은 비쌀 뿐 아니라 위험하기도 합니다. 설마 그런 위험한 수술을 하시겠어요? 우리 회사 제품은 양질의 두발 대용품으로 심각한 위험이나 부작용도 없답니다."

빌리는 사무실을 둘러보며 이 모든 전화 통화가 무슨 효과가 있을까 하고 생각한다. 그는 눈을 감고 다시 통화를 계속한다.

저녁에 퇴근할 때, 빌리는 '늠름한 선원' 헤어 대용품 세트를 훔친다. 검은색 콧수염과 검은색 턱수염을 그이 푸른색 스웨터 안에 꼭꼭 숨긴다.

TWENTY-FOUR

학교에서 수업 시간에 앉아 있는 에피 멈포드는 미국역사 교과서를 내려다보기 위해서는 테이프로 붙인 낡은 안경을 손으로 붙잡아야 한다. 갑자기 목 뒤에서 날카로운 고통이 느껴지고 그녀는 뭔가에 의해서 맞았다는 것을 안다. 뒤돌아보니, 갸름한 얼굴에 푸른색 아이섀도를 칠한 파커 레인이 노려본다. 파커 레인이 바닥을 가리키자 에피 멈포드의 시선이 쫓아간다. 그것은 흰색 삼각형으로 접힌 쪽지인데, 그것이 그녀의 뒤통수를 때린 것이다. 에피는 손을 뻗어서 쪽지를 펼쳐 읽는다. '네 말이 맞아. 너는 보기 흉해. 이 세상에 너를 좋아하는 사람은 아무도 없어.' 에피는 쪽지를 접어 넣고, 표정을 어떻게 해야 할지 몰라서 부서진 안경만 꾹꾹 눌러쓴다.

에피 멈포드가 점심시간 동안 숨는 곳은 학교 도서관이다. 그녀는 학교에서는 밥을 먹지 않는다. 혹시 누군가 에피가 입을 벌리고 있는 순간을 악용하지 않을까, 어떻게든 자신의 점심에 독을 섞지 않을까 하는 두려움이 너무 크기 때문이다. 독약을 타는 것은 그리 대단한 상상력을 필요로 하지 않기 때문에, 기회만 주어진다면 반 친구들이 분명히 그렇게 할 거라고 에피는 확신한다.

학교가 파할 때쯤 에피는 오늘이 과학경시대회 날이라는 것을 깨닫는다. 그녀는 아무 것도 준비하지 못했다. 토끼의 죽음으로 인하여 실험이

망가졌기 때문에, 에피는 그저 끔찍하게 전시된 전시물들을 둘러보고 있다 — 미래형 로켓 자동차 전시물을 지나고, 종이점토로 만든 화산 모형을 지나고, 골상학을 설명하는 울퉁불퉁한 반신상을 지나자, 수상작이 보이는데, 파커 레인의 프레젠테이션으로 제목은 '물이 완전히 얼음이 되는 과정'이다. 에피 멈포드는 멈춰 서서, 할 말을 잃은 채, 매직펜으로 그린 지독한 일러스트 하며, 〈내셔널 지오그래픽〉을 찢어서 대충 붙인 것, 파커 레인이 웃음을 머금은 채 직사각형 얼음접시에서 실제 얼음덩어리를 나눠주고 있는 것 등을 바라본다.

에피 멈포드의 얼굴과 작은 손이 상기된다. 자신이 다시 시도하기만 했다면 쉽게 일등을 할 수 있었으리라는 것을 아는 것만큼 성가신 일은 없다. 바로 그 성가신 사실 때문에 에피는 울음을 터뜨린다 — 토끼가 살해당한 것 때문도 아니고, 끊임없이 자신을 괴롭히는 모욕 때문도 아니고, 테이프로 붙인 끔찍한 안경 때문도 아니다. 이 모든 전시물보다 더 잘 할 수 있었지만 하지 않았다는 것을 아는 것 때문에, 에피의 눈에서는 작고 반짝이는 눈물이 흘러나오는 것이다. 에피는 또다시 평범하고 진부한 재능에게 패배를 당한 셈인데, 바로 그 생각 — 평범하고 평균적인 자들이 명백한 승리를 거두었다는 생각 때문에 소녀는 진정으로 분개하고 있다. 분노와 좌절을 참을 수 없는 에피는 파커 레인이 조잡하게 만들어 놓은 전시물을 일부러 넘어뜨리다 전시물을 붙여 놓은 패널은 체육관 바닥으로 쓰러지고 에피는 도망친다.

TWENTY-FIVE

그날 저녁 집에 가려고 올라 탄 버스에서, 소년탐정은 자신의 평생의 숙적 폰 골룸 교수가 통로 맞은편에 앉아 있다는 것을 갑자기 깨닫는다. 교수는 기분이 언짢다 — 아마도 약물치료를 받는 것 때문이거나 나이 먹은 것의 결과 때문일 것이다. 그는 매우 성난 태도로 노란색 '정지' 버튼을 누르고 있다. 그는 무시당하고 있다. 버튼이 작동하지 않는 것 같다.

"교수님?" 빌리가 조용히 말한다. 소년탐정은 주위를 둘러보고는 다른 승객이 아무도 없다는 것을 알게 된다. "도움이 필요한가요, 교수님?"

"우리는 이 버스가 우리를 고담 시 은행까지 직통으로 데려다 줄 것을 요구한다. 그리고······" 교수는 뼈만 남은 작은 콧구멍을 통해서 숨을 들이쉰다. "우리 단체를 고담 시 금고까지 데려다 줄 것을 명한다."

"우리라고요? 여기에 다른 사람은 아무도 없는데요, 교수님." 빌리가 말한다.

"우리들, 고담 시 갱단이 요구한다. 또한 우리는 네가 울먹이며 말대꾸한 것에 대해서 처벌 받을 것도 요구한다."

"갱단은 모두 죽었어요, 교수님." 소년탐정이 슬프게 말한다.

"모두 죽었다고?"

"당신만 빼곤 모두."

"눈먼 금고털이 쳇도?"

"네."

"최고의 거구(巨軀) 윌도도?"

"네."

"신축성 얼굴을 가진 소년 피트는? 피트는 어떻게 되었나?"

"신축성 얼굴을 가진 남자 피트 말이죠. 그 역시 죽었습니다, 선생님."

"맙소사, 우리는 대체 어디로 가고 있는 거야?" 교수는 통로를 가로질러 손을 뻗어 소년탐정의 손을 잡으면서 신경질적으로 묻는다. "내가 어디로 가게 되어 있는지 알고 싶은 것뿐이야."

소년탐정은 입을 다문다.

폰 골룸 교수는 소년탐정 옆에 앉다가 거의 쓰러진다. "내가 왜 이걸 가지고 있는지 모르겠네." 그는 이렇게 말하면서, '산 [酸]'이라고 명확하게 라벨이 붙어 있는 작은 은색 시험관을 빌리에게 건넨다.

빌리는 약병을 받으면서 폰 골룸 교수의 손 안에 있는 작은 쪽지를 쳐다본다. 그곳에는 이렇게 쓰여 있다.

오늘 할 일

가게에 간다

산(酸)을 산다

소년탐정을 죽인다

소년탐정은 손에 약병을 꼭 집은 채 눈살을 찌푸리며 발을 내려다본다.

TWENTY-SIX

'악의 집회' 행사 일정표는 다음과 같다.

09:00-09:30 : 환영의 시간. 커피와 다양한 머핀 및 베이글이 준비되어 있음.

09:30-10:30 : 주목 받는 토픽

> • 커리어로서의 범죄 : 미래를 위한 투자

> • 납치 : 이익보다 골치 아픈 게 더 많은가?

> • 일상적인 화학약품으로 만드는 훌륭한 폭발물

10:30-11:30 : 특별 프레젠테이션 - 정신이상자들의 세기(世紀)

11:30-12:00 : 특별 패널 토론 - 마스크를 쓸 것인가?

12:00-13:00 : 점심 식사

13:00-14:00 : 간사 및 분과위원 선출

14:00-15:00 : 특별 게스트 - 요나 클레 상원의원 (텍사스 주 공화당원)

15:00-16:00 : 폐회사 - '우리의 사악한 건축학적 계획'

고담 호텔의 반 버렌 룸의 연단에서는 블랭크가 연설하는 중이다. 블랭크라는 이름은 그의 부모가 선택했을만한 이름은 아니지만, 솔직히 말하자면 부모가 붙여준 실제 이름보다 오히려 낫다. 그는 흰색 마스크에 검은색 슈트, 검은색 넥타이를 한 채 그곳에 서 있는데, 그 복장은 나무로 된 연단에 떠 있는 진짜 유령의 얼굴을 돋보이게 한다. 그는 팔을 움직이지도 않고 손으로 제스처를 하지도 않는다. 그는 원고를 내려다보며 하나하나

읽어 나가는데, 그의 연설에는 카리스마가 없다. 그는 대중 연설가로는 뛰어나지 않다. 그의 목소리는 높고 약하며, 그는 겁이 나서 고개를 들어 청중이 자신의 말을 경청하는 것을 보지 못한다.

블랭크의 연설 중 일부를 인용하면 이렇다. "누구나 상상하듯, 우리의 사악한 계획에는 직각을 통한, 오직 직각만을 통한 세계 통치가 포함되어 있습니다. 우리는 아주 똑바른 직선의 최고 질서를 고수할 것입니다. 우리는 지구상의 획일성을 성취할 때까지는 쉬지 않을 것입니다. 여기 나의 첫 번째 슬라이드를 보십시오." — 그러자 그의 뒤에 있는 스크린에는 완벽한 직사각형의 건물로만 이루어진 완벽한 직사각형의 도시가 나타난다. — "다른 형태의 건물은 모두 파괴되어야만 합니다."

청중은 그 어느 내용에도 그다지 감명 받는 것 같지 않다. 사실, 청중들은 지루해 보인다. 그들은 발을 내려다보고, 옆 사람과 잡담을 하면서 공짜 커피를 홀짝 홀짝 들이킨다. 가까이에서 혹은 멀리에서 온 악한 핵심 그룹도 상당히 관심 없는 태도이다. '미스터 브로우'는 한숨을 쉬고 왼손의 손톱 하나를 물어뜯는다. '머그[살인청부업자라는 의미]'는 거의 두 사람 좌석을 차지하고 있는데 그 엄청난 어깨가 옆자리를 침범하여 시끄러운 소리를 내며 졸고 있는 '작은 얼굴의 톰슨'을 밀쳐내고 있다. 다른 청중들도 — 사기꾼 보리스, 꽃미남 조지, 닥터 해머 — 평소와 다른 옷차림이 갑자기 거북하게 느껴지면서, 그 피상한 초대장에 답장하지 말 걸 그랬다고 후회하면서, 일어나서 나갈까 하는 생각을 한다.

연단에 서 있던 마스크를 한 남자는 고개를 들어 청중이 더 이상 관심이 없다는 것을 발견하는 비극적 오류를 범하고 만다. 그는 황급히 원고를 읽어 나가다가 중요한 요점 몇 가지를 빼먹는다. 곧 그는 말을 더듬기 시작하는데, 그래도 청중의 관심을 끌어야겠다는 생각에 서둘러 깜짝 발표를 한다.

"우리가 진지하다는 것을 보여주기 위하여, 바로 이 도시에 있는 건물 하나를 오늘 밤 사라지게 할 것입니다."

청중들이 고개를 든다. 망토를 두르고 마스크를 한 남자가 손을 든다.

"발표하는 중에 질문을 하는 사람은 누구든 결단코 퇴장 당할 것입니다."

남자는 다시 손을 내린다.

얼굴에 흰색 붕대를 감고 가짜 콧수염과 턱수염으로 변장을 한 소년탐정은 이 괴상한 집회에 참석하려고 시도한다. 그는 살금살금 걸어서 아무 방해 없이 흰색 벽지를 바른 복도를 통과한다. 그는 반 버렌 회의실을 발견하고 천천히 문을 열려고 한다. 바로 그때 '악의 집회' 주최 측이 사설탐정을 고용했다는 골치 아픈 사실을 알게 된다. 탐정의 이름은 바이올렛 듀인데, 빌리는 첫눈에 그녀가 누구인지 알아본다. 흰색 블라우스에 연한 갈색 스커트를 입고 섬세한 턱선 옆으로 밤색 머릿결을 찰랑거리는 그녀의 모습을 보자 빌리는 가슴이 두근거리는 것을 느낀다. '세상에서 가장 영리한 소녀 바이올렛 듀'였던, 혹은 열두 살 때 스스로 그렇게 선언했던 그녀.

바이올렛은 빌리를 알아보고 미소 짓더니 재빨리 그에게 다가온다. "그 자리에서 멈춰, 빌리."

"멈추지 않을 거야."

"멈추게 될 걸." 이렇게 말하면서 그녀는 자그마한 왼손을 들어서 빌리의 가슴을 막는다. "왜냐하면 너는 절대로 여자를 때리지 않는다는 걸 알고 있으니까."

빌리는 고개를 끄덕인다. "바이올렛."

"빌리."

"머릿결은 여전하군." 그가 말한다.

"나는 틀에 박힌 스타일이니까." 그녀가 말한다.

"보기 좋다는 말이야."

빌리는 그녀의 가늘고 작은 손가락을 내려다보면서 눈살을 찌푸린다. "나는 네가 결혼했다고 생각했는데."

바이올렛은 고개를 젓는다. "결혼했었지. 하지만 실패했어."

"그렇구나."

"너는 혹시……?"

"안 했어."

바이올렛은 한숨을 쉰다. "그건 우리가 파멸했기 때문이야, 빌리."

"그래. 그 말이 맞아."

바이올렛은 손을 내리고, 그들은 둘 다 발을 내려다보고 있다.

"너는 왜 여기에 있니?" 빌리가 묻는다.

"귀찮은 일을 처리하고 아무도 이 집회를 방해하시 못하게 하라는 임무로 고용됐어."

"하지만 그들은 모두 악한들이야." 빌리가 말한다.

"너 잘 알고 있잖아, 빌리. 혹시 사건을 맡은 거라면 경찰에 넘기라고."

"너는 왜 그들을 돕고 있는 거야?"

"요즘은 들어오는 일을 거절할 입장이 아니야."

"그렇구나."

"그리고 경고해 두겠는데, 너는 지금 사유재산을 침범하고 있으며, 이곳에서 나가지 않는다면 나는 경찰을 부를 수밖에 없어."

빌리는 고개를 끄덕이면서 그 협박의 무게를 가늠해본다.

"음⋯⋯⋯⋯" 그가 말한다.

"흐음⋯⋯⋯⋯⋯⋯⋯" 그녀가 말한다.

"흐음⋯⋯⋯⋯⋯⋯⋯⋯⋯⋯⋯⋯⋯⋯" 그가 되풀이한다.

"흐음⋯⋯⋯⋯⋯⋯⋯⋯⋯⋯⋯⋯⋯⋯⋯⋯⋯⋯⋯" 그녀가 대답한다.

거기서 끝나지 않는다. 빌리는 갑자기 바이올렛의 손을 잡고 미소를 짓는다. 그가 바이올렛의 손을 잡은 채 그녀를 바라보자, 손에 잡은 그녀의 손바닥은 따뜻하고 부드러운 느낌이며, 그녀는 놀라서 재빨리 얼굴을 붉힌다.

그는 몸을 숙여 그녀의 귀에 대고 속삭인다. "옛날에 나한테 편지 쓴 적 있지."

"빌리, 그 얘기는 절대 하지 않기로 했잖아."

그는 여전히 바이올렛의 손을 잡은 채 눈살을 찌푸린다. "한번은 우리가 시계탑 안에서 기다리고 있을 때, 네 머리에는 거미줄이 걸려 있었고, 내가 뭔가 말하니까 네가 웃음을 터뜨린 적도 있어."

"빌리, 제발, 그러지 마."

"도와달라는 부탁을 하는 거야, 바이올렛. 나는 이 사건을 해결해야 돼.

그러지 못한다면 나는 죽은 거나 다름없어."

바이올렛은 눈을 감는다. 평생 이토록 아름답게 보인 적은 없었다. "빌리, 우리가 그렇게 닮지만 않았다면……"

"바이올렛, 제발 부탁이야."

세상에서 가장 영리한 소녀는 고개를 끄덕이고 몸을 기울여 빌리의 볼에 입을 맞춘다.

"고마워, 바이올렛."

바이올렛은 미소를 짓는다. "응 — 그런데 빌리."

"바이올렛, 왜?"

"좋은 일을 해줘, 빌리. 우리가 옛날에 했듯이 말이야. 알았지?"

그것은 소년탐정이 자신의 참된 정체성을 밝히는 순간이다. 길고 검은 턱수염과 콧수염을 떼어내면, 그가 절대 악한이 아니라는 것이 명백해진다. 그는 소년탐정 빌리 아고다. 그는 젊은 여자 곁을 지나쳐서 극적인 몸짓으로 회의실 문을 밀어젖힌다.

블랭크는 시한폭탄 문제에 대해서 준비해왔던 유머를 기억해내려고 애쓰고 있지만, 초조함 때문인지 기억이 나지 않는 것 같다. 그는 잠시 멈추고, 메모장을 뒤적이고, 목을 긁고, 다시 메모카드를 뒤적이다가 포기한다. "음, 그러면, 이제 질문을 받도록 하겠습니다." 그가 말한다.

망토를 입고 마스크를 한 남자가 손을 든다. "그런데 왜 모든 건물이 똑같아야 하죠?" 그가 묻는다. "그건 뭐랄까, 본론에서 벗어난 것 같은데요. 내 말은, 왜 귀찮게 그런 일을 하느냐고요."

"우리는 완벽하고 절대적인 획일성을 통해서 전 세계를 철저하게 장악할 것입니다. 우선 건물 같은 표면적 구조부터 시작하면…… 그 다음은 아주 쉬워질 것입니다."

망토를 두른 남자는 고개를 설레설레 저으면서 자리에 앉는다.

정확히 바로 그 순간 소년탐정이 입장한다.

블랭크가 바라보자, 그곳에 얼굴에 붕대를 두른 오랜 숙적의 모습이 보인다. 그는 흰색 이마에 검은색 장갑을 낀 손을 가져다 대는데, 이것은 패배감을 나타내는 제스처다.

"오, 맙소사. 오, 맙소사." 그가 말한다.

방 안에 있던 모든 악한들은 연단을 향해 빠르게 걸어오고 있는 젊은 남자를 보면서 숨을 죽인다. 그들은 이 젊은이를 확실히 기억한다. 성급하게 반짝이는 눈, 신경질적이면서 지적으로 보이는 눈썹, 자그마한 푸른색 카디건 스웨터. 빌리가 통로를 따라 쏜살같이 다가와서 무대 앞에 서자, 하얀 마스크를 쓴 블랭크의 심복들이 허둥지둥 옆으로 비켜난다. 소년탐정은 나무로 만든 연단을 올려다보며 그곳에 있는 마스크를 쓴 남자를 손으로 가리킨다.

"이제 끝났다, 이 악당아. 네가 무슨 음모를 계획했든 이제는 끝장이야."

"아, 소년탐정, 하지만 이제는 너무 늦었어. 왜냐하면 지금 이 순간, 이 도시 어딘가 비밀의 장소에는 붕괴형 폭탄이, 오늘밤 자정에 폭발하도록 설정된 폭탄이, 비상 안전장치라고는 하나도 없는 그런 폭탄이 숨겨져 있으니 말이야. 아무리 너라고 해도 그걸 막을 수 없을 걸."

"알았다."

"아마도 폭탄이 어디쯤 있는지 알고 싶겠지?"

"그래. 알고 싶다."

"그건 바로…… 버스터미널이야."

"버스터미널?"

"물론 거기에 있지. 그렇게 끔찍하게 설계된 건물은 아마 없었을 거야. 원형인데 게다가 비대칭형이기도 하니 말이지. 바라보는 것만으로도 끔찍해. 나는 이 도시에 좋은 일을 하는 거야."

"폭탄에 안전장치가 없다고?"

"그래. 뇌관을 제거할 수 없지."

"알았다."

"다른 질문은?"

"그 폭탄을 안전하게 해체할 수 있는지 아닌지 하는 질문 외엔 없는 것 같군."

"아까 말했듯이, 그럴 수는 없을 것 같은데. 만일 해체할 수 있다고 하더라도, 폭탄은 비밀스러운 곳에 잘 숨겨져 있거든. 너는 일단 그걸 찾아내는 일부터 해야 할 텐데, 거의 불가능할 거야."

"아, 그것이 숨겨져 있는지 아닌지 생각하지 못했군."

"아주 꼭꼭 숨겨져 있지. 자, 이제 질문 끝났으면 나가주시지. 우리는 중요한 회의를 하고 있다고." 블랭크가 말한다.

"아, 그렇군. 방해해서 미안." 소년탐정은 풀 죽은 태도로 말한다. 그는 갑자기 얼굴에 붕대가 감겨 있다는 것을 인식하게 된다. 그는 갑자기 자신이 기절하기 직전이라는 것을 인식하게 된다. 사람들은 그를 쳐다보면서 알 수 없는 말들을 웅얼거린다. 그는 실패했다. 그는 성공하지 못할 것이다. 그는 회의참석자들에게 말없는 사과를 하고 나서, 돌아서서 회의실 문을 통해 빠져나간다. 회의장에는 순간적으로 침묵이 흐른다. 의자 하나가 삐걱대는 소리가 방안 전체에 비명처럼 퍼져나간다. 누군가 속삭이기 시작한다.

　사람들은 모두 다음에는 무슨 일이 일어날 것인지 궁금해하면서 숨을 죽이고 있다.

TWENTY-SEVEN

소년탐정과 멈포드 남매는 현관 베란다 아래 처량하게 앉아 있다.

"하지만 그들은 왜 토끼를 죽였을까요?" 소녀가 묻는다.

"그 질문의 대답은 우리가 이미 찾아낸 것 외에는 없을 것 같아. 너를 슬프게 하기 위해서 그런 거겠지. 다른 사람의 마음을 상하게 하는 것이 그들의 일이니까. 악의 세계는 존재하고, 우리는 그들에게 휘둘리는 것 같아."

거스가 빌리에게 작은 쪽지를 건넨다. '우리는 왜 현관 베란다 밑에 있는 거죠?'

"지금으로서는 우리 자신을 구원할 방법이 없기 때문이란다. 악의 세계가 언제 우리를 찾아낼는지 알 수 있는 방법이 없거든. 사악한 일이 일어나는 것을 막는 방법을 알 수 있는 길도 없기 때문에, 우리가 할 수 있는 일이라고는 여기에 숨어서 기다리는 것뿐이야."

위압적으로 다가오는 석양, 사라져가는 햇빛이 현관 베란다의 널빤지 사이로 길게 드리우자, 소년탐정은 옆으로 누워서 엄지와 검지로 원을 만들고 나머지 손가락은 죽 펴서 손의 그림자가 갑자기 변하는 것을 지켜본다. 그는 콘크리트 주춧돌에 손가락을 대면서, 어딘가 가까운 어둠 속에서 작은 그림자 형태의 토끼 머리가 기다리고 있다고 상상한다.

우리 어른들은 그토록 왜 불가사의한 것을 두려워하는 걸까? 우리가 나이 먹어갈수록 우리의 세계가 안전과 질서와 되풀이되는 일상의 세계가 되어가기 때문일까? 세상에는 비밀 통로도 없고 숨겨진 보물도 없으며 우리를 어둠으로부터 구원해줄 암호 쪽지도 없다는, 이 세상 모든 것에 대한 대답을 알게 되었기 때문일까? 왜 우리는 우리가 알지 못하는 세계가 존재한다는 것을 믿지 않으려고 그토록 발버둥을 치는 걸까? 우리의 삶을 있는 그대로 받아들이는 것이 판타지나 희망에 안주하는 것보다 더 두려운 걸까?

의기소침해진 소년탐정은 아티반 두 알을 먹고 셰이디 글렌스 휴게실에 누워서 〈모던 폴리스 카데트〉를 보고 있다.

'악은 어디에나 있다'라는 제목이 붙은 이번 에피소드에서, 젊은 레오폴드 존스는 헬러 서장이라고 불리는 부도덕한 동료 경찰에게 배반을 당한다. 헬러는 검은 테 안경을 끼고 검은색 턱수염을 기르고 있다. 그는 어느 정도를 지식인인데 범죄는 가난하고 약한 자들을 쓸어버리기 위해 자연적으로 발생하는 역병이라는 논리를 펼친다. 이재민 수용소 외부에 설치된 폭탄을 발견한 모던 폴리스 카데트가 헬러 서장의 덫에 걸려 뒤에서 총을 맞게 되자 지금까지 속고 있었다는 것이 명백해진다.

"나는 사건이 다른 방향으로 전개되길 바랐다네, 친구." 서장은 이렇게 말하면서 작은 은색 피스톨을 뽑아 든다.

현대적인 경찰 사관 레오폴드 존스는 돌아서면서 내키지 않는 듯 악한의 눈을 바라본다. "당신이 내 뒤에서 총을 쏜다면, 내가 당신의 발밑에서 뒹구는 것을 보는 즐거움은 없지 않겠소?" 그는 이렇게 말하고 나서 걸어가기 시작한다.

헬러 서장이 잠시 멈춰서 (바로 이런 순간 배우의 연기가 빛을 발하는 것이다) 입을 닦고 검은 테 안경을 벗는 동안, 레오폴드는 경찰차 쪽으로 성큼성큼 걸어가고, 자동차 라이트는 여전히 밝은 흰색으로 번쩍인다. 울부짖는 듯한 바이올린 연주를 배경음악으로, 헬러 서장은 폭탄을 쳐다보고, 그 다음엔 레오폴드의 뒷모습을 쳐다보고, 다시 폭탄을 쳐다본다. 이 순간 사악한 서장이 심각하게 고민하고 있다는 것은 명백하다. 다음 순간 총성이 크게 울리고, 젊은 레오폴드는 무릎을 꿇고 쓰러진다. 무슨 이유에서인지 모던 폴리스 카데트는 미소를 짓기 시작한다.

"안 됐군, 병신 같은 놈." 레오폴드는 의식을 잃어가면서 이렇게 말한다. "이제 당신은 결코 스스로를 구원할 수 없어."

예전에 이 특정한 에피소드를 여러 번 봤음에도 불구하고, 서장이 총을 발사하고 경찰 사관은 죽은 채 도랑에 남겨지는 장면에 이르면 소년탐정은 여전히 놀라움을 감출 수 없다. 하지만 소년탐정은 모던 폴리스 카데트가 죽지 않았다는 것을 안다. 레오폴드 존스는 버마로 파견되었던 특수임무 중에 자신이 속한 부대에서 이탈된 후 다시 서아시아 지역에서 과학 장교로 근무하는 동안 중국의 침술이나 약용 식물학 등 다양한 동양의술을 공부했기 때문에, 런던 도심의 도로를 따라 있는 도랑에 어떤 특정한 식물이 있어서 자신의 등에 있는 총탄 부상을 재빨리 치료할 수 있는지 잘 알고 있었기 때문이다.

밀리는 화면을 쳐다보면서 왜 자기 삶에서는 그토록 쉬운 게 없는지 의아하게 생각한다. 그는 텔레비전을 끄기 위해서 일어나면서, 모던 폴리스 카데트가 서장의 은신처를 발견하여 목이 거대한 악한을 유도로 박살내는 것을 지켜본다. 경찰 사관이 치명적 총상을 입고 나서 반시간이 지나는 동안, 서장은 이미 런던의 새로운 중요 인물이 되어 있었다. 마지막 장면은, 당연히, 현대적 경찰 사관 레오폴드가 어두컴컴한 지붕 꼭대기를 건너 뛰어 가며 서장을 추적하다가 마침내 악인이 항복하는 것이다. 머리 위에서는 런던 경찰청의 헬리콥터가 선회하고 있으며, 모던 폴리스 카데트가 범죄 두목에게 수갑을 채워 끌고 가는 것으로 에피소드는 끝난다.

소년탐정은 모던 폴리스 카데트도 철저하게 혼자라는 기분을 느껴본 적이 있을까 하고 생각한다. 그는 이 점에 대해서 생각하다가 마침내 결론을 내린다. 어떻게 해서인지는 모르겠지만, 현대적 경찰 사관은 이 세상의 악과 대면하는 방법을 찾아냈으면서도 여전히 본연의 모습을 잃지 않고 있다고.

마지막 컷에서 한참이나 뒤늦은 휴가를 떠나기 위해서 런던 기차역에 앉아서 기다리는 레오폴드 존스는 아내에게 키스하면서 이렇게 속삭인다. "악의 세계는 우리가 그것을 허용하는 만큼만 사악한 거야."

빌리는 자신이 그곳에서 일어서서 무슨 이유에서인지 박수를 치고 있다는 것을 발견한다. 셰이디 글렌스 건물은 완벽하게 고요하다. 온 세상이 조용하다. 빌리는 신발을 신고 곧바로 복도로 뛰어가기 시작한다.

TWENTY-EIGHT

고담 버스 정류장으로 가는 버스에서, 소년탐정은 거의 앞자리, 운전기사 바로 뒤에 앉아서, 도착하면 정확히 무엇을 할 것인지 말없이 고민하고 있다. 곧 그는 자신이 또다시 폰 골룸 교수와 통로를 사이에 두고 앉아 있다는 것을 발견한다. 창밖에서는 교통 소음이 윙윙거리고, 빌리는 말하려고 애쓴다.

"교수님?"

"아, 소년탐정. 우리 다시 만났군."

"당신에게 물어보고 싶은 게 있습니다."

"대답에 대한 대가는 목숨으로 지불하게 될 거야."

"당신이 그렇게 말한다면야." 빌리는 나지막하게 말한다.

"그런데 너의 질문은?"

"사람들은 왜 사악한 짓을 하는 걸까요?"

교수는 흰색 턱수염을 잡아당기면서 고개를 끄덕인다. "그것이 우리의 참된 자아(自我) 즉, 자연 상태에서 발현되는 우리의 정체성이지. 자연계는 무질서로 가득하고, 그렇기 때문에, 우리의 결점 있는 정의에 의하면, 자연계는 사악한 거야. 우리는 원래 비도덕적이기 때문에 우리가 사악한 행동을 할 때에는 나를 지키기 위해서, 오직 나만 챙기기 위해서, 자신의 가장 기초적인 자아, 가장 단순하고 가장 편리한 행동을 드러내는 것뿐이야. 옳은 일을 한다는 것 — 정의로운 행동, 다른 사람의 욕구를 자신의 욕구보다 먼저 챙기는 일 — 은 이제 진정으로 불가사의한 행위야. 그건 완전히 부자연스러워. 인간이 정글의 벌레 같은 단계에서 크게 발전해서 고요한 관용이라는, 알려지지 않은 지혜의 세계로 도약하는 것, 그건 우리 모두 안에서 소수의 인류만이 가지고 있는 특성이지."

"하지만 이유가 뭔가요? 당신이 사악한 일들을 했을 때에는 무슨 이유에서 그랬나요?" 빌리가 갑자기 묻는다.

"아, 그건 결과를 상상할 수 없었기 때문이지." 교수가 말한다. "남에게 해를 끼치는 것, 사악하게 사는 것은 혼돈과 제휴를 맺는 거야. 이제는 바로 그 혼돈이 천천히 나를 파괴하고 있지."

"뭐라고요?"

"그게 내 몸과 건강과 정신을 지배하기 시작했어. 내 왼손은 이제 움직이지 않아. 호흡은 왔다갔다하더니 그 다음엔 어디 있는지도 모르겠어. 게다가 나는 버스에서 내리는 법도 기억할 수가 없어. 벌써 몇 시간째 버스에 타고 있는데 어떻게 버스를 세우는지 잊어버렸지."

"그냥 줄만 당기면 돼요."

"줄이라고! 맞아, 이제 기억나는군."

"안녕히 가십시오, 선생님."

"안녕, 빌리."

TWENTY-NINE

도시의 버스터미널에는 음모가 많이 숨겨져 있다. 빌리는 이상한 폭탄이나 폭발물이 언제라도 터질 수 있다는 것을 예상하면서 거의 비어 있는 대합실을 수색하고 있다. 그는 줄지어 있는 의자 사이를 무릎으로 바삐 기어 다니면서 버려진 여행 가방을 두드려보다가 잠든 사람의 발을 밟기도 한다. 그는 이쪽 화장실에서 저쪽 화장실까지 뛰어다니면서 좁은 복도를 샅샅이 조사한다. 쓰레기통을 거꾸로 엎고, 신문 자동판매기를 열고, 손을 올려 대형 유리창을 쾅쾅 두드리며 울부짖는 것이 거의 울음을 터뜨리기 직전이다.

그 다음, 빌리는 돌아서서 오렌지색 작은 로커들이 엄청나게 들어찬 벽을 발견하는데, 백 개는 될 듯한 로커에는 오렌지색 열쇠가 어렴풋한 빛을 발하며 매달려 있다. 흥분한 빌리는 로커를 하나씩 하나씩 열어본다. 비었다, 비었다, 비었다…… 그러다가 마침내 제일 아랫단 오른쪽 구석에 확실하게 잠겨 있는 로커가 하나 있는데 확실히 째깍거리는 소리가 나는 것 같다. 그는 칙칙한 오렌지색 금속 문에 귀를 대 보고는 고개를 끄덕인다. 그는 문을 잡아당기고 소리치고 걷어차기 시작하지만 로커 문은 꿈쩍도 하지 않는다. 그가 쳐다보자 재깍 재깍 소리가 그의 머릿속에서 계속된다. 그는 재빨리 세어 본다. 밤늦은 지금 시각에 버스터미널에는 사람이 네 명쯤 있는 것 같다. 그는 매표창구를 향해 뛰어가면서 소리 지르기 시작하지만 판매원은 관심이 없다. 판매원은 안경을 낀 체구가 작은 남자인데 자신이 듣고 있는 이야기를 믿지 못한다. 그는 창구 문을 닫고 안쪽으로 사라지고 빌리만 그곳에서 소리 지르고 있다.

빌리는 계속해서 소리를 질러대며, 푸른색 유모차에 아기를 태워 밀고 가는 젊은 엄마를 붙잡는다. 그는 서둘러 그들을 건물 밖으로 내보내고, 그들은 도시의 소음이 처량하게 잦아드는 한밤중 그곳 모퉁이에 서서 작은 버스터미널 건물을 바라본다. 빌리는 다시 서둘러 안으로 들어가서 턱수염이 난 홈리스 한 명을 찾아내고는 겨드랑이에 팔을 넣어 밖으로 끌어내어 근처에 있는 버스정류장 벤치에 눕혀 놓는다. 부랑자는 의식도 없고 감명 받지도 않는다. 또 다른 남자 한 명이 버스터미널 마지막 줄에 앉아서 잡지를 읽고 있다. 빌리가 다가간다. 그 남자는 폭탄이 있다는 말을 믿지 않기로 결정한다. 그는 손가락에 침을 묻혀서 잡지책을 넘기면서 외면한다. 빌리는 그 남자 앞에 서서 자기 머리카락을 쥐어뜯으면서 펄쩍펄쩍 뛰면서 설득해보지만, 탠 색깔의 체크무늬 양복을 입고 모자를 쓴 남자는 동의하지 않는다. "불가능한 이야기요." 남자가 말한다. "아니, 나는 그 말 믿지 않아."

소년탐정이 다시 한 번 매표창구를 쾅쾅 두드리자 판매원이 다시 나타난다. 빌리는 로커 쪽을 가리키는데, 이제는 재깍—재깍—재깍 소리도 상당히 잘 들린다. 표 판매원은 안경을 고쳐 쓰고 빌리를 쳐다보고 로커를 쳐다보더니, 상당히 익숙한 자세로 매표창구를 폐쇄하고는 '15분 후에 다시 엽니다'라는 안내문을 걸어 놓는다. 그는 빌리를 따라 밖으로 나와서는 젊은 엄마와 아기와 함께 유리창을 통해 보이는 버스터미널 건물 내부를 바라보면서 기다린다. 건물 안, 대합실 마지막 줄에 앉은 남자는 여전히 신문을 읽고 있다. 그는 고개를 들어 밖에서 사람들이 나오라고 소리치는 것을 보고는 당황한 듯 고개를 젓는다. 그는 종이를 넘긴다. 앉은 자세를 바꾼다. 1초가 흘러간다.

눈 깜빡할 사이에 버스터미널은 그냥 사라진다. 불행하게도 신문을 읽고 있던 그 남자도 함께 사라지고 어딘가 가까운 곳에서 사이렌이 울부짖기 시작한다.

소년탐정은 누운 채 젊은 엄마의 손을 잡고 별들을 바라보며 날아가는 듯한 기분을 느낀다.

THIRTY

다음날 석양 무렵, 소년탐정은 멈포드 남매를 도와서 토끼에게 적절한 장례를 치러줘야 한다는 생각을 한다. 그렇게 해서 현관 베란다 아래 부드럽고 말랑말랑한 땅 위에서 빌리와 멈포드 남매는 손에 손을 잡고 앉아서 이제 어떻게 해야 하는지 불안한 마음으로 조그마한 무덤을 내려다보고 있다.

"빌리 아저씨, 나는 슬퍼요." 에피 멈포드가 속삭인다.

"그래, 이해해. 이런 상황에서 슬픈 건 당연한 일이니까."

"하지만 이런 일이 왜 일어난 걸까요? 아무 죄도 없는 동물이었는데."

소년탐정은 코를 잡아당긴다. "이 세상에는 그냥 남에게 해를 끼치는 사람들이 있어."

"나도 알아요." 소녀가 말한다.

"그래, 하지만 그들을 두려워하면 안 돼."

거스 멈포드가 빌리에게 쪽지를 건넨다. '그건 왜 그렇죠?'

"우리가 그들을 감시할 거니까. 너하고 나하고 에피, 우리가 함께 그 사람들을 감시할 거니까."

소녀는 말없이 고개를 끄덕인다. 그녀는 빌리를 보며 미소를 짓는데, 그걸 보자 빌리의 가슴이 잠시 무너져 내린다. 그는 여동생 캐롤라인이 키우던 비둘기가 갑작스럽게 죽은 후 몇 달이 지나서 경사진 흰색 나무 현관 베란다 아래 비둘기 마가렛 대처를 묻고는, 조그마한 흰색 구두 옆에 있는, 뻣뻣하게 죽은 새의 시체를 묻은 조그마한 무덤을 내려다보던 장면을 떠올린다.

빌리는 울음을 참으려 눈을 깜빡이고 나서, 검은색 서류가방을 열어서 흰색과 푸른색으로 포장된 작은 꾸러미를 멈포드 남매에게 선물한다. 아이들은 말없이 포장을 끄른다. 에피가 나비매듭으로 묶은 리본을 끄르고 거스가 조심스럽게 포장지를 벗겨내자 밝은색 상자에 '개미 도시!' 라고 쓰인 개미 사육 상자가 나온다.

"개미야." 빌리가 미소를 지으며 중얼거린다.

"얘들은 안전할 것 같네요." 에피 멈포드가 말한다. 거스 멈포드도 고개를 끄덕이면서 빛나는 유리창 안쪽에서 분주하게 움직이고 있는 붉은 개미떼를 바라본다. 그는 쪽지를 써서 빌리에게 건넨다. '우리는 개미를 정말 좋아해요.'

빌리는 얼굴이 달아오른다.

"정말 예뻐요." 에피 멈포드가 덧붙인다.

빌리는 분주하게 움직이는 작은 생명체를 들여다보며 고개를 끄덕인다. "그래, 음, 너희들이 이걸 좋아했으면 좋겠어."

그들 셋은 개미들이 그들의 보이지 않는 미세한 삶으로 분주하게 움직이는 것을 지켜보는 동안 현관 베란다 아래는 고요하기만 하다. 빌리와 멈포드 남매는 함께 한동안 개미들의 움직임을 쫓고 있다가, 에피 멈포드가 의문 가득한 눈동자로 빌리를 바라본다. 소녀의 눈에는 눈물이 고여 있고 입술은 가늘게 떨리고 있다.

"빌리 아저씨."

"응." 그가 대답한다.

"학교에서는 모두들 나를 병신이라고 생각해요."

"괜찮아질 거야." 그는 고개를 끄덕인다. "괜찮을 거야."

소년탐정은 최선을 다해서 '묘지의 유령' 놀이를 하고 있다. 그는 썩 잘하지 못한다. 그는 어느 시점에서 "묘지의 유령이다!"라고 외쳐야 하는지 제대로 알지 못한다. 그는 에피 멈포드에 의해서 세 번이나 연달아 태그를 당한다. 빌리가 넘어져서 무릎에 흙이 묻자 주위에서 놀고 있던 다른 아이들이 웃지만 빌리는 성내지 않으려고 노력한다. 자기 차례가 오자 그는 주차된 차 뒤에 숨은 거스 멈포드와 나무인 척하고 있는 에피 멈포드를 찾아낸다. 저녁이 되자 누군가의 엄마가 동네 아이들에게 이제 집으로 돌아가라고 말한다. 빌리는 저녁 인사를 하고 셰이디 글렌스 재활원으로 돌아온다. 자기 방에서, 어둠 속에서, 불이 켜지자 부드러운 눈가루가 날리기 시작한다. 빌리는 정량의 클로미프라민을 복용하고 나서 캐롤라인의 수첩을 가슴팍에 얹고는 조용히 뒤적인다. 그는 숨을 죽이고 있다. 누구의 것인지 알 수 있는 목소리에 조심스레 귀를 기울이고 있다. 천장에서 떨어진 눈가루는 밤이 올 때까지 빌리의 얼굴 위에서 떠다니고 있다.

CHAPTER THIRTY-THREE
'사라지는 숙녀' 사건

소년탐정에 관해 자주 묻는 질문들

Q : 소년탐정은 단 것을 좋아하는가?

A : 아니다. 좋아하지 않는다. 그는 매우 건강한
    습관을 가지고 있으며 사탕은 거의 먹지 않는
    다.

Q : 소년탐정은 노래할 때 목소리가 좋은가?

A : 아니다. 아니다. 목소리 좋지 않다.

Q : 소년탐정은 행복한가?

A : 아니다. 행복하지 않다. 그는 하루 이상 행복
    이 지속된 적이 없다.

Q : 그 이유는?

A : 아, 왜냐하면 그는 어쩔 수 없이 혼자이며, 그
    의 외로움은 치유될 수 없기 때문이다.

ONE

소년탐정은 침대에서 떨어진다. 그가 바닥에 누워있는 광경은 참 볼만하다. 그는 툴툴거리면서, 여전히 울리고 있는 올빼미 모양의 알람시계를 끄고, 옷을 입기 시작한다. 그의 옷장에 있는 옷이란 물론 똑같은 것들이다. 즉, 푸른색 카디건 스웨터와 검은색 바지, 흰색 셔츠, 그리고 푸른색과 오렌지색으로 된 올빼미 넥타이. 이 복장은 그가 소년이었을 때부터 입어 온 유니폼인데, 당시 새 옷을 사야만 하자 어떤 옷을 입어야 근사하게 보일 것인지 고르는 데 시간을 낭비하고 싶지 않아서 그냥 집어 들었던 것들이다.

소년탐정은 10초에 한 번씩 손목시계를 보면서 버스를 기다린다. 날씨는 우중충하게 비가 오고 있다. 주위에는 아침 일찍 출근하는 사람들이 서 있는데, 헤드폰에 귀를 기울이는 사람도 있고 반들거리는 우산 아래 몸을 웅크린 사람도 있다. 소년탐정은 우산을 가져올 생각을 하지 못했다. 그는 날씨를 확인할 생각도 하지 못했다. 그는 십여 년째 날씨를 확인해본 적이 없다. 성 비투스 병원에 있을 때에는 비가 오는 날이면 휴게실에 있도록 되어 있었다. 날이 좋아야 밖으로 나가는 것이 허락되었다. 날씨예보를 해석하는 방법이 아직 기억나지 않는다. 그는 상당히 많은 것을 알고 있지만 중요한 것들을 많이, 많이 잊어버렸기 때문에 현재 그는 흠뻑 비를 맞고 있는 것이다. 그가 앞뒤로 걸음을 옮기자 물에 젖은 양말에서는 질척이는 소리가 난다. 아무리 슬픈 표정을 짓고 있어도 우산을 씌워 줄 사람은 아무도 없기에, 그는 시동을 거는 모터보트처럼 고음의 소음을 내기 시작한다. 버스정류장에 있는 사람들은 천천히 그의 주위에서 물러난다.

소년탐정은 버스에 올라타서 정면을 응시한다. 여전히 비가 내리고 있다. 사람들은 핸드폰에 대고 얘기를 하거나 잡지나 신문을 읽는다. 어떤 유명인이 어떤 유명인과 결혼한단다. 누군가 가슴확대수술을 했단다. 어떤 나라가 다른 나라를 불바다로 만들어 놓고는 이제 와서 유감이란다.

빌리는 한숨을 쉬며 손목과 머리 면도한 곳을 만져본다. 그는 오늘 무슨 이유에선지 회사에서 해고당하게 되는 게 아닐까 걱정이 된다. 회사에 있는 사람들이 자신에게 친절하게 대해줄 것인지 걱정이 된다. 만일 그들이 친절하게 대해주지 않는다면, 일어서서 '나는 속았다!'라고 소리 지르고는 다시는 회사로 돌아가지 않으리라고 결심한다. 회사에 대해서 생각하는 것만으로 충분히 불안해졌기 때문에, 그는 아티반 한 알을 입에 넣고는 손으로 눈을 가린다. 손가락 사이로 보니 콧수염을 기른 젊은 남자가 입은 셔츠 단추가 잘못 채워진 것이 눈에 띈다 — 목 바로 아래에 채워지지 않은 단추 구멍이 하나 남아 있는 것이다. 이제 빌리는 그 낯선 남자의 셔츠에 손 대고 싶은 충동을 애써 억눌러야만 한다. 그는 눈을 감은 채 채워지지 않은 단추 구멍에 대해서 생각하지 않으려고 노력하지만 그에게는 너무 힘든 일이라서 결국 자리에서 일어서서 서둘러 버스 안쪽으로 들어간다.

소년탐정은 거대한 마천루 앞에 서서 내리는 비를 얼굴에 맞으며 불안한 듯 건물을 올려다본다. 그는 이미 숨이 가쁘다. 그는 병든 사람들에게 전화하는 게 싫다. 이미 죽은 사람들에게 전화하는 게 싫다. 그의 주위에는 비즈니스맨들이 양 옆에서 그를 밀치면서 바쁘게 지나다닌다. 그는 이 건물이 갑자기 무너지면 어떻게 될까, 하고 상상해본다. 철골이 내려앉는 소리, 사람들이 비명 지르는 소리, 유리창이 깨지는 소리를 상상한다. 큼지막한 유리 회전문에 다가서자 그는 불안해지고, 그래서 기다리다가, 다시 시도하다가 또 멈추고, 그런 다음 — 충분한 속도와 용기를 확보한 다음 — 숨을 멈추고 서둘러 회전문을 통과한다. 로비는 검은색 대리석인데, 그는 익사할 것 같은 기분으로 그 모든 사람들 사이에 서 있다. 자신이 몇 층에 가야 하는지 기억하지 못한다는 것을 깨닫기도 전에 그는 사람들에게 떠밀려 엘리베이터 안으로 들어간다. 누군가 그의 귀에 대고 "어이 여보게, 35층 좀 눌러주겠소?"라고 말하지만 빌리는 겁이 나서 아무 것도 누를 수 없다.

한 시간 후에도 소년탐정은 같은 엘리베이터 안에 서 있는데, 온통 비에 젖어 한숨 쉬는 사람들로 꽉 차 있다. 누군가의 칼라가 그의 눈을 찌르고 있다. 누군가의 우산이 그의 발목을 파고든다. 그는 기분 상하지 않으려고 노력하고 있지만 그리 쉽지는 않다. 제일 먼저 드는 생각은 자기 옆에 서 있는, 날카로운 얼굴에 앞머리를 늘어뜨린 여자를 치고 싶은 생각뿐이다. 하지만 그렇게 하지는 않는다. 그는 또다시 숨을 죽인 채 귓속 혈관에서 피가 이동하는 소리를 듣는데, 그 소리가 멈추자 무엇인가 알아차리게 된다. 엘리베이터에서 나오는 음악, 버토 배커랙 [미국의 피아니스트 겸 작곡가 겸 음악 프로듀서]이 작곡한 바이올린과 피아노로 연주되는 음악에 맞춰 누군가 노래를 하고 있는 것이다. 노랫소리는 소녀의 목소리처럼 높고 일정하다. 사람들이 그를 쳐다보기 시작한다. 한참이 지나서야 그는 이상하게도 노래하는 것이 바로 자기 자신이라는 것을 깨닫는다. 그는 노래를 계속할 수만 있다면 누구에게도 덤비지 않게 될 거라고 생각한다. 내려야 할 층에서 엘리베이터 문이 열리자, 그는 내리면서 무슨 이유에서인지 사람들에게 '굿바이'라고 인사한다.

소년탐정은 데스크에 앉아서 전화를 하면서 상당히 외로운 늙은 여인들에게 대량생산되는 가발을 판매하고 있다.

"그렇습니다, 사모님. 말씀드렸듯이, 우리는 정확히 그런 머리색 제품은 있지만 '젊은 신인 여배우' 스타일로 나온 것은 없습니다."

칸막이 통로 맞은편에서는 래리가 빌리를 바라보고 있다. 래리가 일어서서 손으로 가리킨다. "좋아, 젊은이, 이거 한번 맞춰 봐. 오늘 내가 어느 열차를 타고 왔을까? 알겠어? 해봐, 맞춰보라고."

빌리는 래리를 보면서 그의 반짝이는 흰색 윙팁 구두를 훑어본다. "오늘 C 열차를 탔군요. 당신 구두에 타르가 묻어 있어요. C 기차역 주변 도로를 포장하는 걸 봤거든요."

빌리는 래리의 윤기 흐르는 검은색 부분가발을 훑어본다. 머리에는 미세한 흰색 깃털이 묻어 있다.

"그 다음엔 성 프랭클린 성당 앞에서 멈췄군요. 머리에 비둘기 깃털이 묻어 있는 걸 보니."

래리는 놀라서 말문이 막힌 채 즐거워하며 박수를 친다.

"자네 대단해, 젊은이. 정말 놀랍다고! 그걸 다 어떻게 알아냈어?"

"성 프랭클린 성당에 있는 흰색 비둘기는 모두 독일 함부르크에서 수입한 거죠. 1년 중 이맘 때 순백의 비둘기가 있는 곳은 이 도시 전체에서 그 곳뿐이거든요."

래리는 빌리의 어깨를 토닥이며 미소를 짓고는 자기 자리로 돌아간다. 빌리는 다시 전화 통화를 계속한다.

빌리는 세일즈맨 교본에 있는 대로 말한다. "그렇습니다, 사모님. 완벽한 불연성이며 내연재입니다. 네, 물론 '북유럽의 공주' 스타일이라면 사모님 마음에 꼭 들 것 같습니다. 요즘 젊은 세대들에게도 인기죠. 돌아가신 남편께서도 그걸 보았다면 그렇게 인정하셨을 겁니다. 네, 그렇게 하세요, 사모님. 충분히 시간을 갖고 생각해보세요. 카탈로그는 오늘 보내드릴 수 있습니다. 아뇨, 잘 모르겠습니다. 다른 머리색은 어떤 것을 보고 싶으세요?"

손에 들고 있는 수화기가 무거워지고 있다.

"그렇습니다, 이게 바로 그겁니다, 사모님, 기적이지요. 현대식 삶의 기적이에요. 두발교체 수술은 비쌀 뿐 아니라 위험하기도 합니다. 설마 그런 위험한 수술을 하시겠어요? 우리 회사 제품은 양질의 두발 대용품으로 심각한 위험이나 부작용도 없답니다."

빌리는 카탈로그를 뒤적여 여자 모델이 '가정의 여자마법사' 제품번호 318번 갈색 가발을 쓰고 있는 사진을 찾아낸다.

"그렇습니다, 사모님. 아뇨, 하지만 우리의 '대도시 사교계로의 데뷔' 스타일은 여름의 감각, 가을의 재회, 봄날의 안개, 이렇게 세 가지 색상으로 출시됩니다. 아뇨, 그건 일종의 플래티넘 블론드 [은색이 도는 금발]예요. 네, 네, 사모님."

TWO

소년탐정은 버스에 타서 어느 누구하고도 눈을 마주치지 않으려고 조심하면서 정면을 응시하고 있다. 만일 누군가와 눈을 마주쳤다가 먼저 시선을 돌리면 상대방에게 소유 당하고 만다. 그는 그런 일이 일어나는 것을 원치 않는다. 비는 여전히 내리고 있는가? 그렇다, 비가 오고 있다. 모든 사람들의 머리는 비에 젖어 엉킨 채 이마와 얼굴로 흘러내리고 있다. 그런 모습 때문에 다들 미친 것처럼 보인다. 게다가 버스 안은 상당히 혼잡하다. 사람들은 서서 핸드폰으로 통화를 하거나 석간신문을 읽고 있는데, 헤드라인은 약간씩 다르지만 여전히 약간씩 똑같다. 누군가는 또 다른 누군가를 거짓말쟁이라고 했단다. 누군가는 새 영화를 만들었단다. 도시에 있는 또 하나의 건물이 이유도 없이 사라졌단다. 어떤 나라에서는 어떤 일을 하는 것이 적절치 않단다.

빌리는 한숨을 쉬며 손목에 있는 부드러운 흰색 흉터를 만져보는데, 그 때 버스 통로 저 안쪽에서 칙칙한 갈색과 핑크색 옷을 입은 키 작고 소심하게 생긴 젊은 여자를 보게 된다. 여자는 아주 작은 얼굴 위에 아주 큰 안경을 끼고 있는데, 여전히 비에 흠뻑 젖어 있는 사람들을 헤치고 출구 쪽으로 나가려고 애쓰면서 눈살을 찌푸리고 있다.

그때 이상한 일이 일어난다 — 그렇다, 이상한 일이다.

젊은 여자는 상당히 수상쩍은 태도로 뒤를 돌아보면서 다른 사람들의 시선이 어디를 향하고 있는지 살펴본다. 여자는 핑크색 필박스 모자 [윗면이 평평한 원통형의 여성용 모자]를 고쳐 쓰더니 버스 끝 근처에 있는 중년 부인처럼 보이는 여자가 들고 있는 큼지막한 검은색 핸드백이 대책 없이 열려 있는 것을 보면서 그쪽으로 천천히 접근한다. 젊은 여자는 아무렇지도 않다는 듯이 쳐다보려고 노력하지만, 그녀의 눈에서 시작된 보이지 않는 화살표는 중년 부인의 핸드백으로 향하고 있으며, 젊은 여자의 눈썹이 모아지는 형태로 보아 그녀가 지금 무엇을 보고 있는지 명확히 알 수 있다. 소년탐정은 자리에 앉은 채 몸을 기울이며 그 젊은 여자의 행동을 지켜본다. 그녀는 핑크색 코트 주머니에 넣고 있던 손을 빼서 민첩하고 재빠른 손놀림으로 중년 부인의 핸드백 안으로 넣는다. 젊은 여자는 부인의 가방에서 뭔가를 집어서 재빨리 손을 자신의 코트 주머니에 다시 넣음으로써 그 물건을 숨긴다. 그 다음엔 뒤돌아서 출구를 향해 서둘러 움직인다.

소년탐정은 젊은 여자의 동작을 시시각각 지켜보면서 무기력한 분노감으로 주먹을 움켜쥔다. 그는 이제부터 자신이 하고자 하는 일을 막을 수 없다 — 안 된다. 그는 자신을 막을 수 없다. 하늘에서 떨어지는 파랑새는 자기가 날아가는 것을 막을 수 없다. 바다에서 표류하는 쾌속선은 그 자신이 떠 있는 것을 막을 수 없다. 물에서 솟아오르는 매그놀리아 [목련속의 식물]는 자기가 자라는 것을 멈출 수 없다. 그와 마찬가지로, 소년탐정은 일어서서 여성 절도범을 향해 다가가기 시작한다. 손을 뻗어 그녀의 핑크색 소매를 잡으려고 할 때, 여자는 움직이더니 재빨리 버스에서 내리고 유리문은 바로 그의 얼굴 앞에서 닫힌다. 빌리도 그만큼 재빨리 따라 내리다가 실수로 빗물로 가득한 도랑을 밟는다. 여자는 머리에 핑크색 스카프를 덮어 쓰고 나무에서 나무로 피해 다니면서 부드러운 잿빛 물안개 속으로 거의 사라지고 있다. 빌리는 그녀를 따라잡는다. 뒤에서부터 손을 뻗어 그녀의 오른손을 치면서 얼굴을 빤히 들여다봄으로써 그녀를 겁먹게 한다.

"실례합니다, 아가씨. 아가씨?"

여자는 상당히 놀랐다. "네? 당신…… 당신 무서워요."

"나는 당신이 다른 여자의 가방에서 뭔가 훔치는 것을 봤소."

"아니요…… 나는……"

그런 식으로 핑크색 옷을 입은 숙녀는 사람들 틈으로 쏜살같이 도망간다. 어두운색 우산들이 그녀가 가는 길을 숨겨준다. 빌리도 거리에 있는 사람들을 재빨리 지나치면서 그녀를 쫓아간다. 여자는 숨을 헐떡거리며 저 앞에서 멈추더니 주차되어 있는 차에 기댄다. 그녀의 얼굴은 눈물인지 빗물인지 젖어 있다. 빌리는 그녀를 따라잡아 다시 그녀의 손을 잡는다.

"당신은 다른 여자의 물건을 훔쳤어. 그렇지 않소?"

이제 그녀는 울고 있다. "당신. 당신 무서워요."

여자는 주머니에 손을 넣어 싸구려 플라스틱 펜을 한 자루 꺼낸다. 그녀는 그것을 바닥으로 던진다. 그것은 빗물이 흐르는 도랑에 떠서 천천히 회전하고 있다. 빌리가 허리를 굽혀서 펜을 집는 동안 숙녀는 핑크색 스카프를 머리 뒤로 휘날리며 도망간다. 빌리는 말을 잃은 채 핑크색 스카프가 점이 되었다가 반점이 되고 마침내 사라지는 것을 지켜본다. 소년탐정은 그녀가 사라지는 것을 지켜보면서 펜을 자기 주머니에 넣고, 이 사건이 대체 무슨 의미일까 궁금하게 생각한다.

THREE

소년탐정은 아직 여자하고 키스해본 적이 없다. 쉬잇 — 그건 비밀이다. 그 생각만 하면 소년탐정은 아주 마음이 상한다.

FOUR

학교에서, 거스 멈포드는 다른 아이들의 팔을 부러뜨린다. 그 분야에선 그가 최고다. 그는 지금 바로 그 일을 하고 있다. 에잇, 아얏, 어이쿠. 그는 늘어서 있는 사물함 쪽으로 벤저민 래드클리프를 밀치고, 아이의 귀를 후려갈기고, 아이의 얼굴을 칙칙한 녹색 금속 문짝에 몇 번이고 처박으면서 낄낄거린다. 거스 멈포드는 자신이 왜 이 짓을 하고 있는지 알지 못한다. 그저 다른 아이들이 거스가 그렇게 하리라고 예상하고 있기 때문에 거스는 최선을 다해서 그 기대에 부응하고 있는 것 같다.

오늘날까지 거스 멈포드가 가장 자랑스럽게 생각하는 최대의 악행은? 바로 능숙하게 조절된 주먹 한 방을 제레미 에이콘의 콧잔등에 날림으로써 그의 양쪽 눈을 모두 시커멓게 멍들게 했던 사건이다.

셋째 시간 — 거스 멈포드가 제일 못하는 철자법 시간 — 중간쯤, 누군가 교실 문을 노크하더니 작은 아이가 교실로 들어선다. 이상한 놈이다. 왜냐하면 여자아이인지 남자아이인지 거스에겐 구별이 안 되기 때문이다. 아이의 피부는 밝은 핑크빛이고 머리는 거의 완전히 대머리다. 머리 꼭대기에 금발 머리 한 가닥이 있고 속눈썹은 길고 하얗다. 아이가 재킷을 벗는데 보니 작은 흰색 셔츠에 무늬가 있는 바지를 입고 있다. 거스 멈포드는 코를 잡아당기면서 게일 선생님이 작은 핑크색 아이를 교실 앞쪽에 있는 빈자리로 데려가는 것을 지켜본다. 그러자 아이들 사이에서는 수군대는 소리, 외치는 소리로 웅성거리는데, 특히 미시 블랙워스라는 여학생,

수업 시간에 언제나 제일 먼저 호명되는 그 아이가 반 전체의 감정에 호소하듯 말 한 마디를 내뱉는다. "대머리."

거스 멈포드는 원래 그리던 그림을 마저 그리면서 — 칼을 찬 거인 거미들이 선생님의 팔다리를 뜯어먹고 있는 그림 — 가끔씩 눈을 들어 자기 앞에 앉아 있는 핑크색 대머리 뒤통수를 뚫어져라 바라본다.

쉬는 시간이 되자, 운동장에서 놀고 있는 아이들에게 지금까지 들어본 적도 없는 '열 개의 인디언 화상'을 퍼붓는 사이사이, 거스는 핑크색 아이가 자전거 보관대에 앉아서 뜨개질로 실뜨기놀이를 하는 것을 지켜보면서 과연 소년일까 소녀일까 갸우뚱한다.

거스 멈포드는 핑크색 아이의 코를 보고는 남자일 거라고 결론짓는다. 그렇다고 해도, 그 아이는 지금까지 거스 멈포드가 본 아이들 중에서 가장 예쁜 남자인 셈이다. 자그마한 눈, 자그마한 입술, 웬만한 여자아이들보다 더 섬세한 황금색 속눈썹.

미시 블랙워스가 천천히 핑크색 아이에게 다가가 옆자리에 앉는 것을 보자, 거스는 클랜시 시멘이라는 1학년 아이의 배에 퍼붓던 주먹질을 멈춰 아이를 풀어주고, 눈을 가늘게 뜨고 무슨 일이 벌어질 것인지 지켜본다. 운동장 맞은편에서는 3학년 학생 두 명이 금속제 자전거 보관대에 나란히 앉아서 작은 목소리로 얘기를 나누고 있다. 모든 것이 평온한데 갑자기 미시가 재빨리 손을 뻗어 소녀의 부드러운 핑크색 머리를 만지더니 깜짝 놀란 듯 킬킬거리고 펄쩍펄쩍 뛰더니, 마치 손에서 불이라도 난다는 듯 손을 앞으로 뻗은 채 웃으면서 친구들이 있는 곳으로 뛰어 돌아간다. 거스 멈포드는 주먹에 묻어 있는 클랜시 시멘의 침을 닦아내고 미시 블랙워스

쪽으로 재빨리 걸어간다. 두 번 고민도 없이, 그는 웃고 있는 소녀의 손목을 부러뜨린다.

거스 멈포드에게는 비밀이 하나 있다. 얼마 전부터 말을 하고 있는 것이다. 그는 소리 내어 말을 하는데, 다만 개미도시 — 이웃 빌리 아저씨가 누나에게 선물해준 개미 사육 상자 — 의 시민들에게만 그렇게 한다. 현관 베란다 아래 조용히 숨어서, 거스는 직사각형의 유리 도시를 손에 들고 말한다. 그의 목소리는 익숙하지 않아서 그런지 삑삑 갈라진다. "학교에서 새 친구가 생겼어. 그 아이는 나를 아주 훌륭하게 생각해." 물론 그는 거짓말을 하고 있지만, 그는 개미도시의 시민들도 그걸 알아차릴 수 있을 거라고 확실하게 믿고 있다.

FIVE

소년탐정은 늘 '사탕공장의 유령' 사건을 되새기곤 한다. 그는 자신이 없을 때면 그 이야기를 하고, 하고, 하고, 또 한다. 왜 그러느냐고? 왜냐하면 그 이야기에는 시작과 중간과 끝이 있기 때문이다. 그 구조가 그에게는 위안이 된다. 이상한 질문이 던져진다고 해도, 거기에는 답이 있다는 것을 알기 때문이다.

몇 가지 똑똑한 탐정놀이를 한 다음 (즉, '사탕공장의 유령' 사건의 유일한 단서를 조사하고, 그 이상한 문장을 해독함으로써 범인은 사악한 치과의사이거나 그런 부류일 거라는 결론을 얻은 다음) 빌리는 메모 원본이 적혀 있던 낡은 종이 제조업자를 추적하여 공급업자를 찾아냈고, 그렇게 해서 종이를 구입한 사람이 닥터 존 빅터라는 것과 그의 주소를 알아냈다. 소년탐정과 여동생 캐롤라인이 주소를 따라 찾아가보니 그곳은 저주 받은 사탕공장에서 겨우 한 블록 정도 거리에 있는 버려진 치과 의원이었다.

열려진 창문으로 넘어 들어간 소년탐정과 캐롤라인은 거미줄에 덮인 치과 기기와 의사 가운을 바라보면서 한동안 상황을 살폈다.

"저기 그 남자의 사무실이 있어." 캐롤라인이 말했다.

사무실 안으로 들어가자마자 두 명의 아이들은 중요한 단서를 발견했다.

"봐." 캐롤라인이 외쳤다. "유령이야!"

그곳, 닥터 빅터의 책상 위에는 눈구멍이 뚫려 있는 흰색 시트가 놓여 있었다. 시트를 들쳐보니 은색의 열쇠꾸러미가 있었다.

"어떤 유령은 말이야." 소년탐정이 말했다. "내가 말했잖아, 하나도 무서울 게 없다고."

그 말을 하자 사무실 문이 회전하며 닫히기 시작했다. 두 명의 아이들은 문쪽으로 뛰어갔지만 이미 문이 닫힌 뒤였다. 문 바깥쪽의 볼트가 제자리에 딸각 들어맞는 소리가 들렸다.

"우리는 갇혔어!" 캐롤라인이 숨 막히는 소리로 말했다.

아고 남매는 몇 번이고 몸으로 문을 밀었다. 하지만 소용없었다. 빌리와 캐롤라인은 숨을 몰아쉬면서 다른 탈출구를 찾아보았다.

"창문이 모두 판자로 막혀 있어." 빌리는 이렇게 말하면서 주의를 게을리 한 것에 대해서 스스로를 원망했다.

"이제 어떻게 할 거야?" 캐롤라인이 물었다.

"방법이 있어!" 소년탐정이 소리쳤다. "봐!"

천장에 금속으로 된 큼지막한 환기구가 있었다.

"저기로 기어서 나가면 돼!" 캐롤라인이 즐거워하며 말했다. 낡은 치과의자 위로 올라간 다음 빌리는 의자의 높이를 조절하는 페달을 찾아내서 버려진 나무 블록으로 페달을 눌렀다. 쉭 하는 소리와 함께 두 남매는 안전한 환기구 안으로 미끄러져 들어갈 수 있을 만큼 천장에 가까이 도달했다.

"저 불빛을 따라 가." 빌리가 속삭였다. "그러면 정확하게 어디가 나오는지 알고 있어."

남매는 은색의 통풍구 내부의 어둠 속으로 기고 또 기어갔더니 곧 깊고 어두운 동굴이 나왔다. 동굴 끝에는 픽시 [귀가 뾰족한 요정]같은 얼굴을 한 어린 소녀가 있었는데, 바로 홀리스 드라이클리닝 재벌의 상속녀 데이지 홀리스였다. 그녀의 연푸른색 원피스에는 DH라는 이니셜이 모노그램으로 새겨져 있었다.

"아까부터 너를 찾고 있었어." 캐롤라인이 말했다. "다들 거의 포기했는데⋯⋯"

'잠깐! 아니야, 이건 전혀 아니야. 데이지 홀리스는 이 이야기에 나오는 게 아니잖아.'

버스에 탄 소년탐정은 손목에 있는 흉터를 보면서 자신을 꼬집는다.

'데이지 홀리스라고? 아니야, 그건 잘못됐어. 그건 네가 기억하고 있는 사건이 아니야.'

그가 기억하는 사건은 이렇게 흘러가야 한다.

쉬 하는 소리와 함께 두 남매는 안전한 환기구 안으로 미끄러져 들어갈 수 있을 만큼 천장에 가까이 도달했다.

"저 불빛을 따라 가." 빌리가 속삭였다. "그러면 정확하게 어디가 나오는지 알고 있어."

SIX

이것은 그리 이상한 일이 아니다. 소년탐정은 혼자서 영화관에 가는 중이다. 그는 다른 사람에게 내가 좋아하는 영화가 상영되고 있으니 함께 보러 가자고 부탁하고 싶지 않다. 사실 이번 영화가 어떤 내용인지 그는 알지 못한다. 하지만 오늘 밤, 혼자서 영화 보러 가는 오늘 밤 이후로는, 그것이 어떤 영화이든지 특히 좋아하는 영화로 삼겠다고 결심한다.

검표원이 영화표를 찢어서 줄 때, 빌리는 고개를 들어 담배 두 대를 동시에 물고 있는 그 검표원을 알아본다. 붉은색 조끼에 붉은색 작은 모자를 쓴 키가 크고 홀쭉한 검표원은 다름 아닌 프랭크 하틀리, 예전 동료 소년탐정이었던 것이다.

프랭크와 동생 조로 이루어진 하틀리 형제는 근처의 베이빌 마을에서 활동하면서 많은 미스터리를 풀어냈는데, 그러다가 직업 탐정인 그들의 아버지가 탄탄한 위조단 조직을 이끌고 있다는 것을 발견하게 되었다. 아버지가 체포되어 투옥되자, 하틀리 형제는 탐정 일과 개인적인 조사에서 영원히 발을 떼고 말았다. 그 후로는 그들을 본 적도, 소식을 들은 적도 없었기 때문에, 빌리는 그들 역시 평범한 외형이 주는 평온의 세계로 사라지고 싶었던 모양이라고 생각하곤 했다.

빌리는 젊은 남자의 얼굴을 바라보며 눈을 깜빡인다. 단호하게 생긴 턱이며 헝클어진 금발머리, 조각한 듯 확실한 광대뼈에 단호하게 생긴 눈썹을 보니 확실하다. 이 남자는 세계 최고의 소년탐정 팀의 반쪽이었던, 하지만 지금은 영화관 직원인 프랭크 하틀리.

"프랭크." 소년탐정이 나지막하게 말한다. "프랭크 하틀리 맞죠?"

"그래요." 그는 고개를 끄덕이고, 바닥에 담뱃재를 떨면서 빌리의 얼굴을 기억해내려고 애쓴다. 그는 눈을 가늘고 팽팽하게 뜬 채 빌리가 누구일 것인지 머릿속으로 그려본다. "근데 누구시죠?"

"빌리 아고야. 우리 어렸을 때 알던 사이잖아."

"빌리 아고! 맙소사, 나는 네가 죽은 줄 알았다고, 세상에."

"그저 오랫동안 고향을 떠나 있었을 뿐이야." 빌리는 거짓말을 한다.

"나는 네가 마약 과다복용이나 뭐 그런 거라고 생각했다고. 그런데 바이올렛 듀 얘기는 들었어?"

"응."

"이젠 이혼했지. 끔찍한 일이야. 너는 어때? 내 말은, 내가 듣기로는…… 에잇, 그만 하자."

"괜찮아. 계속 해." 빌리가 말한다.

"네 여동생은 자살하고 너는 스스로 총을 쐈다고 들었어."

"아니야." 빌리가 말한다. "둘 다 사실이 아니야."

"그래? 그 말을 들으니 기쁘군. 그런데 우리가 만난 사실을 알면 좋아할 사람이 있어. 내 동생 조." 프랭크는 이렇게 말하면서 워키토키를 움켜잡는다. 그는 송수신 겸용 무전기에 대고 소리 지르기 시작한다. "조, 여기 매표소로 와봐. 여기 누가 있는지 보면 기절할 걸!"

"아직도 동생하고 함께 일해?"

"그래, 우리는 운 좋게도 이곳을 찾아냈지. 대부분의 직장에서는 남자형제 두 명을 함께 고용하려 들지 않거든. 하지만 여기에서는 거의 2년째 일하고 있어. 조는 부지배인이야. 언제나 걔가 더 인기 있었지.”

“그래서 너는 이 직장이 마음에 들어?” 빌리가 묻는다.

“먹고 살 정도는 벌어. 그리고 약도 살 수 있지.” 프랭크는 한 모금 길게 빨아들이면서 나지막하게 말한다. “진심으로 하는 말인데, 혹시 거짓으로 처방전 써주는 의사 알고 있어? 나는 데메롤 [모르핀 같은 효과를 내는 진통제로 마약으로도 사용된다] 중독인데 끊을 수가 없어.”

“왜 그렇게 됐는데?”

“너도 알겠지만 옛날에 어떤 사건을 해결하다가 올드밀 [오래된 제분소]에서 사고를 당했잖아. 다리 한 쪽이 기계 바퀴에 끼어서 미끄러져서 떨어지고 부서졌지. 그 사건은 해결했는데, 이놈의 빌어먹을 다리는 낫질 않아.”

“나는 지금 네 종류의 약을 복용하고 있어.” 빌리가 털어놓는다.

“진통제?”

“항우울제하고 항불안제. 너무 많이 먹으면 쓰러지게 돼.”

“지금 가지고 있어?” 프랭크 하틀리가 묻는다.

“아니.” 빌리는 거짓말을 한다.

“빌리 아고!” 갑자기 조 하틀리가 나타나며 소리를 지른다. “이럴 수가! 어린아이였을 때 나는 형의 열혈 팬이었다고.” 그는 빌리의 손을 잡아 흔들면서 말한다. “사탕공장의 유령 사건. 그게 최고였어.”

“나도 너를 보니 정말 좋다.” 빌리가 말한다.

“근데 지금까지 뭐 하고 살았어?” 조가 묻는다.

“일하고 있어.”

“그럼 사건 해결 같은 거?”

"아니, 너희들처럼 그냥 보통 직장에서 일해."

"이 직업은 개판이야. 한동안 우리는 이곳 쇼핑몰에서 경비원으로 일하기도 했어." 조가 말한다. "그런데 우리가 너무 열심히 일한다는 거야."

"조가 물건을 슬쩍하는 사람 다리를 쐈거든. 사람 쏘는 것은 못마땅해 하더라고." 프랭크가 설명한다.

"원래는 총을 지니고 있어도 안 되는 거였어."

"정말 안됐군." 소년탐정이 눈살을 찌푸리며 말한다. "하지만 아직도 너희 둘은 함께 있다니 좋은 일이야."

"그래, 그건 그래." 프랭크 하틀리가 동의한다.

"그럼 영화 잘 봐." 조 하틀리가 말한다. "좋은 영화야."

"그래, 나중에 다시 만나서 얘기하자고." 프랭크가 덧붙인다. "우리는, 말하자면, 비공식적인 모임이 있는데, 심각한 모임은 아니고 몇 명이 그냥 모여서 얘기하는 거야. 주로 전직 탐정들이야. 우리는 옛날 사건들이나 그런 얘기를 해. 혹시 참가하고 싶다면, 여기 내 전화번호 적어줄게." 그는 영화표 잘라낸 부분 뒷면에 번호를 적어서 빌리에게 건넨다.

"전화할게." 소년탐정이 나지막하게 말하는데, 그 거짓말을 하는 것과 동시에 그의 가슴속에서는 소리 없는 알람이 울리기 시작한다.

SEVEN

그날 저녁, 소년탐정은 외로이 침대에 누워서 눈송이를 세고 있다. 그는 1천 송이까지 셌다. 그러다가 밖에서 들리는 소란스러운 소리에 벌떡 일어나서 철창을 댄 작은 창문으로 내다본다. 이미 한참 전에 잠들어 있어야 할 멈포드 남매가 어둠 속에서 움직이는 것이 보인다. 자주색과 흰색이 섞인 코트를 입어 뚱뚱해진 에피 멈포드가 앞마당에 웅크리고 앉아 있는데, 그 옆에는 큼지막한 은색 로켓처럼 생긴 물체가 앞부분을 하늘로 향한 채 놓여 있다. 곧 소녀가 은색 스위치를 누르자 미끈하게 생긴 발사체는 떨리기 시작하며 엔진으로부터 작은 연기 덩어리가 피어오른다.

빌리는 창문에 얼굴을 바싹 대고 창살을 잡은 채 아이들이 박수를 치고 환호하면서 로켓이 진동하면서 선회하기 시작하자 뒤로 조금씩 물러서는 것을 지켜본다. 자신을 제어할 수 없이, 마치 이상한 행동이나 흥미로운 일에 끌리는 자석처럼, 소년탐정은 작은 수첩을 펼치고 적어내려가기 시작한다.

— 1:03 am : 관찰대상: 에피 멈포드, 여성, 11세, 금발, 흰색과 자주색이 섞인 겨울 재킷을 입고 있음. 아마도 새로 만든 로켓을 시험하는 중?

— 1:07 am : 관찰대상이 미끄러져서 뒤로 넘어지다. 혹시 본 사람이 있나 주위를 둘러본다. 그녀의 남동생 거스 멈포드(9세)는 눈살을 찌푸린다. 관찰대상은 다시 일어서서 로켓을 지켜본다.

— 1:10 am : 로켓이 매우 천천히 뜨기 시작한다.

— 1:11 am : 관찰대상은 스스로 박수를 치며 상상 속의 관객들에게 허리를 숙여 감사를 표한다.

— 1:12 am : 로켓이 갑자기 부상하더니 세차게 방향을 바꿔 관찰대상의 앞뜰 에 있는 단풍나무에 충돌한다. 로켓은 폭발하고 관찰대상과 그 녀의 남동생은 현관 베란다 아래로 뛰어가서 숨는다. 앞뜰 잔디 가 불타기 시작했으며 작은 덤불에도 불이 붙는다.

— 1:13 am : 멈포드 부인이 황급히 현관으로 나와 소리 지르기 시작한다.

— 1:15 am : 멈포드 부인은 앞뜰의 불을 끄고, 울타리 나무에 붙은 불도 끄 고, 멈포드 남매가 집안으로 들어갈 때까지 소리 지른다.

— 1:16 am : 불활성이 되어 앞뜰에 놓여 있던 로켓이 폭발한다. 은색의 폭발 을 보고하기라도 하듯, 빨갛게 타오르는 스파크 속에서 '여보세 요'라는 글자가 나타났다가 곧 사라진다.

EIGHT

회사에서 소년탐정이 책상 앞에 앉아 왼손잡이용 전화기에 대고 얘기하는 척하면서 바쁘게 일하고 있는데 깡마르고 슬픈 눈빛을 한 젊은 남자 하나가 다가오더니 그곳에 서서 소년탐정을 바라본다. 젊은 남자는 불안하다. 그는 주위를 둘러보더니 매우 재빨리 빌리 옆으로 몸을 굽혀 속삭인다. "당신이 탐정인가요?"

빌리는 고개를 든다. 젊은 남자는 턱이 뾰족하고, 눈빛은 밝으며, 광대뼈가 특히 빈약한 것이, 열심이지만 소심한 소년의 얼굴이다. 빌리는 미소를 지으며 몸을 기울여 대답한다.

"그래요. 내가 탐정입니다만."

"내 이름은 에릭 큄비라고 합니다."

"그런데요?"

"나는 여성용 가발 부서에서 일하고 있어요. 제발…… 당신의 도움이 필요합니다."

"무슨 도움?"

"이 문제를 허심탄회하게 들어준다면 고맙겠습니다."

"물론입니다."

"나는 위험에 처해 있는 것 같습니다."

"위험이라고요?"

"네. 이걸 보세요." 젊은 남자는 왼쪽 다리를 들어 빌리의 책상 구석에 올려놓았다. 그리고는 천천히 바지를 걷어 올리자 거기에는 아무 것도 없다. 살도 없고 뼈도 없고 피부도 없이, 오직 빈 공간만 있는데 양말과 신발은 불가사의하게도 제 자리에 있다.

"이건 의학적 문제인 것 같은데요." 빌리는 몸을 약간 떨면서 속삭인다.

"아니, 아니요. 확신하건대, 의학적 문제보다는 더 불길한 일입니다."

"그렇게 생각하는 이유는 뭡니까?"

"이걸 보세요. 이런 걸 받았거든요." 젊은 남자는 이렇게 말하면서 부랴부랴 양복 주머니에서 자그마한 흰색 메모카드를 꺼내서 빌리에게 건넨다.

빌리는 메모를 보고 읽는다. '화살의 표적 : 너다' 라고 쓰여 있다. "이걸 어디서 발견했죠?" 그가 묻는다.

"모릅니다. 그냥 뒷주머니에 들어 있었습니다."

"아주 이상한 일이군요."

"어제는 허벅지가 문제였습니다. 그 다음에는 무릎. 그 다음에는 발목. 오늘은 발 전체가 그래요. 발에 아무 느낌이 없습니다. 마치 원래 없었던 것처럼 말이죠. 그래서 정말 걱정이 됩니다."

"당연히 그렇겠죠."

"가면을 쓴 어떤 낯선 여자가 내 바지 주머니에 이걸 넣었습니다. 나는 버스에 타고 있었고 그녀가 나에게 다가왔는데 잠시 후에 보니 이 메모카드가 바지 주머니에 들어 있었어요."

"가면을 쓴 여자라고요?"

"네. 가장무도회에서 쓰는 것 같은 검은색 가면이었어요. 검은색 긴 장갑도 끼고 있었죠. 보기에도 무서웠어요."

"알겠습니다."

"어쩌면 당신에게 이야기하지 말았어야 했는지도 모르겠군요." 젊은 남자가 나지막하게 말한다. "그래요, 그래. 우리가 이런 이야기를 해서는 안되었던 것 같아요." 그러더니 그 남자는 사무실 뒤편에 줄지어 있는 칸막이 뒤로 황급히 사라진다. 소년탐정은 조심스럽게 고개를 끄덕이고 나서 전화기 쪽으로 몸을 돌리면서, 그 남자의 구두가 쌓여있는 인쇄물 더미에 남겨 놓은 이상한 발자국을 보고 눈살을 찌푸린다.

"가발 하나 사려고요 — 금발로. 물건이 있다면 당장 사겠어요."

"우리 회사는 30종 이상의 머리색과 스타일을 구비하고 있습니다." 빌리가 슬프게 말한다.

"긴 가발이 필요해요. 그래야 사람들이 나를 알아보지 못할 테니까요. 그런 거 있어요? 모습을 숨기고 싶은 사람들을 위한 가발?"

"카탈로그를 보내 드릴 테니 그걸 보고 고르시면 됩니다."

"아니, 아니, 가능한 한 빨리 구해야 돼요. 할 수 있다면 오늘 당장."

"알겠습니다."

"추천할 만한 거 있어요?"

"'젊은 신인 여배우' 스타일이 아주 인기가 좋습니다."

"아주 평범한 걸 원해요. 아주 평범한 거."

"그렇다면 '북유럽의 공주' 제품은 어떨까요."

전화에서는 잠시 말이 끊긴다. 빌리는 저편에 여자가 앉아서 숨 쉬고 있는 소리를 들을 수 있다.

"나는 택시를 기다리고 있어요. 오늘 이사 간다고요. 당장 가발이 필요해요.”

“그렇다면, 다음에 다시 전화를 드리죠……”

“나는 지금 이 아파트에 혼자 있어요. 제발 전화 끊지 마세요.”

“그러죠.”

“룸메이트는 나보고 경찰에 신고하래요. 하지만 나는 경찰을 끌어들이고 싶지 않아요.”

“아무래도 다음에 다시 전화를 하는 것이……”

“나는 납치당했었어요. 공장에 잡혀 있었죠. 그러더니 나를 풀어줬어요. 그게 사흘 전 일이에요. 나는 여기에 있을 수가 없어요. 아무 곳에도 갈 수가 없어요. 혼자 있고 싶지 않아요.”

“나는…… 그러니까…… 나는……”

“부모님 말을 들을 걸 그랬어요. 다시는 이 도시로 돌아오지 않을 거예요.”

빌리는 전화를 끊고, 세로켈을 찾아서 입 안에 털어 넣는다.

퇴근하기 직전에 소년탐정은 천천히 여성용 가발 부서 옆을 지나간다. 윤기 흐르는 가발들과 표정 없는 스티로폼 두상들 사이로 사무용 칸막이들은 거의 다 비어 있다. 사무실 뒤편에서는 청소부 한 명이 진공청소기를 돌리기 시작했다. 거기에서, 에릭 큄비라는 이름이 새겨진 작은 황금색 푯말이 놓인 책상 아래에서, 빌리는 한 켤레의 검은색 양말이 한 켤레의 갈색 정장구두 안에 아무렇게나 쑤셔 박혀 있는 것을 본다. 부드러운 회색 의자를 살펴보다가 빌리는 똑같은 흰색 메모카드, 똑같은 내용을 발견한다. ‘화살의 표적 : 너다’ 그 자리에 앉아서 보니, 책상 위에 놓인 전화기는 끊어지지 않은 상태로, 통화를 가다리고 있다는 표시등이 들어와 있다. 빌리는 전화기를 귀에 대고 리시버 버튼을 누른다.

이상한 금속성 목소리가 빌리의 귀에 직접 대고 속삭이듯 노래를 한다. "연인들에게는 언제나 황혼이지…… 사랑하기에는 언제나 황혼……"

두려워진 빌리는 수화기를 제 자리에 걸어 놓고 뒤돌아 나오다가 진공청소기 전선에 걸려서 비틀거리면서 서둘러 엘리베이터의 고요한 평온 속으로 들어간다.

호흡을 가다듬으면서 빌리는 그의 뒤에 푸른 벨벳 원피스를 음침하게 차려입고 검은색 하이힐에 검은색 가면을 쓴 여인이 서 있는 것을 눈치 챈다. 그는 움직이지 않는다. 눈을 감고 숫자를 세기 시작한다. 엘리베이터가 멈추는 소리를 내고 문이 열릴 때까지 양손으로 양쪽 허벅지를 꼬집는다. 재빨리 밖으로 나온 빌리는 뒤돌아보는데, 엘리베이터에는 아무도 없다.

버스를 타고 가면서, 그는 실제로 그 여자를 본 것이 아니었다고 스스로에게 확신시키려고 노력한다. 신경과민이 된 손을 코트 주머니에 넣자 처음 보는 흰색 메모카드가 들어 있다. 메모에는 이렇게 쓰여 있다. '지금 네가 알고 있다고 생각하는 것을 모르는 척하라.' 그는 옆자리 플라스틱 시트 위에 카드를 남겨놓고 황급히 다음 정류장에서 내린다.

NINE

지금까지도 미제로 남아 있는 사건 중에서 가장 섬뜩한 것은 '텍사캐나의 살인마' 사건일 것이다. 1946년 2월 22일부터 같은 해 5월 3일까지 다섯 명을 죽이고 세 명에게 상해를 입힌 기이한 살인마 때문에 아칸소 주에 있는 작은 도시 택사캐나는 공포에 휩싸였다. 최초의 희생자는 젊은 커플이었는데, 스프링레이크파크 근처 도로의 '연인의 거리' 구획에 차를 세우고 있을 때 공격당했다. 네 번째 희생 커플은 도심에서 동북쪽으로 10마일 떨어진 자기 집에서 참변을 당했다.

이상한 일들은 1946년 2월 22일에 시작되었다. 열아홉 살의 메리 진 레어리와 그녀의 남자친구인 스물네 살의 지미 홀리스는 데이트를 마치고 어두운 도로에 차를 세웠다. 그들이 굿나이트 키스를 나누는데 갑자기 앞 유리창에 불길하고 거대한 그림자가 비쳤다. 밝은색 후드를 뒤집어 쓴 남자였다. 남자는 천천히 움직이며 총으로 차창을 두드리면서 커플에게 밖으로 나오라고 했다. 그는 우선 총으로 지미를 패서 정신을 잃도록 한 다음에 총구를 메리의 뺨에 대고 겁을 주었다. 다행스럽게도, 곧 자동차 한 대가 다가오며 라이트를 비치자 후드를 뒤집어쓴 거대한 남자는 겁을 먹고 도망쳤으며, 메리와 지미는 목숨을 구할 수 있었다.

처음에 이 사건은 떠돌이 노동자의 소행으로 여겨 그리 중요하게 다뤄지지 않았는데, 3월 24일 아침, 두 명의 경찰관이 도로 갓길에 주차된 차 안에서 남자가 죽어있는 것을 발견하게 된다. 차는 스물아홉 살의 리처드 그리핀 소유였다. 자동차에서 약간 떨어진 곳에 또 하나의 시체가 있었는데, 그것은 죽은 남자의 여자친구 폴리 앤 무어였다. 희생자들은 둘 다 머리에 총상을 입고 있었는데, 32구경 피스톨로 쏜 것으로 메리 진 레어리와 지미 홀리스가 그 살인마가 가지고 있었다고 얘기했던 것과 같은 총이었다.

4월 13일에는 열다섯 살의 베티 조 부커와 남자친구 폴 마틴의 시신이 발견되었는데 역시 32구경 권총이었다. 특히 베티 조는 살해당하기 전에 성폭행을 당하고 나무에 묶인 것이었다. 경찰은 이 사건들의 연관성에 대해서는 확신했지만, 살인마의 정체나 살인 동기에 관해서는 알지 못했다. 지역 신문이 살인자에게 '유령 같은 킬러'라는 명칭을 붙인 후, 시민들은 극도의 공포감에 잡혀서 어두워진 후로는 외출도 꺼리게 되었다.

4월 14일부터 시작해서 5월 내내 텍사캐나의 거리는 유령도시 같았다. 유령 같은 킬러는 한 달 가까이 경찰을 피해 다니다가 5월 3일에 마지막 살인사건을 저지르는데, 이번에는 케이티와 버질 스타크 부부의 집으로 침입했다.

유령 같은 킬러는 결코 잡히지 않았을 뿐만 아니라 불가사의하게 나타났다가 불가사의하게 사라졌다. 많은 사람들은 왜 그가 출현하게 되었는지 이상하게 생각했다. 왜 그런 짓을 저질렀을까? 왜 그는 애정을 표현하는 광경만 보면 미쳐서 그토록 잔인한 범죄를 저질렀던 것일까?

소년탐정은 상담치료사 대기실에서 기다리는 동안 '범죄심리학 : 만족스러운 연구'라는 제목의 잡지에서 이 기사를 읽는다. 상담치료사가 이름을 부르자, 그는 잡지를 내려놓는다.

이제 소년탐정은 큼직한 갈색 비닐 소파 위에 옆으로 누워있다. 상담치료사는 그를 지켜보면서 메모를 하고 있다. 빌리가 무슨 얘기를 하고 있었는지 상담치료사가 그 말을 막자 빌리는 일어나 앉는다.

"빌리, 나는 자네가 솔직하게 나에게 털어놓기를 바라네."

"좋습니다."

"자넨 왜 여동생이 자살했다고 생각하나?"

"뭐라고요?"

"자넨 왜 여동생이 자살했다고 생각하느냐고."

"모르겠어요."

"모르겠다는 게 무슨 뜻인데?"

"모르겠다는 뜻입니다. 나는 아무 것도 모르겠어요."

"그러면 그건 미스터리인가?"

"그렇습니다."

"하지만 나는 자네가 한 번도 사건 해결에 실패한 적이 없다고 생각했는데."

"우리는 한 번도 실패하지 않았습니다."

"자네와 자네 친구와 여동생을 말하는 게 아니라, 바로 자네를 얘기하는 거야. 자네가 풀지 못한 사건은 하나도 없다고 생각했어."

"그렇습니다."

"음, 그렇다면, 내가 보기에 자네는 자네 인생 최대의 미스터리를 피하고 있는 것 같아. 여동생이 왜 자살을 했느냐 하는 문제 말이야."

"아닙니다."

"어쩌면, 무슨 이유에서인지는 모르겠지만, 자네는 이미 그 대답을 알고 있다고 생각할는지도 모르지."

"아닙니다."

"어쩌면 자네는 그건 바로 자네라고, 자네가 바로 그 이유였다고 생각하는지도 모르지. 어쨌든 자네 탓이라고 말이야."

"저는……"

"여동생을 사랑했었나, 빌리?"

"그럼요, 물론……"

"여동생도 자네를 사랑했나?"

"네. 확실합니다."

"그럼 그것 때문에 자네는 여동생의 죽음이 자네 책임이라고 느끼는 건가? 자네가 진정으로 그녀를 사랑했다면 결코 그녀를 혼자 두지 말았어야 한다고? 진정으로 여동생을 돌봤다면 그녀는 결코 죽지 않았을 거라고? 사랑, 특히 자네의 사랑은 결코 실패하지 않는다고?"

"가보겠습니다, 의사 선생님."

"가고 싶으면 가도 되네, 빌리. 하지만 그렇게 한다고 해도 달라지는 건 아무것도 없어 — 그건 나도 알고 자네도 알잖아."

"어쨌든 가보겠습니다."

소년탐정은 양말과 구두를 진료실에 남겨놓은 채 쏜살 같이 달려나가는데, 그 바람에 쏟아지는 눈물이 갸름한 얼굴 양 옆으로 흘러내린다.

독자들도 이미 알고 있겠지만, 우리가 사는 도시에서는 샴쌍둥이가 특별히 많이 태어나는 것 같다. 처음에는 이상한 현상처럼 보였지만 알고 보니 수 년 동안 의료 폐기물을 부적절하게 처리해 온 결과였다. 동네 슈퍼마켓에서 쇼핑하고 있는 두 명의 샴쌍둥이를 하루에만 두세 쌍 마주치게 되는 것은 그리 드문 일은 아니다. 하지만 계산대 앞에 줄서 있을 때, 당신 뒤에 있는 샴쌍둥이들의 머리 한쪽에 붉은 자국이 남아있는 것을 보는 것은 특별한 일이다. 그것은 성공률이 거의 없는 의학 조치인 분리수술의 공포를 되새기게 하는 상처다. 이 기이한 고통 때문에, 대부분의 샴쌍둥이들은 태어나면서 죽음을 선택한다. 하나로써 죽는 것이다. 우리 마을의 묘지에서는 이 불행한 사람들을 위해서 적절한 매장 절차를 해주고 있다. 두 겹의 삶과, 죽음을 넘어서도 계속되는 두 생명의 인연을 상기시키는 긴 장방형의 묘비를 놓아주는데, 그런 파트너 관계를 부러워할 사람은 없을 것이다.

TEN

소년탐정은 또다시 버스에 타서 정면을 응시한 채 거의 잠들어 있다. 여전히 비가 오고 있다. 버스는 여전히 붐비고 있다. 사람들은 여전히 서서 핸드폰에 대고 말을 하거나 신문을 읽고 있다. 그런 식으로, 빌리는 버스의 맞은편 구석에서 핑크색 옷을 입은 숙녀를 찾아낸다. 그녀는 여전히 다른 여자의 주머니에 손을 넣고 있다.

빌리는 자리에서 일어서서 천천히 그녀 쪽으로 이동하기 시작한다. 숙녀는 이쪽을 보더니 빌리의 모습과 그가 무엇을 알아차렸는지 알아차린다. 그녀는 얼굴이 붉어지더니 자신의 핑크색 가방을 움켜잡고 서둘러 출구로 향한다. 빌리는 그녀를 따라 또 다른 통근자들로 붐비는 거리로 내리는데, 숙녀는 도망친다.

빗속에서 빌리는 그녀를 쫓아가서 손을 잡는다. 숙녀는 비명을 지르며 손을 빼려고 노력한다. "제발…… 잠깐만…… 제발……"

벗어나려고 기를 쓰는 사이에 숙녀가 가방을 떨어뜨리자 내용물이 쏟아진다. 수백 개의 펜과 연필과 종이클립과 티슈, 립스틱이 — 모두 훔친 것들이다 — 쏟아져 나온다. 빌리는 떨어진 것들을 주워 담으려고 숙녀의 손을 놓는다. 고개를 들어 보니 핑크색 옷을 입은 숙녀는 또다시 사라지고 없다. 비에 젖은 거리를 따라 그녀가 훔친 물건들이 좀 더 놓여 있다. 사무용품, 냅킨, 흰색 기름종이로 싼 작은 샌드위치 하나, 사과 하나, 그리고 온갖 부류의 남녀 사진이 부착된, 비닐로 코팅된 신분증 수십 장. 몇 장이 더 나오고, 그들 모두 '일렉텍'이라는 동일한 회사 직원이라는 것을 알아

내고, 그 다음엔 핑크색 옷을 입은 숙녀의 신분증을 찾아내자 빌리는 미소
짓는다. 그녀의 생기 없는 작은 얼굴 아래 그녀의 이름이 적혀 있다. 페니
메이플.

사과와 샌드위치로 미루어보아 아마도 그녀는 출근하는 중이었던 것 같
다. 청소부? 그렇다면 그녀의 핑크색 옷은 유니폼일까? 지금 그녀는 회사
로 가고 있겠지?

빌리는 흥분한 채 모든 물건을 다시 가방 안으로 쓸어 담는다. 곧 그는
그녀에게 가방을 돌려주고 제발 훔치는 것을 그만 두라는 얘기를 해보리
라 마음먹는다.

ELEVEN

소년탐정은 은색의 작은 사무실 건물로 들어가서 코를 골고 있는 경비원 앞을 살금살금 지나서 대기 중인 엘리베이터에 올라탄다. 엘리베이터 문이 열리자 그는 진공청소기가 돌아가는 소리를 들을 수 있다. 그는 그 소리를 따라서 천천히 조심스럽게 다가가서 작은 녹색 칸막이 구석을 돌자 그곳에 핑크색 숙녀가, 이제는 핑크색 스목 [작업용으로 덧입는 가운]을 입은 그녀가, 흰색의 자그마한 진공청소기를 잡고서 앞뒤로 움직이면서 헤드폰으로 듣는 음악에 맞춰 큰 소리로 고함을 질러대며 춤을 추고 있다. 눈을 감고 발을 굴러대며 진공청소기보다 더 크게 소리를 질러 대는 그녀의 모습을 보고도 미소 짓지 않는다는 것은 불가능이다.

잠시 후, 그녀는 진공청소기를 멈추더니 키 큰 은색 옷걸이를 잡고 춤을 추기 시작한다. 옷걸이에는 양복 재킷이 한 벌 걸려 있는데 때 맞춰서 앞뒤로 스윙하고 있다. 그러자 그녀는 종이 더미를 한 줌 집어서 허공에 뿌린다. 의자를 하나 찾아내서 그 위에 앉아서 빙빙 돌면서 발로 책상 위를 쿵쿵 굴러댄다. 이런 식으로 그녀는 회의탁자 위로 올라가더니 숨이 찬 듯 붉어진 얼굴로 탁자에서 미끄럼을 타면서 엄청난 재활용 종이 더미를 산산이 흩날리게 한다.

만일 어떻게든, 과학이든 마술이든, 우리가 바로 그 순간의 빌리의 심장 X레이를 식별할 수 있다면, 그것은 사랑스럽고 완벽한 풍선, 코믹하게 둥글린 심장의 모습으로 만들어져 밸런타인데이에 팔리는 그런 종류의 풍선처럼 보일 것이다. 숙녀가 머리를 흔들며 춤추고 있는 동안, 점점 커져서 빌리의 흉곽을 채우고, 그의 눈을 채운 다음, 방의 크기만큼 팽창하는 풍선 말이다. 아마도 이렇게 보일 것이다.

　빌리는 진정으로 감동 받아서 미소를 짓는다. 그는 자신의 처지를 잊은 채 박수를 치기 시작한다.

　숙녀가 돌아보더니 깜짝 놀라서 헤드폰을 떨어뜨린다. 그녀는 탁자에서 떨어져서 황급히 출구로 향한다. 빌리는 그녀 뒤를 쫓아 뛰어가면서 애원한다. "그러지 말아요, 잠깐만, 제발, 기다리라니까……"

　숙녀는 날렵하게 사무실 계단실로 달아난다. 빌리는 겨우 몇 걸음 뒤에서 쫓아가지만 일단 계단실 안에 들어서자 핑크색 옷을 입은 숙녀는 사라졌고, 그녀가 도망갔을 만한 곳을 가늠하게 해줄만한 발자국 소리 하나 없다. 계단실 어딘가에서 문이 닫히고 잠기는 소리가 들리자 빌리는 발을 멈춘 채 난간에 기대어 소리친다. "잠깐만! 제발 기다려요!"

　소년탐정은 핑크색 가방을 안은 채 슬프게 미소 짓는다. 어딘가에서 또 다른 문이 닫히는 소리가 들리자 그는 고개를 젓는디. 그는 허리를 굽혀 계단 위에 그녀의 신분증을 남겨놓는다. 가방은 그대로 가진 채 그는 다시 엘리베이터 쪽으로 돌아간다.

집으로 오는 버스 안에서 그는 무릎 위에 가방을 올려놓은 채, 왜 이 가방도 그냥 남겨놓고 오지 않았을까 하고 의아하게 생각한다.

TWELVE

소년탐정은 침대에 누워서 페니 메이플과 키스하는 것을 생각하고 있다.

> 페니 메이플
> 오, 페니 메이플
> 페니 메이플
> 오, 페니 메이플
> 페니 페니 페니 페니 페니 페니 페니 페니 메이플

그는 끌어안고 입을 맞추는 것, 키스하는 것을 생각하고 있다. 그녀의 작은 핑크색 입술이 자기 입술과 맞닿으면 어떤 느낌일까 상상하고 있다. 그는 침대에 누워서, 양말을 신지 않은 그녀의 발목과 모자 아래로 풍겨 오는 그녀 머리카락의 부드러운 냄새, 이런 것들을 상상하고 있다. 그는 그녀의 가방을 끌어안고 있는데 점점 압도되더니 결국 부드러운 패브릭에 입을 맞추기 시작한다. 그는 자신을 제어할 수가 없다. 그는 꽃향기 나는 향수냄새를 맡고는 가방 안에서 핑크색 스카프를 찾아내서 거기에도 키스를 시작한다. 곧 그는 모든 것에 입을 맞추고 있다 — 베개에도, 그녀의 가방에도, 스카프에도. 그는 이불 속에 누워서 자신이 알고 있는 모든 종류의 키스를 연습하고 있다.

빌리는 스스로 거의 마흔 가지 키스를 개발했다. 모두 과학적이며 각각 지정된 장소와 목적을 가지고 있다. 오늘밤에 그는 자신이 알고 있는 키스

중에서 처음 열 가지를 다음과 같은 순서로 연습한다.

   1. 에스키모 키스

   2. 눈을 감은 키스

   3. 프렌치 키스

   4. 천천히 호흡하는 혹은 빨리 호흡하는 키스

   5. 케리 그랜트 식의 키스

   6. 야금야금 하는 키스

   7. 밀로의 비너스 식의 키스

   8. 물고기 스타일의 키스

   9. 윗입술로 하는 키스

   10. 아랫입술로 하는 키스

  소년탐정은 메모장을 열고 새로운 키스법을 고안하기 시작한다. 길들여지지 않았으며, 근사하며, 다른 사람은 한 번도 생각하지 못했던 그런 방법들을. 불현듯 소년탐정은 자신에게 키스란 언제나 미스터리로 남아있을는지도 모른다는 걱정이 생긴다. 그는 침대에 일어나 앉아서 페니는 어떤 방법으로 키스 받는 것을 좋아할까 궁금해 하면서 마치 노래하듯 그녀의 이름을 반복해서 읊조린다.

  페니 메이플

    오, 페니 메이플

페니 메이플

　　오, 페니 메이플

　　페니 페니 페니 페니 페니 페니 페니 페니 메이플

　　페니 메이플

　　오, 페니 메이플

　　페니 메이플

　　오, 페니 메이플

　　페니 페니 페니 페니 페니 페니 페니 페니 메이플

페니 메이플

　　그래, 페니 메이플

너는 페니 메이플

　　네 이름은 페니 메이플

　・　페니 페니 페니 페니 페니 페니 페니 페니 메이플

페니 메이플

　　그래, 그래, 그래, 페니 메이플

페니 메이플?

　　오, 그래, 페니 메이플

　　페니 페니 페니 페니 페니 페니 페니 페니 메이플

페니 메이플

　　오, 안 돼, 페니 메이플

페니 메이플 (메이플, 메이플)

　　오, 페니 메이플, 그래, 그래 그래

　　페니 페니 페니 페니 페니 페니 페니 페니 메이플

페니 메이플

　　오, 이제 가, 페니 메이플

페니 메이플

　　너는 단 한 명의 페니 메이플

　　페니 페니 페니 페니 페니 페니 페니 페니 메이플

페니 메이플

　　오, 조심해, 페니 메이플

페니 메이플

　　페니 페니 페니 페니 페니 페니 페니 페니 메이플

　　너도 나를 겁먹게 해.

THIRTEEN

학교에서 거스 멈포드는 앞자리에 앉아 있는 낯선 대머리 소년에게 쪽지를 썼다. 게일 선생님이 흑판에 말도 안 되는 수학적 계산 문제를 적는 동안, 거스 멈포드는 용기를 모아 종이쪽지를 접고, 접고 또 접은 다음에 — 자기가 아는 한 가장 부드러운 방법으로 — 이상하리만치 핑크색인 소년의 뒷덜미를 향해 쪽지를 내민다. 오 세상에 — 너무 세게 내밀었던 모양이다. 종이쪽지는 부드러운 대머리에 맞고 튀어나와 그곳에, 소년의 발 사이로 떨어진다. 소년은 고개를 돌려 눈을 깜빡이는데, 거의 존재감이 없는 금발의 눈썹은 불쾌한 표정으로 일그러지고 입은 붉은색 슬픔으로 단호하게 닫혀져 있다. 거스 멈포드는 어떻게 대처해야 할지 몰라서 그저 고개를 숙인 채 정체 모를 병으로 죽은 척하고 있다 — 아마도 괴혈병이거나 농가진이거나 흑사병일 것이다.

소년은 팔을 뻗어 작은 핑크색 손가락으로 가볍게 쪽지를 집는다. 무릎 위에 놓고 천천히 펴서 읽기 시작한다. 쪽지는 단순하다. 낱말 몇 개뿐이다. '나는 너의 속눈썹이 마음에 들어.'

대머리 소년은 다시 한 번 뒤돌아 뒤에 앉은 거스 멈포드를 향해 눈을 깜빡이며 미소 짓는다. 하지만 악명 드높은 3학년짜리 악동 거스 멈포드는 두려워서 고개를 들 수가 없다. 대머리 소년은 세사리로 돌아앉더니 공책 모서리를 찢어내어 답장을 쓰기 시작한다. 잠시 후 그는 답장 작성을 끝내고 종이를 접어 완벽한 흰색 삼각형을 만든 다음, 게일 선생님이 또다시 쓸모없는 계산 문제를 적을 때까지 기다리다가 재빨리 뒤돌아서, 품위

있는 방법으로 거스 멈포드의 책상 구석에 쪽지를 놓는다. 얼굴을 가린 손
가락 틈으로 훔쳐보던 거스는 미친 듯이 쪽지를 움켜잡아 펼쳐 놓은 초급
수학 교과서 틈새에 숨겨 놓고 읽기 시작한다. 내용이 단순한 것은 마찬가
지이지만 필체는 부드럽고 동글동글하며 예쁘다. '나도 너의 속눈썹이 마
음에 들어.'

　이 몇 개의 짧은 낱말들이 우리의 친구 거스 멈포드에게 얼마나 심오한
효과를 가지는지 우리는 그저 놀랄 따름이다. 그의 얼굴은 붉게 달아오르
고, 그는 이 비밀스러운 편지 왕래의 내용이 혹시나 밝혀지면 어쩌나 하는
마음에 쪽지를 바지 주머니에 숨긴다. 하지만 이제는 어떻게 해야 하지?
그의 쪽지에 답장을 보내야 할까? 그렇게 하는 걸까? 친구는 어떻게 사귀
는 걸까? 그는 알지 못한다. 그는 한 번도 교실에서 누군가에게 쪽지를 보
내본 적이 없다. 그는 다른 아이들의 얼굴을 죽은 새나 철조망이나 체육관
의 딱딱한 마룻바닥에 부딪치게 한 적은 있지만, 지금 이 순간 이곳에서처
럼 나이가 같은 어떤 아이가 이만큼 친밀하게 다가온 적은 없었다. 거스가
적절한 행동방침을 고려하기도 전에 대머리 소년은 다시 빙글 돌아 뒤를
보더니 그의 책상 구석에 두 번째 쪽지를 놓는다. 거스 멈포드는 이만저만
놀란 게 아니다. 어쩌면 저 소년이 실수를 한 것일는지도 모른다. 아마도
저 소년은 생각을 바꿔서 거스의 속눈썹에는 전혀 관심이 없다는 것을 깨
달았는지도 모른다. 거스 멈포드는 첫 번째 쪽지보다는 덜 열정적으로 천
천히 무릎 위에서 쪽지를 펴본다.

　이렇게 적혀 있다. '나는 네가 똑똑하다는 걸 알고 있어.'

　이제는 일종의 걱정이 생긴다. 그것은 거스 멈포드에 관해서 가장 많이

감춰진 비밀이며 애석한 일인데, 여기 이 작은 이방인이 겨우 며칠이라는 짧은 시간 동안에 그것을 쉽게 알아낸 것이다. 거스 멈포드의 얼굴에는 시인하는 표정이 선명하다. 그렇다, 맞다, 그는 똑똑하다 — 반에서 가장 똑똑한 아이보다 훨씬 더 똑똑하다 — 하지만 그런 생각을 갖는 것, 거스 멈포드가 자기보다 어린 소년에게 강제로 벌레를 먹이는 것을 보면서도 그런 개념을 정확하게 파악한다는 것은 거의 불가능일 것이다.

거스 멈포드는 작은 글씨로 단아하게 적은 쪽지를 내려다보면서, 이 아이가 나의 가장 사악한 비밀을 알아버렸으니, 이제는 그와의 우정은 모두 끝났으며, 동료애에 대한 희망도 모두 사라졌다는 것을 알고 한숨을 쉬고, 그래서 다시 그 자신의 자세로 돌아가서 팔을 겹치고 그 위에 얼굴을 묻는다. 게일 선생님은 덧셈과 뺄셈의 유효성에 대해서 되풀이해서 설명을 해대는데, 허공에 울려 퍼지는 그 소리는 마치 가사 없는 장송곡 같다. 거스 멈포드에게 울 수 있는 능력만 있다면 울었을 테지만, 남을 괴롭히는 악동으로서 그에게는 그런 능력이 없기 때문에, 자신의 가장 슬픈 얼굴 표정이 불완전한 것에 대해서 불만스러워하면서 코를 훌쩍이는 것으로 대신한다. 바로 그때, 완벽하게 놀랍게도, 대머리 소년은 다시 번개처럼 몸을 돌리고, 거스 멈포드가 손가락 사이로 쳐다보니 세 번째이며 마지막 쪽지가 놓여 있다. 게일 선생님의 힐끗 쳐다보는 시선에도 아랑곳하지 않은 채 거스는 재빨리 쪽지를 펼쳐서, 여전히 상기된 얼굴로, 여전히 코를 잡아당기면서, 동그랗게 구부러진 작은 글자들을 뚫어져라 바라본다.

이렇게 쓰여 있다. '너는 남을 괴롭히는 악동을 하기에는 별로 어울리지 않아.'

FOURTEEN

셰이디 글렌스에서 소년탐정은 빙고 시간 중에 방을 나선다. 보통 그는 이 한 시간 동안은 현관 복도에 들어서는 것을 피하지만, 오늘은 사랑스러운 엘루이스 간호사가 초대형 버터크림 케이크를 만들었다는 얘기를 들었는데, 그것은 빌리가 가장 좋아하는 음식 중 하나다. 케이크는 거대한 에펠탑 모양이다. 흰색 타일이 깔린 따분한 휴게실에서 엘루이스 간호사는 빌리를 맞아주며 케이크를 큼직하게 잘라 준다.

"빌리, 나한테 좋은 소식이 있어요. 남자친구하고 다시 합쳤고, 다음 달에 파리로 갈 거예요. 남자친구의 마술 공연이 그곳에서 4주 동안 예약되어 있어요. 그래서 우리 모두 축하해야 한다고 생각했어요. 당신이 버터크림 좋아하는 거 알고 있거든요."

"맛있어 보이는데요."

"규칙이 하나 있는데, 케이크는 여기에서 다 같이 먹어야 해요, 빌리." 그녀가 말한다.

빌리는 돌아서서 다른 정신이상자들이 먹고 있는 것을 지켜본다. 미스터 플루토는 거대한 손가락으로 케이크를 으깨서 기괴한 입 안으로 쑤셔 넣으며 게걸스럽게 먹고 있다. 폰 골룸 교수는 포크로 다른 사람의 목을 찌르고 있다. 미스터 룬트는 수염이 덥수룩한 얼굴을 자기 몫의 케이크 위에 올려놓은 채 잠들어 있다. 그들은 각각 어떻게 해서든 아주, 아주 정나미 떨어지게 하는 새로운 방법을 찾아낸 것이다. 빌리는 미소를 짓고 케이크를 포기하기로 결심한다.

그는 서둘러 복도를 따라 자기 방으로 돌아온다.

잠시 후 문에 노크 소리가 난다. 문을 열자 케이크 한 조각과 냅킨, 그리고 유리잔에 담긴 우유가 놓여 있다.

그 광경이 너무나 아름다워서 그는 거의 울 것 같다. 그는 엘루이스 간호사가 고금을 통하여 가장 다정한 사람이라고 결론짓는다. 소년탐정은 우유는 마시고 케이크는 내일 회사에서 의문의 여지가 없이 기분이 나빠질 테니 그때 먹기로 하고 조심스럽게 냅킨에 싼다.

* * *

소년탐정이 침대에 누운 채 스위치를 켜자 곧 눈이 내리기 시작한다. 반짝이며 떨어지는 미세한 조각들은 타일 바닥에 닿는 순간 사라진다.

눈　　눈　　눈　　눈　　눈　　눈　　눈　　눈
눈　　눈　　눈　　눈　　눈　　눈　　눈　　눈
　　눈　　눈　　눈　　눈　　눈　　눈
　　눈　　　　눈　　　　눈
　　눈　　　　　　　　눈

눈이 떠다니는 것을 눈으로 추적하다가 빌리는 그의 침대 밑에 운명의 적수 폰 골룸 교수가 웅크리고 있는 것을 발견한다. 늙은 남자는 잠이 들어 있지만, 그의 손에는 구부러진 철사 한 줄이 번쩍이고 있는 것으로 보아 살인에 사용할 무기를 가까이에 준비해놓은 것이다.

"교수님, 거기서 뭘 하고 있는지 물어봐도 될까요?"

"나는 네가 잠들자마자 목을 조를 계획이었어."

"그렇군요."

"아마도 좀 부족한 계획이었겠지만, 나는 깨어 있을 수가 없었어. 침대 아래 이곳은 정말 편안하군."

"그곳에서 나오는 걸 도와드릴까요?"

"아니, 아니, 나는 괜찮아. 너만 괜찮다면 그냥 여기에 있을래."

빌리는 한숨을 쉬며 옆으로 돌아선다.

"교수님?"

"응?"

"질문 하나 해도 될까요?"

"그래. 하지만 그것이 너의 평생 마지막 질문이 될는지도 모른다는 건 알아 둬."

"선생님은 사랑에 빠져본 적이 있어요?"

"오, 맙소사, 이 가여운, 가엾고 유치한 탐정아. 지금쯤은 확실히 알고 있을 텐데. 사랑은 인간이 만들어낸 거야. 존재하지 않는다고. 그건 질서를 유지하기 위해서 고안된 가공의 이야기야. 그 특별한 하나의 아이디어 즉, 세상은 아름다워, 라든가, 모든 것이 가능한 세상이야, 같은 바보천치 같은 생각으로부터 우리 자신을 해방시킨다면 우리 인간들이 어떻게 행동할 것인지 상상해보라고."

"나는 사랑에 빠진 것 같아요, 선생님."

"그걸 어떻게 아는지 물어봐도 돼? 그걸 어떻게 '증명'할 수 있어? 너는 탐정이야. 아닌가? 증거는 어디에 있나? 대체 어떤 단서로 이 어리석은 가정을 하는 건가?"

"정말 잘 모르겠어요. 그저 손과 무릎 뒤쪽에서 일어나는 느낌으로 발생할 뿐이죠."

"하지만 그걸 벨 자 [과학 실험에 사용되는 종 모양의 유리 덮개] 안에 넣을 수 있나? 현미경으로 들여다볼 수 있나? 사랑처럼 눈에 보이지도 않고 실체도 없는 것이 어떻게 지속되기를 바랄 수 있나?"

"그녀와 키스하는 생각을 멈출 수 없습니다."

"그건 화학이야 ― 아니면 생물이거나. 그건 하트나 꽃이나 그런 것과는 관련이 없지. 자연계가 알고 있는 것 때문에 혼란스러워 하지 마. 우리는 모두, 우리 자신의 방식으로, 완벽하게 전적으로 외로운 거야. 만일 사랑이 실존한다면, 그건 지성이 완벽하게 전적으로 실패했다는 뜻이지. 그건 철저한 자기 파괴야. 아수라장이라고."

"네, 감사합니다, 선생님."

"천만에, 빌리."

거의 컴컴한 어둠 속에서 소년탐정은 약병을 찾아 재빨리 아티반 한 알을 삼키고, 긴장을 풀지 않은 채 교수가 기어 나갔다는 것이 확실해질 때까지 기다린다. 그는 경이에 가득한 눈빛으로 부드럽고 희미한 눈발이 떠다니는 것을 바라본다.

FIFTEEN

자정이 지난 시간에 소년탐정은 또다시 멈포드 남매를 지켜보고 있다. 작은 거리에 있는 집들은 밤이 되어 불이 꺼진 채 움직임 없이 고요하다. 하지만 저기 자주색과 흰색이 섞인 재킷을 입은 에피 멈포드가 또 다른 아마추어 로켓 (이번에는 황금색으로 아주 가늘다) 옆에 무릎을 꿇고 앉아 있고, 파자마 차림의 남동생 거스는 꽤 졸린 표정으로 현관 베란다에 앉아 있다. 빌리는 수첩에 기록한다.

— 12:10 am : 관찰대상 에피 멈포드는 두 번째 로켓 시험을 준비한다. 관찰대
　　　　　　　상과 그녀의 남동생 거스 멈포드는 둘 다 파자마를 입고 있다.

— 12:11 am : 관찰대상이 로켓에 점화한다.

— 12:12 am : 로켓이 뜨지 않는다. 퓨즈가 작동하지 않는 것 같다.

— 12:13 am : 관찰대상 에피 멈포드는 로켓을 세우고 발사 장치를 점검한다.

— 12:14 am : 관찰대상은 로켓을 걷어차서 노즈콘[원추형 앞부분]이 떨어져 나
　　　　　　　간다. 로켓이 스파크를 일으키며 폭발하는 바람에 관찰대상이
　　　　　　　넘어진다.

— 12:15 am : 로켓은 은색의 긴 스파크 흔적을 남기며 하늘을 향해 발사된다.
　　　　　　　관찰대상 에피 멈포드와 거스 멈포드는 열렬히 박수를 친다.

— 12:16 am : 컴컴한 하늘에서 로켓이 폭발한다. 파란색과 흰색 스파크가 번
　　　　　　　쩍이면서 메시지가 나타난다. '거기 누구 있어요?'

— 12:17 am : 그러자 즉시 이웃에 있는 집들에서 불이 켜진다. 멈포드 부인

이 현관문을 열고 소리치기 시작한다. 멈포드 남매는 집 안으
로 들어간다.

SIXTEEN

어둠 속에서 소년탐정은 침대에 누워서 캐롤라인의 일기를 응시하고 있다.

아마도 나는 끔찍한 실수를 한 것 같다.

나는 진정한 탐정이 아니라는 사실을 잊어버린 채

나는 빌리 오빠가 아니라는 사실을 잊어버린 채

내가 천재가 아니라는 걸 기억하지 못한 채

아니면 내가 그만큼 똑똑한 건 아니라는 걸

나 혼자서는 그만큼 유능하지 않다는 걸

기억하지 못한 채

나로서는 이해할 수 없는 상황에 직면하고 말았다.

빌리 오빠가 없으면 아무것도 말이 안 된다.

더 나쁜 것은, 이 미스터리를 종결하지도 못하면서

하루하루 내 인생이 흘러가고 있다는 것.

이제는 돌이킬 수 없다.

나 혼자 다시 그 어둠 속을 걸어갈 용기가 있을까?

나 홀로 또다시 악의 소굴로 걸어 들어갈 용기가 있을까?

밤에 침대에 누워 있을 때

들리는 거라고는 내 운명이 조용한 목소리로

속삭이는 것뿐이다. 계속해서 생각나는 것은

움직임도 없고 말도 없는 죽은 자들의 정적, 하지만

흐릿한 물속에 떠 있는 그 유령들은 뻣뻣하게 굳은 손을 나를 향해 뻗친다.

이런 의혹의 공포를 빌리 오빠는 결코 모르겠지

오빠가 없다는 것이 얼마나 두려운지 절대 모를 거야.

빌리는 일어나서 옷장으로 가서 아래 서랍을 열고 탐정도구세트 상자를 꺼낸 다음 침대 위에 앉아서 그 오래된 상자를 유심히 바라본다. 그는 상자를 열 수 없다 — 아무리 바로 이 순간, 바로 이 세상 어딘가에서 음모가 진행되고 있다고 하더라도. 그런 식으로, 여동생의 일기를 손에 든 채 그는 마지못해 잠이 든다.

꿈속에서 빌리는 동굴이라는 표지판을 지나 이끼에 덮인 어두컴컴한 동굴로 천천히 내려간다. 회중전등을 든 채, 그는 누군가 울고 있는 소리를 따라 점점 더 깊이 들어간다. 동굴 바닥에 닿자, 어둠 속에서 울고 있는, 아직 어린 캐롤라인의 모습이 보인다. 흰색과 노란색이 섞인 원피스를 입은 캐롤라인이 외친다. "빌리 오빠, 도와줘."

빌리가 황급히 다가가는데, 갑자기 머리에는 뿔이 달리고 손은 갈고리 같은 악령이 으르렁대면서 어둠 속에서 튀어나온다.

소년탐정은 미스터 류트의 비명소리에 잠을 깬다. 빌리는 땀에 흠뻑 젖은 채 일어나 앉아, 여전히 손에 들려 있는 일기장을 멍하니 바라보다가 나이트스탠드 옆에 내려놓는다. 그는 몸을 돌려서 엘루이스 간호사가 끽끽 소리 나는 간호사 신발을 신고 복도를 따라 걸어가는 소리를 듣는다.

"꿈꾼 거예요, 룬트 씨, 그냥 꿈이라고요."

"유령이다! 유령이야! 유령을 봤어! 유령들이 오고 있어! 나를 잡으러 온다고!"

빌리는 자리에 누워서 베개를 머리로 끌어당긴다. 그는 침대 곁에 있는 약병을 생각하며 약을 먹을까 말까 생각한다. 그러자 바로 다음 순간 올빼미 알람시계가 울리기 시작한다.

SEVENTEEN

회사에서 소년탐정은 매머드 라이프라이크 사의 카탈로그를 들춰보다가 '대도시 사교계로의 데뷔' 제품을 쓰고 있는 모델이 버스에서 봤던, 핑크색을 입은 숙녀와 상당히 닮았다는 것을 알아차린다. 그는 펜을 들어 모델의 머리에는 작은 스카프를, 얼굴에는 안경을 그려 넣는다.

"안녕." 그는 카탈로그에 대고 말한다. "또다시 당신을 겁먹게 해서 미안해요."

점심시간에 소년탐정은 사무실 냉장고에 넣어 놓은 버터크림 케이크를 가지러 가는데, 케이크가 사라졌다. 그는 케이크가 있었던 자리에 푸른색 냅킨이 빈 채로 놓여 있고 그 사이사이에 황금색 케이크 부스러기가 떨어져 있는 것을 유심히 바라본다. 그는 돌아서서 사무실을 둘러본다. 누군가 그걸 먹어치웠군 — 그는 확신한다. 소년탐정은 의심할 만한 합리적인 근거를 가지고 회계부서의 태드가 범인이라고 생각한다. 하지만 지금 그는 다른 일에 너무 정신이 팔려 있기 때문에 태드를 추적할 생각이 없다. 오늘은 약도 잘 듣지 않는 것 같다 — 도무지 집중이 안 된다. 그는 자리로 돌아와서 한숨을 쉰다. 전화를 걸기로 되어 있음에도, 그는 전화를 무시한 채 핑크색을 입은 숙녀 그림을 들여다본다.

"누군가 내 케이크를 먹었어요." 그는 그림에게 말한다.

그림은 안됐다는 듯 미소 짓는 것 같다.

"나도 알아요. 여기는 전부 야만인들이에요."

그림은 그에게 계속 하라고 용기를 준다.

"그래도 몇몇은 괜찮아요."

그림은 한쪽 귀를 빌리 쪽으로 기울이는 것 같다.

"당신은 참 편하게 느껴져요." 그가 말한다. "당신에게라면 뭐든지 말할 수 있을 것 같아요."

* * *

같은 날 오후에 소년탐정은 전화를 하고 있다. "그렇습니다, 이게 바로 그겁니다, 선생님, 기적이지요. 현대식 삶의 기적이에요. 두발교체 수술은 비쌀 뿐 아니라 위험하기도 합니다. 설마 그런 위험한 수술을 하시겠어요? 우리 회사 제품은 양질의 두발 대용품으로 심각한 위험이나 부작용도 없답니다."

"아까 이름이 뭐라고 했지?"

"빌리. 빌리 아고입니다. 매머드 라이프라이크 사의……"

"빌리, 내 말 좀 들어주게. 나는 화재 때문에 가진 것을 모두 잃었어. 나도 죽었어야만 할 것 같은데 나는 이렇게 살아 있지."

"그렇군요."

"모두 다 사라졌어. 내 인생 전체가. 모든 것이."

"네."

"아내를 잃었어. 아내를 잃었지. 아내까지도 잃었다고."

"선생님, 죄송하지만……"

"빌리, 나는 그녀에게 끔찍한 일들을 했다네. 나는 끔찍한 실수를 저질

렀지. 지금 당장 아내에게 사죄하고 싶지만 할 수가 없어. 내가 얼마나 미
안하게 생각하는지 그녀에게 말하고 싶어. 아직도 그녀가 내 말을 들을 수
있을까? 어떻게 생각해?"

"모르겠습니다." 빌리가 나지막하게 말한다.

"빌리 아고, 나는 혼자 죽음을 맞이하게 되는 것이 가장 두렵다네."

"누구나 그렇죠."

"빌리 아고, 그렇다면 자네가 가장 두려워하는 것은 뭔가?"

소년탐정은 한동안 말이 없다. 그는 숨죽인 채, 전화선 저편에서 남자가
우는 소리를 듣는다.

"나는 뭔가에 대한 대답을 알지 못할까봐 두렵습니다."

"무슨 말인지 모르겠어." 남자가 말한다.

"내가 두려운 것은, 때가 닥쳤을 때 누군가 나에게 물어보는 질문에 대
한 답을 내가 알지 못하면 어쩌나 하는 것입니다."

"아." 남자가 말한다. "무슨 말인지 잘 알겠네."

"그래요." 빌리가 덧붙인다. "사랑도 그런 질문이죠. 대답을 시작하는 방
법조차 알지 못하는 그런 질문."

전화를 끊은 다음, 소년탐정은 화장실에 숨어서 더러운 거울 앞에서 운
다. 누군가 들어와서 왜 그가 그곳에 서서 흐느끼고 있는지 궁금해 할는지
도 모른다는 생각에 소년팀징은 계속해서 얼굴을 씻는다. 주머니에서 세
로켈을 찾아 입에 넣고 세면대 수돗물을 손으로 받아 마신다.

그날 퇴근할 무렵, 소년탐정은 다시 한 번 여성용 가발 부서 앞을 지나

간다. 그는 에릭 퀸비의 책상을 훑어보다가 황금색으로 된 이름표가 바뀌어 있는 것을 발견한다. 이제 거기에는 '페넬로페 앤더스'라는 이름이 새겨져 있으며, 원래 그 자리에 있었던 사람의 흔적은 전혀 없다. 빌리가 황급히 자기 자리로 돌아와서 사물을 챙기고 있는데 전화벨이 울리기 시작한다. 재빨리 전화기를 들자 징징거리는 고음의 콧노래가 흘러나온다.

이상한 금속성의 목소리가 노래를 하기 시작한다. "연인들에게는 언제나 황혼이지…… 사랑하기에는 언제나 황혼……" 빌리는 수화기를 쾅 내려놓고 텅 빈 사무실을 둘러본 다음 황급히 엘리베이터 쪽으로 간다. 엘리베이터가 소년탐정이 있는 층에 서려면 한참 걸릴 것 같다. 극도로 당황한 그는 불안하게 주위를 둘러본다. 그는 누군가 계단실에서 천천히 올라오는 소리가 들린다고 생각한다. 엘리베이터는 점점 다가온다. 엘리베이터 문 위에 있는 황금색 바늘이 올라가면서, 이제 몇 개 층만 지나면 도착한다는 것을 알려주고 있다. 바로 그때 계단실 문이 열리고 회색 플란넬 스커트를 입고 이상한 가면을 쓴 여자가 다가오다 멈춰서 빌리를 유심히 바라보더니 블라우스에 달려 있는 플라스틱 꽃 아래에 손을 가져다 댄다. 그러자 즉시 플라스틱 꽃은 빨갛게 빛을 내기 시작한다.

빌리는 놀라서 기절할 지경이다.

그는 황급히 엘리베이터 단추를 누르면서 뒤로 물러서고 가면 쓴 여인은 다가온다. 악한은 말이 없이 그저 천천히 다가올 뿐이고, 빌리는 피하려고 몸부림치다가 뒤로 물러서며 세워져 있던 황금색 재떨이를 쓰러뜨리고 만다. 가면을 쓴 여인이 꽃을 조준하자, 꽃에서는 눈에 보이지 않는 사악한 잉크가 발사되더니 재떨이를 흔적도 없이 증발시킨다. 빌리는 공포에 질려 발을 구르며 소리를 지른다. 가면을 쓴 여인이 빌리에게 아주 가까워질 때 엘리베이터 벨이 울리며 자동문이 열리고 빌리는 좁은 대피로를 확보하여 엘리베이터 안으로 뛰어 들어간다. 덜덜거리면서 문이 닫힐 때, 가면을 쓴 여인은 마지막 공격을 시도하고, 엘리베이터가 흔들거리며 내려가기 전에 산성 물질이 날카로운 소리를 내며 금속판을 뚫고 들어오는 것으로 그녀의 공격이 끝난다.

로비에 도착한 소년탐정이 황급히 밖으로 나가보니 수상하게 보이는 배달용 밴 한 대가 도로경계석에서 대기하고 있는 것이 보인다. 회색 차량 안에는 옷을 잘 차려 입은 여자 네 명이 있는데 다들 검은색 가장무도회 같은 가면을 쓰고 있다. 차가 출발하자, 빌리는 비틀거리며 멈춰서 차량 뒷문에 쓰여 있는, 희미하게 지워진 글자를 어렴풋이 확인한다. '고담 놀이공원 소유차량.' 빌리는 수첩을 꺼내어 적절하게 기록하면서, 그가 마주친 괴상한 악한들은 무엇이며 그들의 범죄 음모는 무엇인지 궁금해 한다.

EIGHTEEN

안전하게 셰이디 글렌스로 돌아온 소년탐정은 〈모던 폴리스 카데트〉 한 편을 보려고 하는데, 휴게실은 정말 너무나 시끄럽다. 왜냐고? 그건 미스터 플루토가 울고 있기 때문이다. 폰 골룸 교수는 화난 듯 뭔가를 외치면서 텔레비전 화면 앞을 서성거리고 있다. 빌리 옆에 있는 오렌지색 의자에 앉은 미스터 룬트는 큰 소리로 코를 골고 있다. 각자 자신만의 방법으로 빌리를 파괴하고 있는 것이다. 왜냐고? 소년탐정은 지금 방영되는 〈모던 폴리스 카데트〉를 본 적이 없어서 점점 안달이 나고 있기 때문이다. 그는 이번 방영분이 7년에 걸쳐 방송된 시리즈에서 어느 시즌에 속한 것인지 확신이 없다. 지금 주인공은 검은색 넥타이를 하고 있는데, 그건 보통 두 번째 시즌에서의 옷차림이다. 그렇지만 그는 남의 차를 탄 것이 아니라 스스로 경찰차를 운전하고 있는데, 그건 가장 마지막 시즌을 의미한다. 또한 은색 배지를 달고 있는데, 눈썰미 있는 시청자라면 그것이 이미 런던 경찰학교를 졸업했다는 뜻임을 알 수 있다. 하지만 그의 곁에는 에든버러 출신으로 런던의 범죄 세계로 전보된, 재치 있고 거친 탐정 베니가 타고 있는데, 이 남자는 처음 세 번의 시즌에 등장하는 파트너다. 무엇보다도 앞뒤가 맞지 않는 것은 모던 폴리스 카데트의 아파트가 완전히 낯설다는 점이다. 두 번째 시즌에 등장하는 아내 트리시의 대학교재가 하나도 없는 걸 보면, 그는 혼자 살고 있는 것 같다. 뿐만 아니라, 모던 폴리스 카데트는 길고 긴 갈색 머리를 가진 어떤 낯선 여인과 키스하고 있는데, 휴게실의 소음이 너무 크기 때문에 빌리는 이 모든 상황 중 어느 하나라도 이해할 수가 없다.

폰 골룸 교수가 빌리에게 뭔가 화내고 있는데, 그 사이로 텔레비전을 보니, 모던 폴리스 카데트는 지금 그 낯선 여인에게 거대한 반지를 끼워주며 청혼을 하고 있다. 다음 장면에서 그들은 실제로 결혼을 한다 — 여자는 흰색의 예쁜 웨딩드레스에 회색 베일을 쓰고, 레오폴드 존스는 사관생도 제복을 입고 결혼식장 통로를 걸어가고 있다. 그러자 이제 빌리는 폰 골룸 교수를 옆으로 밀쳐내고 텔레비전 화면에 귀를 가져다 댄다.

소년탐정은 생각한다. '이 여자는 아마도 런던 마피아에서 보낸 스파이? 아니면 런던경찰청과 적대 관계에 있는 단체 '오라클'에서 보낸 스파이일까? 어떻게 내가 한 번도 본 적이 없는 여자와 레오폴드 존스가 사랑에 빠질 수가 있지? 한 시간 방영이 끝날 때 이 상황이 모두 어떻게 해결되려는 걸까?'

빌리가 이 중요한 질문들의 대답을 찾아내기도 전에, 프로그램은 끝나고 엔딩 크레디트가 올라가고 있다.

NINETEEN

소년탐정은 현관 베란다에 앉아 있고 멈포드 남매는 어둠 속에서 회중전등을 번쩍이며 세 번째 로켓 실험을 준비한다. 밤이 깊은 시각이라 이웃은 깊이 잠들어 있고 좁은 거리 저쪽 끝에서는 가로등이 엄숙하게 깜빡이고 있다. 파자마 차림의 멈포드 남매는 잔디밭 위를 왔다갔다하면서 마지막 점검을 하고 있다. 거스 멈포드는 푸른색 잠옷, 에피 멈포드는 겨울 재킷에 어울리는 자주색 잠옷을 입고 있다.

"이 실험의 의미가 뭔지 물어봐도 될까?" 빌리가 숨죽인 목소리로 소리쳐 묻는다.

"사람들은 원래 서로에 대해서 호감과 관심을 갖고 있음에도 불구하고 사회에 의하여 서로를 불신하도록 강요당한 사회적 개체라는 것을 증명하려는 거예요. 여기 내 수첩에 다 적혀 있어요." 에피 멈포드가 빌리에게 수첩을 건네주며 말한다. "내년 과학경시대회에 출품하기 위한 새로운 프로젝트에요."

"아주 흥미로운걸." 빌리가 말한다. "그런데 어떤 방법으로 입증하는데?"

"메시지를 병 속에 넣어서 바다로 띄워 보내는 것처럼, 우리는 이 로켓으로 다른 인간의 이목을 끌려는 시도를 하는 거예요. 지금까지 두 번의 실험은, 여러 가지 이유로, 성공하지 못했어요. 하지만 오늘밤에는 하늘이 맑을 뿐 아니라, 점화 장치 문제점도 다 고쳤어요."

'점화 장치 문제점을 확실히 해결했어요!' 라고 거스 멈포드의 쪽지에도 쓰여 있다.

"준비 됐지?" 에피 멈포드가 묻는다.

모두들 고개를 끄덕인다. 에피 멈포드가 은색의 발사 장치를 손에 잡자 빌리는 미소 짓는다.

"카운트다운을 시작한다. 10 — 9 — 8 — 7 — 6 — 5 — 4 — 3 — 2 — 1 — 발사!" 에피가 작은 손가락으로 은색 버튼을 누르자 로켓은 재빨리 점화되어 나무에 둘러싸인 빈터로 교묘하게 발사되어 넓은 밤하늘로 높이 날아오른다. 곧 로켓은 폭발하고 큼지막한 은색 글자들이 선명하게 반짝이며 드러난다. '여보제요, 거기 누구 있어요?'

"우리가 '여보세요' 철자를 잘못 썼구나." 에피 멈포드가 중얼거리면서 수첩에 기록한다.

빌리가 다시 하늘을 올려다보니 은색 글자들은 아주 천천히 반짝이며 부서지기 시작해서는 사라지고, 사라지고, 사라져서, 곧 검은색 종이와 연기만이 희미하게 떠 있을 뿐이다.

"이제는 어떻게 하는 거야?" 빌리가 묻는다.

"이제는 기다리는 거예요." 에피 멈포드가 팔꿈치를 무릎에 기대면서 말한다.

"뭘 기다리는데?"

"누군가 내답하는 걸 기다려요."

"그렇구나."

이들 3인조는 현관 베란다에 앉아서, 별들은 최선을 다해서 반짝이고 달은 어두운 연못에 빠진 고요한 동전처럼 빛나는 밤하늘을 올려다보는데,

하늘을 지켜보며 대답을 기다리던 멈포드 남매는 곧 졸음에 빠져든다. 에피 멈포드는 난간에 기댄 채 졸린 눈을 깜빡이고, 거스 멈포드는 몸을 작은 공처럼 웅크렸으며, 점점 머리가 무거워지는 빌리는 꿈나라로 떠나기 시작하여, 이들은 모두 서로의 곁에서 말없이 만족스러워 하면서 멈포드네 집 현관 베란다 위에서 밤을 맞는다.

우리 도시에는 다양한 성인용 서점이 있다. 아마 여러분도 그런 종류의 서점에 익숙하리라. 좁고 지저분한 통로를 따라 토끼 같은 눈을 가진 여자들이 가장 신비로운 포즈를 취하고 찍은 수천 장의 사진이 늘어져 있는 서점 말이다. 우리 도시에는 왜 이처럼 끔찍한 곳들이 그렇게 많은 것일까? 그건 심장이 끔찍하기 때문이다 — 썩은 이빨처럼, 심장이 작고 무르고 나약하기 때문이다. 거기에는 한 가지 필수조건이 있는데 그 필수조건은 미스터리다. 예를 들어, 우리 도시에 있는 어느 특정한 성인용 서점의 어느 특정한 통로에는 〈터틀넥을 입은 여자들〉이라는 특정한 잡지가 있다. 몸에 꼭 붙은 터틀넥을 입고 허리 아래로는 아무 것도 입지 않은, 얼굴을 붉힌 여자들의 사진으로 가득한 잡지다. 한 권을 잡고 보며 화닥이오르는 느낌이 든다. 하지만 어떻게 해서인지는 모르겠지만 우리는 진실을 알고 있다. 그 사진들이 아무리 예쁘고 달콤하다고 해도, 우리가 키스를 기대하고 있을 때의 설렘과는 비교도 되지 않는다는 것을.

TWENTY

아침에 버스를 타고 가는 중에 소년탐정은 핑크색 옷을 입은 숙녀를 봤다고 생각한다. 그녀는 핑크색 모자를 쓴 사랑스러운 여인으로 서둘러 거리를 걸어가고 있었는데, 다음 순간 휙 — 하고 사라져 버렸다, 마치 꿈인 것처럼. 차창 밖을 보다가, 우리 도시에서 가장 높은 건물인 스털링 타워가 바로 그런 식으로 사라지는 것을 보고 소년탐정은 깜짝 놀란다.

잠시 후 버스가 도심의 목적지를 향해 가면서 쇠락한 공업단지를 지나갈 때, 소년탐정은 다시 한 번 '사탕공장의 유령 사건'을 기억해낸다. 그것은 그가 해결한 것 중 최고의 사건으로, 가장 똑똑하게 풀어내고 가장 용감하게 대처했던 사건이다. 그는 한때 자기가 어떤 사람이었던지 되살려본다 — 지금처럼 비참하게 몰락해가는 보잘 것 없는 젊은이가 아니라, 모든 해답을 가진 소년이었다.

소년탐정 남매가 환기구로 들어오는 불빛을 따라가자 사탕공장 천장에 있는 좁은 통로가 나왔다. 발밑에서는 총잡이 두 명이 지렛대로 '포도 다이너마이트' 제조 기계를 열고 있었다.

잠시 동안 두 명의 총잡이들은 믿을 수 없다는 표정으로 빌리와 캐롤라인을 바라보았다.

"소년탐정이다!" 총잡이 하나가 으르렁댔다. "너, 벌레 같은 염탐꾼, 너는 이젠 우리 손아귀에 있다."

열려 있는 환기구 뒤쪽에 있는 굴 안에서 우르르 하는 이상한 소리가 났다. 깡마른 남자가 숨을 몰아쉬며 헉헉대면서 기어나왔다. 소년탐정과 그의 여동생은 거의 순간적으로 그가 누구인지 알아보았다. 바로 괴상하게 수염을 기른 치과의사 존 빅터, 그들이 1순위 용의자로 찍어 놓은 그 사람이었다.

치과의사는 소년탐정을 노려보았다.

"저것들 둘은 여기서 뭘 하는 거야?" 그가 물었다.

"그건 당신이 밝혀낼 일이죠." 소년탐정이 응수했다.

"어떻게 탈출한 거야?" 치과의사가 물었다. "문은 잠겨 있었는데!"

"훌륭한 탐정에게 필요한 유일한 도구는 뛰어난 재주거든요."

"너는 아마도 내가 범인이라는 것을 알아낸 모양이지만 너의 뛰어난 재주도 이젠 다한 것 같은데."

"당장 이 아이들을 없애버리는 게 좋을 것 같군." 총잡이 한 명이 이렇게 중얼거리면서 권총을 빼 들었다.

"그렇게 빨리는 안 되지!" 그 목소리와 함께 공장 안의 불이 환하게 켜졌다. 총잡이들은 즉시 무장 경찰들에게 포위되었다. 회중전등의 불빛과 사이렌 소리가 현장을 밝게 채웠다.

"아슬아슬했어!" 소년탐정과 여동생은 놀란 채 소리쳤다. 데이지 홀리스가 정말 잘했다고, 고맙다고 하면서 그들을 포옹했다 — 아니야.

이건 아니다.

또 틀렸다.

이미 그때 데이지 홀리스는 죽어 있었다. 죽은 건 아니지만 실종되었다. 무기한 실종이었다. 그녀의 소지품은 하나도 발견되지 않았다. '전당포 납치 사건'에서 유일하게 찾아내지 못한 희생자였다.

　데이지 홀리스는 다시는 어느 누구의 포옹도 받을 수 없었다.

　데이지 홀리스.

　그건 끔찍한 생각이다. 소년탐정은 그런 끔찍한 생각은 고려해보고 싶지도 않다.

TWENTY-ONE

쉬는 시간에 거스 멈포드는 다른 아이의 배에 주먹을 날리지도 않고, 더 작은 아이들을 허공에 던지지도 않고, 그 누구의 눈도 찌르지 않는다. 오늘 그는 양처럼 유순하다. 그는 작은 대머리 소년과 나란히 앉아서 그네를 타고 있는데, 둘 다 발을 허공에 늘어뜨리고 있다. 둘 다 아무 말도 없다. 하지만 그 침묵 속에서 그들은 수십 가지 이상의 비밀을 나누고 있다. 대머리 소년이 미소 지으면 거스 멈포드도 미소 짓고, 그가 얼굴을 붉히면 거스도 얼굴을 붉힌다. 거스는 소년의 목이 파인 곳과 볼의 보조개를 바라본다. 그는 작은 조가비처럼 생긴 소년의 귀 모양이 마음에 든다. 그는 소년에게서 파우더 같고 가을 낙엽 같은 냄새가 나는 것이 마음에 든다. 그는 자신이 생각하고 있는 모든 생각을 말로 표현할 수 없기 때문에 쪽지를 적지 않고, 그저 바라보면서 그 소년이 갑자기 증발하여 사라져버리지 않기를 바랄 뿐이다. 쉬는 시간의 끝을 알리는 벨이 울리자, 작은 대머리 소년은 재빨리 일어서더니 거스 멈포드의 손을 잡더니 아무 말도 없이 거스의 집게손가락을 자신의 길고 창백한 속눈썹에 대고 지그시 누른다. 거스 멈포드는 그것을 바라보며 환하게 미소 짓는다. 거스가 기쁨에 빛나는 마음으로 그걸 바라보는 동안, 다른 아이들이 모두 서둘러 교실 안으로 사라진다.

다음날 학교에서 거스 멈포드는 자기 앞 자리가 비어있는 것을 보고 불안해진다. 그는 불안한 듯 교실을 둘러보며 벽에 걸린 시계를 보고, 고개를 돌려 게일 선생님이 이유를 설명해주기를 기다리며 지켜보지만 아무 설명이 없다. 벨이 울리고 수업이 시작된다. 게일 선생님은 학생들에게 철자법 연습장을 꺼내라고 말하는데, 아직도 그의 앞자리는 비어 있고, 매끄럽던 대머리는 이제 흐릿하게 빛나는 추억처럼 떠오른다. 거스 멈포드는 어쩔 줄 모르고 그의 목구멍 저 안쪽 어딘가에서 소리가 울리기 시작한다. 그는 손을 들어 올리지만, 언제나처럼 게일 선생님은 자기 얼굴 앞에서 흔들어대는 작고 엄청난 손을 무시하고, 대신에 아서 앨런을 지명하자, 그는 큰 소리로 'hemorrhage' [출혈]라는 철자를 완벽하게 말한다. 거스 멈포드는 점점 넋이 빠져 자리에서 꿈틀거리고 책상을 긁으며 혹시 무슨 신호라도, 조짐이라도 있을까 하여 계속해서 교실 문을 지켜보는데, 마침내 점심시간을 알리는 벨이 울리자 교복을 입은 3학년 아이들은 갈색 봉지에 담긴 점심을 가지러 가느라 대혼란이 일어난다. 거스 멈포드는 초조한 두 손을 가장 편안한 형태로 말아 쥐고 — 즉, 주먹을 쥐고 — 게일 선생님 책상으로 가서 쪽지 한 장을 쾅 하고 나무 책상에 놓으면서, 지금까지도 거스 멈포드는 이미 다 알고 있는 것들에 대해서 질문하고, 질문하고, 질문하고 또 질문만 해대는, 검은 눈동자의 여선생님을 노려본다. 여기, 거스 멈포드가 묻고 싶은 한 가지의 질문이 쪽지에 연필로 드라마틱하게 끼적여 있는데, 눈을 힐끗 내리 깔아 쪽지를 읽은 게일 선생님은 질문 내용에 상당히 놀라서, 지금까지 거스를 대하던 태도를 잠시 포기한 채 꽤 다정하게 대답한다. "아, 그 아이는 다시 아픈 모양이야."

거스 멈포드의 표정은 변화가 없다. 그는 작은 소리를 우물거리고 — 수천 마일이나 떨어진 곳의 나약한 심장으로부터 새어 나오는, 세상에서 가

장 슬픈 한숨 같은 소리 — 그 소리가 발생했다 사라지고 나자 고개를 무
겁게 떨어뜨리는데, 그 목에 닿는 게일 선생님의 잔인한 손이 상냥하게 느
껴질 정도다.

"그 애는 다시 병원으로 돌아가야만 했어. 다시 학교로 돌아올 수는 없
을 것 같구나."

바로 그날, 이 세상의 거의 모든 3학년 아이들이 불구가 된다. 불쌍한 어
린 아이들은 거스 멈포드의 끝없는 분노의 공격을 견뎌야만 하는데, 거스
는 쉬는 시간마다 운동장을 휩쓸며 고문과 폭행과 폭력을 자행한다. 정글
짐, 스퀘어볼 [네 명이 하는 공놀이] 코트, 모래상자 주변으로 피와 눈물과 부러
진 손톱이 줄줄이 떨어진다. 남자아이, 여자아이, 어린아이, 키 작은 아이,
키 큰 아이, 호리호리한 아이, 빼빼 마른 아이, 통통한 아이 할 것 없다. 빨
대로 우유를 마시다가 레킹볼 [크레인에 매달아 건물 철거에 사용되는 쇳덩이]인지
거스 멈포드의 오른쪽 주먹인지 얼굴에 정통으로 맞은 찰리 에번스는 이
빨이 나간다. 린제이 스코트워스는 어떻게 된 건지는 모르겠지만 머리 꼬
랑지가 날아간다. 그 슬픈 날 이후, 불쌍한 보비 코헨은 다시는 절대로 똑
바로 걷지 못할 것 같다.

TWENTY-TWO

그날 오후 거스 멈포드는 현관 베란다 아래 숨어서 개미 도시의 저명한 시민들을 손에 들고 속삭인다. "이제 나에게는 아무도 없어. 아무도 없다고." 그는 그곳에 드러누워서 그의 개미 친구들이 낯설게 움직이는 것을 지켜보다가 개미들이 자신들의 방법으로 뭔가 메시지를 쓰려고 한다는 것을 확신한다. 소년은 그것을 마음으로 읽는다. '우리는 아직도 거스를 사랑해.'

TWENTY-THREE

회사에서 소년탐정은 긴장을 늦추지 않는다. 그는 가면을 쓴 여인들의 신호가 있는지 살피고 있다. 하루 종일 그는 사악한 그림자가 칸막이 사이로 슬금슬금 다가올 것에 대비하다가 그것이 새로 온 우편물을 날라다 주는 젊은이라는 것을 알고는 안심한다. 모든 것이 문제없을 것처럼 흘러가다가 빌리가 화장실에 갔다가 돌아와 보니 그의 자리에 작은 메모카드가 한 장 놓여 있다. 예상했던 대로 카드에는 이렇게 쓰여 있다. '조심하라: 너는 이미 경고 받았다.' 그는 재빨리 카드를 문서절단기에 넣어 처분한다. 그 이후의 시간 내내 빌리는 곧 닥칠 운명의 장막 뒤에서 슬금슬금 다가오는 괴이한 발소리를 들으면서, 다음번 약 먹을 시간을 기다린다.

또 다른 낯선 메시지가 소년탐정 앞으로 와 있다. 그날 저녁 셰이디 글렌스에 돌아온 소년탐정은 문 밑에 흰색 봉투가 있는 것을 발견한다. 빌리는 복도를 살펴보지만 누가 이 편지를 가져다놓았는지 가늠할 신호 하나 없다. 이번에도 역시 봉투에는 손으로 쓴 검은색 필체로 '소년탐정에게!'라고 적혀 있는데, 이번에는 느낌표가 덧붙어 있다. 빌리는 그늘진 복도 불빛에 비추어 가며 봉투 틈새로 손가락을 집어넣어 조심스럽게 편지를 뜯는다. 이번에도 역시 봉투 안에는 누렇게 바랜 종이 한 장이 있는데 이렇게 쓰여 있을 뿐이다.

D-11

9-16-19-19-6

23-19-12-8-26-12, 16 21-12-12-11 6-22-2-25

15-12-19-23

소년탐정은 편지를 들여다보다가 고개를 돌려 혹시 누가 보고 있는지 살펴보고 나서 조심스럽게 편지를 접어서 침대 밑에 숨긴다.

친애하는 독자들이여, 여기서 소년탐정을 도와줄 수 있다. 암호 D-11과 해독용 원반을 일치시켜서 이 미스터리를 풀어보라.

그날 밤 자정이 넘은 후, 자신이 잠을 잘 수 없다는 것을 안 소년탐정은 침대에서 나와서 카디건과 넥타이를 걸치고 직장 동료가 사라진 미스터리의 원인을 추적하기 위해 출발한다. 그는 폐쇄된 놀이공원이 이 밤늦은 조사활동의 목적지가 될 것임을 알고는 서둘러 버스 정류장으로 간다. 버스를 기다리면서 그는 생각한다. 그는 오늘밤 핑크색을 입은 숙녀가 버스에 타고 있지 않을까 생각한다. 버스가 도착하자 그는 버스 안이 거의 텅 비어 있으며, 핑크색 옷을 입은 사람은 아무도 없다는 걸 보고는 실망한다.

TWENTY-FOUR

버스에 올라탄 소년탐정은 갑자기 폰 골룸 교수가 자기 맞은편에 앉아 있다는 것을 깨닫는다. 지금 상당히 늦은 시각이라, 그의 나이를 고려해볼 때 이미 셰이디 글렌스의 침대에서 잠들어 있어야 함에도, 폰 골룸 교수는 즉시 일어서더니 입고 있는 흰색 환자복 안에서 은색 광선총을 꺼내더니 위협적으로 빌리를 겨눈다.

"이렇게 간단하게." 늙은 남자가 중얼거린다. "너는 결국 쓰러지는 거야, 나의 정지 광선총을 맞고."

빌리는 마음이 냉정해진다.

"이봐, 탐정, 유언으로 남길 말이라도 있나?" 악당은 비웃음을 흘리며 말한다. 빌리가 신중하게 생각하는 동안 도시의 불빛은 두 사람의 얼굴 위로 번뜩인다. 소년탐정은 고개를 끄덕이고 나서 입을 열지만, 말을 하는 것이 아니라 펄쩍 뛰어올라 늙은 남자의 갈고리 같은 손에 들려 있는 무기를 쳐서 떨어뜨린다.

"오 세상에, 네가 내 손목을 부러뜨렸어." 교수는 골절된 팔을 가슴에 끌어안은 채 헐떡거리며 말한다. "오 맙소사, 정말 부러졌잖아."

이제야 소동을 알아챈 운전사가 급히 브레이크를 밟는 바람에 싸우던 두 사람은 뒤엉켜 쓰러지고, 빌리는 광선총을 확보하여 버스에서 뛰어내리는데, 심장이 쿵쾅거리고 손은 욱신거리고 당혹스러움에 얼굴이 붉어져 있다.

TWENTY-FIVE

폐쇄된 놀이공원 안으로 소년탐정이 잠입한다. 매머드 회사 동료인 젊은 남자가 사라져버린 수수께끼 사건을 모르는 척하려고 최선을 다하던 그가, 가면을 쓴 여인이 명백히 극악무도한 협박을 하고는 희미한 글자로 '고담 놀이공원 소유 차량'이라고 쓰인 밴을 타고 재빨리 도망간 것도 무시하려고 애쓰던 그가 소리 없이 앞으로 나간다. 낯설고 어두컴컴한 길을 따라서 해적깃발이 그려진 롤러코스터를 지나고 — 이제는 철선으로 된 재난일 뿐인 롤러코스터에는 한때 날렵한 범선처럼 생겼던 객차들이 부서진 빙과 기계 앞에 겹겹이 쌓여 있다 — 그 다음엔 거대한 '유니콘 회전목마'를 지나고 — 이 점잖은 동물들은 이제 대부분 해체되어 있는데, 머리에 난 뿔은 이미 오래 전에 비열한 공공기물 파괴자들에 의하여 도난당했다 — 계속 진행하여 '죽음의 커브'를 지나자 — 화려한 스튜드베이커 [자동차 모델] 미니어처들이 서로 엉킨 채 파괴되어 있다 — 마침내 공원 깊숙한 곳에 이르자 그는 멈춰 서서 이상한 녹음소리에 귀를 기울이는데, 그것은 이제 구별할 수 있는 하이 톤의 노래다. "연인들에게는 언제나 황혼이지…… 사랑하기에는 언제나 황혼……"

그 소리는 앞쪽에 우뚝 솟아 있는 '사랑의 황혼 터널'에서 흘러나오고 있는데, 가짜 동백과 담쟁이덩굴로 뒤덮인 인공 산에 있는 터널로, 좁은 동굴 같은 입구 위에는 아직 망가지지 않고 붉게 타오르는 하트가 스팽글과 함께 반짝이고 있다.

소리 없이, 그는 떨어진 붉은색 벨벳 로프를 넘고, 바로 이런 종류의 무단 침입을 막기 위해 세워진 쇠줄로 연결된 견고한 담장을 넘어, 불가사의인지 악의인지 혹은 단순히 바람 때문인지 여전히 돌고 있는, 사랑스러운 백조 형태의 궤도열차 안에 올라타는데, 입구가 가까워지자 노래하는 목소리는 점점 커지고 열차는 삐걱대고 흔들리면서 빌리를 완전한 암흑 속으로 밀어 넣는다.

　인공 산의 입구를 따라 만들어진 거대한 구멍들로부터 새어 나오는 빛에 비춰 보니, 어디선가 난데없이 큐피드의 은색 화살이 빌리의 머리를 향해 날아온다. 고개를 휙 수그리자 천사의 뾰족한 화살이 목 바로 옆으로 스쳐간다. 열차는 위쪽으로 부지런히 올라가서 핑크색 폭포 위를 통과한 다음 러버스 립 [실연한 연인들이 투신자살을 하는 낭떠러지]을 지나자 요란한 소리를 내며 추락한다. 백조 모양의 열차가 동굴 안으로 깊이 들어가자 앞쪽에서는 기계로 된 거대한 입술이 열렸다 닫혔다 하고 있다. 서둘러 궤도에서 벗어난 빌리는 희미한 불빛이 비치는 작은 보행용 통로를 발견한다. 그곳 어둠 속에서 그의 귀에는 일하고 있는 사람들의 소리가 들린다. 이리저리 움직이는 발소리, 목소리를 낮춰 중얼거리는 소리, 그런 것들이 그 자신의 직장 환경과 너무나 비슷하기 때문에, 작은 구멍으로 숨어들어 발견한 것이 아주 낯익어 보이는 사무실이라고 해도 그는 놀라지 않는다. 회색 칸막이, 녹색 카펫을 깐 바닥, 옷을 잘 차려 입은 직장인처럼 보이는 한 무리의 여자들, 몇몇은 비즈니스 정장 차림이고, 몇몇은 스커트 차림인데, 모두 캔버스 천으로 만든 검은색 가면을 쓰고 있다. 사람 없는 책상들 뒤에 숨어서 염탐하던 빌리는 이 이상한 사람들이 전화를 받는 동안 여전히 어딘가에서 울려 퍼지고 있는 '사랑의 터널'의 주제곡이 흥얼대는 소리에 귀를 기울이는데, 그 노래를 자신 있게 밀어 붙이는 분주한 속삭임, 종이 위에 연필로 쓰는 소리, 타이프라이터를 치는 소리 사이에 묻혀서 거의 들리지 않는다.

그의 판단으로 볼 때 그것은 정말로 일종의 회사로서, 가면을 쓴 여자들은 일종의 기묘한 몰살(沒殺) 서비스를 판매하고 있다. 빌리 옆에 높게 쌓여 있는 서류를 보니 명백해진다. 이들은 다른 사람들을 사라지게 하는 비즈니스를 하고 있는 것이다. 가면을 쓴 아름다운 여자 직원 두 명이 속삭이면서 빌리 옆으로 지나가자 매끄러운 검은색 하이힐 소리가 점점 멀어진다. 빌리는 인적 없는 통로를 따라 살금살금 기어가다가 눈앞에 한 켤레의 반짝이는 메리제인 슈즈가 보이는 바람에 멈춘다. 올려다보니 푸른색 정장 차림에 가면을 쓴 여자가 놀라서 소리를 지르기 시작한다. 소년탐정은 자신이 폰 골룸 교수의 정지 광선총을 가지고 있다는 것을 발견하고는 망설임 없이 상대의 목덜미에 총구를 들이댄다.

"이 극악무도한 음모의 주동자가 누구냐?" 탐정이 묻는다.

"마가렛." 가면을 쓴 여자가 중얼거린다. "하지만 그녀는 회의 중이야."

로비처럼 보이는 곳을 통과하여, 소년탐정은 회의실 문을 열어젖히고 탁자 상석에 있는 가면을 쓴 키 큰 여자에게 광선총을 겨눈다.

"여기에서 어떤 사악한 음모가 진행되는가?" 빌리가 묻는다.

가면을 쓴 여인 마가렛은 고개를 들더니 목을 뒤로 젖히면서 웃는다.

"이곳에 사악한 건 하나도 없어." 가면 쓴 여인은 이렇게 말하면서 벌떡 일어선다. "여기서 우리가 하는 일은 우리에게 돈을 지불하는 고객들에게 전문적인 서비스를 제공하는 거지."

"무슨 말인지 모르겠군." 소년탐정이 말한다.

"우리는 사람들을 증발시켜."

"사람들을 증발시킨다고?"

"전적으로 과학적인 접근법을 이용하여 우리는 곤란한 개인 관계로부터 자유로운 세상, 마음 아픈 일도 없고 험악한 말도 없는 그런 세상을 만들고 있지. 당신이 원하는 대로, 당신에게 상처를 주는 사람들은 그냥 간단히 사라지게 만들 수 있어. 그렇게 하면 불가사의하고 당혹스러운 사랑의 본질이 예측 가능하고, 조절 가능하고, 만족스럽게 되는 거야."

"그렇군."

"이번만큼은 인간 감정의 이 복잡한 문제가 아주 단순하게 해결되지 — 상대방이 알아주지 않는 욕망이나 고도의 열망에서 오는 꼴사나운 불안감에 마침표를 찍는 거야."

"나는 그 불안감이 마음에 드는데." 빌리가 속삭인다.

"뭐라고?"

"나는 그 불안감이 좋다고."

"사랑이란 무질서한 대혼란이라는 것을 사람들이 깨달아야만 해. 우리는 지난 수 세기 동안 인류가 해결하지 못했던 미스터리의 간단한 해결책을 찾아낸 거야."

"내 생각에 당신들은 여기서 끔찍한 잘못을 하고 있는 거야." 빌리는 고개를 저으면서 말한다. 그러자 방안은 아주 고요해진다. 그는 이중 초점 안경을 바싹 당기고 눈살을 찌푸린다. "당신들이 하고 있는 일은 내가 보기엔 아주 끔찍해."

"그래? 너는 분명히 나약한 바보구나. 곧 잊힐 준비나 하시지." 마가렛이 날카롭게 외친다. 그녀는 가면을 쓴 부하직원 두 명을 돌아보며 소년탐정을 가리키며 격노한다. "도리스, 베로니카, 여기 계신 손님에게 우리가 얼마나 신속하게 원치 않는 골칫거리를 제거하는지 보여드려."

방이 빙빙 돌기 시작하자 소년탐정은 스스로 떨기 시작하는 것을 느낀다. 회색 원피스에 둥근 글씨체의 모노그램으로 이름을 새긴 도리스는 그곳을 가득 채운 가면을 쓴 여자들 중 가장 큰 것 같다. 그녀는 고개를 끄덕이고 일어서더니 가슴에 달고 있는 자주색 조화를 꽉 잡고는 겁에 질린 빌리의 얼굴을 겨눈다. 또 한명의 부하인 베로니카, 역시 둥근 글씨체로 이름을 새긴 갈색 비즈니스 정장 차림에 검은색 긴 머리를 늘어뜨린 그녀도 명령을 따르지만 곧 멈춘다.

"마가렛, 미안하지만……" 베로니카가 신경질적으로 손을 올리면서 속삭인다. "내 생각엔……"

"무슨 얘기야?"

"이렇게 하는 게 적절한 것 같지 않아요."

"뭐라고?" 마가렛이 묻는다.

"이렇게 아무나 그냥 증발시켜 버리는 건 적절하지 않은 것 같다고요. 내 말은, 그러니까, 우리들 몇 명이 그런 이야기를 해왔는데, 그게, 우리 생각으로는…… 어쩌면 우리가 하는 일이 절대적으로 옳은 게 아닐지도 모른다는 생각이 들어요."

"뭐라는 거야?" 마가렛이 묻는다.

"어쩌면 여기서 우리가 잘못하는 게 아닐까 하고 생각해요." 베이지색 옷에 가면을 쓴 다른 여자가 속삭인다. 흰색으로 새겨진 이름표를 보니 그녀의 이름은 게일이다. "한 달 전처럼 말이에요. 턱수염을 기른 남자. 그건…… 끔찍한 실수였어요."

가면을 쓴 여자들은 거의 모두 고개를 끄덕이기 시작한다.

"그리고 붉은 머리 길게 길렀던 그 여자. 그 사건도 정말 끔찍한 판단 미스였죠." 베로니카가 말한다.

"나는 그 특정한 사건은 기억하지 않아." 마가렛이 화난 채 말한다. "나는 어떤 실수도 기억하지 않는다고."

"게다가 애완견도 있었죠. 그건 확실히 우리 잘못이었어요." 게일이 말한다.

마가렛의 손이 갈고리처럼 말려들기 시작한다.

"우리는 지금까지 한 일이 마음에 들지 않아요. 그걸 당신한테 얘기하는 방법을 몰랐을 뿐이에요." 베로니카가 말한다. "하지만 우리는 이런 짓을 계속하면 안 된다고 생각해요."

소년탐정 역시 고개를 끄덕이기 시작하면서 천천히 무기를 내리기 시작한다.

"우리가 한 일들이 마음에 들지 않는다고?" 마가렛이 속삭인다. "이게 전부 다 잘못이라고 생각한다고?"

가면을 쓴 여자들은 서로 돌아보며 생각이 같다는 것을 확인하면서 모두 천천히 고개를 끄덕인다.

"너희는 나약한 바보들이야." 마가렛이 말한다. 번잡한 사무실의 소음 위에 그녀가 우뚝 일어선다. "너희는 모두 병신이야." 그녀가 속삭인다.

"끔찍한, 줏대 없는 병신들. 나는 내가 한 일에 대해서 유감없어. 세상은 완전히 엉망진창이고 나는 그런 식으로 사는 걸 거부한다." 마가렛은 손가방을 열어 빨간 빛을 뿜어내는 흰색의 플라스틱 꽃을 꺼내 든다.

"안 돼, 제발." 빌리가 말한다. "그걸 내려 놔."

"싫어."

눈 깜짝할 사이에 가면을 쓴 여인 마가렛이 그 플라스틱 꽃을 들어 올리자 고함소리와 몸싸움이 벌어지고, 그 와중에 마가렛은 그 기괴한 사라지는 잉크를 자신의 가슴팍을 향해서 발사하고, 그러자 즉시 아무런 소동도 없이 그녀는 증발하고 만다. 마가렛이 한 줌의 연기가 되어 허공으로 사라지자 가면을 쓴 여인들은 모두 상당히 어색해 한다. 빌리는 뭐라고 해야 할지, 어떻게 해야 할지 알지 못한다. 그 이후로 방 안은 아주, 아주 적막하다.

TWENTY-SIX

소년탐정은 멈포드 남매 곁에서 하늘이 푸른색에서 반짝이는 구름으로 바뀌는 것을 지켜보며 기다리고 있다. 매우 늦은 시간이지만 그들은 지켜보고 기다리고 지켜보고 기다리면서, 빌리는 아이들에게 사탕공장의 유령 사건, 귀신 나오는 등대 사건, 노래하는 다이아몬드 사건, 그리고 열리지 않는 금고 사건 등 자기가 특히 좋아하는 사건들의 미스터리, 그리고 사건 해결의 실마리가 되어 준 단서들, 그동안 겪었던 기이한 모험들에 대해서 들려주고 있다. 이 모든 이야기가 끝나 그들이 모두 하늘을 올려다보자, 갑자기 밤하늘은 색 바랜 푸른색과 검은색 화면 위에 반짝이는 은색 별들을 그려놓은 화폭 같다. 곧 멈포드 부인이 그들에게 따뜻한 코코아를 가져다주면서 담요가 필요하냐고 묻자 모두들 "좋아요!"라고 대답한다. 멈포드 부인이 현관 베란다에 앉더니 빌리에게 아이들을 돌봐주러 밖에 나와 있어 줘서 고맙다고 말한다. 즉시 빌리의 얼굴이 붉어지지만 어둠 속이라 아무도 눈치 채지 못한다. 멈포드 부인은 아이들 옆에 앉고 빌리는 담요를 덮은 채, 그들 네 명은 하늘을 쳐다보며 답장이 오기를 기다린다.

그날 밤, 빌리의 발치에서 멈포드 남매와 그들의 어머니가 잠든 다음, 푸른빛이 도는 흰색 불꽃이 한 차례 발사되더니 하늘에서 폭발한다. 섬광이 가루처럼 폭발하면서, '있—어—요'라는 한 줄의 답장이 나타난다. 빌리는 황급히 현관 베란다에서 내려가서 주머니에서 폰 골룸 교수의 정지 광선총을 찾아서 하늘을 향해 발사한다. 글자 윤곽이 사라지기 시작하던 바로 그때, 이상한 광선이 한번 크게 번쩍이면서 글자를 둘러싸고, 그러자 글자는 깨지지 않고 고정된 채 한동안 허공에 매달려 있다. 빌리는 고개를 끄덕이고, 멈포드 남매와 멈포드 부인이 안전한 것을 확인한 다음, 길을 건너 셰이디 글렌스로 부지런히 돌아간다.

TWENTY-SEVEN

소년탐정은 세이디 글렌스의 짧은 복도를 따라 걸어가다가 폰 골룸 교수와 미스터 플루토 앞을 지나치는데 둘 다 빌리의 옷을 입고 있다. 교수는 푸른 카디건을 입고 있으며 미스터 플루토는 빌리의 오렌지색 올빼미 넥타이를 하고 있다. 둘 다 뒤틀어진 잿빛 이빨을 드러내며 활짝 웃고 있다.

폰 골룸 교수는 빌리에게 윙크하면서 휘파람을 분다. "미스터 플루토, 저 올드보이 좀 봐. 거기, 당신 눈앞에 보이는 게 겁 많은 비겁자의 살아있는 진정한 표본이야. 봐, 그가 내 팔을 어떻게 했는지 보라고!" 교수가 소리쳐 말한다. 골절된 왼쪽 손목은 붕대가 감겨진 채 늘어져 있다.

빌리는 아무 말 없이 지나친다.

"자, 소년탐정, 머리 좋은 대답 좀 해봐. 한 번 해봐. 자, 빌리, 제발 나 좀 놀라게 해줘. 자, 뭐든지 말해봐."

빌리는 그의 말을 무시한 채 자기 방으로 걸어가서 보니 방문이 잠겨 있지 않다. 방이 약탈당한 것이다. 그는 옷장을 들여다보며 한숨을 쉰다. 이제 그의 옷가지는 명백히 모두 사라졌다. 지금 입고 있는 옷 외에는 아무것도 없다. 이 순간 그는 자살을 고려해보지만, 시도를 했다가 또다시 실패한다면 자살보다 더 나쁠 거라고 결론을 내린다.

TWENTY-EIGHT

소년탐정이 하는 일은 이렇다. 그는 작고 지저분한 자기 방을 가로질러 그 숙녀의 핑크색 손가방을 손에 들고 유심히 바라본다. 그것이 곁에 있으면 모든 일에 대해서 그다지 기분이 나빠지지 않는다. 그는 핑크색 옷을 입은 숙녀가 춤추고 있을 때의 얼굴 표정을 떠올리면서 미소 짓는다. 그는 내일은 기필코 그녀를 찾아내야겠다고 결심한다. 기필코 그녀를 찾아내서 손가방을 돌려주면서 혹시 뭔가 재미있는 이야기를 나눌 수 있을는지 물어볼 것이다. 그러고 나서 이렇게 물어볼 것이다. 혹시 그녀가 저녁에 달리 할 일이 없다면, 그렇다면, 혹시…… 그는 어떤 말을 사용해야 할지 알지는 못하지만, 그녀에게 뭔가를 물어보겠다고 결심하면서 그녀가 미소로서 화답하기를 고대한다.

소년탐정은 기도를 하고 올빼미 알람시계에게도 잘 자라고 속삭인다. 그는 그렇게 한다 — 정말로, 매일 밤. 그는 이런 식으로 기도한다. "아버지 안녕히 주무세요, 어머니 안녕히 주무세요, 침실도 잘 자, 미스터 올빼미 알람시계도 잘 자." 마치 올빼미 알람시계가 이름과 성인 듯 그렇게 부른다. 그가 불을 켜자 즉시 눈이 날리기 시작한다. 그 부드러운 흰색 가루가 방안을 흐릿하게 채우는 사이, 빌리는 핑크색 숙녀 생각을 하면서 곧 잠이 든다.

매일 밤 그렇듯이 오래지 않아 소년탐정은 미스터 룬트의 비명 소리에 잠이 깬다.

하지만 이번에 그는 침대에서 나와서 복도를 따라 엘루이스 간호사가 도착하기 전에 미스터 룬트의 방으로 간다. 그가 방문을 열어젖히고 불을 켜자, 시트를 뒤집어 쓴 폰 골룸 교수와 미스터 플루토가 미스터 룬트의 침대 옆에 서서 조용히 귀신 소리를 내는 장면이 포착된다. 폰 골룸 교수는 소리를 지르며 빌리 옆을 지나 도망친다. 빌리는 자기 방으로 뛰어가는 교수의 시트를 움켜잡는다. 미스터 플루토는 그냥 그 자리에 서서 활짝 웃고 있다. 축 늘어진 흰색 콧수염에 구겨진 흰색 파자마 차림의 겁먹은 늙은이 미스터 룬트는 몸을 떨면서 올려다본다.

"이럴 수가! 나는 그게 쓸모도 없고 제대로 한 적도 없는 나의 동업자가 지난 천구백구 년의 금고털이에서 남은 보물을 내가 어디에 숨겨두었는지 알아내기 위해서 무덤에서 나와서 나에게 저주를 퍼붓는다고 꽉 믿고 있었는데!"

성이 난 빌리는 고개를 젓고, 불을 끄고, 시트를 떨어뜨리고, 자기 방으로 돌아간다.

그러자 바로 그 순간 그의 올빼미 알람시계가 울리기 시작한다.

TWENTY-NINE

회사에서 소년탐정은 도대체 집중을 할 수가 없다.

"어쩌고저쩌고, 어쩌고저쩌고, 어쩌고저쩌고, 또 어쩌고."

"어쩌고저쩌고, 어쩌고저쩌고, 어쩌고저쩌고, 또 어쩌고."

"어쩌고저쩌고, 어쩌고저쩌고, 어쩌고저쩌고, 또 어쩌고."

"어쩌고저쩌고, 어쩌고저쩌고, 어쩌고저쩌고, 또 어쩌고."

그가 생각할 수 있는 단 한 가지는 핑크색 옷을 입은 숙녀뿐이다. 그녀의 얼굴, 그녀의 안경, 그녀의 작은 손. 빌리는 계속해서 혼잣말로 그녀의 이름을 부른다. 페니, 페니, 페니.

화장실에서 빌리가 거울에 비친 자신에게 윙크하고는 "안녕, 페니. 페니, 내 이름은 빌리야. 만나서 반가워, 페니."라고 말하고 있는데, 래리가 들어서더니 지금 대체 뭘 하는 거라고 스스로 생각하느냐고 묻는다.

THIRTY

놀라운 일이다. 소년탐정은 또다시 버스에 탄다. 언제나 그렇듯 비가 오고 있지만, 그런 건 신경 쓰지 말자. 그는 핑크색을 입은 숙녀가 있는지 찾아본다. 그녀는 버스에 없다. 그는 다음 정류장에서 내려서 기다리다가 다음 버스가 오자 올라탄다. 그는 둘러보고 찾아보지만 이번 버스에도 그녀는 없다. 빌리는 또다시 버스에서 내려서 비를 맞으며 서서 기다린다.

소년탐정은 밤새 버스에 타고 내린다. 버스에 올라타서 페니가 있나 찾아본 다음 다시 내린다. 시간이 갈수록 그는 점점 더 슬프고 흐트러진 모습이 된다. 올빼미 넥타이는 구겨지고 한쪽으로 기울어진 채 목에 걸려 있다. 올빼미 넥타이는 포기했다.

마침내, 빌리가 버스에 올라타자 거기에 페니가, 혼자 앉아서 창밖을 내다보는 사랑스런 핑크색 형체가 있다. 빌리는 그녀의 손가방을 꺼내 그녀에게 건네준다. 그녀는 아주, 아주 불안한 태도로 천천히 가방을 받는다. 그러더니 일어나서 도망치려 하는 것을 빌리가 저지한다.

"제발 잠깐만…… 나는 누구에게도 말하지 않겠어요. 얘기하지 않겠어요. 내 말 믿어도 돼요."

페니는 고개를 끄덕인다. 빌리는 그녀 옆자리에 앉아서 한참 동안 아무 말도 없다. 그러고 나서 고요한 순간이 많이, 많이 흐른 후, 페니가 속삭이는 목소리로 말한다. 그녀가 소리치려고 애쓰고 있다는 것은 명백하지만, 입에서 나오는 목소리는 겨우 모기소리만하다. "당신은…… 나를 겁먹게 해요."

"미안해요."

"당신은 나를 정말 겁먹게 했어요. 사람들을 잡으려고 하면 안 돼요. 다들 자기가 하는 일에 대해서는 나름대로 이유가 있을 거라고요."

"미안해요."

"그러니까, 내가 당신을 신고할 수도 있다고요! 그런 식으로 사람을 움켜잡는 건 신고할 수도 있죠. 정말 그럴 수 있었어요. 하지만 당신이 뭘 하든 내가 참견할 바 아니죠. 나는 내 일만 신경 쓰면 돼요. 내 일만. 당신이 나한테 사과해야 된다고 생각해요. 정말로 사과해야 된다고요."

"정말 미안합니다."

숙녀는 고개를 끄덕인다. 빌리는 옆자리에 앉은 채 또다시 한참 동안 아무 말이 없는데, 그러자 숙녀가 핑크색 손가방을 보면서 속삭이듯 말한다.

"이걸 돌려줘서 고마워요. 당신한테 소리쳐서 미안해요."

"소리쳤다고요?"

"목소리를 올려서 미안해요. 그저 나에게는 이 가방이 아주 소중해서 그런 것뿐이에요."

"아주…… 예쁜 가방이군요."

"나는…… 다른 색 옷은 가지고 있지 않아요. 핑크색 손가방은 찾기 어렵거든요."

"뭐라고요?"

"나는…… 다른 색 옷은 없다고요."

"핑크색 외의 다른 색?"

"핑크색과 갈색. 그게 내가 좋아하는 색이에요."

"아주…… 예쁜 색들이죠."

"왜 나를 쫓아왔어요?"

"잘 모르겠어요. 당신을 봤는데…… 당신은…… 내 이름은 빌리에요."

"만나서 반가워요. 나는 페니에요."

"안녕하세요."

그들 둘은 한동안 말없이 앉아 있다. 페니가 콧잔등을 긁적이고는 속삭이기 시작한다.

"나는…… 이번 주에만 나흘 동안 아무하고도 아무 말도 안 하고 살았어요. 가장 길었던 기록은 삼십일일이에요. 삼십일일 동안 누구하고도 얘기하지 않고 지냈죠."

"삼십일일 동안? 그건 정말 긴 시간인데요."

"나는 사람들하고 얘기하는 걸 좋아하지 않아요. 그들이 무슨 생각을 하는지 알 수 없으니까요."

"당신은 나하고 비슷하군요." 빌리가 말한다.

"잘 모르겠어요. 그럴 수도 있겠죠. 당신 퍼즐 맞추는 거 좋아해요?"

"정말 좋아하죠."

"나도 그래요. 하."

숙녀가 웃을 때, 그것은 매혹이다.

빌리는 고개를 끄덕이고 미소 짓는다. "혹시, 혹시 나하고 같이 어디 가면 어때요? 그냥 앉아 있기만 해도 돼요. 특별히 얘기할 필요도 없어요. 식당이든 카페든 어디든 그냥 앉아있을 수도 있어요. 나하고 같이 이니 갈래요?"

"내 여동생은 남자들하고 나이트클럽에 가요. 어떤 날에는 검은색 립스
틱을 칠하기도 하죠."

"당신이 좋다면 나이트클럽에 갈 수도 있어요. 지금은 아마 너무 늦은
것 같긴 하지만."

"나는…… 나는 어딘가 창문이 있는 곳에 가고 싶어요."

"창문이요? 좋아요. 아는 곳이 있어요."

소년탐정과 페니는 노란색 작은 식당에 마주 앉아서 커피를 내려다보고
있다. 창 밖에는 태양이 빛나고 있다. 직장으로 향하는 사람들이 창가를
스쳐가고 있다. 빌리와 페니는 서로에게 매우 낯선 비밀들을 속삭인다.

"내 여동생은 피아니스트인데 자기 개한테 내 이름을 붙였어요."

"나도 여동생이 있었어요." 빌리가 말한다. "그녀는…… 그녀는 오래 전
에 죽었어요."

"여동생 예뻤어요? 아주 예뻤을 것 같아요."

"그래요, 예뻤어요. 그리고 영리했어요. 동물들도 사랑했죠. 죽은 지 이
미 십 년이 넘었어요."

"나도 동물을 좋아하지만 대부분 동물한테 알레르기가 있어요. 고양이
한 마리 있었는데 집을 나가 버렸죠."

바로 그때 소년탐정은 페니가 결혼반지를 끼고 있다는 것을 알아차린다.

"당신은 — 당신 결혼했나요?"

이 말에 마음이 상한 페니는 식당 밖으로 뛰쳐나간다. 빌리는 일어서서
그녀가 가는 것을 지켜본다. 그녀는 손가방과 재킷과 스카프를 놓고 나갔

다. 빌리는 뭐가 뭔지 모르는 채, 그곳에서 망설이면서 그녀의 물건들을 바라보고 있을 뿐이다. 페니가 천천히 테이블로 돌아온다. 그녀는 앉아서 안경을 고쳐 쓰더니 커피를 보면서 얘기를 시작한다.

"미안해요. 뭐냐 하면, 남편이 끔찍한 교통사고를 당했거든요. 그는……
그는…… 오래 전에 죽었지만, 하지만…… 아직도 나는 속상해요."

"안됐군요."

"괜찮아요."

"괜찮아요." 소년탐정이 따라한다.

"그래요, 네, 그래요."

"혹시 나는……"

"내가 왜 그 많은 펜들을 훔쳤는지 알고 싶어요?"

"좋아요."

"왜 그런지 나도 몰라요. 정말 몰라요. 나한테 뭔가 문제가 있는 모양이에요."

"괜찮아요."

"아뇨, 아뇨. 내가 당신에게 묻고 싶어요."

"좋아요."

"사람들로 하여금 나쁜 짓을 하는 걸 멈추게 하는 방법이 있을까요?"

"나는…… 잘 모르겠어요."

"왜냐하면, 나는 그렇게 생각하지 않거든요. 방법이 보이지 않아요."

"그 말에는 어떤 대답을 해야 할지 모르겠어요."

"이제 집에 가봐야 돼요."

"조만간 다시 만나서 얘기해도 될까요?"

"잘 모르겠어요."

"그렇다면, 우리 어느 날 저녁에 이곳에서 다시 만날 수 있을까요?"

"좋아요. 다만 다시는 나를 겁주지 말아요. 정말 싫었거든요."

"좋아요."

"빌리?"

"음?"

"내가 한 짓을 경찰에 신고할 건가요?"

"아니."

"고마워요, 빌리."

페니와 빌리는 서로 마주 앉아서 말없이 쳐다본다.

"버스 정류장까지 바래다줘도 될까요?" 빌리가 묻는다. "가는 길에 공원을 가로질러 갈 수도 있어요."

"좋아요. 그렇게 하고 싶다면." 그녀는 불안하게 웃는다. "하지만 키스하려고 덤비지는 말아요."

믿기 어렵겠지만, 우리 도시에는 아직도 밤에 별을 볼 수 있는 비밀 장소가 있다. 시끄러운 소리를 내는 공장 연기로 흐려지지도 않고, 가까이에 솟아있는 오래된 마천루들로 가려지지도 않은 채 남아있는 유일한 지점이다. 산책 가서 소곤소곤 이야기하기에 좋은 곳이다. 공원에서 시작돼 작은 언덕을 따라가다 보면 청동제 말 위에 앉아 있는 팔 없는 장군 동상을 내려다보는 빈터가 나오는데, 나중에 우리들 대부분은 이곳을 사랑에 빠질 수 있었던 첫 번째 장소라고 기억하게 된다.

CHAPTER THIRTY-FOUR
'유령 같은 형체' 사건

질문 : 소년탐정은 무엇을 가장 두려워할까?

버스운전사 : 무례한 승객들을 가장 두려워
한다.

우편배달부 : 무시무시한 송곳니를 가진 경
찰견을 가장 두려워한다.

경찰국장 : 어두운 뒷골목에 있는 가면 쓴
남자들을 가장 두려워한다.

학교선생님 : 무기를 가진 아이들을 가장 두
려워한다.

은행가 : 화폐 위조범이다. 결단코 화폐 위
조범을 가장 두려워한다.

로켓 과학자 : 우주공간의 죽음 같은 적막을
가장 두려워한다.

ONE

그로부터 한 달 후 밖에는 비가 오고 있다. 지금 비가 오는 것은 완벽하다. 왜냐하면 소년탐정과 페니가 그것을 빙계로 조금 더 가까이 앉을 수 있기 때문이다 — 하지만 그들은 절대 접촉하지 않는다. 버스 정류장에서, 거리 모퉁이에서, 색 바랜 빨간 차양 아래서, 페니와 빌리는 서로 손이 거의, 거의 닿을 듯 나란히 서서 서로를 바라보며 말없이 행복하게 미소 짓는다. 그들은 거의 말도 하지 않는다. 그들은 함께 뭔가 재미있고 재치 있는 말을 생각해내려고 애써 보지만, 둘 다 무엇 때문인지 너무나 긴장한 나머지 그렇게 할 수 없는데, 그럼에도 불구하고 그들의 침묵은 완벽하다 — 그것은 최고의 키스를 앞둔 기대감, 바로 그 기대감 가득한 침묵이다.

늦은 밤, 페니가 작은 흰색 사무실을 청소하는 일을 끝마친 후에, 그리고 올빼미 넥타이가 느슨하게 풀린 빌리가 버스 정류장에서 그녀를 기다린 후에, 둘이 나란히 앉아서 버스 타고 가는 순간들로 이루어진 한 달이다. 빌리는 노크노크조크 [노크하는 소리로 시작하는 문답식 조크]에 대해서 생각하지만 페니가 도착할 때가 되면 깡그리 잊어버리고, 둘이서 나란히 앉아서 버스를 타고 식당에 가서 커피를 여러 잔 마시거나, 코끝에 빗물방울이 고인 채 머그잔을 내려다보거나 할 것이다. 한 번은 페니의 속눈썹의 매끄러운 끝으로부터 무드럽게 떨어지려는 빗물방울을 빌리가 — 완벽하고 정확한 타이밍으로 — 손가락 끝으로 받아낸 적이 있는데, 그런 접촉만으로도 그들은 사랑으로 숨 막힐 지경이다.

버스 타고 집으로 오는 동안 여전히 비가 내리고 있는데 — 왜냐하면 언

제나 비가 오고 있기 때문에 — 이들 둘은 거의 그 사실을 알아차리지 못
한다. 버스 안에서, 서로 곁에 나란히 앉은 빌리와 페니는 말없이 미소를
지으며 자신들의 느린 숨소리에 귀를 기울인다. 그들의 무릎은 거의 닿을
정도다 — 곧 닿을 것이다. 결국 그런 일이 일어나자 — 마침내 그들의 무
릎이 서로 부딪치자 — 빌리와 페니는 숨이 멎을 듯한 기분으로 어색한 웃
음을 터뜨리는데, 서로 미친 듯이 키스하는 것을 막기 위해서는 웃을 수밖
에 없다.

그것은 최초의 접촉이며, 이렇게 흘러간다. 빌리는 갑자기 그녀의 손을
잡으려 하는데, 그들의 손이 그토록 가까이 있다는 생각에 둘 다 미칠 것
같지만 페니는 손을 뺀다. 그러다가 그의 손이 그녀의 결혼반지에 닿자,
그녀는 마치 불에 데기라도 한 듯 화들짝 손을 뺀다.

"미안. 그렇게 화들짝 할 필요는 없었는데." 그녀가 말한다.

"아니, 아니, 내가 미안해. 그건 단지…… 거기에 놓인 네 손이 너무 작
아서 그래. 외로워 보였거든."

"하, 하." 페니가 깔깔댄다. "지금 나를 유혹하려는 거구나."

"아니." 빌리가 얼굴을 붉히며 말한다. "나는 절대로……"

"미안해. 내가 왜 그런 말을 했는지 모르겠어."

"아니, 아니, 내가 미안해."

소년탐정과 페니는 끔찍이 슬프고 끔찍이 겁을 내면서 나란히 앉아 있
다. 이런 식으로는 오래 갈 수 없다는 것을 둘 다 확실히 알고 있다. 페니
가 일어서서 버스 정지 버튼을 누른다.

"굿…… 굿 나이트, 빌리."

페니는 빌리의 손을 잡아 악수하고는 서둘러 버스에서 내린다. 빌리는 차창으로 그녀를 바라본다. 그는 텅 빈 자신의 손을 내려다본다. 마치 그 손이 자신에게 거짓말이라도 했다는 듯 유심히 들여다본다.

TWO

셰이디 글렌스에서 소년탐정은 미스터 룬트의 방 앞을 지나친다. 안에서는 폰 골룸 교수와 미스터 플루토가 노인의 침대 가에 서서 금 회중시계를 앞뒤로 흔들고 부드럽게 속삭이면서 최면을 걸려고 애쓰고 있다.

"너는 졸린다, 사랑하는 친구여, 아주 졸린다…… 이제 보물이 어디에 있는지 말해봐. 그래, 그래, 나의 사랑하는 친구여, 그 끔찍한 부담을 마음에서 내려놓고……"

빌리는 고개를 흔들고 나서 자기 방으로 걸어간다.

빌리는 침대에 누워서 미소를 띤 채 천장을 바라본다.

"잘 자요, 페니."

갑자기 무슨 이유에서인지 그는 베개에 키스를 한다. 그런 다음, 당혹스러워하면서도 그는 또다시 키스를 한다.

"잘 자요, 페니."

소년탐정은 제어할 수 없이 웃기 시작한다. 그는 너무 행복해서 잠들지 못하고 침대 위에서 펄쩍펄쩍 뛰기 시작한다. 그는 아티반이나 세로켈을 먹고 마음을 진정시킬까 생각하지만 그렇게 하지 않기로 한다. 그가 불을 켜자 바닥으로 엄청난 눈이 내린다. 그는 그곳에 누워서 팔다리로 천사 모양을 만든다. 그는 부드러운 눈송이가 얼굴에 닿아 녹는 것을 느끼며 눈송이를 세기 시작해서 백만까지 센다. 지난 몇 달 사이 끔찍한 꿈을 꾸지 않은 것은 오늘이 처음이다.

THREE

학교가 끝난 후, 갈색 머리를 포니테일로 묶고 푸른색 아이섀도를 칠한 여학생이 밴에 올라타고 있다. 선생님들은 주차장에서 자기 차 옆에 서서 담배를 피우며 서성거리느라 이 특정한 소녀가 무슨 일을 하고 있는지 신경 쓰지 않는다. 소녀는 잠시 멈춰서 차를 바라본다. 밴은 검은색으로 범퍼와 바퀴 전체에 흙이 묻어 있긴 하지만 괜찮아 보인다. 검은 옷을 입고 얼굴은 그림자에 가려 거의 보이지 않는 남자가 운전대를 잡고 있다. 그는 휘파람을 불고 있다. 그는 손으로 소녀를 가리키고 소녀는 미소를 짓고 있다. 소녀가 차문을 닫자 밴은 출발한다. 갑자기, 어딘가에서, 누군가 비명을 지르기 시작한다.

FOUR

소년탐정은 멈포드 남매가 현관 베란다 밑에서 새로운 실험을 하느라 열심인 것을 본다. 스쿨버스를 기다리는 동안, 에피 멈포드는 은색의 큼지막한 휴대용 테이프 플레이어를 열심히 조작하면서 아침의 소리를 — 그들이 부산하게 움직이는 소리와 그들의 부드러운 숨소리의 최고 영역을 — 녹음하고 있다. 거스 멈포드는 무슨 이유에서인지 나침반을 열심히 들여다보고 있는데, 예상대로 자침 [磁針]은 북쪽을 가리키고 있다.

"이게 전부 뭐 하는 거니?" 나무판 아래로 기어들어가면서 빌리가 묻는다.

"아저씨는 영혼의 존재를 믿어요?" 에피가 속삭이며 묻는다.

"뭐라고?"

"죽은 다음에는 다른 세계나 뭐 그런 게 있다는 걸 믿어요? 아니면 그냥 암흑일까요?"

"잘 모르겠어. 내가 뭘 믿는지 모른다고. 그런 걸 왜 물어?"

"어느 쪽이 되든지, 어느 게 사실인지 알아내고 싶다는 결심이 섰거든요."

"알겠어. 하지만 입증을 하던 부정을 하던 네가 생각하는 것보다 어려울 거야."

"내가 보기에는 우리가 죽은 다음에 어떻게든 어디론가 갈 것 같지는 않아요." 소녀는 말을 이어간다. "다른 세상이 존재한다는 건 정말, 정말 믿기 어렵지만, 그렇다고 해서 그런 믿음을 반박할 만한 결정적인 증거가 있는 것 같지도 않아요." 에피 멈포드는 여전히 속삭이면서 말한다.

"네 말이 맞을 거야."

"죽은 다음엔 무슨 일이 일어난다고 생각해요?"

빌리는 잠시 생각한 다음에 말한다. "내 생각으로는 사람이 죽으면 그냥 그것으로 더 이상 존재는 없는 것 같아. 촛불이 꺼지는 것처럼 말이지. 완전히 가버리는 거야."

"그러면 촛불의 불꽃은 어디로 가는데요?"

"아무 데에도 안 가. 그냥 아주 컴컴해지는 거야."

그러자 거스 멈포드로 쪽지로 묻는다. '그러면 영혼은 뭐예요?'

"그건 어쩌면 우리 입장에서 간절히 바라는 생각뿐일 것 같구나." 빌리가 말한다. "어쩌면 우리가 스스로를 위로하기 위해서 만들어낸 생각뿐일는지도 모르지."

"간절히 바라는 생각." 에피가 한숨을 쉬며 말한다. "그래요. 하지만 내가 죽으면 아무 것도 없다는 생각이 그냥 마음에 들지 않아요. 그러면 굉장히 김빠질 것 같아요. 아주 실망스러울 것 같아요."

"그래, 그렇지."

"죽은 다음에는 어떤 장소든 이미 죽은 사람들 — 유명인사들, 대통령들, 과학자들, 자기가 사랑하는 모든 사람들 — 을 만날 수 있는 곳이 있다는 걸 믿고 싶어요. 하지만 합리적인 것 같지 않아요."

"그래, 비합리적이지." 빌리가 동의하며 말한다. "그래서, 어떤 식으로 조사할 계획이야?"

"내 계획은 도시 곳곳의 다양한 장소에서 소리를 녹음해서 증거를 분석하는 거예요. 그렇게 하면 어느 쪽이든 무엇인가 결정적인 본질을 찾아낼 수 있을 거라고 확신해요."

"알았어. 그런데 왜 현관 베란다 밑에서 녹음을 하고 있는지 물어봐도 되겠니?"

에피 멈포드는 한동안 말이 없다가, 천천히 불쌍한 토끼 미스터 버튼스가 묻혀 있는 부드러운 흙무덤을 가리킨다.

"그렇구나." 빌리가 고개를 끄덕이며 말한다.

"뿐만 아니라 거스가 어젯밤 현관베란다에서 발소리 나는 걸 들었대요."

거스 멈포드는 눈을 깜빡이며 빌리에서 쪽지를 건넨다. '확실히 발소리였어요.'

"현재까지 결과 나온 거 있어?" 빌리가 묻는다.

"아뇨, 여기 베란다 아래에서는 없어요. 하지만 저 공장들 반대편에 있는 폐쇄된 동굴 근처에서 녹음한 테이프에서는 뭔가 이상한 게 발견됐어요."

"무슨 소리가 녹음됐는데?"

거스 멈포드가 작은 쪽지를 내민다. '소녀의 목소리'

빌리는 눈을 가늘게 뜨고 그 짧은 문장을 읽는다. "소녀 목소리였다고?"

거스는 고개를 끄덕이고 두 번째 쪽지를 건넨다. '소녀가 자장가를 부르는 것 같은 소리였어요. 섬뜩했어요.'

"그랬겠구나." 빌리가 말한다.

"초자연적인 활동이 일어나는 곳들이 있잖아요." 에피 멈포드가 덧붙인다. "예를 들면 아주 오래된 집이라든가, 최근에 범죄가 있었던 곳, 버뮤다 삼각지대 같은 곳이요. 우리는 아마도 그건 자력(磁力) 때문일 거라고 생각해요. 거스는 나침반으로 그 이론을 테스트하고 있어요."

거스 멈포드가 작은 나침반을 내 보이는데, 좁다란 바늘이 앞뒤로 움직이면서 언제나 북쪽을 가리키고 있다. 그는 빌리에게 쪽지를 건넨다. '여기는 모든 것이 정상이에요.'

"왜 갑자기 죽음의 일들에 대한 관심이 생겼어?" 빌리가 일어서면서 묻는다.

멈포드 남매는 침묵을 지키다가 에피가 올려다보고 눈살을 찌푸리며 대답한다. "우리 학교 여학생 하나가, 파커 레인이라는 앤데, 어제 납치당했어요."

"납치당했다고?"

"누군가 그 아이를 밴에 태우고 그냥 사라졌어요."

"그런데 너는 그 아이가 이미 죽었을 거라고 생각한단 말이지?"

"그 아이는 내가 지금까지 만났던 사람 중에서 가장 정 떨어지는 아이거든요. 지금쯤이면 누군가 분명히 그녀를 죽였을 것 같아요."

"그렇구나."

"내 말은, 그녀가 누군가에 의해서 살해당했다고 해도, 그 사람 탓만 할수는 없다는 뜻이에요."

"그래, 알겠어. 하지만 나는 그 아이가 살아 있어서 무사히 돌아오게 되길 바란단다." 빌리가 말한다. "너의 실험에서 뭔가 결정적인 건 찾아내면 꼭 나한테 일러 줘."

"그럴게요." 소녀는 대답하고 다시 녹음을 시작한다.

FIVE

회사에서 소년탐정은 전화에 대고 말하는 중이다. 그는 영업자용 필체로 페니의 이름을 계속해서 끼적대고 있다. 통로 맞은편에서 래리가 힐끗 보면서 미소 짓는다.

"그렇습니다, 이게 바로 그겁니다, 선생님, 기적이지요." 빌리가 우물우물 말한다. "현대적인 삶의 기적이에요. 두발교체 수술은 비싸기도 할뿐더러 위험합니다. 그러니 왜 위험을 무릅쓰겠어요? 우리가 제공하는 것은 양질의 헤어 대용품으로 심각한 위험이나 부작용도 없습니다."

"오 맙소사, 불쌍한 놈. 마음에 두고 있는 여자가 있군. 그렇지?" 래리가 묻는다.

빌리는 얼굴을 붉힌다. 래리는 그의 등을 토닥인다.

"내가 줄 수 있는 유일한 충고는 이것일세. 신비로운 분위기를 지속하라. 여자들은 그걸 좋아하거든. 키 크고, 어둡고, 신비로운 남자, 그게 바로 나야. 여자로 하여금 끊임없이 추측하도록 만들라고."

빌리는 고개를 끄덕이고 다시 얼굴을 붉힌다. 그는 전화기를 들어 세일즈를 시작하는데 멜린다가 칸막이 너머로 내려다보면서 어색하게 미소 짓는다.

"빌리, 잠깐 할 얘기가 있는데."

"좋아요."

"지금까지 이곳 매머드 회사에서 당신이 해온 실적에 대해서 말하려고 해요."

"좋아요."

"이제 여기 온 지 두 달 됐죠?"

"네."

"우리는 당신이 일을 아주 잘하고 있다고 생각하지만, 야간근무로 전근시키기로 결정했어요."

"야간근무라고요?"

"그래요. 묘지근무 말이에요."

"묘지근무." 빌리가 한숨을 쉬면서 말한다.

"사실은 그 심야 시간대가 우리에겐 가장 수익성이 높은 시장이에요. 쇠약한 사람들과 비통에 잠긴 사람들은 주로 밤 시간에 회상에 잠기는데, 바로 그럴 때 친절한 목소리로 통화하면 그들의 자존심을 살려줄 수 있거든요. 우리는 당신이 주간근무에서 뛰어난 실적을 보여왔다고 생각하기 때문에 당신에게 우리 회사 안에서 성장을 계속할 수 있는 기회를 주고자 하는 거예요. 야간근무에는 더 많은 책임감이 필요하죠. 혼자 해야 하니까요. 밤새 감독도 없고 감시도 없이 ― 오직 당신과 고객들만 있는 거예요. 어때요?"

"내가 싫다고 하면 어떻게 되나요?"

"이건 당신한테 요청한다기보다는 발령을 내는 거예요. 내가 물어보는 이유는 명령보다 질문으로 하면 당신이 권한을 부여받은 것 같은 기분을 가질 것 같아서인데, 그게 근사한 세일즈 팀을 유지하는 데 필수적인 요소거든요."

"근사하군요."

"근사하군요. 당장 내일 밤부터 시작하세요."

"좋아요. 훌륭해요."

멜린다는 뻣뻣한 미소를 한 번 더 지어 보이고는 서둘러 자기 사무실로 돌아간다. 래리가 미간을 찌푸리고 고개를 저으면서 다가온다.

"유죄선고를 받은 사람의 얼굴이네. 묘지근무로 배정받았군. 그렇지?"

"맞아요."

"그렇게 나쁘지는 않다네. 유령들하고 얘기하는 게 괜찮다면 말이야."

"유령이라고요?"

"물론, 물론. 그들 중 반은 모르핀으로 몽롱한 상태인 데다가 뒤에서는 심장 모니터가 삑삑대는 소리가 실제로 들린다네. 삑—삑—삑. 그 나머지 반은 갖가지 교통사고로 배우자를 잃은 사람들인데, 그들이 생각할 수 있는 거라고는 '왜?' 뿐이라고. 왜 그들은 여전히 살아있는데 배우자는 살아 있지 못할까. 그들 역시 죽은 거나 다름없지. 그들은 모두 엄청난 심오함의 경지에 사로잡혀서 똑같은 질문을 되풀이하고 삶과 죽음에 관한 위대한 수수께끼를 풀어보려고 애쓰고 있지. 하지만 어느 쪽이든지 영업은 꽤 쉽다네, 친구."

"나는 유령들에게 이야기하고 싶지 않아요."

"행운을 비네, 친구."

책상 앞에 앉은 빌리는 아티반 한 알을 찾아서 조심스럽게 혀 위에 올려놓는다. 약을 삼키고 전화기를 바라보면서 그것이 갑자기 폭발해버리기를 바란다.

그 다음날 밤, 사무실은 완전히 텅 비어 있다. 아무 소리도 없다. 연한 청색 복장을 한 청소부가 나타났다가 사라진 다음, 주위에는 아무도 없다. 검은색 사무실용 의자에 앉은 빌리는 의자 바퀴로 통로를 왔다 갔다 한다. 그는 통로 세 개를 일주하면서 시간을 잰다. 그의 최고기록은? 4분 8초다. 그는 서류 모서리로 이빨 사이를 쑤신다. 그는 책상 위에 발을 올려놓는다. 그는 전화기를 바라보다가 벽에 걸린 시계를 보면서 기다리고, 기다리고, 기다린다.

그날 밤 늦게 회사에서 소년탐정은 고객에게 이야기를 하는 중이다. 듣자하니 그 고객은 이제 얼굴이 없어진 모양이다.

"아니요, 선생님, 붕대 위에 그게 어떻게 부착될지는 잘 모르겠어요. 하지만 적절하게 붙일 수 있는 방법이 꼭 있겠죠."

고객은 끔찍한 자동차 사고의 희생자다. "그런데, 아까도 말했지만, 이런 모습으로 있는 것의 진짜 문제는, 솔직히 말해서, 외로움이야. 그게 정말 마음 아프다고. 레스토랑에 혼자 앉아서 사람들의 시선을 받으면서 밥 먹는 것에 비하면 피부이식은 아무 것도 아니야. 식당에 들어가서 '1인용 테이블 부탁합니다'라고 말할 때마다 뇌손상이 온다는 거 알고 있나? 게다가, 음, 여자하고 손을 잡았던 건 고사하고 마지막으로 여자하고 얘기해 봤던 게 언제였던지 기억나지두 않는다고. 네가 무슨 말 하는지 자네도 알겠지. 그런데 이제 이걸 물어봐야겠군, 친구. 그 모든 제품에 어울리는 턱수염이 있다고 했지?"

"네, 선생님, 있습니다."

"그래? 콧수염과 턱수염 세트, 그게 마음에 드는군."

"그럼 최저 배송비 신속배달로 보내드릴까요?"

"아니, 서두를 필요 없네. 나는 여기서 시간 많으니까. 내가 가진 거라곤 시간뿐이야."

"주소를 알려주시면 곧 물품을……"

"몇 시간이고 어둠 속에서 이렇게 홀로 앉아 있는 것이 나를 죽인다네. 내가 무슨 말을 하는지 알겠지?"

"네." 빌리는 눈을 감으며 속삭인다.

"그들 말로는 나에게 10퍼센트의 기회밖에 없다는 거야. 그걸 계속 생각하고 있지."

"무슨 말씀이신지요?"

"의사들 말이야. 그들은 내가 회복할 수 있는 확률이 10퍼센트밖에 안 된다는 거야. 그게 마음에 안 들어. 혹시 내일 아침이면 눈을 뜰 수 없는 게 아닐까 걱정하면서 혼자 여기에서 기다리고 있다고. 죽는 것 자체는 괜찮아, 정말 괜찮아. 하지만 이렇게 혼자서 죽음을 맞고 싶지는 않다고."

"선생님, 주문하신 물품을 배송비 무료로 신속하게 보내드리도록 하겠습니다."

"그러고 싶다면 그렇게 하게."

"그게 최소한 제가 해드릴 수 있는 일입니다."

"조금만 더 전화로 얘기하면 안 되겠소? 내 말은, 다른 것도 구입하겠다는 뜻이야. 가발이든, 아니면 우리 누이에게 필요한 물품 뭐든지."

"괜찮습니다." 빌리가 속삭인다. "잠시 동안 더 얘기할 수 있습니다."

"나는 잠을 잘 잘 수가 없어."

빌리는 동의하면서 스스로 고개를 끄덕인다. 유령처럼, 그는 거의 사라졌고, 전화 저쪽 남자의 목소리만이 빌리의 귀와 빌리의 몸을 연결하고 있는 유일한 끈이다. 그는 책상에 머리를 기댄다. 잠시 동안 그는 잠이 들고, 귀 옆에 있는 전화기는 조용하고 부드러운 윙윙 소리를 쏟아내고 있다.

갑자기 곁눈으로 힐끗 보니 낯선 형체가 어렴풋이 보인다. 사람의 형체다. 사무실의 어둠 속에서 칸막이에서 칸막이로 살금살금 움직여 로비로 이동한다. 문이 닫히는 소리가 들린다. 빌리는 전화기를 책상 위에 내려놓고 소리 없이 통로를 따라가는데, 두발 대용품 제품에 대한 엄청난 광고로 장식된 현대적인 로비를 지나자 계단실로 통하는 문이 열려 있는 것이 보인다. "여보세요?" 그는 겁에 질린 채 속삭인다. 대답이 없다. 반쯤 열려 있는 문을 유심히 살펴보니 문틀 끝을 따라 아주 작은 검은색 지문이 보인다. 작은 지문. '지문 채취 세트.' 심장에서부터 전율이 시작되어 온몸으로 퍼진다. 지문은 천천히 흐려지더니 완전히 사라지고 만다. 그는 속삭이듯 "캐롤라인"이라고 부르지만, 왜 그러는지 이유는 확실히 알지 못한다. 빌리는 어지러움을 느끼면서 리셉션 데스크에 있는 스테이플러를 움켜잡아 머리 위로 치켜든다. 그는 사람 형체가 튀어나오기를 기다리면서 문을 열고 소리를 질러댄다. 하지만 물론 안에는 아무 것도 없다. 혹은, 최소한 우리 생각으로는 아무 것도 없는 것처럼 보인다. 숨을 죽인 빌리의 귀에 누군가가 사무실 건물의 어둠 속으로 되돌아오면서 내는 고요한 숨소리가 들린다.

우리 도시의 일간지에는 죽은 자들과 대화를 할
수 있는 특별한 능력을 제공하는 전문 서비스에
대한 광고가 실려 있다. 그런 광고들은 사라진
자동차 기계 연결부를 다시 복구해준다는 광고
옆에 있다. 그들의 사무실에는 가구가 없다. 그
들의 사무실은 조용한 회색 방으로 바닥에는 전
세계의 거의 모든 국가에서 온, 혹은 그렇게 보
이는, 수십 개의 라디오가 놓여 있을 뿐이다. 바
로 이런 이상한 사무실에서 직업에 어울리는 옷
을 입은 여인이 당신에게 사랑하는 사람이 어디
에서 목숨을 잃었는지 물어볼 것이며, 그 다음
에는 줄지어 있는 이상한 형태의 라디오들을 응
시하면서 말없이 고개를 끄덕인 다음에 손으로
가리킬 것이다. "아이슬란드에서부터"라고 그
녀가 말할 것이다. "아이슬란드에서 죽은 사람
들은 결국 모두 이곳으로 오지." 당신은 라디오
스피커의 십자무늬에 귀를 기울일 것이다. 그녀
는 한두 마디를 외치고 나서 스위치를 켤 것이
다. 그러면 곧 놀랍게도 당신은 낯익은 목소리
가 말하는 것을 듣게 될 것이다

SIX

그날 아침 세이디 글렌스로 돌아오는 버스 안에서 소년탐정은 공상에 잠겨 백일몽을 꾼다.

어린 시절 소년탐정의 집 현관 베란다 아래에 세 명의 아이들, 즉 빌리와 캐롤라인과 펜튼이 '주니어용 트루라이프 탐정 세트'를 앞에 놓고 옹기종기 모여 있다.

"아, 다 틀리게 하고 있잖아." 캐롤라인이 불만스러운 듯 펜튼의 작은 손에 들려 있던 지문 세트를 뺏으면서 툴툴거렸다.

"아니야, 상자에 쓰여 있는 대로 한 거야." 빨간 비니를 쓴 통통한 소년이 대답했다.

"아니야, 이것 봐, 이제 다 어질러졌네. 빌리 오빠가 화낼 거야."

'괜찮아. 조금만 더 조심스럽게 다루면 돼.' 빌리는 버스 의자에 앉은 채 말한다.

"그거 알아? 빌리는 나한테 화낼 수 없어. 우리는 단짝 친구라고." 펜튼이 따졌다.

"하지만 빌리 오빠는 너의 친구가 되기 전에 이미 내 오빠였는걸."

"그건 아무 의미도 없어. 그는 네 오빠가 되겠다고 요청하지 않았다고. 그냥 그렇게 된 거잖아. 하지만 그는 나를 친구로 선택한 거야."

캐롤라인은 스커트를 정리하고 팔짱을 꼈다.

"이제 끝이야. 너하고는 이제 놀지 않을 거야, 펜튼. 네가 지문채취 잉크를 독차지하고 있잖아."

"이제 독차지하지 않을게."

"싫어. 나는 혼자 자전거를 타러 갈 거야."

"미안해. 가지 마." 펜튼이 속삭였다.

'미안해. 가지 마.' 빌리도 속삭인다.

"싫어. 나는 혼자서 놀 거야." 캐롤라인이 툴툴댔다.

"제발 가지 마." 펜튼이 애원했다.

"그러면 그 노래 불러 봐."

'걔한테 그 노래 부르라고 하지 마.' 빌리가 말한다.

"나한테 그 노래 부르라고 하지 마."

펜튼은 캐롤라인의 손을 잡고 얼굴을 찡그리며 애원했다.

"그럼 나는 집 안으로 들어갈 거야."

"좋아. 알았어." 펜튼은 다리를 포개고 앉아서 한쪽 팔은 머리 위로 올리고 다른 팔은 옆구리에 댔다. "나는 작은 주전자, 키도 작고 통통해, 이것은 나의 손잡이, 이것은 나의 주둥이…… 이젠 지문채취 세트 사용해도 돼?"

"그래도 될 것 같아."

빌리는 미소를 띤 채 고개를 젓는다.

"너희들한테 내 비밀 하나 말해 줄까?" 펜튼이 물었다.

'좋아.'

'그래.'

"나는 빌리가 내 형제였으면 좋겠어. 나는 내가 너희 가족이었으면 좋겠어."

"하지만 아니잖아." 캐롤라인이 고개를 오만하게 흔들면서 속삭였다.

"나도 알아. 하지만 그랬으면 좋겠다고. 정말 그렇다면 얼마나 좋을까."

빌리는 미소를 짓고 말한다. '좋아, 그게 그렇게 너한테 중요한 일이라면, 지금부터 너를 우리 가족이라고 하면 되지 뭐.'

"좋아, 고마워, 빌리."

"하지만 진짜 그런 건 아니잖아."

'지금부터는 그래.'

"펜튼이 우리 가족이라고?"

'응. 우리 셋은 언제나 친구로 남을 거고, 언제나 함께 있을 거야.'

갑자기 정신이 든 빌리는 자기가 텅 빈 통로에 대고 이야기하고 있다는 것을 알아차린다. 그는 버스 안을 대충 둘러보고 눈살을 찌푸린다. 정류장에서 버스가 끼익 — 하고 멈추자, 막 씻고 나온, 열의에 가득 찬 회사원들이 버스를 꽉꽉 채운다. 이제 백일몽은 끝났다.

SEVEN

학교에서 거스 멈포드는 담임인 게일 선생님이 치명적인 뱀들에게 산 채로 먹히는 그림을 그린다. 코브라는 그녀의 경정맥 [頸靜脈]을 공격하고, 방울뱀은 그녀의 왼쪽 다리를 파고든다. 거스 멈포드는 담임 선생님이 길고 단정한 목 위에 얹힌 사각형의 머리를 한쪽으로 기울이면서 거스 멈포드는 이미 알고 있는 빤한 질문을 해댈 때의 목소리를 혐오한다. 이제 그 어린 청년은 거의 포기했다. 더 이상은 손을 들려는 시도조차 하지 않는다. 대신에 그는 책상 위에 있는 그 이상한 그림을 내려다보면서 거대한 녹색의 보아 뱀 한 마리를 그려 넣는다면 혹시 그림을 망치게 되지 않을까 하는 생각을 한다.

쉬는 시간에, 햇빛 때문에 붉은 머리가 얼룩진 미시 블랙워스가 최선을 다해서 비밀스럽게 작은 쪽지를 돌리고 있는 것이 거스 멈포드의 눈에 띈다. 정글짐 꼭대기에 있는 자기 위치에서 거스 멈포드는 미시가 학년에서 키가 제일 큰 소녀인 주디 알렉산더에게 한 장 주고, 학년에서 키가 제일 작은 소년인 패트릭 알링턴에게도 한 장, 그리고 아마도 지금까지 본 중에서 가장 통통한 소년 세실 매커비에게도 한 장 주는 것을 본다. 거스 멈포드는 눈을 가늘게 뜨고 미시 블랙워스가 거의 모든 3학년 아이들에게 — 자리에 앉은 채 자주 오줌을 싸곤 하는 소녀인 포티아 오어까지 포함해서 — 쪽지를 한 장씩 돌리는 것을 지켜본다. 거스 멈포드는 서둘러 정글짐에서 내려가서 작은 운동장을 가로질러 달려가 세실 매커비를 때려눕힌 다음 그의 통통한 흰색 손에 들려 있는 작은 편지를 뺏는다. 그는 얼굴 가까이 쪽지를 들고 작고 단정한 글씨로 쓰인 편지를 읽는다.

> 고마워
> 내 생일 파티에 와줘서, 그리고
> 내 생일을 그렇게 특별한 날로 만들어줘서

그 아래에 미시의 이름이 동글동글한 필체로 서명되어 있다. 거스 멈포드는 으르렁거리면서 편지를 구겨버리고, 분노를 참을 수 없어 일곱 살짜리 세 명이 모여 있는 곳으로 돌진하는데, 아무것도 모르고 있던 아이들은 악동의 그림자가 다가오는 것을 보자 즉시 비명을 지르기 시작한다.

수업시간에는 또다시 게일 선생님이 3학년 아이들의 어휘력을 테스트하기로 결정한다. 어휘라는 것은, 의심할 바 없이, 거스 멈포드가 가장 뛰어나며 가장 좋아하는 과목이다. 말하는 것을 포기한 거스 멈포드는 말이 아니라 글로 쓰인 낱말들을 보는 것에 반했기 때문에, 만일 그가 해답을 안다면 그의 선생님이 던지는 어리석은 질문에 대해서 최소한 대답하려고 시도는 해보려고 마음먹는다. 게일 선생님은 자기 책상에서 어휘 학습 지도서를 꺼내서 가느다란 눈썹 한 쪽을 치켜들며 부끄러운 듯 미소 짓는다.

"자, 여러분, 'pugnacious' [호전적]라는 단어가 무슨 뜻인지 말해볼 사람?"

거스 멈포드의 손은 화염처럼 능숙하게 허공으로 올라간다. 분명히 제일 먼저 손을 든 거스는 게일 선생님 책상 바로 앞에서 팔을 앞뒤로 흔들어댄다. 하지만 마치 소년이 눈에 보이지 않는 것처럼, 마치 그 팔은 논쟁을 좋아하는 어느 작은 유령에게 속해 있기라도 하다는 듯, 앞뒤로 흔들어대는 손가락들은 선생님의 시선을 끌지 못한다. 마침내 게일 선생님은 월터 스코트를 시명하는네, 그는 우물거리면서 대답한다. "어…… 그게 털로 덮여 있다는 뜻인가요?"

"아니, 꼭 그런 뜻은 아니란다, 월터."

그 다음으로는 앨리샤 벨이 호명된다. 그 아이는 안경을 끼고 있기 때문에 종종 머리가 좋을 것이라는 오해를 받곤 한다. 거스 멈포드의 생각으로는 그 안경은 그녀에게 부당한 강점을 제공해온 것이다.

"그래 앨리샤? 무슨 뜻일까?"

"그게…… 어…… 정말 흉하다는 뜻인가요?"

"아니, 꼭 그렇지는 않단다, 얘야."

아널드 라이스가 자신감이고 뭐고 하나도 없이 천천히 손을 든다.

"그래, 아널드?"

"색깔 이름인가요?"

"아니, 아니란다, 아널드. 다른 대답 해볼 사람?"

거스 멈포드는 선생님의 얼굴 바로 앞에서 빠르게 손을 흔들어대느라 어깨가 탈골될 지경이다.

"음, 여러분, 그건 싸우기 좋아하는 사람이라는 뜻이에요."

"아, 그렇구나." 반 전체가 천천히 고개를 끄덕이며 반응한다.

거스 멈포드는 책상에 이마를 쾅쾅 부딪치면서 뱀처럼 쉭쉭거린다.

"자, 여러분, 그럼 'bellicose' [호전적]는 무슨 뜻일까요?"

손을 든 사람은 거스 멈포드 뿐이다. 그는 곁눈으로 교실을 둘러보고 인상을 찌푸린 채 게일 선생님이 마침내 포기하고 자기 이름을 불러주기를 기다린다.

"아는 사람 없어요? 아무도 없어요? 그 단어도 싸우는 걸 좋아하는 사람을 가리키는 말이에요."

거스 멈포드의 팔은 마치 잘린 것처럼 머리 위 허공에서 뚝 떨어진다.

"좋아요, 여러분, 그럼 쉬운 걸로 해 볼까요? 'irate' [격분]라는 단어가 무슨 뜻인지 말해볼 사람?"

모든 아이들의 손이 재빨리 하늘로 솟구친다. 거스 멈포드는 허공에 솟구친 저능아들의 팔을 보고 고개를 흔들며 더 이상 노력하지 않기로 결심한다. 그는 부릅뜬 눈으로 교실을 둘러보며 누가 감히 대답을 하려고 하는지 알아두려고 한다. 하지만 보복 대상이 너무 많아서 셀 수가 없다. 그는 눈을 가늘게 뜨고 바로 옆자리에서 손을 들어 올린 주디 알렉산더의 긴 팔을 관찰하게 된다. 팔꿈치에서부터 손목까지 거칠고 감염된 듯 부어 있는 붉은색 반점으로 덮여 있다. 거스 멈포드가 고개를 돌려보니, 허공에서 흔드는 다른 팔에도 모두 점점이 부드러운 붉은색 발진이 돋은 것이 보인다. 거스는 팔로 얼굴을 감싸고 가능하면 오랫동안 숨을 참았다가 셔츠 칼라에 대고 잠깐씩 숨을 쉰다.

EIGHT

밖에는 비가 내리고 있다. 소년탐정과 페니는 여전히 접촉 없이 말없이 서로를 보며 미소를 짓는다. 스웨터를 입은 빌리와 핑크색 모자와 갈색 원피스 차림의 페니는 서로 마주볼 수도 혹은 서로에게 말할 수도 없어서, 미소를 띤 채 발끝만 응시한다. 또다시 버스에서 페니 옆자리에 앉은 빌리는 대담한 행동을 해봐야겠다는 — 페니의 손을 잡아보겠다는 — 생각을 하지만, 무슨 이유에서인지 그는 그런 시도를 할 만큼 용기를 낼 수가 없다.

빌리와 페니는 노란색 작은 식당의 칸막이 자리에 마주앉아 서로를 보면서 말없이 미소를 짓는다. 테이블에는 커피 잔과 뚜껑이 열린 설탕 그릇과 크림이 담긴 작은 플라스틱 그릇들이 널려 있다. 조심스럽게, 빌리는 이 물건들을 옆으로 치워서 길을 만든다. 천천히, 빌리는 페니의 손을 잡으려 하고 페니는 그렇게 하도록 허락한다, 마침내.

오랫동안 침묵이 흐른다. 페니는 눈을 깜빡이고 안경을 벗은 다음에 말한다. "나하고 같이 우리 집에 간다면 좋을 것 같아."

"정말?"

빌리의 심장이 쿵쾅거리기 시작해서 귀에 들릴 정도다.

"응. 요즘 나는 어떤 일에도 집중할 수가 없어. 오늘 저녁에는 공상에 빠져 있다가 해고당할 뻔했어. 사업가의 구두에 걸레질을 했다가 징계 당했거든. 그래서 나는…… 나는 네가 당장 우리 집에 와야 한다고 생각해."

소년탐정은 자기 손 안에 있는 작은 여인의 손을 내려다보면서 행복하게 고개를 끄덕인다.

"그래, 좋아."

버스 안에서 빌리와 페니는 손을 꽉 잡는다. 이 웅대함 — 이 심오한 기쁨, 이 즐거움의 깊은 균열 — 그것은 빌리가 어른이 된 후 기억할 수 있는 것 중에서 거의 가장 위대한 환희다.

빌리와 페니가 그녀의 아파트로 향하는 작은 벽돌 계단을 걸어 올라갈 때에도 비가 오고 있다. 그녀가 핑크색 손가방에 손을 넣어 열쇠를 찾는 동안 그녀의 하이힐은 시끄럽게 딸깍거린다. 빌리는 자신의 심장이 마치 벽시계처럼 똑딱 똑딱 크게 고동치는 소리를 들을 수 있다. 그들은 페니가 빌리보다 위쪽 계단에 선 채 멈춰서 서로를 진지하게 바라본다. 페니가 부끄러움에 고개를 숙이자 그녀의 갈색 눈이 사라진다.

"미안해, 빌리.'나는…… 내가 준비 되었다고 생각했어."

페니는 울음을 터뜨리면서 몸을 기울여 빌리의 볼에 초조한 듯 입을 맞춘다. 그녀는 돌아서서 현관문을 따고 계단을 뛰어 올라간다. 문이 닫힐 때, 빌리는 페니의 하얀 발목과 핑크색 구두가 사라지는 모습을 포착한다. 그는 계단에 앉아 고개를 돌려 건물을 바라보면서 미간을 찌푸린다. 그는 자기 손을 내려다보는데, 손은 또다시 텅 비어 있다.

그날 아침 소년탐정은 버스를 타고 집으로 돌아오면서 몸이 아프다. 정확히 그가 어떤 느낌인지 다음과 같다.

춤춘다 춤춘다 춤춘다   춤춘다 춤춘다 춤춘다
 가위   가위   가위   심장   가위   가위   가위

NINE

소년탐정에게 언어연상 [言語聯想] 검사를 할 시간이다. 상담치료사는 낱말을 읽어주고 그에 대한 빌리의 대답을 받아 적는다.

"자, 빌리, '섬'이라는 말을 들으면 뭐가 떠오르나?"

"위조단."

"음…… 좋아. 잘했어. 그럼 '산'은?"

"밀수조직."

"됐어, 좋아. 그럼 '바다'는?"

"바다요?"

"그래, 바다."

"음…… 스파이 잠수함."

"으음, 됐어, 됐어. 그럼 '명화'는?"

"사라지다."

"좋아. 음…… 됐어. 그럼 이건 어때? 행복?"

소년탐정은 미간을 찌푸리고 이마를 톡톡 친다. 상담치료사는 다시 한 번 되풀이한다. "행복은?"

"제가 '1면'이라는 말을 했던가요?"

"아니, 아직 안 했어."

"좋아요, 그럼 1면."

"빌리, '1면'이라니 무슨 뜻인가?"

"신문 1면에 사진이 실린다는 뜻입니다."

"아, 그래. 그래, 알겠네. 그러면 마지막으로 '두려움'은 어때?"

"두려움이요?"

"그래, 빌리, '두려움' 말이야."

"두려움이라……" 소년탐정은 침묵을 지키다가 아무 생각도 없이 불쑥 내뱉는다. "죽음."

상담치료사는 고개를 끄덕이며 말한다. "빌리, 그게 무슨 뜻인지 진지하게 생각해보길 바라네."

"진지하게 생각해요." 빌리가 말한다. "죽음에 대해서는 정말 많이 생각한다고요, 선생님."

"자네가 왜 죽음을 두려워하는지 숙고해보기를 바라네. 내 생각으로는 자네가 죽음을 일종의 실패, 잘못, 어떻게든 피할 수 있는 것이라고 생각하기 때문에 그러는 것 같아. 하지만 죽음은 우리 모두를 하나로 연결하는 유일한 미스터리로 남아있지. 부자도 가난한 자도, 젊은이도 늙은이도, 우리 모두 언젠가는 결국 죽게 되니 말이야."

"저는 그런 식으로 생각하고 싶지 않습니다."

"왜 그렇지?"

"그런 식으로 생각하는 게 저에게는 아주 불편하거든요."

"왜 그런가?" 상담치료사가 묻는다.

"왜냐하면 ……" 빌리가 속삭인다. "왜냐하면 그 미스터리에는 해답이 없으니까요."

"바로 그 이유 때문에 우리가 죽음에 대해서 생각해야 하는 거야, 빌리. 이 세상에서 우리가 가장 덜 바라는 것이 죽음일 테니까."

"선생님, 저는 가봐야겠습니다." 빌리가 더듬거린다. "제 시간은 끝났어요.".

"자네 조사는 어떻게 진행되어 가나?"

"무슨 조사요?" 빌리가 묻는다.

"여동생의 죽음에 관한 조사 말이야. 뭐 밝혀낸 것 있나?"

"시간 내주셔서 고맙습니다, 의사 선생님. 다음 주에 오겠습니다."

TEN

회사에서 외국인 청소부 루페가 조그마한 포터블 텔레비전을 올려놓고 있는 것을 발견한 소년탐정은 시시때때로 근무를 땡땡이치고 밤 시간의 거의 반 이상을 텔레비전을 보면서 보낸다.

처음에 루페는 〈아모르 꼰 상그레〉 [잔인한 사랑]나 〈라스 무챠차스 손 엔 페르마스〉 [소녀들이 병들다] 같은 이상한 외국 드라마만 보려고 하지만, 빌리가 설득을 하고, 그 후로 빌리와 그의 새로운 친구는 녹색 카펫에 앉아 〈모던 폴리스 카데트〉를 본다. 소년탐정은 이번 에피소드를 이미 본 적이 있다. '교령회 [죽은 사람들과의 대화를 시도하는 사교모임]의 킬러'라는 제목의 이번 작품은 두말할 것도 없이 빌리가 시대를 초월하여 총애하는 작품 중 하나로, 심령술과 초자연에 심취한, 부유하지만 나이 든 사교계 명사들의 모임에서 강탈을 하려는 악랄한 범죄 음모를 다루고 있다. 원래 악마를 숭배하는 범죄자들에 대한 공포가 만연했던 1950년대 후반에 방영되었던 이 작품에는 빌리가 정말로 좋아하는 장면이 있다. 검은색 터틀넥에 오각형 별 모양의 은 펜던트를 걸고 거의 이집트 식으로 사악하게 그린 눈매에 검은 마스카라를 짙게 칠한 검은 머리의 미녀가 어느 부유한 사교계 명사의 저택에 있는 화려하지만 천박하게 치장된 거대한 응접실에서 교령회 모임을 이끌고 있다. 엄청난 테이블에는 외눈안경을 낀 노신사들과 고양이 눈처럼 생긴 안경을 낀 노부인들이 둘러앉아서 손을 잡은 채 조용히 주문을 외운다. 신기하게도, 곧 테이블이 떠오르기 시작하고 사람들의 머리 위쪽 어딘가에서 바이올린이 쉭쉭대는 이상한 소리가 들린다. 그로부터 너무

멀지 않은 곳에서 검은색 복면을 한 호리호리한 남자 두 명이 저택의 길고 멋있는 현관복도를 달려가면서 빵집용 포댓자루에 은촛대며 보석들을 주워 담는다. 두 명의 도둑이 안전하게 도망치고 나자, 바이올린 음악이 잦아들면서 테이블은 다시 제 자리로 돌아오고, 늙은 홀아비와 과부들은 손뼉을 치면서 기뻐한다.

그 다음에 일어나는 일은, 강도들이 소문에 의하면 수천 달러 값어치가 나간다는 다이아몬드 목걸이가 어디에 있는지 찾아내려 하는 것이다. 그 것은 부유한 노부인의 소유물인데, 그 부인은 첫 번째 교령회에 감명 받아 한 번 더 교령회를 개최하기로 한다. 교령회가 진행되는 동안, 다이아몬드 목걸이는 도난당하고, 심령술 모임의 참석자 중 하나인 백만장자 대브니 부인이 살해당한다. 모던 폴리스 카데트는 테이블 아래 설치되어 있는, 타이머가 장착되어 시간이 되면 이상한 쉭쉭 소리를 내는 작은 테이프레코더를 찾아내고, 가까운 곳에 숨겨진 채 테이블을 공중 부양하도록 하는 데 사용된 철사 줄도 찾아내고, 마지막으로 유령의 발자국이 빵집에서 사용하는 밀가루라는 것을 밝혀냄으로써 사건을 종결한다.

이번 에피소드에서 진정으로 기막힌 점은 계략이 폭로되고 살인사건이 해결된 후, 모던 폴리스 카데트는 교령회에 모였던 참석자 중 한 명, 오만하게 보이는 숙모 옆에 앉아 있던 깡마른 금발 소녀가 이미 십 년 전에 죽었다는 것을 밝혀내는 것이다. 모던 폴리스 카데트가 저택의 현관에 걸린 화려한 장식 거울을 통해서 소녀의 모습을 보는 장면으로 드라마는 끝이 난다. 드레스를 입은 소녀의 앙상한 몸매가 혼자서 복도를 따라 걷는 장면을 보는 것만으로 빌리는 공포에 질린다. 작은 텔레비전 화면에서 시선을 뗀 빌리는 자신이 루페의 손을 꽉 잡고 있다는 것을 발견한다. 그는 사과하고는 황급히 자기 자리로 돌아간다.

자정이 지난 시간, 청소부도 돌아가고 세상의 대부분이 그 순간만큼은 행복하게 꿈을 꾸고 있는 지금, 겹친 팔에 머리를 묻고 있는 빌리는 잠이 든 채 고요히 혼잣말을 중얼거리고 있다. 사무실은 텅 비어 있고 상당히 어둡다. 갑자기 누군가 대답하듯 속삭인다. 빌리는 고개를 들어 어둠 속을 바라본다. 천 개의 눈이 자신을 보고 있는 것을 느낀다. 혹시 누가 자기 옆에 서 있는 것이 아닐까 생각하면서 그는 곁눈질로 등 뒤를 살핀다. 바로 그때 또다시 통로 저 아래쪽에서 이상한 속삭임이 들리는데, 아마도 어느 사무실인가에서 시작되는 소리인 것 같다. 목소리는 상당히 높고 이상하며, 불안정하게 발성된 말들은 잠시 동안 허공에 머물다가 사라진다. 빌리는 일어서면서 끊어진 전화기를 손에 잡고 있다는 것을 깨닫는다. 그는 전화기를 제 자리에 걸어놓고 나서, 숨을 죽인 채, 가능한 한 고요하게, 소리가 나는 곳을 향해 살금살금 다가가면서 대체 그게 무슨 소리일까 의아해 한다.

통로를 지나고 복도를 따라 가던 빌리는 마침내 비어있는 사무실 앞에서 멈춰 선다. 그는 나무로 된 문에 귀를 대고 다시 한 번 그 목소리를 듣는데, 낯설게 들리는 단어 몇 개가 천천히 이해가 되기 시작한다. 그는 눈을 감고 닫힌 문 안쪽으로부터 흘러나오는 한 마디 말을 — 겨우 몇 개의 철자가 모여서 만들어진 말을 — 알아듣는다. 정체를 알 수 없는 목소리가 '여보세요'라고 말한다.

"여보세요?" 빌리가 중얼거린다.

'여보세요……'

빌리는 사무실로부터 뛰쳐나와 엘리베이터 버튼을 누르고, 누르고 또 누른다.

거리에 있는 신문가판대에는 조간신문이 있는데, 빌리는 제 자리에 서서 발을 구르며 버스를 기다리는 동안 신문들을 읽어본다. 신문들은 모두 동일한 뉴스를 언급하고 있는 것 같다. 지난밤 사이에 두 개의 사무실 건물이 사라졌으며, 파커 레인이라는 이름의 소녀는 여전히 실종이다. 소년 탐정은 소녀의 흑백사진을 찬찬히 들여다보면서 혹시 에피의 주장대로 소녀는 이미 죽은 것은 아닐까 하고 생각한다.

ELEVEN

바로 그날 아침, 소년탐정은 셰이디 글렌스 현관복도를 걸어 올라가고 있다. 푸른색 환자복을 입은 거인 미스터 플루토가 복도 가운데를 막아선 채 빌리를 통과시키지 않는다. 빌리는 한쪽으로 빨리 걸음을 옮겼다가 다른 편으로 잽싸게 뛰었다가 하면서 노력하고 노력해보지만 미스터 플루토가 너무 거대하기 때문에 그 옆으로 통과할 수 없다. 빌리는 고개를 흔들고 뒤로 한 걸음 물러선 다음 미소를 짓는다. 그는 재빨리 서류가방 안에 손을 넣어 길고 검은 가발 샘플을 꺼내서 미스터 플루토에게 건넨다. 미스터 플루토는 가발에 달려 있는 '현대적인 여제 : 샘플, 비매품'이라고 쓰인 꼬리표를 유심히 바라보고 나서 행복하게 손뼉을 치면서 자기 방에 있는 거울로 가는데, 그렇게 해서 마침내 빌리는 복도를 통과할 수 있게 된다.

미스터 룬트의 허름한 녹색 방 앞을 서둘러 지나가던 빌리는 흰색 파자마를 입은 폰 골룸 교수가 미스터 룬트 옆에 서서 몸을 가누지 못하는 미스터 룬트의 목을 심하게 조르고 있는 것을 본다. 빌리는 팔짱을 끼고 못마땅한 표정으로 고개를 젓는다. 폰 골룸 교수가 고개를 들어 자신이 관찰당한다는 것을 보더니 당황한 채 하던 짓을 멈추고 즉시 빌리에게 거짓말을 하려고 노력한다.

"이 불쌍한 친구가 목이 막혀 하기에…… 내 친구야, 안 그래?"

"그래. 바로 네가 내 목을 조르고 있었지."

폰 골룸 교수는 화를 내고는 빌리 앞을 지나 도망을 쳐서 자기 방문을 쾅 닫고 들어간다.

그날 늦은 시각에 소년탐정은 침대에 누워 있다. 누군가 방문을 두드린다. 누군지 알 수가 없다. 빌리는 신경이 쓰여 일어나 앉아서 소리쳐 묻는다. "네. 누구세요?"

늙고 슬픈 미스터 룬트가 흰색의 긴 턱수염을 갈색 옷 위로 부스스하게 늘어뜨리고 들어선다. 얼굴을 찡그린 채 두 개의 나무 지팡이를 짚으며 다가온다.

"그 야만인들을 처리해준 것에 대해서 고맙다는 말을 하러 왔어. 나는 예의바른 사람이 아니기 때문에 자네한테 제대로 고맙다는 인사를 해야 한다는 생각이 들 때까지 시간이 걸렸어." 그가 말한다.

"괜찮습니다." 빌리가 대답한다.

"나는 화려한 수식어를 사용해서 말하는 그런 사람이 못 돼. 말할 기회가 많이 없었거든. 자네도 그런 것 같지만 말이야."

"맞아요, 선생님."

"나는 말이야, 나에게는 아무도, 정말 아무도 없다는 걸 알게 됐어. 그런데 내 보물에 관한 일이 있단 말이야. 그 비밀을 남겨 줄 사람이 아무도 없다는 것을 알게 됐으니, 나는 자네에게 그 기회를 주기로 결심했어. 자네가 나한테 친절하게 대해줬으니 자네에게 비밀을 전해주고 싶어. 하지만 아무 조건도 없는 건 아니야. 자네도 내가 했던 그 방법으로 찾아야 할 거야."

"괜찮습니다."

"그게 뭐냐 하면, 수수께끼야."

"좋습니다."

"내가 암송할 테니, 자네가 머리가 좋다면 보물이 어디에 묻혀 있는지 찾아낼 수 있을 거야. 그게 유일한 단서야."

"좋습니다."

"수수께끼는 이런 거야. '실버 라인이 시작되는 곳에, 또 다른 것의 끝이 얽힌 곳에, 낡은 허파가 있다면, 너는 보물을 찾게 되리라.' 그게 다야. 생각 좀 해봐야 할 거야."

"알았습니다. 그럼…… 감사합니다."

미스터 룬트는 한 번 더 고개를 끄덕이고 돌아서서 약간 고생스럽게 어둠침침한 복도로 걸어간다. 빌리는 다시 침대에 눕는다. 그러다가 일어나 앉아서 벽에 붙어 있는 캐롤라인의 신문 기사를 바라본다.

소년탐정은 생각한다. '나 역시 무엇이든 남겨 줄 사람은 아무도 없을 것 같아. 하지만 내가 그것을 찾아내는 것이 그의 소원이라면 찾아내겠어.'

그는 종이에 연필로 썼다 지웠다 반복하면서 그 수수께끼를 적기 시작한다. 마침내 빌리는 클로미프라민 두 알을 먹고, 눈을 감은 채 한숨을 쉬고는 곧 잠이 든다.

또나시 꿈속에서 소년탐정은 이제는 낯익게 된 표지판을 지나서 동굴 안으로 들어간다. 회중전등을 손에 든 채, 그는 누군가 울고 있는 소리를 들으면서 점점 더 깊이 기어들어간다. 어두움에도 불구하고 빌리는 동굴 맨 밑바닥에서 눈물을 흘리고 있는 소녀를 볼 수 있는데 이번에는 여동생이 아니다. 그것은 실종된 납치 희생자 데이지 홀리스인데, 이 아름다운 십대 소녀가 입은 흰색 파티복은 더러워져 있다. 손은 묶여 있으며 난폭하게 취급당한 것처럼 보인다. 흰색 스웨터에는 필기체 모노그램으로 된 DH라는 글자가 금박으로 박혀 있다.

"누구든 제발 도와주세요! 제발 도와줘요!"

"캐롤라인은 어디 있어? 너는 캐롤라인이 아니잖아. 그녀는 어디 있어?"

"몰라요. 제발, 제발 나 좀 도와줘."

빌리는 데이지의 손을 끄르기 시작한다. 그녀는 여전히 울고 있다. 재규어가 울부짖는 것 같은 무시무시한 소리가 동굴 안을 울린다. 빌리는 겁에 질려 고개를 든다.

"뭐야? 저게 뭐야?"

"그게…… 그게 나를 여기로 끌고 온……"

"자 됐어, 우리 서둘러야 해."

"아니, 너무 늦었어." 데이지가 운다. "나는 이제 너무 늦었어."

갑자기 머리에는 뿔이 달리고 손은 갈고리 같은 악령이 으르렁대면서 어둠 속에서 튀어나온다.

소년탐정은 소리를 지르며 잠에서 깬다. 땀으로 흠뻑 덮여 있다. 그는 침대에서 일어나서 천천히 방을 가로질러 서랍장으로 가서 제일 아래 서랍을 열어 탐정도구세트를 꺼낸다. 모서리는 모두 낡았고 모두 접혔으며 모두 이상하게 각이 져 있다. 그는 자신의 심장이 여전히 쿵쾅거리고 있는 것을 알아차린다. 뚜껑에 있는 소년의 그림은 슬프고 낯설게 보인다. 빌리는 눈을 감고 자신의 맥박이 귀 안쪽 어디에선가 크게 쿵쿵거리는 소리를 들으면서 손끝으로 종이 상자를 만져본다. 상자 뚜껑에는 먼지와 그 외에도 뭔가 있다. 보이지 않는 자기장 [磁氣場] 같은 것이, 어린 시절 사용하던 도구들이 멀리서 들리는 속삭임처럼 울리고 있다. 빌리는 눈을 뜨고 도구세트 상자를 열지 않기로 결심한다. 그는 그것을 다시 서랍 속에 넣고 불을 켠다. 다른 서랍을 열어 캐롤라인의 일기와 지문채취 세트를 꺼내 다시 침대로 돌아간다.

빌리는 캐롤라인의 일기 마지막 장을 바라본다.

이제 이 세상 어느 누가 선 [善]의 존재를 믿을 수 있단 말인가?

지문채취 도구 위에는 '빌리' 아고의 소유물'이라고 완벽하게 타이핑 된 이름표가 붙어 있는데, 빌리라는 이름은 줄을 그어 지워지고 대신에 '캐롤라인'이라는 이름이 필기체로 쓰여 있다.

"무슨 일이 있었던 거야?" 빌리는 크게 소리 내어 속삭인다. "캐롤라인, 너에게 무슨 일이 있었던 거야? 왜? 왜 너는 가서 그렇게 했니?"

그는 일기를 다시 한 번 자세히 들여다보다가 이상한 것을 발견한다. 마지막 장 다음에 종이가 찢겨 나간 흔적이 있는데, 이것은 한 장이 사라졌다는 증거다. 그는 종이가 뜯어진 부분을 손가락으로 훑어 내려가면서 미간을 찌푸린다.

바로 그때 복도에서 야단법석이 난 소리가 들린다. 문을 열고 보니 의료원 두 명이 불쌍한 미스터 룬트를 바퀴 달린 침대에 싣고 나가고 있다. 그것은 명백하다. 노인은 죽은 것이다. 그의 얼굴은 아주 평온하고 아주 행복하다. 복도 저 편에서는 흰색 가운을 입은 폰 골룸 교수와 푸른색 환자복을 입은 미스터 플루토가 그 광경을 바라보고 있다.

"저 악마 같은 놈 좀 보라고." 교수가 중얼거린다. "죽은 사람의 얼굴이군, 그래. 친구를 좌절시킨 채 무덤까지 비밀을 가지고 가다니 정말 행복하겠지. 형편없는 늙은 멍청이! 이제 아무도 그 진실을 알지 못할 거야!"

미스터 플루토는 거대한 머리를 숙인 채 고개를 끄덕인다.

"결국 우리가 선수를 당한 것 같군. 인간보다 약간 더 약삭빠른 상대, 인간은 감히 한 번도 제대로 이해하지 못했던 대상, 우리의 정겨운 평생 동반자인 죽음에게 말이야."

빌리는 방문을 닫고 침대에 눕는다. 어둠이 찾아오자 그는 손으로 침대 위에 이상한 그림자를 만든다.

그는 토끼를 만든다.

그는 개를 만든다.

그는 말을 만든다.

그는 악어를 만든다.

그는 유령을 만든다.

TWELVE

학교에서 거스 멈포드 혼자 수업을 듣는다. 게일 선생님 책상 바로 맞은 편에 있는 자기 자리에서, 거스는 텅 비어 있는 교실을 둘러본다. 교실 모서리 주변에서는 약간의 먼지가 날리고 있을 뿐이다. 시계가 시간을 알리고 마지막 종이 울리자, 거스는 책상 위에 손을 얹고 미심쩍은 눈초리로 게일 선생님의 긴장한 흰 얼굴을 빤히 쳐다본다.

"오늘은 너하고 나 밖에 없는 것 같구나, 거스." 선생님이 속삭인다. "다른 아이들은 모두 이상한 발진열에 걸렸는데 미시 블랙워스의 생일파티에서 돌았던 모양이야. 그걸 보니 너는 초대 받지 않았구나."

거스 멈포드는 슬프게 고개를 끄덕인다.

"하지만 우리는 계획대로 수업을 진행할 거야."

거스 멈포드는 고개를 끄덕이는데, 바로 그 순간 훌륭한 생각이 떠오른다. 다른 학생은 아무도 출석하지 않았으니, 게일 선생님의 멍청한 질문에 혹시라도 대답하려고 손을 들 수 있는 것은 거스 외에는 아무도 없다. 소년은 자기 자리에 앉아 기쁨으로 눈을 반짝이며 활짝 웃는다. 그는 손가락 관절을 우두둑 꺾고, 그 다음엔 손가락 운동을 하고 이완시키면서 언제든 손을 들어, 마침내 눈에 띄게 될 준비를 한다. 아이가 얼마나 행복해 하는지, 만일 우리가 가까이 귀를 기울인다면 아마도 아이가 혼자 킬킬거리는 것을 들을 수 있으리라.

게일 선생님은 지리 교과서를 진지하게 들여다보고는 그날의 지리 수업을 시작한다.

"자, 여러분, 미합중국의 수도가 어디에 있는지 말해볼 사람?"

거스 멈포드는 교실 앞에 서 있는 여선생님이 이번에는 졌다고 생각한다. 작은 악동은 선생님이 지명할 사람은 아무도 없으니, 자기도 서두르지 말아야겠다고 결심한다. 그는 교실을 둘러보고, 하품을 하고, 기지개를 켜고, 그런 다음에 천천히, 나른하게, 손마디가 굵은 손을 들어올린다.

"아무도 없어요?"

거스 멈포드는 활짝 웃으면서 게일 선생님의 얼굴 바로 앞에 손을 흔들어대면서 다른 손으로는 책상을 두드린다.

"아무도 몰라요? 정답은 워싱턴 DC에요."

거스 멈포드의 손은 운석이 떨어지듯 무너진다.

"자, 그럼 워싱턴 DC가 누구 이름을 따서 붙였는지 말해볼 사람?"

거스 멈포드는 이번에는 지연작전을 쓰지 않기로 한다. 그는 즉시 손을 들어 올리고 거의 자리에서 일어날 듯 몸을 앞으로 내민다.

"아무도 몰라요? 그 사람은 이 나라의 초대 대통령이었어요. 그는 '나는 거짓말을 할 줄 모른다'라는 말을 남겼죠. 여러분, 그게 누구였는지 기억하는 사람?"

거스 멈포드는 손을 앞뒤로 흔들면서 으르렁댄다.

"여러분, 정답은 조지 워싱턴이에요. 우리 모두 그가 누구였는지 기억하죠?"

거스 멈포드는 팔을 내린다. 그는 자기 손을 들여다보면서 혹시 이게 진짜 손이 아닌가 의심한다.

"자, 여러분, 그럼 조지 워싱턴이 영국군에 승리를 거둘 때 건넜던 강 이름이 뭔지 말해볼 사람?"

거스는 팔에 얼굴을 묻고 눈을 감는다. 너무나 화가 나서 울음도 안 나
온다.

스쿨버스에서 제일 뒷자리에 앉은 거스 멈포드는 두 팔을 치켜들고 괴
성을 지르기 시작한다. 아이들이 고개를 돌려서 소리 지르는 것을 멈추지
도 않을 것이며 멈출 수도 없는 소년을 바라보고 나자 곧 방과 후 즐겁게
나누던 시끌벅적한 대화가 사그라진다. 소년이 질러대는 괴성을 듣자 아
이들은 아주 위험한 절벽에서 떨어지는, 흔히 있는 악몽을 떠올린다.

* * *

바로 그날 거스 멈포드는 또 하나의 끔찍한 발견을 한다. 현관 베란다
밑에 숨은 소년은 개미도시의 자랑스러운 시민들이 하나만 남은 채 이상
하게도 모두 죽어버린 것을 발견한다. 단 하나 살아남은 원기왕성한 선홍
색의 절지동물은 움직임 없는 동료 시민들의 시체를 질질 끌어다 무덤을
만들고 또 만들고 또 만든다. 거스 멈포드는 엄청난 시체 더미를 보면서
또 한 번 괴성을 지르기 시작한다.

THIRTEEN

회사에서, 소년탐정과 청소부는 어두운 사무실의 호화로운 카펫 위에 앉아서 미해결 사건에 관한 텔레비전 프로그램을 말없이 시청한다.

프로그램에서는 검은색 양복에 넥타이를 한 나이든 B급 배우가 담배를 피우면서 고개를 돌려 등 뒤의 뉴올리언스 시를 돌아보면서, 카메라를 향해 직접 말을 한다. 프로그램 진행자인 배우는 이렇게 말한다. "가장 기이한 미해결 사건 중 하나는 뉴올리언스의 액스맨[도끼를 든 남자]이라고 알려진 살인마에 관한 것입니다. 당시 신문을 보면 유사한 살인사건들이 1919년 초에 나타납니다. 살인자의 이름에서 알 수 있듯이 희생자들은 언제나 도끼로 공격을 당했습니다. 희생자의 집 현관문도 같은 무기에 의해서 쪼개지기도 했습니다. 뉴올리언스의 액스맨은 잡히지 않았고, 그의 범죄행각은 이상하게 시작한 것만큼이나 이상하게 끝났습니다. 오늘날까지도 살인자의 정체는 여전히 수수께끼로 남아 있습니다."

빌리와 청소부는 잠시 서로 쳐다보고는 텅 빈 거대한 사무실을 둘러본다.

배우는 이야기를 계속한다. "뉴올리언스의 액스맨은 '잭 더 리퍼'[1888년 런던을 공포로 몰아넣었던 연쇄살인범으로 최소한 다섯 명 이상의 매춘부를 토막 살인했다]에 대한 싸구려 소설들로부터 많은 영감을 얻은 것 같습니다. 다른 유명한 살인자들처럼, 액스맨도 무시무시한 편지를 써서 그 도시의 신문사들로 보냈으며, 종종 자신이 일종의 악마라고 주장했습니다. 1919년 3월 13일, 액스맨이 썼다고 알려진 편지 한 통이 신문에 실렸는데, 3월 19일 밤 자정이 되자마자 한 건의 살인을 저지르겠다는 내용이었습니다. 그런데 이상하게도 그는 재즈 음악이 연주되는 장소는 피하겠노라고 편지에 밝혔습니다. 1919년 3월 19일의 기괴한 저녁이 되자, 뉴올리언스의 무도장은 모두 사람들로 넘쳐 났으며, 도시 전체의 수천 가구에서는 사람들이 모여서 밴드의 재즈 연주를 들었습니다. 아마도 이보다 더 기이한 것은 약속한 대로 그날 밤에는 살인이 일어나지 않았다는 사실이었습니다."

프로그램이 끝나자 빌리는 루페에게 작은 텔레비전을 같이 보게 해줘서 고맙다고 하면서 자기 자리로 돌아온다. 그는 한참 동안 사람들과 얘기하는 것이 겁이 나서 전화기를 바라본다. 대신에 빌리는 미스터 룬트의 수수께끼를 풀어보려고 한다. 밤새, 책상 위에서 깜빡이는 불빛 하나에 의존해서, 빌리는 그 노인의 단서에 이르는 비밀을 — 이제는 그 노인의 유언이 되어 버린, 빌리가 거의 알지 못하는 사람의 신비로운 세계의 일면을 — 찾아내려고 한다. 빌리는 잠시 연필을 내려놓고는 생각한다. '죽음이 없다면 인간이 살아 있음을 진정으로 고마워할 만큼 강력한 위협은 거의 없을 것이다.' 그는 생각한다. '나는 죽은 것과 다름 없다. 살아가는 것을 너무나 두려워한 나머지 절대로 위험을 감수하지 않으면서 기다리기만 하는 나는 이미 죽은 것이나 마찬가지다.'

빌리는 아티반 한 알을 입에 넣고 효과가 아주 빨리 퍼지는 것을 느낀다 그는 의자를 빙빙 돌리고, 돌리고, 돌리고, 돌리고, 돌리는데, 그 다음으로 그가 알게 된 것은 그가

FOURTEEN

회사에서 돌아온 소년탐정은 셰이디 글렌스에 또다시 새로운 소동이 벌어진 것을 발견한다. 아침식사가 제공되고 침대를 정리하는 시간에, 병원 직원들은 밤사이에 폰 골룸 교수가 사라진 것을 발견하고는 놀란다. 그의 옷가지와 소지품도 모두 사라졌고, 단서라고는 빌리의 방문에 붙어 있는 한 장의 메모뿐이다.

> 빌리,
>
> 나는 삶을 지속시키는 것은 결국 미지의 것이라는 결론에 도달했으며, 또한 나는 내 인생의 종착역에 가까워지고 있기 때문에, 안전하지만 죽을 만큼 권태로운 이곳에 있는 것보다는 내 생애 마지막 모험을 떠나기로 결정했다네. 지난 세월 동안 뛰어난 상대가 되어 준 것에 대해 경의를 표하네. 자네는, 오늘날까지도, 나의 가장 위대한 적수야.
>
> 당신의 진실한 친구,
> 요제프 폰 골룸 교수

빌리는 편지를 조금 더 들여다보다가 구겨서 복도 저 편으로 가능한 한 세게 던진다. 금세 그것은 녹색의 불꽃과 탁한 인산 연기를 내면서 폭발한다.

미스터 플루토는 텅 빈 방을 보면서 조용히 울기 시작한다. 거인은 고개를 숙인 채 말한다. "우리들 세상은 너무나 덧없어. 우리는 평생 외롭게 살다가 그렇게 가는 거야."

소년탐정은 미스터 플루토의 손을 잡고 팔 없는 장군의 동상을 지나 작은 공원으로 걸어간다. 두 사람은 공원 벤치에 앉은 채 오랫동안 말이 없다. 다시 해가 나긴 했지만 잠깐씩 비치는 그런 날이다. 하늘에는 부드러운 흰색 반점이 익숙하고 나른하게 걸려 있다. 두 명의 남자가 앉아서 겨울 재킷을 입은 아이들이 비둘기를 쫓아가는 것을 지켜보는 동안, 잠깐씩 나타난 태양이 가을 끝자락의 우울함을 밀어낸다. 그들은 꽤 오랫동안 그곳에 앉아서 응시하다가, 마침내 빌리가 말한다. "나는 한 번도 아주 힘이 세거나 용감해본 적이 없어요. 그런 사람을 알게 된다면 정말 기쁠 거예요."

거인이 고개를 끄덕인다.

"나는 당신 친구가 되고 싶어요. 내가 당신 친구가 되고 싶은 건 누군가 나를 아는 사람이 나를 다정하게 기억해줬으면 하기 때문이에요."

거인은 또다시 고개를 끄덕인다.

"내 친구가 되어 줄래요?" 빌리가 묻는다.

미스터 플루토는 다시 한 번 고개를 끄덕이고, 소년탐정의 어깨를 토닥이면서 말한다. "자네가 세이디 글렌스에 오기 전에는 나는 다시는 친구를 사귈 수 없을 것 같다고 생각했어."

"친구가 되기로 해서 기뻐요."

"그래, 그래, 나도 아주 기뻐."

호기심 많은 비둘기 한 마리가 그들 발치로 다가온다. 미스터 플루토가 미소를 띤 채 큼직한 오버올 주머니를 뒤져서 작은 빵조각 세 개를 꺼내 구구거리는 새에게 떨어뜨리자 새는 냉큼 빵부스러기를 먹어치운다.

"그럼, 이제 뭐 하고 싶어요?" 빌리가 묻는다. "나는 오후 내내 시간이 있거든요."

"나는 미술관에 가본 적이 한 번도 없어. 사람들이 나를 보고 비웃으면 어쩌나, 그게 너무 두려웠어. 나하고 함께 가줄래?"

빌리는 고개를 끄덕이고, 그들 둘은 미술관 — 몇 블록 앞에 우뚝 솟은 이상한 모양의 흰색 건물을 향하여 씩씩하게 걸어간다.

그날 오후 늦게 휘청거리며 방으로 돌아온 소년탐정은 또 하나의 비밀 편지를 받는다. 다른 것들과 마찬가지로, 이번에도 검은색 필체로 쓰인 흰색 봉투 안에 담겨 있다. 편지를 열자 이전과 유사한 기호가 적혀 있다.

K-24
15-22-25-25-12
14-15-5-14-16-14-17-14-15-5-14!

빌리의 코가 경련을 일으킨다. 지금까지 두 번과 달리 이번 세 번째 메시지에는 뭔가 있어서 — 아마도 암호로 쓰인 말들이 훌륭한 작은 피라미드처럼 기이한 대칭을 이루고 있는 것? 빌리는 먼지 쌓인 스프링 침대에 앉아서 펜과 연필을 들고 비밀 메시지를 풀기 시작한다. 처음에는 그리 쉽지 않다. 하지만 패턴을 찾아내자 메시지는 금세 풀린다. 그는 글자를 내려다보지만 자신이 찾아낸 문구가 마음에 들지 않는다 — 정말, 전혀 마음에 들지 않는다. 그는 종이를 구겨서 매트리스 아래 숨긴다.

빌리는 침대에 누운 채 누가 그런 걸 보냈을까 생각한다. '왜? 왜? 무슨 뜻일까?' 그는 비척거리며 마지막 남은 클로미프라민을 먹는다. 그는 약병을 슬프게 바라보다가 아티반 병을 찾는다. 그 약병도 비어 있다. 그러자 빌리는 엘루이스 간호사에게 더 달라고 부탁하지 않기로 결심한다. 그는 이제 혼자의 힘으로 미스터리의 세계에 직면하리라고 결심한다. 이제는 매트리스 밑에 구겨져 있는 메시지에 대해서 한 번 더 생각하면서, 빌리는 옆으로 돌아누워 벽에 붙은 신문기사 스크랩에 있는 캐롤라인과 펜튼의 모습을 바라본다.

FIFTEEN

저녁이 오기 전 황혼 무렵, 소년탐정은 멈포드 남매가 고담 시 공동묘지 무덤들 사이에 서 있는 것을 보고 놀란다. 자주색과 흰색이 섞인 겨울 재킷을 입은 에피 멈포드는 검은색 헤드폰으로 귀를 가린 채 큼지막한 마이크를 손에 잡고 그들 발치에 있는 큼지막한 잿빛 묘석에 대고 있다.

"실험은 잘 돼?" 빌리가 미소를 띠며 묻는다.

"오늘 저녁엔 죽은 자들이 말이 없네요." 소녀가 말한다. "지금까지 녹음한 거라고는 저쪽에 있는 웅장한 무덤에서 흘러나오는 이상한 소리뿐이에요. 우리는 누군가 노래하고 있다고 생각했는데, 녹음을 들어보니 그냥 건너뛰었어요."

"그렇구나. 아마도 누군가 자기가 죽은 다음에도 어떤 노래를 계속해서 불러달라고 요청했던 모양이지."

"거스는 처음엔 도망쳤어요."

모자와 스카프 차림에 손에는 작은 은색 나침반을 든 거스 멈포드는 당황한 듯 고개를 끄덕인다. 그는 빌리에게 쪽지를 건넨다. '거의 확실해요.'

빌리는 미소 짓는다. "무슨 뜻인지 알겠어." 그가 말한다.

"아저씨는 여기서 뭘 하고 있어요?" 에피 멈포드가 묻는다.

"사실은 나도 잘 몰라. 공동묘지 정문을 보고 그냥 걸어 들어온 거야. 한동안 이곳에 온 적이 없거든."

"빌리 아저씨, 혹시 이곳에 묻힌 사람들 중에 아는 사람 있어요?"

빌리는 넓고 평평한 잿빛 묘석 너머로 응시하면서 눈살을 찌푸린다.

"응, 그런 것 같아."

다른 설명도 없이 빌리는 녹색의 작은 언덕을 넘어 돌로 깐 샛길을 따라 큼지막한 묘지 안내판을 향하고, 멈포드 남매는 각각 빌리의 손을 잡은 채 따라간다. 작은 샛길이 끝나는 그곳에 어마어마하게 넓은 묘석에 '데이지 홀리스, 사랑하는 우리 딸'이라고 적혀 있다. 빌리가 고개를 숙이고 속삭인다. "혹시 유령을 찾으려면 여기도 그럴만한 곳이야."

"누구에요?"

"어린 소녀. 하지만 무덤 안에는 아무도 없어."

"왜 없어요?" 에피 멈포드가 묻는다.

"슬프게도, 아직도 그녀의 시체를 찾지 못했거든."

"오, 끔찍한 일이에요." 에피가 말한다. "장담하건대 그 소녀는 유령이 되어 누군가 찾아주기를 기다리고 있을 거예요."

갑자기 앙상한 나무들 사이로 바람이 불어오더니 그들의 등 뒤에서 울부짖는다.

"어쩌면." 빌리가 말한다. "어쩌면 지금까지 그 소녀는 끈기 있게 기다리고 있을 거야."

눈이 내리기 시작한다. 눈 때문인지 모든 묘석들이 어떻게든 시무룩한 인상을 짓고 있는 것처럼 보인다.

SIXTEEN

그날 저녁 회사에서 소년탐정은 책상 앞에 앉아 캐롤라인의 작은 황금색 일기장을 바라본다. 잠시 몇 장을 들춰 보다가 그는 수화기를 들어 부모에게 전화한다.

저쪽에서 전화를 받자마자, 빌리는 아버지가 전화를 받았다는 것을 즉시 알아차린다. 뒤뜰에서 나는 소리, 그리고 아버지가 맨손으로 나무판을 깨면서 가라테를 연마할 때 거칠게 몰아쉬는 숨소리로 판단할 수 있기 때문이다.

"아버지…… 저에요, 빌리."

"빌리, 내 아들아, 어떻게 지냈니?"

"저…… 몇 가지 물어보고 싶은 게 있어요, 아빠."

"그래, 그래, 물론, 물론. 그런데 뭐가 문제냐, 아들아?"

"그게 말이죠, 캐롤라인의 일기를 읽고 있었는데, 한 장이 없어요."

"우리 얘기 했잖아? 네가 그런 것들에 대해서 반추하는 건 절대로 좋은 생각이 아니라고."

"그래요, 저는…… 잘 모르겠어요, 저는……"

"네가 과거에 매달리면 내 기분이 어떨 것 같으냐? 내가 하나 물어볼게. 요즘 운동은 하니?"

"아뇨, 제 말은, 제가…… 캐롤라인 생각을 하고 있었는데…… 죽기 바로 직전 상황이요."

"맙소사, 빌리, 아직도 그 문제에 집중하는 건 너의 건강에 좋지 않아.

우리가 지난번에 보내준 〈슬픔은 문제없다〉라는 책은 읽었니?"

"아뇨, 아뇨, 그런 책들은 더 이상 못 읽겠어요. 저는 아빠하고 이 문제에 대해서 얘기하고 싶을 뿐이에요. 무슨 일이 있었는지 알아야 하겠다고요."

"어쨌든, 지금은 좋은 타이밍이 아니다. 네 엄마와 나는…… 그러니까……"

바로 그 순간 빌리는 전기가 치직하는 소리를 듣고 부글부글 거품이 이는 시험관의 소리를 상상하는데, 그러자 아고 부인이 갑자기 다른 수화기를 들고 대화에 끼어든다.

"빌리, 엄마다. 지금은 상황이 아주 나쁘구나, 얘야."

"하지만 저는 —"

"네 아빠와 나는 아주 심각해. 이혼 얘기를 하는 중이거든. 이곳은 아주 팽팽하단다. 네 아빠는 하루 종일 뒤뜰에서 나무판을 부수고 있어."

"그건, 내가 집안에 들어갈 수 없기 때문이지. 그건 내 집이 아니잖아, 안 그래 여보? 나는 평생 오직 일만 했는데 —"

"제발, 제 말 좀 들어주세요. 이 문제에 관해서 두 분과 함께 얘기해야 한단 말이에요." 빌리가 말한다.

"지금으로서는 그게 소용이 없을 거야, 빌리. 네 엄마는…… 화가가 되어서, 나를 떠나 자이레 대사 [大使]에게 가겠다는 기야."

"하지만, 제발, 저는 알아야만 해요."

"빌리, 너도 이제 어른이잖니." 엄마가 말한다. "어른이 된다는 것의 일부는 어른이라는 것의 두려움과 다음에는 어떤 일이 일어날 것인지 알지 못하는 것의 두려움을 다룰 줄 알아야 한다는 거야. 아마도 의사들이 너에 대해서 판단을 잘못했는지도 모르겠다. 네 아빠와 나는 네가 세상에 나올 준비가 되었다는 것을 확신하지 못했어."

"엄마, 아빠."

"안 돼. '그리고'도 안 되고, '만일'도 '그러나'도 안 된단다, 빌리. 내가 장담하건대 너는 최고니까 이 상황을 헤쳐 나가게 될 거야. 턱을 높이 들고 곧장 앞으로 행진하게, 동업자여."

"하지만 아빠 —"

"그럼 나중에 또 전화하자, 내 아들아."

"잘 있어, 빌리."

빌리는 전화를 끊고 일기를 쳐다본다. 그는 몇 장을 뒤적이다가 신문 기사를 붙여 놓은 페이지를 보게 된다. 아주 어린 시절의 빌리, 캐롤라인, 펜튼이 함께 미소 짓고 있는 사진이다.

빌리는 펜튼의 모습 위에 손가락을 올려놓고 천천히, 슬프게 톡톡 두드린다. 그는 일어서서 일기장을 들고 책상 앞을 뜬다.

SEVENTEEN

버스 안에서 소년탐정은 서류가방을 열고 캐롤라인의 일기장과 지문채취 세트를 바라본다.

지문채취 도구에도 역시 '빌리 아고의 소유물'이라고 타이핑 된 이름표가 붙어 있는데, 그 '빌리'라는 이름은 줄로 그어 지워져 있고 그 위에 '캐롤라인'이라는 이름이 동글동글한 필체로 쓰여 있다. 이름표 옆에는 캐롤라인의 엄지손가락 지문이 검은색으로 찍혀 있다. 빌리는 캐롤라인의 무인[拇印]을 들여다보면서 지문에 있는 선 하나하나가 얼마나 섬세하고 부드러웠는지 기억해낸다.

소년탐정은 작은 노란색 집의 현관 베란다에 서서 초인종을 누른다. 서서 기다리는데 현관이 삐걱거린다. 노란색 실내복을 입은 뚱뚱한 여인이 문을 연다. 여인은 복슬복슬한 푸른색 슬리퍼를 신고 있다. 그녀는 빌리의 얼굴을 바라보면서 거의 말을 잃은 채 눈이 커지고 입술이 파르르 떨린다.

"빌리 아고, 너야? 정말 너 맞니?"

"안녕하세요, 밀즈 부인."

"너를 보면, 그는…… 그는 정말 기뻐할 거야."

그 당시, 거의 늘 그렇듯이, 펜튼 밀즈는 침대에 누워 있다. 그는 거대하게 살이 쪘다. 그의 방은 여덟 살 소년의 것 같다. 벽에는 스포츠 팀의 페넌트가 붙어 있고, 바닥에는 만화책이 늘어져 있다. 소년탐정이 해결했던 모든 사건의 신문기사 스크랩이 벽에 붙어 있다. 펜튼의 어머니는 흥분한 목소리로 아들을 부른다. "펜튼, 빌리 아고가 찾아왔어!"

빌리는 아주, 아주 천천히 펜튼의 방으로 들어선다. 그는 옛 친구를 보면서 아주 조금 불안한 미소를 짓는다.

"펜튼." 빌리가 말한다. 그 젊은이는 반응이 없다. 그는 흰색과 푸른색으로 된 큼직한 파자마를 입은 채 흰색의 작은 침대에 누워있는 거구다. 그는 자신의 모습에 상당히 당혹스러워하고 있다. 그는 옛 친구의 얼굴을 쳐다보기 두려워, 작은 푸른 눈으로 불안한 듯 방안을 둘러본다.

"빌리." 마침내 그가 대답한다.

"네가 나한테 편지를 보냈지?"

"나는 모르는 일이야."

"나한테 비밀 메시지를 보내지 않았다고?"

"보내지 않았어."

"애브러커대브러 메시지를 네가 보낸 게 아니라고?"

그러자 펜튼의 거대한 둥근 얼굴이 부드러워진다. 그는 고개를 끄덕이며 눈이 흐려진다. "네가 나에게 대답하게 하려면 그 방법 밖에 없다고 생각했어." 그가 말한다. "내가 얼마나 너한테 연락하려고 노력했는지 알아? 왜 나한테 전화 한 번 안 했어. 빌리? 네가 있던 병원으로 전화했다고! 찾아간 적도 있어. 하지만 네가 나를 만나고 싶어 하지 않는다고 하더라. 왜 그랬어?"

"나는…… 아무도 만날 수 없었어. 나는 아무도 만나고 싶지 않았어. 미안해."

"나는 어떻게 됐는지 생각이나 해봤어? 제발 내 모습 좀 보라고, 빌리."

"정말…… 미안해."

"너는 장례식에서조차 나한테 말을 안 했어. 나는 말하려고 애썼지만 너는 나한테 말도 안 했어. 그러다가 빌리, 너는 나를 비난했지. 빌어먹을, 너는 그걸 내 탓이라고 했어."

"펜튼, 제발. 나를 용서해줘."

"왜 그래야 하는데? 너 그거 알아? 너는 정말 지겨운 놈이야. 너 때문에 나는 내 잘못이라고 자학하게 됐어. 네가 그랬잖아…… 그게 다 내 탓이라고."

빌리는 주춤한다. 익숙지 않은 욕설이 귀에서 울리고 심장은 쿵쿵거린다.

"나는 비난할 대상이 필요했던 거야. 다른 방법으로는 이해할 수가 없었거든."

"그녀는 어른이 되고 싶지 않았던 것뿐이야, 빌리. 우리 모두 그랬어. 어쩌면 너는 예외였겠지만."

"이거 봐, 너한테 이걸 보여주려고 가져왔어." 빌리는 이렇게 말하면서 코트 안에서 일기장을 꺼낸다. 빌리는 작은 침대 가장자리에 앉는다. "둘이서 같이 이걸 읽으면 좋겠다고 생각했거든."

펜튼은 작은 황금색 일기장을 유심히 바라보더니 가슴에 끌어안고 눈을 반짝인다.

"캐롤라인 거야?" 그가 묻는다. "와, 이건 정말 대단한데. 나는 너를 그리워했어, 빌리. 너희 둘 다 죽도록 그리웠다고."

두 명의 남자는 손을 잡고 그 다음엔 포옹한다.

빌리는 눈을 감고 거의 울고 있다. "다른 것도 가져왔어." 이렇게 말하면서 몸을 뺀다. 빌리는 서류가방을 열고 지문채취 세트를 꺼내서 펜튼에게 건네준다.

"캐롤라인은 네가 이걸 가지길 원할 거야. 나는 알아."

"지문세트. 그건 그녀 거였어, 빌리. 그건 그녀 물건이었어."

"알아. 캐롤라인이 나한테서 훔쳤지. 이걸 네가 맡아준다면 그녀가 좋아할 거야."

"이걸 봐." 펜튼이 말한다. 상자에 있는 캐롤라인의 지문은 아직도 잉크가 마르지 않은 것처럼 생생하다. "이건 그녀의 지문이야. 나는 캐롤라인이 이걸 찍던 날을 기억하고 있어."

"나도 기억해. 나는 모든 것을 마치 어제 일처럼 기억해."

"나도 그래, 빌리. 나도 그래."

두 명의 젊은 남자는 한동안 침묵을 지킨다.

"내가 한 번 그녀에게 키스했다는 거 알고 있어?" 펜튼이 묻는다.

"그랬어?"

"내가 아니라 그녀가 키스했던 것 같아. 고등학생 때였지. 그녀가 첫 키스를 해치우고 싶다고 했어. 그래서……"

"나한테는 말한 적 없는데."

"나한테도 아무에게도 말하지 말라고 맹세시켰어. 키스하기 전에 내걸었던 두 가지 조건 중 하나였지."

"다른 조건은 뭐였어?"

"다시는 키스하려고 시도하지 말 것."

"너 시도했어?"

"매일 그랬어." 펜튼은 눈물로 젖은 눈을 깜빡이며 슬픈 표정으로 바라본다. "왜 너는 나를 이 모양으로 홀로 버려뒀어?"

빌리는 고개를 숙인다. 방안에는 갑자기 침묵이 흐른다.

"빌리, 왜 그랬어?"

"너를 보면 캐롤라인 생각이 날까봐 그랬던 것 같아."

"나도 그랬어, 빌리."

"알아." 빌리는 무릎에 손을 포갠 채 머릿속에서는 말들이 대책 없이 빙빙 돌고 있다. '이제 무슨 말을 하지?' 그는 말을 찾아내고, 입 안에서 중얼거리다가, 마침내 질문을 한다. "그래서 펜튼, 어떻게 지냈어?"

"잘 지내지 못해. 내 말은 아무 것도 하지 않는다는 얘기야. 나는 여기서 일어나 앉아서 만화책을 봐. 한동안 복사 집에서 일했는데 소용이 없었어. 시청 사무원으로 일할 수 있는 연줄이 닿았지만 내가 거절했어. 나는…… 나를 쳐다보는 사람들 틈에 있고 싶지 않아."

빌리는 고개를 끄덕인다. "아마도 너는 조만간 집 밖으로 나가도록 노력해야 할 것 같아. 밖으로 나가는 게 너한테 좋을 거야."

"응. 나는 잘 모르겠어. 바깥세상은 두려워, 빌리."

"여기에서 홀로 있는 게 아마 더 무서운 일일 거야."

"그래. 그럼 너는 우리가, 내 말은, 조만간 내가 니한테 찾아 가도 돼?"

"꼭 그래야 돼. 나는 이 세상에 아직도 너 같은 사람이 있다는 걸 알아야 하고."

"응, 좋아, 고마워…… 모든 게." 펜튼은 지문세트를 들어 올리면서 말한다. "내 말은, 나를 보러 찾아와줘서 고맙다고."

"괜찮아." 빌리는 일어선다. 그는 입구에서 잠시 멈춰서 황금색 일기장을 내려다본다. "펜튼?"

"응?"

"나는 알고 싶어. 캐롤라인이 죽기 전에 무슨…… 무슨 일이 있었던 거야? 그녀가 왜 그렇게 자포자기했던 거야?"

펜튼은 슬프게 고개를 끄덕인다. "그녀는 자기 혼자서 무슨 사건을 해결해보려고 했어. 하지만 그걸 하지 못했던 것 같아. 그녀는…… 그녀와 나는…… 너만큼 뛰어나지 못했거든."

"그렇지 않아."

"아니야, 그랬어, 그랬다고. 하지만 우린 전혀 상관없었어. 우리는 뛰어나길 원했던 게 아니야. 우리는 네 주위에 있는 걸로 행복했다고. 그런데 너는 떠났어. 너는 떠나야만 했었지, 빌리, 너는 그랬지, 너는 그랬어. 하지만 캐롤라인은 그걸 받아들일 수 없었어. 그녀는 이제 유년 시절은 끝났다는 걸 인정할 수가 없었던 거야, 만일 네가 이유를 찾고 있다면, 그건 —."

"아니, 아니, 나도 알아. 나는 혹시 무슨 …… 비밀이 있었던 건 아닐까 하는 희망을 갖고 있었어. 하지만 고마워, 펜튼, 전부 다. 그녀를 잘 돌봐준 것, 그리고 이것도. 고마워."

빌리가 다시 한 번 펜튼을 포옹하자 펜튼은 볼이 빨갛게 되어 미소를 지으며 다시 빌리를 포옹한다. "캐롤라인이 나에게 말해줬던 유일한 비밀을 너는 이미 알고 있잖아."

"그게 무슨 비밀인데?"

"너희들의 비밀 메시지였던 애브러커대브러, 죽은 비둘기에 관한 주문 말이야. 그게 그녀가 나에게 마지막으로 들려준 얘기야, 너하고 그녀가 베란다 밑에 새를 묻었다는 이야기."

"고마워, 펜튼. 곧 다시 보자."

소년탐정은 조용히 떠난다.

버스에 탄 소년탐정은 눈살을 찌푸린 채 자기 손을 들여다본다. 마을의 작은 집들과 나무들이 마치 아주 오래된 꿈처럼 스쳐지나간다.

EIGHTEEN

소년탐정과 페니는 커피숍 칸막이자리에 앉아서 서로를 바라보고 있다. 빌리의 눈은 처진 채 피곤해 보인다. 페니가 그의 손을 만지자 그는 미소를 짓고 괴로워하면서 먼 곳으로 시선을 돌린다. 그들 옆자리에서는 목청 높은 여자 두 명이 선물을 주고받는다.

"예쁜데, 정말 예뻐."

"네 마음에 들 거라고 생각했어. 자, 생일을 축하해."

여자의 손에는 핑크색 유리로 만든 작은 새가 놓여 있다.

페니는 선물이 탐나서 힐끔거린다. 그녀는 생각에 잠겨 넋을 잃고 있는 빌리를 보면서 눈살을 찌푸린다.

"일어나고 싶어, 빌리?"

"아니야, 미안해. 오늘 저녁에는 좋은 상대가 못 돼. 내 잘못이야, 내 탓이야. 계속해서 끔찍한 일들에 대해서 생각하느라고 그래."

"여동생에 대해서?"

"응."

"당신은 여동생을 아주 많이 그리워해. 누군가를 그토록 그리워한다는 건 좋은 일이야."

"그래, 하지만 내가 생각하는 건…… 그녀가 왜 세상을 떠났는가 하는 거야. 도무지 이해할 수가 없어. 그녀가 왜 그랬는지 결코 알아낼 수 없을 것 같아. 나에게 그건 해결 불가능한 미스터리야."

"그렇다면 작은 것부터 시작해봐."

"작은 것부터?"

"당신이 해결할 수 있는 미스터리부터 시작하라고."

"그러니까 어떤 것들?"

"그러니까…… 작고 쉬운 것들. 예를 들어, 비는 왜 오는 거야?"

"그건, 증발된 수분이 대기 중에서 뭉쳐서?"

"아주 잘했어. 그럼 이건 어때? 하늘은 왜 파랗지?"

"햇빛과 구름이 이 세상에 있는 물의 수면을 반사하는데, 그건?"

"좋아, 좋아. 이제 아주 어렵고 풀기 힘든 질문을 할게. 나하고 같이 우리 집에 갈래?"

빌리는 슬픈 표정으로 자기가 들은 말을 믿을 수 없다는 듯 쳐다본다.

소년탐정과 페니는 손을 잡고 뛰어가고 있다. 그들은 페니가 사는 건물 외부에 멈춰서 숨죽인 채 서로를 불안하게 바라본다. 갑자기 페니가 달려들어 빌리의 입에 키스한다. 깜짝 놀란 빌리는 다시 키스를 하고, 그들은 다시 손에 손을 잡고 입구 계단을 뛰어오른다.

페니의 집 앞 복도에서, 빌리와 페니는 마치 우주공간에서 어떻게든 호흡하려고 몸부림치는 것처럼 절박하게 키스한다. 페니가 멈추더니 미소를 짓고 나서 말한다. "제발 잠깐만. 이건 아주 오랜만이야, 내가…… 그러니까…… 제발, 제발…… 제발 나를 비웃지 말아 줘."

"절대로, 절대로 그러지 않을게."

"좋아."

페니가 문을 따서 여는 동안, 그들은 다시 키스를 시작한다.

페니가 불을 켠다. 방 안에는 상자에 담긴 핑크색 구두, 옷걸이에 걸린 핑크색 원피스, 핑크색 모자, 쇼핑백에 든 핑크색 재킷 수백 개가 — 모두 훔친 것들 — 정신없이 널려 있는 바람에 발 디딜 틈이 없다. 페니는 핑크색 구두와 옷으로 뒤덮인 소파로 빌리를 끌어당긴다. 빌리가 눈을 뜨더니 충격 받은 듯, 그러나 미소를 띤 채로 주위를 둘러본다.

"당신, 당신이 이걸 모두 훔친 거야?"

"제발 — 웃지 않겠다고 말했잖아."

페니와 빌리는 다시 키스를 시작한다. 페니는 블라우스 단추를 끄르며 옷을 벗기 시작한다. 잠시 후 빌리는 그녀의 어깨를 잡은 채 멈춘다.

"하지만 이걸 모두? 이걸 모두 훔쳤단 말이야?"

페니는 기분이 상한 채 일어나 앉아서 몸을 가린다.

"제발, 그러지 않겠다고 했잖아."

"하지만 왜? 왜 그런 짓을 하는 거야?"

"대부분은 버스나 기차에서 낯선 사람들, 여자들에게서 훔친 거야. 상점에서 훔친 것도 있을 거야. 무슨 이유가 있어서 하는 게 아니야. 참을 수가 없어."

"하지만 왜? 왜 그러느냐고?"

"남편이 죽은 다음부터 시작됐어. 당신도 알고 있듯이 남편은 해군장교였어. 그는 한 번에 몇 주씩, 어떨 때에는 몇 달씩 나가 있었어. 죽을 때 그는 다른 나라에 있었지. 자동차 사고로 목이 잘려 죽었는데, 사고 당시 옆자리에는 다른 여자가 — 나는 알지도 못하는 여자가 — 그의 손을 잡고 있었어. 그 여자도 죽었지. 하지만, 하지만, 그는…… 그는 마지막 순

간에 다른 여자와 있었던 거야. 나를 생각했어야만 하는 그 마지막 순간
에⋯⋯" 페니는 먼 곳으로 시선을 돌리는데, 그녀의 작은 얼굴은 수치심으
로 붉어져 있다. "나는 그 순간을 빼앗긴 거야. 내가 왜 그 짓을 하기 시작
했는지 모르겠어. 그 이후부터 나는 전혀 알지 못하는 여자들로부터 쇼핑
백, 손가방, 그리고 뭐든지 훔치기 시작했어."

"이해할 수 있을 것 같아." 빌리는 손으로 눈물을 닦으면서 말한다.

"미안해." 그녀가 말한다. "정말 미안해."

빌리와 페니는 다시 키스한다. 페니가 몸을 빼더니 빌리의 품 안에서 울
음을 터뜨린다.

"당신도 불쌍해. 빌리, 당신도 안됐어."

빌리와 페니는 언제라도 울음이 터질 것 같은 표정으로 나란히 소파에
앉아 손을 잡은 채 서로 눈을 마주치지 않고 정면을 응시하고 있다.

"우리는 둘 다 작은 것부터 시작해야 돼." 페니가 말한다. "나는 아주 시
시하고 싼 물건들부터. 당신은 복잡하지 않은 아주 단순한 미스터리부
터."

빌리는 고개를 끄덕인다. 페니가 그의 볼에 부드럽게 입을 맞춘다. 그녀
가 쥐고 있던 손을 펼치자, 그날 저녁 옆 테이블에 있던 여자들에게서 훔
친 유리로 만든 작은 새가 놓여 있다. 빌리는 그것을 보고 미소 짓기 시작
한다. 그들은 오랫동안 서로를 쳐다본다.

키스할 때, 그들은 천천히 한다.

NINETEEN

소년탐정은 책상에서 고개를 들고 교대시간보다 두 시간이나 빨리 왔다는 것을 깨닫는다. 그는 또한 자신이 전화에 대고 누군가에게 중얼대고 있다는 것도 알아차린다. 통로 저편에서 래리가 힐끔 보면서 미소를 짓는다.

"네, '북유럽의 왕자' 제품은 가장 인기 있는 스타일 중 하나예요." 빌리는 전화에 대고 속삭인다.

"좋아, 젊은이, 이거 한번 맞춰 봐. 내가 어제 밤에, 여기서 나간 다음에 뭘 했을까?" 래리가 묻는다.

"수술이 필요 없는 고품질의 두발 대용품입니다."

"자, 맞춰 봐. 내가 뭘 했을까?"

"몰라요, 래리. 모르겠는데요."

"나는 수수께끼 같은 인물이야. 자네는 나를 안다고 생각하지? 나를 아는 것은 불가능한 일이야. 나는 블랙홀 같은 존재라고. 과학적 기준은 나에겐 통하지 않아."

래리는 자기 자리로 돌아간다. 빌리는 그를 바라보며 고개를 끄덕인다.

"좋아." 빌리는 혼잣말을 한다. "작은 것, 그래, 작은 것부터 시작하는 거야."

소년탐정은 연장자로서의 래리가 일어나서 그를 향해 윙크한 다음 화장실로 가는 것을 지켜본다. 빌리도 일어서서 천천히 뒤따라간다. 화장실로 들어서서 보니 래리는 거울 앞에서 세수를 하고 있다. 소년탐정은 미소를 띤 채 잠시 그를 지켜본다. 래리는 하던 일을 멈추고 휴대용 술병을 꺼내

한 모금 마시고는 빌리에게 권한다.

"자, 빌리, 젊은이, 조금만 마셔 볼래? 오늘 통화한 그 여자는 팔도 잃고 다리도 잃었는데 그래도 가발이 필요하다고 생각하고 있더라고. 내 말이 무슨 뜻인지 알겠어? 이 가엾고 외로운 사람들, 그들은 실제로 내 가슴을 찢어지게 한다고. 다행히 그들에겐 우리가 있지, 안 그런가, 빌리?"

빌리는 손을 저어 술을 사양한다. 그는 걸어가서 래리의 허리 부분을 가리키면서 생각한다. '래리의 빛나는 황금 허리띠.'

"저…… 래리?"

"무슨 일이야?"

"궁금한 게 있는데요……"

"뭔데?"

"래리, 당신은 오른손잡이에요? 아니면 왼손잡이?"

"오른손잡이냐 왼손잡이냐? 물론 오른손잡이지. 이봐, 나는 내가 왼손잡이였다면 하고 바라는 사람이야. 이 정신병원 같은 곳에서 12년 동안 일하면서, 이 말도 안 되는 왼손잡이용 시설에 익숙해지려고 노력해왔지. 가위며 전화기며 문손잡이며 스테이플러, 또……"

빌리는 고개를 끄덕이고 래리의 벨트를 가리킨다.

"이렇게 말해야겠군요. 만나뵈어서 반갑습니다, 매머드 씨."

래리의 둥근 얼굴이 백짓장처럼 하얘진다.

"젊은이, 이번에는 빗나갔어. 내가 그런 돈 많은 놈팡이라면 좋긴 하겠지만……"

"당신 벨트가 증명해요, 매머드 씨. 왼손잡이 방향으로 하고 있네요."

래리의 둥근 얼굴이 붉어진다. "아니야." 그가 속삭인다.

"맞잖아요."

"오 하느님, 오 맙소사 — 자네가 이겼어, 젊은이. 세상에 이럴 수가, 정말 두 손 다 들었어."

래리는 가발을 벗는다. 검은색 가발 없이 보니 그가 정말 매머드 씨라는 것이 확실하다. 매머드 씨가 만족스럽게 빌리의 손을 잡고 흔들자 빌리는 활짝 미소 짓는다.

"12년 동안이나 숨기고 살았어. 그 길고 긴 12년의 세월 동안…… 자, 이제 게임은 끝난 거겠지? 젊은이, 자네는 뭔가? 연방 수사관? 보험 조사관? 공정거래협회에서 보낸 탐정인가?"

"아닙니다." 빌리가 대답한다. "그냥 가발 판매원입니다."

"아직 아무에게도 얘기 안했지? 연방 수사대에 알릴 셈인가?"

"아니요."

"젊은이, 그렇다면 나를 협박해서 갈취하겠다는 거야? 상당히 머리 좋아. 상당히 머리 잘 굴려. 그렇다면 이제 일종의 거래를 해야 할 시점이군."

"하지만 나는 원하는 게 없어요. 당신이 법의 추적을 받고 있다면 그건 내가 관여할 바가 아닙니다."

"그럼 자네가 경찰에 신고하기 전에 최소한 내 입장을 설명하겠네, 젊은이. 어쩌면 내가 자네 생각을 고쳐먹게 할 수 있을는지도 모르지. 그래, 그래, 이 사건의 범위를 알게 된다면, 어쩌면 자네도 끼어들고 싶을는지도 몰라."

"그렇지 않을 걸요."

"좋아, 하지만 얘기 좀 들어주게 — 모든 일이 시작된 것은 내가 탈세 혐의로 감옥에 가게 될 것 같은 상황 직전이었어. 연방 수사대가 내가 탈세했다는 걸 확신하고 있었거든. 그들이 나를 옭아매기 직전에 나는 내 인생에서 두 번째로 대단한 생각을 해냈어. 첫 번째 대단한 생각은 바로 이거지." 그는 가발을 흔들어 보인다. "그래서, 확실히 감옥에 가게 되기 전에, 나는 내 사업구상을 모두 녹음해놓고 죽은 척해야겠다는 멋진 생각이 들었는데, 그게 착착 계획대로 됐어. 우선 직원을 모두 다 해고하고, 그 다음엔 나를 알지 못하는 새로운 스태프를 들여 놓고, 나는 야간 근무를 하면서 몰래 숨어 들어가서 내가 원하는 내용을 녹음해놓는 거지. 나보다 뛰어난 사람은 없으니까."

"그러니까 내가 밤에 들었던 소리는 당신이었군요."

"맞아. 나는 숨어들어가서 새로운 테이프를 녹음해놓고·다른 사람이 알아차리기 전에 사라지는 거야. 왜냐하면 현재 나는 보잘 것 없는 세일즈맨이기 때문에 아무도 신경 쓰지 않으니까. 십 년 이상 그런 식으로 없는 사람처럼 가면극을 해온 거지 — 그게 어떤 건지 상상할 수 있겠나?"

"아뇨."

"하지만 진짜 대단한 생각은 이거였어. 밤마다 이곳에 앉아서 전화를 하면서, 이 사람들과 이야기를 하다 보니, 물론 결국 물건을 사는 사람은 아무도 없지만, 나는 이런 결론에 도달하게 됐어 — 사람들은 모두 동일한 이유 때문에 불행하다는 거지. 뼈와 가죽만 남은 그들의 작은 두뇌 어딘가에서, 그들은 자기가 이미 죽은 목숨이라는 걸 알고 있어. 직업은 보잘 것 없고, 결혼생활은 상상도 할 수 없을 만큼 엄청난 실망으로 끝났고, 지불해야 할 청구서는 쌓여만 가고 — 그래서 나는 이 사람들에게 필요한 것은 새로운 출발, 완전히 새로운 시작이라고 생각해. 바로 그걸 우리가 팔고 있는 거야, 빌리. 희망이라는 이름의 싸구려 버전이지. 새로운 출발을 향한 희망 말이야. 이 멍청한 물건을 쓰기만 하면 그들이 늘 꿈꿔 왔던 삶이 시작될 거라는 희망. 그게 바로 그 사람들에게 필요한 거야. 그들에겐 앞으로 일어날 일들이 지금까지 겪었던 것보다는 나아질 거라고 믿을 이유가 절실하게 필요한 거야." 매머드 씨는 나지막하게 말하면서 가발을 흔든다. "바로 이게 그 이유야. 이것, 이 가발 비즈니스가 밑천이라고. 정말이야. 그러니까 혹시 자네만 좋다면 우리 함께 뭔가 해볼 수 있지 않겠나?"

"그럴 것 같지 않습니다, 매머드 씨."

"하느님 맙소사, 젊은이, 바로 그 이유 때문에 내가 자넬 좋아하는 거라고. 자네는 진정한 심장을 가지고 있지, 상냥하고 진실한 심장. 자네의 진정성은 정말 놀라워. 바로 그걸 사고 팔 수 있는 방법을 찾아내기만 한다면 좋을 텐데. 하지만…… 이제 보니 나에게는 그런 장점이 절대 없었던 것 같아, 그렇지?

"그렇습니다."

"자넨 옳은 일을 했어, 젊은이, 올바른 일을 했다고. 아주 솔직하게 털어놓자면, 나는 여기서 숨어 다니는 데 지쳤어. 이곳은 나에게 감옥이야. 불쌍한 낙오자들과 통화하면서 그들의 눈물겨운 사연을 들어주는 것, 그게 나를 미치게 한다고. 지금부터 자네는 월급을 받을 거야. 월급도 주고 휴가도 줄게. 어때? 여기 있는 이 젊은이는 진정한 심정을 갖고 있어. 정말, 정말, 12년 동안, 눈물겨운 사연을 들으면서 12년이나 지났는데, 여기 있는 이 젊은이 외에는 어느 누구도 나를 구원할 생각을 한 적이 없다고."

그들이 천천히 화장실에서 나와서 로비 쪽으로 가는데, 멜린다가 나타나더니 두 사람을 쳐다본다. "무슨 일이에요?" 그녀가 묻는다.

"지금까지도, 지금까지도, 저 여자는 절대 알아차리지 못했어, 젊은이. 나는 그게 미치겠어."

"멜린다, 여기 이 남자가 당신에게 할 말이 있다는데요." 빌리가 말한다.

매머드 씨는 미소를 지으며 멜린다의 어깨에 손을 얹는다. "이제부턴 당신이 쇼 진행을 맡게 될 거야. 언젠가 당신이 인공수족에 대해서 얘기하는 걸 들었는데…… 그게 바로 경영자야. 정말로 그게 경영자라고."

"잠깐만요, 대체 무슨 일이죠?" 멜린다가 묻는다.

"빌리가 미스터리를 풀었지. 대단한 미스터리를."

"잠깐만요, 무슨 미스터리에요?"

"사람이 죽으면 어디로 가는가 하는 미스터리 — 하하. 자, 어서 멜린다에게 그 해답을 말해주게, 빌리."

"뭐라고요?"

"사람이 죽은 다음엔 어떻게 되느냐고. 하하. 자, 어서 어서 멜린다에게 말해주게, 빌리."

빌리는 미소를 짓는다. "사람들의 귀에 대고 모든 일이 다 잘 될 거라고 속삭이는 작은 목소리가 되는 거죠."

TWENTY

소년탐정은 래리가 체포되는 사진과 함께 '매머드 사기극'이라는 헤드라인이 달린 신문 기사를 오려낸다. 빌리는 벽에 붙어 있는 다른 스크랩 옆에 그 기사를 붙인다. 그는 침대에 앉아서 수첩과 연필을 잡고 뭔가 썼다 지웠다 하면서 미스터 룬트의 수수께끼를 풀려고 노력한다.

'실버 라인, 얽힌 선, 낡은 허파. 실버 라인, 얽힌 선, 낡은 허파.' 빌리는 낱말을 하나씩 하나씩 적으면서 한숨을 쉰다. 그는 미소를 띤 채 혼잣말을 하면서 수수께끼를 풀려고 노력하고 있다. 그는 연필로 앞이마를 톡톡 치다가, 손끝으로 볼을 누르면서 잠시 멈춘다. 그는 자신이 미소 짓고 있다는 사실에 놀라서 한층 더 활짝 웃는다.

한때 우리 도시의 최고 명물은 티들리윙크스 [원래는 작은 플라스틱 원반을 튕겨서 컵 속에 넣는 게임 이름] 라고 불리던 춤추는 곰 가족으로, 이들은 19세기에서 20세기로 넘어가던 시절에 우리 도시의 보드빌 극장 에서 공연을 하곤 했다. [보드빌은 희극, 노래, 무용, 곡 예, 마술 등으로 구성된 종합오락공연으로 19세기 말 부터 20세기 초까지 미국의 대표적인 대중예술로 독보 적인 인기를 누렸으며, 거의 모든 도시에 보드빌 극장 이 있었다] 이들 세 마리의 곰은 푸른색 발레튀튀를 입 고 낯선 사람들과 함께 춤을 출 수 있을 정도로 훈련 이 되어 있었다. 소유주 모겐스틴이 사망하자, 곰들은 시 당국이 관리하게 되었는데, 시장은 어리석게도 이 들을 우리 작은 도시의 외곽을 둘러싸고 있는 숲 속으 로 돌려보내기로 결정했다. 정말 최악의 오판이었다. 스스로를 부양할 능력이 없었던 이들 곰 가족은 여전 히 튀튀를 입은 채 시내 중심가에서 난동을 피우다가 결국 총에 맞아 죽고 말았던 것이다. 이들의 유해는 도심 한복판에 묻히고 그 위에 동상이 세워졌다. 이들 세 마리의 곰이 날카로운 발톱이 달린 발끝으로 서서 춤을 추는 동상은 이상한 광경이다. 우리가 상상하는 사후의 세계가 바로 그럴 것이다. 우리 삶의 가장 행 복했던 승리의 경험, 가장 진지했던 순간들만 남는데, 그것은 인생의 비극이 닥치기 직전에 잠시 허락된 유 예기간인 것이다.

TWENTY-ONE

버스에서 페니는 다른 여자가 들고 있는 비싸 보이는 핸드백을 흘끔거린다. 그녀는 조심스럽게 다가가서 가방 안에 손을 넣어 핑크색 안경을 훔친다. 페니는 훔친 물건을 자기 주머니에 넣고, 만족한 듯 미소를 짓는다. 조금씩 버스 뒤쪽으로 이동하는 중에 흰색과 핑크색 쇼핑백을 한 아름 들고 있는 부인을 보게 된다. 페니는 그 여자 옆에 서서 가장 큰 쇼핑백 안을 들여다본다.

쇼핑백 안에는 아름다운 핑크색 필박스 모자가 하나 들어 있다.

페니는 매우 흥분한 채 그것을 바라본다. 그녀는 버스가 움직이는 것을 틈타 잽싸게 손을 아래로 뻗어 보지만 쇼핑백은 조금 더 먼 곳에 있다. 페니는 조심스럽게 두 번째 시도를 하는데 바로 그때 통로 맞은편에서 콧수염을 기른 건장한 남자가 그녀를 지켜보고 있다. 이를 눈치 챈 페니는 스타킹을 다듬는 척한다. 건장한 남자는 다시 신문을 읽는다. 페니는 세 번째로 손을 뻗어 쇼핑백 안에 손을 넣은 다음 버스 출구를 향한다. 버스에서 뛰어 내리면서 그녀는 미친 듯 미소를 짓는다.

오, 맙소사, 거리에는 비가 내리고 있다. 페니는 활짝 웃으면서 인도로 부지런히 걸어서 모퉁이를 돌아 뒷골목으로 들어선다. 자기 가방을 열고 모자를 보면서 아주 행복해 한다. 갑자기 누군가 그녀의 손을 움켜잡는다. 그녀는 고개를 들어 쳐다본다. 그러자 그녀의 작은 가슴이 미어진다. 아, 그것은 빌리다. 그는 상당히 실망한 표정이다. 그는 그녀의 손을 놔 주고는 눈살을 찌푸린다. 페니는 상당히 불안해진다. 즉시 그녀는 중얼중얼

변명을 늘어놓기 시작한다.

"이건…… 그냥 여기에서 주운 거야. 이건…… 훔친 게 아니라고."

"그 말 믿지 않아."

"하지만 이건 여기에 있었고, 나는 그저 주웠을 뿐이야."

"나는 버스에 타고 있었어. 무슨 일이 있었는지 다 봤다고."

"아, 알았어." 그녀가 말한다. 그녀는 고개를 숙이는데, 아랫입술이 떨리고 있다.

"아마도 나는…… 경찰에……"

"나는 이 짓을 멈추는 방법을 몰라." 그녀가 말한다. "선하게 사는 것은 불가능한 것 같아. 그렇게 생각하지 않아?"

"뭐라고?"

"이런 세상에서 선하게 사는 것은 불가능한 것 같다고, 빌리."

마음이 상한 빌리는 뒤로 물러서기 시작한다.

"빌리, 잠깐만, 제발…… 떠나지 마……"

페니가 빌리에게 키스한다. 빌리도 그녀에게 입을 맞추지만 너무나 슬픈 키스다.

"제발……" 그녀가 속삭인다.

"나는 당신이 한 말을 믿었어. 그래서 작은 것부터 시작하고 있었어."

"나 때문에 포기하지는 마, 빌리. 당신은 해답을 찾을 수 있어. 누구든 해답을 찾을 수 있다면 당신도 할 수 있어. 다만, 제발, 내가 나약한 것 때문에 용기를 잃지는 마. 내가 도둑이라는 것 때문에 포기하지는 말아."

소년탐정은 고개를 젓는다.

"당신은 내 마음을 훔쳤어…… 그게 제일 나쁜 짓이야." 그가 말한다.

빌리와 페니는 다시 키스한다. 짧은 입맞춤이 끝나자 슬픈 추억만 남는다.

빌리는 휘청대며 골목길을 걸어 나간다. 이빨은 딱딱 부딪치고 손은 부들부들 떨린다. 어두운 골목 안에서는 페니가 고개를 숙이고 나지막이 흐느끼기 시작한다.

TWENTY-TWO

소년탐정은 버스에 타서 울고 있다. 옆에 앉아 있는 사람들은 최선을 다해서 모르는 척하고 있다.

TWENTY-THREE

회사에서, 소년탐정은 완전히 정신이 나갔다. 그는 손으로 머리를 감싸고 있다. 책상 위에 있는 카탈로그와 서류는 눈물자국으로 얼룩져 있다. 지금 그는 고객과 통화하면서 페니를 잃은 것에 대해서 중얼거리면서 울고 있다.

"다시는 그런 여자를 만날 수 없을 거예요. 다 끝났어요." 그가 말한다.

"나는 세 번 결혼했는데, 지금 네 번째 결혼을 생각하고 있어요." 고객이 대답한다. "이것은 끝이 아니라 어쩌면 완전히 새로운 시작이라고 생각해 봐요."

"네, 그럼, 얘기 들어주셔서 고맙습니다."

"나도 '호의적인 요부' 가발을 할인해줘서 고맙군요. 내 남자친구가 나에게 외모를 바꿔보라고 얘기하고 있었거든요."

"고맙다니요, 괜찮습니다. 그럼 안녕히 주무세요."

빌리는 전화를 끊는다. 다음 고객이 전화를 받자마자 그는 다시 울기 시작한다. 그는 서류가방을 뒤지고 주머니를 뒤지고 그 다음엔 파일 캐비닛을 뒤지다가 약병들이 모두 완전히 비었다는 것을 기억해낸다. 왜 그는 그런 일을 했단 말인가? 왜 그는, 다른 때가 아니라 바로 지금, 용감해지기로 결심했단 말인가? 빌리는 책상에 머리를 쾅쾅 부딪치기 시작하는데, 그러다 보니 마침내 사무실의 소음이 사라지고 눈앞은 흐릿해진다.

슬프게 발을 질질 끌면서 아침에 집으로 돌아오는 길에 빌리는 거스 멈포드가 현관 베란다에 앉아서 스쿨버스를 기다리고 있는 광경을 포착한다. 빌리는 그 옆에 앉는다. 어린 악동은 손에 개미도시의 잔해를 들고 있는데, 흙과 모래로 만들어진 공동묘지의 도시에는 홀로 남은 붉은색 시민이 동료 시민들의 무덤을 만들고 재배치하면서 여전히 강행군을 하고 있다.

거스는 빌리를 보면서 쪽지를 건넨다. 이렇게 쓰여 있다. '개미도시는 이제 무덤이에요.'

"끔찍한 일이군." 빌리는 그 낯선 광경을 쳐다보면서 말한다.

거스는 고개를 끄덕이며 또 한 장의 쪽지를 건넨다. '모두 죽었어요. 하나만 빼고 모두.'

"그래. 그런데 홀로 남은 개미는 아주 외롭겠구나."

거스는 고개를 끄덕이고 나서 작은 직사각형 유리 상자를 들어서 뚜껑의 잠금장치를 푼다. 앞마당의 부드러운 풀밭 위에 개미 사육 상자를 놓고, 그들 둘은 홀로 남은 개미가 재빨리 도망쳐 나가는 것을 지켜본다.

소년탐정이 셰이디 글렌스에 돌아오자 엘루이스 간호사가 부엌에서 케이크를 만들면서 울고 있다. 그녀는 콧잔등에 밀가루를 묻힌 채 빌리를 향해 슬픈 미소를 짓고 혹시 반죽을 젓고 싶으냐고 묻는다. 빌리는 조용히 고개를 끄덕이고, 두 사람은 나란히 서서, 빌리는 나무주걱을 잡고, 엘루이스 간호사는 여전히 흐느끼면서 케이크 반죽을 내려다보다가 마침내 나지막하게 말한다. "끔찍한 소식을 들었어요."

"그게 어떤 소식인데요?" 빌리가 묻는다.

"마술사 남자친구가 끔찍한 사고를 당했어요. 톱으로 잘려서 몸이 두 동강이 났대요."

"그럼. 그는 죽…… 살아났나요?"

"의사들 얘기로는 병원에 실려 왔을 때 상반신은 죽어 있었지만 하반신
은 괜찮았대요."

"그렇군요."

"빌리, 이제 나는 어떻게 해야 하죠? 이제 깨달았어요, 나에겐 그 남자밖
에 없어요. 마치 나도 두 동강으로 잘라진 것 같아요."

빌리는 케이크 반죽을 내려다보는데, 이 시점에서 볼 때는 꽤 잘 섞인
상태이다. 그는 반죽 그릇을 엘루이스 간호사에게 돌려주다가 어색하게
손이 부딪친다. 엘루이스 간호사는 미소를 짓고는 다시 울기 시작한다.

한 시간 후, 빌리는 달콤한 프로스팅 [케이크 위에 입히는 설탕] 냄새에 이끌
려 휴게실로 내려와 보니 케이크가 완성되어 있다. 케이크는 거대한 흰색
해골 모양인데 젤리로 만든 입은 시무룩한 표정이다. 그는 달콤한 설탕 과
자의 맛을 기대하면서 손가락으로 케이크를 찍어서 맛을 보는데, 그러나
케이크는 정 반대로 쓰고 맛이 없다. 그는 뒤로 물러서서 다시 방으로 돌
아가다가 갑자기 멈춰서 뒤돌아 다시 복도로 뛰어간다. 그는 양호실에서
엘루이스 간호사가 서서 눈물 때문에 마스카라가 흘러내리는 눈으로 두
손에 가득 담긴 파란색, 흰색 알약을 내려다보고 있는 것을 찾아낸다. 빌
리가 그 젊은 여자를 바라보며 슬픈 미소를 짓자, 그녀도 고개를 끄덕이며
미소로 답한다.

엘루이스 간호사는 천천히 손에 담긴 알약을 빌리의 손에 옮기고는 다
시 울기 시작한다. "정말 당혹스러워요, 빌리." 그녀가 말한다. "정말 당혹

스럽다고요."

빌리는 젊은 여자의 손을 잡고 조심스럽게 자기 손목의 흉터를 그녀에게 보여준다.

"오, 빌리, 빌리, 나는 죽고 싶었던 게 아니에요. 다만 이 상황을 헤쳐 나갈 수 없을 것 같아서……"

"나도 그랬어요." 빌리가 말한다. "나도 그랬다고요."

휴게실에서 미스터 플루토와 함께 세 사람이 하트 게임을 하다 보니 마침내 암흑기는 지나가고 눈물이 멈춘 것 같다. 엘루이스 간호사는 빌리와 미스터 플루토의 볼에 입을 맞추면서 말한다. "둘 다 고마워요. 내일 밤에는 당신 둘에게 엔젤 푸드 케이크를 만들어 줄게요."

빌리는 자기 방에 누워서 은색 눈가루가 자신의 눈 위로 떨어지는 것을 바라보면서 미소를 짓는다. 그는 잠이 드는데, 오늘은 동굴이 나타나는 것이 아니라 비둘기 날개, 구름, 그런 기분 좋은 것들을 꿈꾼다. 그의 꿈은 이렇게 보인다.

　　　　구름　구름　구름
　구름　　　　　　　　　구름
　　　　구름　구름　구름

　　　　　　구름　구름　구름
　　　　구름　　　　　　　　구름
　　　　　　구름　구름　구름

　　　구름　구름　구름
　구름　　　　　　　구름
　　　구름　구름　구름

　　　　　　　　　　　　　노래하는 하프를 든 소녀

　　　　　구름　구름　구름
　　　구름　　　　　　　　구름
　　　　　구름　구름　구름

TWENTY-FOUR

멈포드 남매는 어두침침한 강을 따라 어두운 숲 속을 거닐고 있다. 그곳에서는 잃어버린 비밀의 소리가 귀에 메아리쳤다가는 사라진다. 자주색과 흰색이 섞인 겨울 재킷 차림에 검은색 헤드폰으로 귀를 덮은 에피 멈포드는 덤불이 우거진 지표면 가까이에 녹음기를 대고 잊힌 소리를 찾아내기 위해서 최선을 다하고 있다. 거스 멈포드는 조용히 누나 뒤에서 걸어가면서 앞뒤로 움직이는 나침반의 바늘을 지켜본다. 희미해지는 밤 그림자 아래 쓰러진 나무들을 넘고 싱크홀 [암석이 용해되면서 원형 또는 깔때기 모양으로 함몰된 지형]을 지나치며 전진하던 아이들이 갑자기 멈춘다. 에피 멈포드가 젖은 나뭇잎과 흙 위에 버려져 있는 낯선 물체를 발견한다. 자그마한 검은색 구두 한 짝이다.

멈포드 남매는 한동안 그것을 쳐다보는데, 에피는 녹음기의 마이크를 그 가까이에 대보기도 하다가, 그 다음에는 발끝으로 신발을 차면서 천천히 조사하기 시작한다.

"이런 게 숲 속에 있다는 게 얼마나 안 어울리는지." 에피가 중얼거린다.

거스 멈포드는 고개를 끄덕이면서 신발 옆에 나침반을 갖다 댄다. 바늘은 거의 움직이지 않는다.

"새 신발 같은데." 에피 멈포드가 소곤거리며 말한다. "발을 질질 끌었던 흔적이 하나도 없는 걸 보면."

거스 멈포드는 또다시 고개를 끄덕인다. 그는 누나에게 쪽지를 건넨다. '여자아이 거야.'

"그래. 발이 아주 작은 소녀." 에피는 작은 신발을 손으로 잡고서 대답한다. 그것을 다시 흙 위에 두면서 멈포드 남매는 주위를 훑어본다. 거스 멈포드가 황급히 뛰어가더니 몇 야드 떨어진 통나무 옆에 말없이 놓여 있는 두 번째 신발을 찾아낸다. 그는 누나에게 쪽지를 건네는데, 이렇게 적혀 있다. '똑같은 신발이야.'

에피 멈포드는 그 신발을 내려다보다가 고개를 들어 근처 어둠 속에서 뭔가 반짝이는 것을 발견한다.

"저걸 봐!" 에피가 소리치고 두 명의 아이들은 그쪽으로 뛰어간다.

앞쪽에, 숲이 급격히 경사지는 곳 가까이에, 녹색을 띤 강물이 하얗게 된 견고한 나무와 만나는 곳에 뭔가 붉은 것이 보인다. 그것은 쓰러진 나무줄기의 뾰족한 가지에 걸린 리본이다. 손에 리본을 움켜쥔 에피는 또 다른 것을 발견한다. 잡초와 부들개지가 엉켜 있는 저 아래쪽에, 회색 돌과 검은색 자갈이 드러난 강바닥에, 흐릿하고 매끄러운 흰색 물체가 보인다. 거의 벌거벗은 소녀의 몸이다. 흰색 다리와 매끄러운 팔이 보이고 배꼽도 언뜻 보이는데 모두 흙으로 범벅되어 있다. 두 명의 아이들은 전속력으로 뛰어가면서, 에피 멈포드는 도와달라고 외친다. 거스 멈포드의 나침반은 온갖 방향을 가리키기 시작한다.

다음날 학교에서 다들 에피 멈포드를 쳐다본다. 식당에서도, 자습실에서도, 무거운 교재를 막대기 같은 가슴팍을 지키는 방패처럼 안고서 혼자 복도를 걸어갈 때에도 온 세상이 그녀만 쳐다보고 있는 것 같다 — 노려보는 시선이 아니라 그녀를 쳐다보면서 그녀가 무엇을 보았을까 궁금하게 생각하는 그런 시선이다.

역사 시간에 자리에 앉자, 인기 많은 금발의 소녀 로렌 막스가 통로 맞은편에서 몸을 기울여 묻는다. "그 아이 모습이 정말 끔찍했니?"

에피 멈포드는 눈살을 찌푸린 다음에 고개를 끄덕이지만 속으로는 이렇게 관심 받는 것을 즐기고 있다.

"뭐라고 말은 하디?" 다른 소녀가 묻는다.

에피는 고개를 젓고 [질문을 한] 예쁜 소녀의 눈을 들여다보며 대답한다. "내가 코트를 벗어 주자 그 아이는 자기가 죽은 거냐고 묻더라고. 그래서 내가 아니라고 말해줬어. 왜냐하면 죽지 않은 것 같았거든."

* * *

같은 날 학교가 끝난 후 정체를 알 수 없는 낯선 사람으로부터 예상치 못한 전화가 걸려온다.

"여보세요?" 에피 멈포드가 조용히 말한다.

"여보세요." 목소리가 들린다. 그것은 낯설고 힘없는 목소리로, 가까스로 수화기에 대고 힘없고 가쁜 숨을 몰아쉬고 있다.

"여보세요?" 에피가 다시 말한다. 전화선 저편에는 작은 펌프가 오르내리는, 뭔가 천천히 끊임없이 일정하게 덜컹거리는, 그런 기계음이 들린다. 잠시 후 에피 멈포드는 그것이 파커 레인의 텅 빈 병실에서 나는 소리라는 걸 깨닫는다. 가까스로 살아난 그녀가 말하려고 애쓰는 중이다.

"고마워." 목소리가 들린다. "고마워, 고마워, 고마워,"

TWENTY-FIVE

학교에서, 거스 멈포드는 오늘도 혼자뿐이다. 혹시 말을 하려고 한다고 해도, 떠벌릴 대상 하나 없다. 그는 자기 자리에 앉아 있는데, 오늘은 게일 선생님의 나무 책상도 비어있기 때문에 불안하다. 그는 팔에 머리를 묻은 채 벽시계를 올려다본다. 그는 아무것도 없는 흰색 시계판 위에서 작은 바늘이 큰 바늘을 추적하는 것을 지켜본다. 한 시간이 흐른다. 아무 일도 일어나지 않는다. 그는 고개를 들고 주위를 둘러본다. 아무것도 없는 흰색 교실을 응시한다. 그는 죽는다는 게 이럴 거라고 상상한다. 그는 눈을 깜빡인다. 다시 깜빡인다. 다시 한 번 아주 빠르게 깜빡이면서 눈을 깜빡일 때 나는 소리를 듣는다 — 그것은 부드럽게 펄럭이는 소리 같다. 그는 타일이 깔린 바닥에 두 발을 내려놓는다. 한쪽 발로 바닥을 친다. 딱 하고 소리가 나면서 크고 텅 빈 공간에 울려 메아리친다. 그는 다시 발을 구르고 다른 쪽 발도 굴러본다. 그는 울려 퍼지는 육중한 리듬을 자랑스럽게 생각하면서 두 발로 바닥을 구른다. 그는 책상의 나무판을 오른손으로 내리치고 그 다음엔 왼손으로 내리친다. 그는 흥얼거리기 시작한다. 자기 자신의 목소리를 듣는 것은 꽤 오랜만이다. 그것은 흔치 않고 극적인 소리로, 마치 폭이 좁은 전기톱에서 나는 소리 같다. 그는 책상을 치고, 흥얼거리면서 탱크를 먹어치우는 공룡에 대한 노래를 지어 부른다.

> 탱크, 탱크
> 나는 탱크를 먹는다

모든 종류의 탱크, 탱크, 탱크를

탱크, 탱크

나는 탱크를 먹는다

고맙다는 말은 하지도 않는다

거스 멈포드는 자기가 노래를 하고 있다는 것을 깨닫지도 못한다. 그는 많은 낱말을 큰 소리로 입 밖에 내고 있다. 그렇게 몇 시간 동안이나 외치고 소리치고 손뼉을 치며 노래하는데, 마침내 교실 문이 열리고 4학년을 맡고 있는 반 윙클 선생님, 부풀린 갈색 머리에 큼직한 갈색 눈동자, 그리고 반짝이는 푸른색 아이섀도를 칠한 젊은 여자선생님이 들어선다.

"거스 멈포드?"

거스 멈포드는 고개를 끄덕인다.

"얘야, 여기에 쭉 혼자 있었던 거니?"

거스 멈포드는 또다시 고개를 끄덕인다.

"학교에서 엄청난 실수를 했구나. 게일 선생님은 오늘 모두 다 결석한다고 알고 있었어."

거스는 고개를 젓는다.

"그럼 오늘은 우리 반으로 갈래? 찰흙을 가지고 과학 수업을 하고 있단다. 공룡에 대해서 공부하고 있어."

소년은 너무나 흥분한 나머지 스스로 알아차리기도 전에 입을 벌려 "네."라고 말한다. 거의 3개월 만에 처음으로 누구에겐가 말을 한 것이다. 후회할 틈도 없이, 그는 의자에서 벌떡 일어나고, 반 윙클 선생님은 그의 손을 잡고, 그들 둘은 복도를 따라 부지런히 걸어간다.

경험한 적이 없는 화려한 4학년의 세계에 들어서는 순간, 반 윙클 선생님이 공룡에 관해서 질문을 계속하고 거기에 거스 멈포드가 가장 행복한 표정으로 대답하는 순간, 이 작은 소년은 다음과 같은 것을 깨닫는다. 즉, 인생의 가장 중요한 일들은 거의 언제나 예측할 수가 없다고.

그날 오후에 미소를 띤 채 집으로 오는 길에 거스는 멈춰 서서 한 마리의 붉은 개미가 길을 가로질러 가는 것을 지켜본다. 그는 잠시 멈춘 채, 개미가 서둘러 다른 무리에 끼어들어, 붉은색의 작은 행렬을 만들면서 즐겁게 행진해가는 것을 유심히 바라본다.

TWENTY-SIX

소년탐정은 멈포드 남매와 나란히 앉아 그날 신문 1면을 보고 있다. '실종된 소녀 발견되다'라는 제목 아래 있는 흐릿한 사진 속에서 에피와 거스 멈포드가 서서 숲 속의 어느 지점을 가리키고 있는데, 사진 속에서 아이들은 둘 다 진지하고 밝고 매력적으로 보인다.

빌리는 사진을 보고, 그 다음엔 고개를 들어 아이들의 미소 띤 얼굴을 쳐다본다.

"하지만 이제, 물론, 모든 탐정들과 마찬가지로, 어떻게 그런 일을 했는지 밝혀줘야 돼." 빌리가 아이들에게 미소를 보내면서 말한다.

"아주 단순한 일을 했을 뿐이에요." 에피가 말한다.

"그래, 그런데 그게 뭐였어?"

에피 멈포드는 현관 베란다에서 눈을 들어 밤하늘을 응시한다. 초저녁에 처음 뜨는 별들이 조용히 모습을 드러내고 있는데, 빌리는 에피의 시선을 쫓으며 어린 소녀가 하는 말을 듣는다.

"어느 짧은 순간 동안, 우리는 스스로에게 눈에 보이지 않는 어떤 것에 대하여 믿음을 갖도록 허락했던 거예요."

다시 버스를 탄 소년탐정은 저녁의 흐릿한 불빛을 바라본다. 회사에 가야 한다는 것이 두려운 그는 조용히 데이지 홀리스 사건을 반추하기 시작한다.

그들이 언덕에 있는 저택으로 간 것은 물론 빌리의 놀라운 추리 때문이었다. 데이지 홀리스는 홀리스 드라이클리닝 재벌의 상속인으로 도시 바로 외곽 언덕에 있는 대규모 저택들 중 하나에서 살고 있었다. 처음에 경찰은 소녀가 사라진 것은 당시 이미 다섯 명의 소녀를 유괴했던 전당포 납치범의 소행이라고 확신했다. 납치한 소녀들로부터 값비싼 보석과 소지품을 빼앗은 다음, 납치범은 몸값을 흥정은 하지 않은 채 아이들을 풀어주었다. 데이지 홀리스는 역시 동일한 술책의 희생자인 것 같았다. 왜냐하면 그녀는 가문의 보석으로 대대로 내려오던 엄청난 보석, 수천 달러 값어치가 나가는 루비 브로치를 달고 다니는 것으로 유명했기 때문이었다. 하지만 다른 아이들과는 달리 데이지는 곧 돌아오지 않았기 때문에 경찰서장은 걱정을 하기 시작했다.

데이지가 실종된 지 닷새째가 되자 경찰은 다시 한 번 홀리스 저택을 수사했지만 슬프게도 아무런 단서도 찾아내지 못했다. 단서는 언제나 남아 있는 법이라고 주장하던 빌리는 진지한 조사에 착수했다.

빌리는 캐롤라인과 펜튼을 데리고 데이지 홀리스의 어마어마한 저택 주변 땅을 샅샅이 조사했다. 아고 남매와 그들의 친구에게 그 집은 박물관처럼 보였다. 거대한 수족관에는 형형색색의 물고기가 있었고, 온실에는 실제 야자수가 있었으며, 음악실에는 스스로 연주를 하는 피아노가 있었고, 수영장은 지금껏 아이들이 본 것 중에서 가장 컸다. 하지만 나쁜 일이 있었다는 흔적은 없었다. 확대경을 손에 든 빌리는 거목을 춤추는 코끼리나 기린 모양으로 다듬어 놓은 장식 정원을 조사했다. 지문채취 도구를 손에 든 캐롤라인은 마구간을 탐색했다. 배에서 꼬르륵 소리가 나는 펜튼은 부엄에서 일하는 사람들을 탐문했다. 곧 날이 어두워졌다. 아이들은 회중전등을 든 채 데이지의 부모님이 딸을 위해서 만들었다는 거대한 미로를 살금살금 통과해서 작은 사슴과 영양들이 잠들 준비를 하고 있는 만지는 동물원[우리 안에 들어가서 동물을 직접 만질 수 있는 어린이용 동물원] 옆으로 지나갔다.

가여운 데이지 홀리스의 실종 5일째가 끝났음을 알리는 듯 말 없는 달이 뜨기 시작할 때, 빌리는 중요한 것을 발견했다. 언덕 위에 있는 저택 — 도시를 굽어보는 가장 높은 절벽 끝에 서 있는 으스스한 낡은 집 — 이 정체 모를 광채에 휩싸여 있는 것이었다. 작은 빛 한 줄기가 수많은 창문 중 하나로부터 시작되고 있었는데, 밤공기에 반사된 그 빛 때문에 저택 전체가 기이한 붉은 안개 속에서 불타고 있는 것처럼 보였다.

소년탐정과 조수들은 지체 없이 가파른 절벽을 올라, 연철(鍊鐵)로 만들어진 다 부서진 대문을 지나 저택의 출입구로 사용되는 육중한 나무문으로 향했다. 집 안으로 잠입한 아이들은 불가사의한 빛이 깜빡이는 곳을 향해서 어둠 속에서 말없이 걸어갔다. 난간이 없이 삐걱대는 층계를 올라 거미줄이 쳐진 복도를 따라가던 아이들은 마침내 이상한 붉은 빛의 정체를 찾아냈다. 거대한 전신거울 발치에 매우 큼직한 루비가 하나 놓여 있었다. 이 어마어마한 보석이 거울에 비친 달빛에 반사되어 방 전체를 붉은색으로 반짝이게 하고 있었다.

"봐!" 빌리가 소리쳤다. "루비야. 데이지 홀리스가 하고 다니던 브로치에 있던 것 같아." 그는 증거물 옆에 무릎 꿇고 앉아서 텅 빈 방을 둘러보았다. "누군가 힌트를 주기 위해서 남겨놓은 거야."

빌리는 일어서서 증거물을 스웨터 주머니에 넣었다. 그는 몇 발짝 움직여서 천장에서부터 바닥까지 이어진 거대한 전신거울을 조사하기 시작했다. 빌리가 반짝이는 거울 표면을 한 번 밀자 거울이 재빨리 열리면서 좁은 통로가 드러났다.

"봐!" 캐롤라인이 소리쳤다. "비밀 통로야."

"정말 컴컴한데!" 펜튼이 끼어들었다.

"정말 그래." 빌리가 동의했다.

아이들은 회중전등을 켜고 빌리를 따라 좁은 통로로 들어섰다. 통로는 이리저리 굽은 것 같았다. 아이들은 자신들이 절벽의 심장부 어딘가에 있는 동굴을 향해 가고 있다는 것을 깨달았다. 통로에는 다른 보석들도 많이 있었다 — 다이아몬드 귀걸이 한쪽, 진주목걸이 하나, 앤티크 자수정 귀걸이 한 쌍. 마침내 아이들은 상당히 큼직한 동굴로 나오게 되었다. 동굴의 끝에는 강으로 통하는 입구가 있었다. 작은 모터보트 한 척이 정박되어 있었고, 그 외에도 흥미로운 단서들이 많이 있었다. 곧 출발할 준비가 다 된 듯 보이는 여행가방 몇 개, 의자 하나와 로프, 그리고 검은색 눈가리개.

"봐! 증거물이야!" 빌리가 소리쳤다.

캐롤라인은 즉시 하나하나 지문 채취를 시작했다.

"이거 봐!" 펜튼이 첫 번째 여행 가방을 열면서 속삭였다. "보석이 들어있어."

"전당포 납치범이 꽤 열심히 일한 것 같군." 빌리가 대답했다.

다른 가방을 열자, 아이들의 옷과 신발이 다양하게 들어 있다. 두 번째 가방 옆에 있는 세 번째 가방 버클을 열자 그 안에는 온갖 종류의 가발이 들어 있다. 긴 머리, 짧은 머리, 붉은 머리, 갈색 머리.

"이게 바로 범인이 소녀들을 납치하는 방법이구나!" 캐롤라인이 숨을 헐떡이며 말했다.

"그래, 맞아." 빌리가 고개를 끄덕였다. "불쌍한 아이들에게 강제로 옷을 갈아입고 가발로 변장하게 해서 같이 도망쳤다가 나중에 아이들의 물품을 팔아치우는 거야."

"경찰을 불러야 할 것 같아." 캐롤라인이 지적했다. "여기서 우리들 혼자 있다가 전당포 납치범하고 마주치기는 싫어."

"그래, 물론이야, 내가 갈게." 펜튼이 동의했다. 그들의 통통한 친구는 회중전등으로 길을 비추면서 단숨에 통로를 통해 돌아갔다.

"어쩌면 데이지 홀리스에 대한 단서를 찾을 수 있을는지도 몰라." 캐롤라인이 말했다. "기다리는 동안 좀 더 꼼꼼하게 찾아보자."

"아주 사려 깊은 생각이야." 빌리가 대답했다.

두 개의 여행 가방을 다시 한 번 뒤져봤지만, 아고 남매는 새로운 단서를 하나도 발견하지 못했다. 탐색이 끝나자 어린 탐정은 가방을 원래대로 복구해놓고 이제 뭘 해야 하나 생각하고 있었다.

"봐!" 빌리가 속삭였다. "누군가 오고 있어."

"펜튼이 벌써 돌아온 걸까?" 캐롤라인이 물었다.

"아닐 거야." 빌리가 대답했다. 빌리와 캐롤라인은 조용히 나무상자 뒤에 숨어서, 숨을 죽인 채 들키지 않으려고 최선을 다했다. 바로 그때 유령 복장을 한 남자가 들어서더니 여행 가방을 모터보트에 싣기 시작했다.

"거기서 꼼짝 마라!" 빌리는 회중전등으로 악한의 눈을 비추면서 소리쳤다.

"거기 누구야?" 유령은 성난 목소리로 대답했다.

"서둘러, 빨리 도망치자고." 캐롤라인이 겁먹은 목소리로 속삭였다. 빌리는 고개를 끄덕이며 다시 한 번 유령의 눈에 불빛을 비췄다. 아이들이 자기 옆을 지나서 비밀 통로 안으로 들어가 어둠 속으로 사라지는 것을 본 악한은 욕을 해댔다. 유령이 재빨리 쫓아오자, 아이들은 가장 큰 소리로 도와달라고 소리치기 시작했다. 거울 뒤에 있는 문을 밀고 나온 아이들은 거미줄이 쳐진 복도를 따라 으스스한 집 안을 통과하여 다시 낡은 오래된 층계로 내려왔다. 아고 남매는 거대한 현관문을 당겨 봤지만 문은 걸려 있었으며, 등 뒤에서는 악한이 그들의 불행을 비웃고 있는 소리가 들렸다.

"이제 쓸데없이 참견하면 어떻게 되는지 보여줄 테다." 유령 복장을 한 악당이 말했다.

"우리는 겁나지.않아." 빌리가 대답했다. "당신이 무슨 짓을 했는지 알고 있다고."

"그래? 그렇게 머리가 좋은 애새끼라면 겁 좀 날 텐데."

어둠 속에 숨어 있던 캐롤라인은 이제는 꽤 겁이 나서 조용히 빌리의 손을 잡았다. 유령은 한 걸음씩 천천히 계단을 내려와서 이제 그들 앞에 서서 웃음을 터뜨리고 있다.

"소년탐정, 이제 가장 큰 미스터리를 풀 기회를 주겠다. 쓸데없이 참견하는 아이들이 끼지 말아야 할 곳을 쑤시면 어떻게 될까?"

유령이 아이들을 향해 털이 더부룩한 손을 들어 올리자 캐롤라인은 비명을 질렀다.

바로 그때 펜튼이 이끌고 온 경찰이 저택 문을 부수고 들어왔다. 유령 같은 악한은 매우 신속하게 포위되었으며, 그만큼 신속하게 수갑이 채워졌다. 이제는 체포된 전당포 납치범은 고개를 숙였고 빌리는 그의 유령 같은 가면을 벗겨냈다. 그것은 다름 아닌 킬러 코왈자비치, 빌리가 탐정 모험을 시작하기 전에 한두 번 마주친 적이 있던 불량배였다.

"킬러 코왈자비치, 이제 붙잡혔으니 다 털어놓는 게 어때?" 빌리가 물었다. "데이지 홀리스가 어디에 있는지 우리에게 말해주면, 아마 경찰에서도 좀 편할 텐데."

"데이지 홀리스? 그 아이는 납치할 기회도 없었어. 물론 납치할 계획은 세웠었지만 누군가 나보다 먼저 그 아이를 낚아챘다고. 다른 아이들은, 그래, 모두 인정해, 내가 그들을 납치해서 값비싼 장신구와 장난감을 뺏어서 팔아치웠어. 하지만 데이지 홀리스를 잡을 기회는 절대 없었다고. 정말이야, 나는 그 아이가 어디에 있는지도 몰라."

"그럼 루비는 뭐죠?" 빌리가 물었다.

"무슨 루비?"

"이거요." 빌리는 손에 든 보석을 보여주며 말했다.

"그건 광산왕의 딸 헤이젤 메리웨더 거야. 그녀가 소중히 하고 있던 목걸이에서 나왔지."

"아주 흥미로운 이야기군요." 빌리는 고개를 저으며 대답했다. "하지만 경찰국장을 만나면 아마 다른 이야기를 하게 될 걸요." 소년은 그 쓸모없는 인간이 경찰에게 끌려가는 것을 지켜보며 말했다.

세 명의 아이들은 저택에서 걸어 나와 녹이 잔뜩 낀 소원의 우물 옆에 서서 물속에 모습을 비춰보았다.

"빌리, 그 남자가 진실을 말하고 있다고 생각해?" 마침내 펜튼이 물었다.

"물론 아니지." 빌리가 말했다. "우리는 증거만 살피면 되는 거야. 한 시간이면 킬러 코왈자비치는 자신이 데이지 홀리스를 안다고 자백할 테고 데이지는 안전하게 발견될 거야."

하지만 캐롤라인은 확신하지 못했다. "빌리 오빠, 나는 데이지 홀리스가 아직도 위험에 처해 있는 것 같아." 캐롤라인은 조그마한 책가방을 열더니 반짝이는 1센트 동전을 찾아서 소원의 우물 안으로 던져 넣었다.

"그건 왜 했어?" 빌리가 물었다.

"데이지 홀리스가 하루빨리 안전하고 건강한 모습으로 집으로 돌아오게 해달라고 빌었어."

"소원의 우물에 빈다고 해서 그녀가 돌아오는 건 아니야." 빌리는 비웃으며 말했다. "우리가 진실을 밝혀냈잖아."

"하지만 우리가 틀렸으면 어떡해?" 캐롤라인이 물었다. "그땐 어떻게 해, 오빠?"

빌리는 대답하지 않았다. 그는 그저 그곳에 서서 반짝이는 동전이 가라앉는 것을, 차갑고 검은 물속으로 사라지는 것을 지켜보았다.

"우리는 틀리지 않아." 빌리가 속삭였다. "증거를 보면 알잖아."

"빌리 말이 옳아." 펜튼이 친구를 쳐다보며 말했다. "어쨌든, 벌써 자정이 넘었고 우리 부모님은 걱정하실 거야."

"하지만 우리가 틀렸으면 어떡해?" 캐롤라인이 물었다. "오빠, 그러면 어떻게 해?"

또다시 빌리는 대답하지 않았다. 그는 그냥 그곳에 서서 아무 말 없이 생각만 할 뿐이었다.

빌리가 버스 안에서 고개를 들어보니 내려야 할 곳에서 몇 마일이나 지나쳐 와 있다. 소년탐정은 생각한다. '나는 아주 잘못 짚었던 거야.' 그는 생각한다. '나는 정말 아주 잘못 짚었는데 그걸 인정하기가 두려웠던 거야.' 그는 갑자기 일어서서 버스 운전사에게 신호를 보내고, 그러자 운전사가 다음 정류장에서 차를 세운다. 빌리는 버스에서 내려서 어슴푸레한 절벽들이 도시의 경계를 따라 솟아있는 것을 유심히 바라보는데, 어떻게 된 일인지 절벽들은 빌리가 애써서 겨우 기억해낸 것보다 훨씬 더 가까이 다가와 있다. 그는 거리를 따라 뛰기 시작하는데, 태양은 지고 있고, 어두운 산 그림자는 그의 등에 찍힌 손바닥자국만큼이나 무겁다.

TWENTY-SEVEN

회사에서 소년탐정은 책상에 머리를 기대고 있지만 눈은 쉬지 않는다. 그는 또다시 동굴 꿈을 꾼다. 이번 꿈은 속도가 빠르다. 어둠 속을 걸어가고 있는데 낯익은 비명소리가 들리고 마침내 그 소리를 찾아간다. 동굴 끝에 여동생 캐롤라인과 데이지 홀리스가 바닥에 앉아서 붉은 색 작은 조각들을 늘어놓으면서 퍼즐을 맞추고 있다. 데이지는 송장처럼 창백하며 약간 부패한 것으로 보아 확실히 죽은 사람이다. 빌리는 캐롤라인이 죽은 소녀와 놀고 있는 것을 보고는 여동생의 팔을 움켜잡는다.

"서둘러. 우린 가야 해. 데이지하고 놀 수는 없어."

캐롤라인은 손을 빼면서 저항한다. 그녀는 팔짱을 끼고는 꼼짝도 하지 않는다.

"왜 그래? 무슨 뜻이야? 말 좀 해봐! 내가 어떻게 해야 되는지 말해줘, 제발 말해줘."

캐롤라인은 고개를 젓더니 데이지를 가리킨다. 데이지는 고개를 끄덕이고 입을 벌린다. 25센트, 5센트, 10센트짜리 동전 수백 개가 입에서 쏟아져 나온다. 빌리는 비명을 지르기 시작한다.

그는 책상에서 고개를 들고 엘리베이터를 향해 뛰어간다.

자정이 지난 시간, 셰이디 글렌스에서, 소년탐정은 미스터 플루토의 방문을 가볍게 노크한다. 그러자 곧, 여전히 거대한 푸른색 환자복을 입은 거인이 비척거리며 문을 열어준다.

"제발. 당신의 도움이 필요해요." 그가 거인에게 말한다.

미스터 플루토는 눈을 한 번 깜빡이고, 다시 한 번 깜빡이고, 그 다음엔 미소를 지으며 고개를 끄덕인다.

택시를 타고 고담 시의 한적한 근교에 있는 어린 시절의 집에 도착한 소년탐정과 미스터 플루토는 이제부터 무엇을 할 것인지 생각하면서 어둠 속에 말없이 슬프게 있는 집을 바라보며 서 있다. 소년탐정은 서둘러 낡은 흰색 현관 베란다 밑으로 기어들어가서 곧 쓰레기를 손으로 헤쳐가면서 찾기 시작한다. 한쪽 모서리, 그 다음엔 또 다른 쪽 모서리, 그 다음엔 세 번째와 네 번째 모서리를 손끝으로 파헤쳐서 마침내 죽은 비둘기 마가렛 대처의 잔해를 담아 놓은 자그마한 회색 금고를 찾아낸다.

"애브러커대브러." 빌리는 이렇게 속삭이고 행복한 표정의 달에서 뿌려 주는 달빛 아래 금고를 들어올린다. 그는 재빨리 베란다 아래에서 기어 나와 그 작은 금속 상자를 옆에 있는 거인에게 건넨다.

"이것 좀 열어줘요." 그가 말한다.

미스터 플루토는 고개를 끄덕이고는, 작은 글씨로 '깨지지 않음'이라고 쓰여 있는 자그마한 은색 자물쇠를 바라보더니 한 손으로 자물쇠를 으스러뜨려 산산조각 낸다. 그는 금고 상자를 빌리에게 돌려주며 활짝 웃는다.

"고맙습니다, 선생님." 이렇게 말하면서 빌리는 가능한 한 재빨리 금고 뚜껑을 연다.

이상하게도 마가렛 대처의 작은 유해는 사라졌다. 그 대신에 종이 한 장이 들어 있는데, 캐롤라인의 일기장에서 찢겨 나간 바로 그 종이다. 빌리는 숨을 죽인 채 읽기 시작한다.

maybe i have made a mistake

maybe someone with more smarts can figure it out

if they try and follow clues which lead to the saddest thing

i've ever seen

left lying like that in a wishing well

their eyes looking up into the

light, all i can do is stare at myself in the bathroom mirror and

wonder why, why did this happen? to them? to me?

evil is all around I know, but still: who could have done this?

what clue, what motive, what reason can explain this

riddle? none, none, none.

maybe only someone as daring as Billy might

search and discover the answer, but

i do not have the brains to do it and, worse, now my

courage is gone and

i feel so sad, as if i have failed him and everything

as if i am at the end of this wonderful adventure and now,

and now i don't know what else to do—do i just hope in

vain that there will be some way out of this awfulness?

i'm afraid i already know the answer: that

everything, in the end, will always be a mystery to me

아마도 나는 실수를 한 것 같다.

아마도 나보다 머리 좋은 사람은 알아낼 수 있겠지.

그들이 애써서 단서를 따라간다면

내가 본 것 중에서 가장 슬픈 광경에 이르게 되겠지.

소원의 우물 안에 그렇게 누운 채로 남겨진,

눈으로는 빛을 올려다보던 그 광경을.

내가 할 수 있는 일이라고는 목욕탕 거울에 비친 내 자신을 응시하면서 묻는 것.

왜, 왜 이런 일이 일어났을까? 그들에게? 그리고 나에게?

악(惡)은 주위 어디에나 있다는 것, 나는 알고 있다. 하지만, 여전히 의문이다.

누가 이런 짓을 할 수 있었을까?

어떤 단서, 어떤 동기, 어떤 이유로 이 수수께끼를

설명할 수 있을까? 아무것도, 아무것도, 아무것도 없다.

아마도 빌리 오빠만큼 대담한 사람만이

대답을 찾아서 알아낼 것이다, 하지만

나는 그렇게 할 만큼 머리가 좋지도 않고, 그보다 더 나쁜 것은,

이제 나의 용기는 사라져 버렸다, 그리고

나는 슬프다, 마치 오빠와 모든 것을 잃은 듯,

마치 이 멋진 모험이 끝나가는 듯, 그리고 이제,

그리고 이제 그 외에는 어떤 일을 해야 할지 알지 못한다 — 나는

이 두려움에서 벗어나는 방법이 있을 거라는 헛된 희망을 갖는 것일까?

나는 이미 대답을 알고 있는 것 같다, 그것은

모든 것은, 결국, 나에게는 언제나 미스터리로 남으리라는 것.

소년탐정은 일기장에서 찢어낸 그 종이를 유심히 들여다보며 사랑스러운 여동생이 남긴 비밀 메시지를 재빨리 찾아낸다. 필기체로 쓴 글씨는 완벽하게 똑바로 쳐진 줄에서 비뚤비뚤 벗어나 있다. 둥글린 필체가 풀리기 시작하고 그 곡선들이 이어지면서 십 년이 넘는 세월 동안 숨겨져 있던 비밀이 드러난다. 그는 몇 개의 철자를 제외한 나머지 글자들이 종이에서 떨어져 나가는 것을 본다. 이제 메시지는 명확하다. 실종되었던 일기의 첫 줄 첫 글자부터 시작하여 한 줄 건너 첫 글자만 읽으면 MILLER'S CAVE [밀러의 동굴]이 되는 것이다. 빌리는 여동생에게 알 수 없는 부분이 있었으며, 그것이 얼마나 매력적이었던가를 떠올리며 미소 짓는다. 그는 종이를 반으로 접어 푸른색 카디건 주머니에 넣은 다음, 미스터 플루토의 손을 움켜잡고 기다리고 있던 택시를 향해 뛰어간다.

TWENTY-EIGHT

　다시 자기 방으로 돌아온 소년탐정은 '귀신 나오는 탄광의 공포 : 밀러의 동굴에는 무엇이 숨어 있는가?'라는 제목의 신문기사 스크랩을 떼어낸다. 그는 또 다른 푸른색 스웨터를 입고, 서랍을 열어 탐정도구 세트를 꺼낸다.

　침대 위에 상자를 놓고 잠시 동안 유심히 바라본다. 그 다음에 몸을 기울여 아주 천천히, 아주 조심스럽게 상자를 연다. 안에 있는 것들은 모두 유령 같은 먼지에 덮여 있다. 확대경은 지독하게 금이 가 있다. 연필은 완전히 부러져 있다. 자물쇠 따는 도구는 사라졌다. 쌍안경은 가운데가 떨어져 나갔다. 변장용 콧수염과 턱수염은 흐물흐물해져서 빌리가 손으로 잡자 부서진다. 제대로 남은 거라곤 은색의 가느다란 회중전등뿐인데, 어떻게 해서인지는 모르겠지만 여전히 기적적으로 작동이 된다. 빌리는 회중전등을 켜고 고개를 끄덕인 다음 일어선다.

　소년탐정은 거울에 비친 자신의 모습을 훑어보고 갑자기 눈살을 찌푸린다. 그의 심장이 반항하고 후퇴하기 시작하는 것이다. 소년탐정은 생각한다. '나는 여러 번 틀린 판단을 했다.' 그는 생각한다. '이번에도 판단이 틀렸다면 어쩌지?' 그는 어두운 방 안을 휘청거리면서 항우울제를 찾다가, 약이 하나도 없다는 것을 생각해내고는 눈살을 찌푸린다. 자기 자신이 징징대는 소리가 들린다. 다리가 후들거리는 것이 느껴진다.

　소년탐정은 생각한다. '모든 인간의 공통점은 천부적으로 실수를 할 수 있는 가능성을 가지고 태어난 것이다.' 그는 추론한다. '하지만 우리 모두 부족한 점을 가지고 태어났다는 운명을 알면서도, 이성도 두려움도 포기한 채 일부러 몇 번이고 시도해본다면 경이로운 일이 아닌가.' 그는 심호흡을 하고 믿음직한 회중전등을 움켜쥐고 서둘러 다시 어둠 속으로 돌아간다.

TWENTY-NINE

소년탐정은 택시 뒷자리에 탄 채 컴컴한 숲이 깜빡이는 것을 바라보고 있다. 죽은 사람의 팔다리 같은 그림자들이 그의 얼굴에 반사된다. 붉은 색 턱수염에 환한 눈빛을 한 택시 운전사는 어깨 너머로 빌리를 향해 중얼 거린다.

"엄청 수상쩍어. 손님이 나한테 한밤중에 차타고 숲으로 가는 게 어떠냐 고 묻는다면 말이요, 엄청 수상쩍다고 대답하겠소."

소년탐정은 대답하지 않는다.

소년탐정이 택시에서 내리자 비가 오고 있다. 한 마디 말도 없이 택시는 돌아서 가고 미등이 어둠 속으로 사라진다. 겁먹은 모습에 안경에는 김이 서리고 회중전등을 단단히 챙긴 빌리는 '밀러의 동굴' 그리고 '출입금지'라 고 쓰인 표지판과 나무로 된 바리케이드를 넘어 동굴 입구로 들어간다.

낯선 소음, 물방울 듣는 소리, 동물의 소리, 신음소리가 어둠 속에 울려 퍼진다. 그는 작은 한숨을 쉬고는 입구를 막고 있는 부드러운 나무 밑으로 들어간다. 날카로운 비명이 일더니 점점 다가온다. 비명소리가 점점 커지 자 빌리는 뒤로 물러서기 시작한다. 그는 뒤돌아 뛰지만 발을 헛디뎌 진 흙탕 속에 빠지는데, 바로 그때 올빼미 한 마리가 날카로운 소리를 내면서 스쳐지나간다. 빌리는 고개를 흔들며 조용히 웃으면서 스스로를 타이른 다. '괜찮아, 빌리.' 그는 생각한다. '너는 괜찮아.' 그는 일어서서 물과 진 흙을 털어내고 계속 전진한다. 그는 매끄러운 동굴 천장에 바싹 붙은 채 한참 걸어간다. 물살이 그의 발을 휘감는다. 빌리가 멈춰 서서 손가락을 문지르면서 고개를 들어보니 얼핏 수백 마리의 작은 박쥐가 보인다. 박쥐들이 그의 주위에서 퍼덕이면서 날자 빌리는 소리를 지른다. 좀 더 전진하자, 이번에는 세찬 물살에 휩쓸려 익사 직전인 눈 먼 새끼 들쥐 한 무리가 찍찍 비명을 지르며 허둥대고 있다. 빌리는 주위를 둘러보다 자그마한 썩은 나무 조각을 찾아내서 새끼 쥐들을 한 마리 한 마리 그 위에 올려놓고 밀어 보낸다. 더 멀리 들어가자 동굴의 끝이 나온다. 그는 믿을 수 없다는 듯 동굴 벽을 손으로 만져본다. 하지만 동굴은 거기서 끝이다. 더 이상은 갈 곳이 없다. 어둠뿐이다. 아무 것도 없을 뿐이다.

"아무것도 없어. 여기에는 아무 것도 없어. 해답은 없어."

빌리는 슬프게 뒤돌아 걸어 나오기 시작하다가 문득 물이 발을 적시고 있는 것을 알아차린다. 회중전등으로 동굴 바닥을 비추자 물이 점점 깊어지며 흐르고 있는 것이 보인다. 회중전등으로 물길을 비추며 따라가다 보니 동굴 한쪽 벽면에 수십 개의 돌로 막아놓은 곳 아래에 아주 작은 구멍이 보인다. 빌리는 미친 듯 돌을 치우기 시작한다. 푸르스름한 은색을 띤 이상한 빛이 구멍에서 흘러나오자 빌리는 더 빨리, 더 절박하게 돌을 걷어 낸다. 마침내 몸 하나 통과할 만한 공간이 만들어지자, 그는 물과 진흙을 뒤집어쓰며 기어들어간다.

빌리는 동굴 벽에 회중전등을 비추며 푸르스름한 빛을 따라 어둠 속을 비척비척 걸어간다. 그러다가 눈을 들어 보고는 얼어붙은 듯 멈춰 선다. 매끄러운 바위의 평평한 표면에 작은 손바닥 자국이 보인다. 그는 그것을 아주 가까이 들여다본다. 손자국 옆에는 흙으로 쓴 글자가 있다. 애브러커대브러.

빌리가 불을 비춰보니 여기저기에 수백 개의 손자국이 보인다. 빌리는 대답을 기대하면서 소리쳐 부른다.

"캐롤라인?"

그는 손으로 메시지를 훑는다.

"캐롤라인?"

빌리는 계속 걸어가면서 재킷을 벗고 스웨터를 벗는다. 그는 얼굴을 닦다가 통로를 따라 수십 벌의 옷가지가 널려 있는 것을 발견한다. 하이힐, 가방, 스타킹, 리본, 원피스, 속옷, 스웨터. 빌리는 멈춰서 지갑 하나를 열어서 조사한다. 안에는 돈이 가득 들어 있다. 그는 옷가지가 늘어져 있는 자취를 따라간다. 그러자 앞쪽에 모노그램으로 DH라고 새겨진 흰색 스웨터가 반짝인다. 그는 멈춰서 옷을 집어 들고 고개를 끄덕인다. 부드럽고 가벼운 스웨터는 빌리의 손 안에서 산산이 부서진다. 그 옆에는 모노그램으로 이름이 새겨진 은으로 만든 브로치가 바닥에 떨어져 있다. 빌리의 회중전등이 닿자, 루비가 빛을 내면서 심장처럼 붉게 박동한다. 그는 브로치를 들어서 뒤집어 본다. 브로치 뒷면에는 '데이지에게. 아빠가.'라는 문구가 새겨져 있다.

"데이지 홀리스…… 결국 킬러 코왈자비치가 아니었던 거야." 그는 은브로치를 들어본다. "코왈자비치였다면 이걸 버렸을 리가 없지."

빌리는 브로치를 내려놓고 가던 길을 계속한다. 푸르스름한 빛은 점점 밝아지더니, 마침내 물줄기와 그 위에 떠 있는 옷가지 자취를 따라가던 빌리는 그 끝을 찾아낸다. 그것은 큼직한 물웅덩이로 반짝이는 은색과 갈색의 바위틈에서 쏟아진 물줄기들이 흘러들고 있다. 회중전등으로 물속을 비추던 빌리는 긴 머리를 수초처럼 찰랑이고 있는 벌거벗은 소녀의 몸뚱이를 발견한다. 소녀의 양쪽 눈은 은색 동전으로 가득 덮여 있다. 그 외에도 수백 개의 10센트, 5센트, 25센트, 1센트 동전이 그녀의 몸뚱이를 덮고, 그 옆에 수북이 쌓여 있다. 빌리는 입을 가린 채 외마디 비명을 지른다.

"오 맙소사…… 세상에."

빌리가 회중전등으로 다른 곳을 비추자 웅덩이 속에 또 다른 소녀의 벌거벗은 몸뚱이가 보인다. 그곳에도 더 많은 은색 동전이 반짝이고 있다. 빌리는 무서움으로 부들부들 떨면서 웅덩이 가까이에 서서 자신이 발견한 엄청나게 끔찍한 광경을 본다. 비밀의 웅덩이에는 수십 명의 몸뚱이로 가득 차 있는데, 모두 벌거벗은 어린 소녀들로, 모두 인어들처럼 물결 따라 머리카락을 찰랑거리면서, 유리 같은 눈을 퀭하니 뜬 채 수천 개의 10센트, 5센트, 1센트, 25센트 동전 사이에 파묻혀 있다.

빌리가 회중전등을 위로 비추자 100피트 쯤 위로 작은 구멍이 보인다. 그는 어둠 속에서 눈을 가늘게 뜨고 올려다본다.

흰색 별들이 점점이 박힌 맑은 밤하늘이 보이는 구멍을 통해서 빌리는 누군가 웃는 소리를 듣는다. 다른 누군가 낄낄대고, 그러자 곧 10센트 동전 두 개가 구멍을 통해 내려오더니 웅덩이 안으로 떨어진다.

빌리는 숨을 죽인 채 자신이 깨달은 것을 중얼거린다.

"소원을 비는 우물……"

눈마다 은색 동전이 가득 찬 몸뚱이들은 빌리를 바라본다.

빌리는 공포에 질린 채 천천히 기어 나오다가 멈춘다. 그는 뒤돌아서 물을 유심히 쳐다본다.

"누구야? 누가 이런 짓을 했어? 왜? 대체 누가 이런 짓을 할 수 있단 말이야?"

빌리는 물을 들여다보다가 짧은 순간 동안 캐롤라인의 모습을, 관 안에 누운 캐롤라인이 물 밑에서 빌리를 바라보고 있는 것을 본다. 회중전등이 잠시 꺼지는데, 다시 켜진 다음에 보니 캐롤라인은 사라졌다. 빌리는 웅덩이를 들여다보면서 마침내 여동생에게 무슨 일이 있었는지 이해하게 된다.

그는 물속을 들여다보면서 미소를 짓고 속삭인다.

"너 혼자 이곳을 찾아왔구나. 그리고…… 이 모든 것을 봤구나. 이 모든 것을 봤지만 해답을 찾을 수 없었지. 네가 해답을 찾을 수 없었던 것은 여기에는 해답이 없었기 때문이야, 안 그래?"

빌리는 손을 뻗어 아주 잠깐 동안 물을 스친다. 그는 자기가 구하지 못했던 여동생과 소녀들에게 사과한다.

"미안해…… 정말 미안해."

빌리는 고개를 끄덕이고 뒤돌아서 밖으로 기어 나오다가 잠시 멈춰서 캐롤라인이 남긴 메시지를 본다. 그는 메시지를 손으로 만지면서 눈살을 찌푸린다. 그는 메시지를 바라보고 미소를 짓고는 눈물이 가득한 눈으로 고개를 돌린다. 동굴 밖으로 나온 빌리는 기진맥진한 채 입구 옆에 앉는데, 너무나 지쳐서 눈물을 멈출 수가 없다.

THIRTY

가능하다면 저속으로 촬영한 사진을 머릿속에 그려보라. 경찰관 몇 명이 동굴 입구에 도착하고, 그 뒤로는 앰뷸런스의 불빛이 비치는 광경을. 경찰관들은 매우 진지하게 소년탐정에게 수많은 질문을 한다. 소년탐정은 고개를 끄덕이고 손으로 가리킨다. 그는 기진맥진해서 머리를 감싼 채 얼굴을 찡그리고 있다. 비는 내리고, 내리고 또 내린다. 끝이 뾰족한 흰색 턱수염을 기른 경찰국장이 소년탐정을 등을 토닥이며, 흥분하여 축하를 건네고 있다. 하지만 빌리는 비에 흠뻑 젖은 채 동굴을 응시하며 서 있을 뿐이다.

우리 석간신문은 갑자기 이 도시의 모든 불빛이 켜졌다고 보도한다. 플러그를 빼도, 스위치를 꺼도 소용이 없다. 우리 도시의 램프와 야간등과 가로등과 회중전등과 헤드라이트는 빛을 멈추려 하지 않는다. 백만 개의 전구가 하모니를 이루며 콧노래로 들려주는 은은한 노래는 사랑스럽고 놀라운 사건이다. 우리의 작은 세계에서 발현하는 아름다운 불빛을 바라보며, 우리는 왜? 라는 질문을 던지다가, 우리의 휘둥그런 눈앞에서 마치 해답처럼 빛나고 있는 무언의 대답에서 만족을 얻는다.

CHAPTER THIRTY-FIVE
'숨겨진 보물' 사건

우리는 소년탐정의 주제곡을 만들었다.
가사는 다음과 같다.

으스스한 밤이지만
아무도 두려워 말라
왜냐하면 소년탐정이
거의 다 왔으니까
너무 큰 사건도 없고
너무 작은 사건도 없어
믿음직한 도구만 있으면
그는 모든 사건을 해결할 거야
소—년—탐—정
모든 단서를 다 찾아내지
소—년—탐—정
모든 범죄를 다 해결하지
소—년—탐—정
우리는 그를 좋아해
소—년—탐   정
쿵—따—따—쿵

ONE

소년탐정은 진흙과 물로 범벅이 된 채 페니의 집 앞에 서 있다. 끔찍한 몰골이다. 이 말은 정말 끔찍하다는 뜻이다. 그는 페니의 창문을 올려다보고 불이 켜져 있는 것을 본다. 그는 잠시 동안 서서 그냥 바라보기만 한다. 뭐라고 말할 것인가? 그는 알지 못한다. 그는 부저로 다가가서 페니의 집에 해당하는 버튼을 누른다. 페니가 슬프고 체념한 듯한 목소리로 불안하게 대답한다.

"네…… 누구세요?"

"나 빌리야. 들어가도 돼?"

"물론이야, 빌리."

페니는 현관문 여는 버튼을 누른다. 빌리는 뛰어 들어가는데 걸을 때마다 물에 젖은 구두에서는 경보기처럼 삑삑 소리가 난다. 그는 신발을 벗어던지고 맨발로 계단을 뛰어올라 페니가 문을 열고 뛰어나오는 것을 바라본다. 페니는 그에게 달려들어 키스를 퍼붓는다. 그녀는 빌리를 방 안으로 끌어들인다. 페니는 키스를 멈추지 않고, 빌리는 기진맥진한 채 그녀를 안고 미소 짓는다.

"꼴이 왜 이래? 무슨 일이 있었어? 대체 무슨 일이 있었느냐고." 그녀가 묻는다.

"제발…… 나…… 나 혼자 있고 싶지 않아. 오늘 밤은."

페니는 키스를 멈추고 그를 끌어안는다. 그녀는 그의 얼굴에 묻은 흙을 닦아내고 옷을 벗기기 시작한다. 그들은 다시 키스하면서 소파 위로 쓰러지는데, 그 바람에 훔친 구두상자 더미를 쓰러뜨린다. 무너져 내린 상자들은 페니가 천천히 블라인드를 내린 창가까지 굴러간다. 갑자기 전기불이 꺼진다. 창밖에서는 한 쌍의 비둘기가 구구거리면서 빗속에 웅크리고 있다.

TWO

소년탐정은 소파 위에서 페니의 무릎을 베고 잠들어 있다. 페니는 그를 내려다보며 앉아 있다. 그는 눈을 뜨고 미소 짓는다.

"나는 꿈꾼 줄 알았어."

페니는 손가락을 그의 입술에 대며 말을 막는다.

"쉬잇, 이젠 다 괜찮아."

"아니, 나는 정말로 가봐야 해."

페니는 그에게 키스한다. 그녀는 그의 가슴팍에 손을 얹는데, 옷 아래에 뭔가 잡힌다. 빌리는 미소 지으며 일어나 앉는다. 가슴팍에 불룩 튀어나온 부분을 손으로 더듬어 보고, 셔츠 주머니에서 수첩을 꺼내 미스터 룬트의 수수께끼를 펼친다. 한 번 읽고 미소 짓고, 수첩을 페니에게 건넨다.

"나하고 같이 미스터리 하나 풀어볼래?"

"미스터리라고? 어떤 종류의 미스터리?"

"미스터리로는 최고지. 마지막에 보물 하나를 얻게 되는 거야."

"보물이 있다는 걸 어떻게 알아?"

"나도 확실히 알지는 못해. 내 생각에 그것도 미스터리의 일부니까. 어때, 나를 도와주겠어?"

"네가 웃지만 않는다면. 나는 실수를 잘하거든."

빌리는 그녀의 갈색 눈동자를 들여다보면서 미소 짓는다.

"도움이 된다면 서로 손을 잡아도 돼." 그가 말한다.

THREE

소년탐정과 페니는 거리를 따라 걸으면서 수수께끼가 적힌 종이를 들여
다본다.

실버라인이 시작되는 곳에, 또 다른 것의 끝이 얽힌 곳에, 낡은 허파가 있다면,

너는 보물을 찾게 되리라.

페니는 흥분해서 손뼉을 친다. 빌리는 그녀를 바라보며 활짝 웃는다.

"좋아, 그럼 어디에서부터 찾아봐야 할까?" 그녀가 묻는다.

"아마 실버라인부터 시작해야겠지? 보석 같은데."

"아니면 어떤 기계일는지도 몰라."

"아니면 은 광맥이 있는 지명일는지도 몰라. '실버라인이 시작되는 곳'이
라고 했으니, 그럼 산 속일까? 흠……" 그가 말한다.

페니는 고개를 들어 거리 모퉁이에 있는 버스정류장 표지판을 바라본다.

"아니면…… 버스 노선일지도."

"버스 노선?" 빌리가 미소를 띠고 묻는다.

"실버라인 말이야."

모퉁이에 서 있는 버스 표지판에는 '실버라인 : 주중, 주말, 심야 운행'이
라고 쓰여 있다.

빌리가 표지판을 열심히 바라보는 동안 페니는 승리했다는 듯 고개를
끄덕인다.

"실버라인이 시작되는 곳." 그는 감명 받은 채 말한다.

신이 난 빌리와 페니는 다음번 버스에 훌쩍 올라탄다. 나란히 앉아서 다

음 수수께끼를 풀어 보려고 수첩을 들여다보고는 있지만, 빌리는 자신이 집중할 수 없다는 것을 깨닫는다. 그는 페니의 콧잔등에 있는 주근깨를 세는 일을 계속하고 있다. 그는 눈을 한번 깜빡인 다음 처음부터 다시 세어서, 페니의 콧잔등에 열 네 개의 아름다운 호박색 주근깨가 있다는 것을 알아낸다.

"또 다른 것의 끝이 얽힌 곳에." 페니가 속삭인다. "그건 무슨 밧줄 같지 않아? 한 가닥 밧줄의 끝 말이야. 하긴, 기다려보면 알게 되겠지."

"그래." 그는 이렇게 말하면서 그녀를 바라보며 한숨을 쉰다.

버스 차창 밖으로 도시가 스쳐 지나간다. 빌리는 자기가 페니의 손을 잡고 있다는 것을 알아차리고는 얼굴이 붉어진 채 창밖으로 재빨리 지나치는 도시의 풍경을 지켜본다.

"우리가 뭘 찾아낼 것 같아?" 페니가 묻는다.

"모르겠어. 어쩌면 아무 것도 찾지 못할 수도 있어." 그가 진지하게 말한다.

"아, 우리는 뭔가 찾아낼 거야. 그리고 그 안에는 엄청나게 큰 다이아몬드가 하나 있을 거야. 아니면 수백 개의 루비가 있겠지. 아니면 로켓 [사진이나 기념품을 넣어두는 금속제 장신구]이 하나 있는데, 그 안에는 오래 전 아름다운 여인의 사진이 들어있거나."

버스 운전사가 고개를 돌리더니 소리친다. "자, 여러분, 종점입니다. 버스는 여기서 다시 시작합니다. 모두들 내리세요."

낡고 허물어진 은색의 종점에서 페니와 빌리는 버스에서 내려서 주위를 둘러본다. 주위에는 숲과 기차 레일과 들판이 있다. 그들의 심장이 쿵쾅댄다. 그들은 행복한 표정으로 둘러본다.

"이제 어떻게 하지? 밧줄의 끝이라…… 그게 어디일까?" 페니가 여기저기 쳐다보면서 묻는다. 그러다가 뭔가를 발견하더니 빌리의 손을 잡고 뛰어가기 시작한다.

페니의 시선을 끈 것은 철로 끝에 있는 녹슨 잿빛의 작은 하수구였다. 서너 개의 침목과 녹슨 레일 조각이 하수구를 둘러싸고 있는데, 페니는 재빨리 그것들을 한쪽으로 치운다.

페니와 빌리는 금속제 격자 입구 안쪽으로 있는 어두컴컴한 하수구를 바라본다. 그곳은 어둡고 눅눅하다. 빌리는 여전히 확신하지 못한 채 고개를 젓는다.

"저 안쪽에 있어. 확실하다니까." 페니가 말한다.

"그렇게 생각해?" 빌리가 묻는다.

"그럼. 나라도 저곳에 숨겼을 거야 — 뭔가 숨겨야 했다면 말이야. 버스 정류장에서 가깝잖아. 숨겨 놓고 재빨리 버스로 돌아가면 아무도 눈치 채지 못할 테니까."

"그렇지만, 이 안으로 들어가는 건 별로 좋은 생각 같지 않은데." 빌리가 말한다.

페니는 안경을 벗어 빌리에게 건넨다. 금속제 뚜껑을 한 번 힘차게 잡아당겨 들어내서는 빌리의 발치에 놓는다.

"봐." 그녀가 말한다. "밧줄이 남겨져 있잖아." 페니가 주장하는 대로, 그곳에는 오래되어 보이는 노란색 밧줄 한 가닥이 튼튼한 검은색 파이프에 묶여져 있는데, 파이프에는 녹과 기름이 진뜩 묻어 있다. 페니는 아무 말도 없이 활짝 웃고는 몸을 굽혀 하수구 안으로 들어간다.

빌리가 소리친다. "잠깐만 기다려! 잠깐만 기다려!"

하지만 페니는 이미 하수구 바닥에 내려가서 소리친다.

"전혀 깊지 않아. 그냥 먼지만 많아!"

"조심해!"

"수수께끼 다음 구절이 뭐지?"

"낡은 허파가 있다면, 이라고 되어 있어."

"그게 먼지가 많다는 뜻일까? 마치 낡은 허파처럼 콜록거리게 된다고!"

"먼지 말고는 뭐가 있어?"

"음, 잔돈이 몇 푼 있네. 그리고 기술자가 쓰는 모자. 그리고 오래된 아코디언이 하나 있어. 아주 오래된 물건인데. 부서지기도 했고."

"그거다!" 소년탐정은 손뼉을 치면서 소리친다.

"오케이!"

"내가 끌어 올려줄게!"

빌리는 부랴부랴 페니를 끌어올린다. 그녀는 부서진 아코디언을 빌리에게 건네주는데, 원래 빨간색과 황금색이었던 아코디언은 이젠 색이 바랬다. 빌리는 먼지 쌓인 흰색 건반을 누르며 아코디언을 연주해본다. 아무 소리도 나지 않는다.

"그래, 망가진 것 같군. 좋아." 그가 말한다.

페니는 살며시 아코디언을 들어서 건반을 하나 눌러보고, 그 다음엔 아코디언을 흔들어 보더니 미소 짓는다.

"이 안에 뭔가 있는 깃 같아."

빌리와 페니가 일련의 작은 스프링을 분리하여 조심스럽게 풀무를 열

자, 메모가 한 장 들어 있는데, 그것이 내부의 공기 밸브를 막고 있었던 것
이다. 그들은 메모를 들여다보며 함께 소리 없이 그것을 읽는다.

    이것을 발견하게 될 소년, 혹은 소녀에게,
    미스터 하워드 룬트(9세)가 1902년 4월 24일에 이것을 숨겼습니다. 찾아낸 것
    을 축하합니다! 다른 사람들이 찾을 수 있도록 다시 제 자리에 돌려놓으세요.
    서명,
    미스터 하워드 룬트,
    아마추어 탐정소설 열혈 팬 연합회 회장

 빌리와 페니는 마주보며 미소 짓는다. 그는 기분이 아주 좋아서 고개를
끄덕인다. 소년탐정은 메모를 다시 풀무 안으로 밀어 넣고 원래대로 닫은
다음 하수관 안으로 돌려놓는다. 그들은 버스정류장 쪽으로 돌아간다. 그
들의 어깨 위로 태양이 빛나기 시작한다.

FOUR

앞 장의 마지막 부분을 읽는 동안, 독자께서는 누군가와 손을 잡고 있었기를, 우리는 진심으로 바란다. 그렇게 하지 못했다면 지금 당장 누군가에게 손을 잡아 달라고 부탁하고 다시 읽으면 된다. 그런 다음에 그 사람의 이름을 이 페이지 빈 곳에 적어 넣고 불타는 하트 모양으로 장식해도 좋다. 왜 그렇게 하느냐고? 재미있을 테니까.

FIVE

빌리와 페니는 버스에 나란히 앉아서 미소를 짓고 있다. 빌리는 통로 건너편에서 붉은색 카디건 차림에 안경을 낀 어린 소년이 엄마 옆에 앉아서 크로스워드퍼즐을 하고 있는 것을 본다. 빌리는 미소를 띤 채 소년을 바라보면서 주머니에서 수첩과 연필을 꺼내서 뭔가 끼적이기 시작한다.

그가 그리는 것은 보물이 있는 장소에 큼지막한 X자로 표시해놓은 지도다.

다 그리자 빌리는 수첩 종이를 찢어낸다. 그것을 페니에게 건네어 주자 그녀는 미소를 짓는다. 빌리는 통로 건너편의 아이를 향해 고개를 끄덕인다. 페니는 시선을 빌리에서 소년으로 옮기더니, 알았다는 듯 고개를 끄덕인다. 그녀는 일어서서 아무도 눈치 채지 못하도록 살그머니 소년의 카디건 주머니에 보물지도를 넣는다. 다시 자리에 앉아서 빌리를 향해 윙크한다.

조금은 지저분한 모습이지만 미소를 짓고 있는 빌리와 페니는 나란히 앉아서 정면을 바라보고 있다. 잠시 후, 빌리가 미간을 찌푸리자 페니가 그걸 알아차린다.

"빌리, 왜 그래?"

"이제 다 끝났어. 이제 나는 어린애가 아니야. 더 이상은 모험도, 미스터리도, 비밀도 없어."

페니가 그를 포옹한다. 빌리는 그녀의 손을 잡고 그녀를 보며 미소 짓는다.

"아마도 이제부터는 우리만의 비밀을 만들어가겠지."

THE END

엘루이스 간호사의 엔젤 푸드 케이크

재료   달걀흰자 4컵.
       타르타르크림 4티스푼.
       설탕 3 1/2 컵. 1 1/2 컵과 2컵으로 나누어 놓는다.
       케이크용 밀가루 2컵.
       소금 1/2티스푼.
       바닐라 열매 1개

달걀흰자와 타르타르크림을 믹싱 볼에 넣는다. 거품기를 이용하여 내용물이 부드러워질 때까지 젓는다. 여기에 설탕 2컵과 바닐라를 조금씩 넣으면서 내용물이 뻑뻑해질 때까지 젓는다. 거품기를 꺼내서 거꾸로 들었을 때 동그랗게 말린 거품이 흘러내리지 않고 형태를 유지해야 한다.

밀가루와 2컵, 설탕 1 1/2컵, 소금을 체에 내린다.
크림 저은 것이 완성되면 체에 내린 가루를 천천히 조금씩 넣어 반죽을 만든다. 너무 많이 섞지 말 것!

완성된 반죽을 두 개의 엔젤 푸드 케이크 팬에 붓는다. 팬에는 기름을 칠하지 말 것!
나이프로 팬 주위를 둘러서 공기주머니를 제거한다.
위에 설탕을 뿌린다.

화씨 350도로 가열된 오븐에 넣고 35-40분 정도 굽는다. 윗면에 갈라진 부분이 바삭해지면 다 된 것이다.

이제 즐겁게 드세요 — 냠냠!

소년탐정과 함께 퍼즐 풀기

소년탐정은 당신의 도움이 필요해요! 소년탐정과 함께 '유령이 나오는 미로의 미스터리'를 해결해주세요.

소년탐정과 함께 점 연결하기

소년탐정이 가장 두려워하는 것에 당당히 맞설 수 있도록 도와주세요. 점을 연결하면 감춰져 있던 것이 드러납니다.

비밀 메시지 찾기

단어를 다 찾으면 빌리가 남긴 비밀 메시지를 알 수 있습니다.

C	A	R	O	L	I	N	E	D	E
E	L	Z	Z	U	P	B	Y	E	I
B	L	O	O	D	Y	L	E	T	F
L	I	E	E	T	L	V	E	N	F
I	N	M	M	I	S	Y	S	U	E
T	E	R	B	I	C	O	Y	A	H
P	E	N	N	Y	R	L	H	H	I
N	O	T	N	E	F	C	U	G	N
L	I	A	F	S	U	G	E	E	V
U	G	F	T	L	I	A	I	A	Y

Billy	Fail	Penny
Bloody	Fenton	Puzzle
Caroline	Ghost	
Clue		
Crime	Gus	
Effie	Haunted	

왼쪽 상단부터 시작하여, 단어를 찾는데 사용되지 않은 글자를 적어보세요.
빌리가 당신에게 남긴 비밀 메시지가 보입니다.

— — — — — — —   — — — — — — —

여전히 사악한 세상 …… 하지만 희망은 버릴 수 없다

김현섭(번역자, 평론가)

소설 『소년탐정 실패하다』The Boy Detective Fails는 늘봄에서 출간되었던 『유령비행기』Demons in the Spring의 저자 죠 메노의 장편소설이다. 국내 출간은 『유령비행기』가 먼저였지만, 실제로는 이 소설이 더 먼저 발표 되었다. 죠 메노는 2003년에 '넬슨 올그런 단편소설상'을 수상했고, 2009 년에는 『유령비행기』로 '스토리 프라이즈'의 최종 경선(2명)에 올랐다. 거의 매년 발표하는 작품마다 평단의 호평을 받고 우수도서로 선정되면 서, 독특한 색깔뿐만 아니라 탄탄한 실력도 인정받고 있다.

『유령비행기』를 읽은 독자들이라면 이미 알고 있겠지만, 죠 메노는 기발한 상상과 놀라운 통찰을 일상적인 상황 안에서 풀어낸다. 바로 그러 한 조합 때문에 독자들은 친숙하면서도 당혹스러운 경험을 하게 된다. 때 로는 장난스럽게 보이리만치 재기발랄한 문체를 구사함으로써 재미와 속 도감 둘 다 놓치지 않고 이야기를 전달하지만 그 안에 담긴 메시지는 결코 가볍지 않다.

열 살 소년 빌리 아고는 생일선물로 탐정놀이 세트를 받는 순간부터 탐 정이 되어 타고난 천재성을 발휘한다. 빌리와 여동생 캐롤라인, 동네 친구 펜튼으로 구성된 소년탐정 3인조는 거침없이 사건을 해결하면서 승승장구한다. 하지만 빌리가 범죄에 관한 체계적인 공부를 하기 위해 대학에 진학하면서 그들의 화려한 유년시절은 막을 내리고, 엄청난 비극들이 밀어닥친다. 캐롤라인은 자살을 하고 그 충격으로 세상을 견딜 수 없게 된 빌리는 정신병원에서 10년의 세월을 보낸다. (그 사이에 펜튼은 폐인으로 살아간다.)

다시 세상으로 나온 빌리는 그동안 잊고 있었던 현실세계에 직면하게 된다. 세상은 모순과 악으로 가득하다. 서른 살의 소년탐정은 점차 옛날의 재기를 되찾아 크고 작은 기괴한 사건들을 해결하지만 캐롤라인 자살의 미스터리에 대해서만은 여전히 거부한다. 그러다가 페니 메이플을 만나 사랑을 하게 되면서 비로소 유년기를 버리고 어른이 된다. 그 마지막 수순으로 캐롤라인이 남긴 과제를 풀어낸다. 그것으로 소년탐정은 마지막 사건을 종결하고 은퇴한다.

이처럼 『소년탐정』은 인간세계의 모순과 사악이라는 심오한 주제에 대한 작품이다. 소설이 시사하는 몇 가지 문제에 대해서 좀 더 정확한 해석을 얻기 위하여 저자인 죠 메노에게 직접 질문을 던졌다.

질문_ 『소년탐정』에서 제시된 두 가지 주제는 절대악과 희망이라고 생각된다. 소설 전체를 통해서 인간의 어리석음과 사악함에 관한 크고 작은 에피소드가 등장한다. 그 모든 현실적이면서 초현실적인, 일상적이면서 작위적인, 코믹하면서 섬뜩한 에피소드가 전개되다가 마침내 가장 심오한 미스터리가 '절대악'이라는 본질을 드러낸다. 하지만 소설은 희망의 메시

지를 주면서 끝난다. 그렇다면 절대악과 희망의 대결에서 희망이 우세하
다는 것인가? 아니면 절대악이 존재한다는 것을 인정하면서도 여전히 희
망을 찾아야 한다는 뜻인가? 저자의 우선권은 어느 쪽인가?

죠 메노_ 내가 이 작품을 시작한 것은 2001년 9월 11일의 사건 [9·11 테러]
이 있고 난 몇 달 후였다. '이 소설은 9·11 테러 사건의 본질에 대해서 내
가 품고 있던 몇 가지 거대한 의문점을 풀어내기 위한 방편이었다. ……
이 세상에는 크든 작든 우리가 직면해야만 하는 비극들이 존재하는데, 그
것이 사악하든 아니든 이러한 재앙을 극복해나가는 것은 오직 희망을 통
해서만 가능하다'는 점이었다.

질문_ 캐롤라인을 죽음으로 몰아가고, 소년탐정의 10년을 앗아간 으스스
한 사건은 마침내 발굴되지만, 결국 누가 왜 그렇게 했는지는 밝혀지지 않
는다. 물론 미제로 남은 연쇄살인사건에 관한 짧은 에피소드 같은 복선은
여러 번 나타난다. 그렇다면 절대악의 본질은 밝힐 수 없는 것인가? 너무
심오해서 파악할 수 없는 것인가? 인간의 한계를 넘어선 것인가? 하지만
그 절대악의 행위자는 분명히 인간이 아닌가? 절대악을 해부하지 않은 것
은 필연인가, 아니면 소설의 완성도를 위한 저자의 선택인가?

죠 메노_ 이 소설이 미스터리로서 역할을 수행하기 위해서는 빌리가 캐롤
라인의 죽음의 정황에 대해서 알아내야만 한다는 것이 나의 강한 느낌이
었다. 하지만 궁극적으로 이 작품은 미스터리를 받아들이는 것에 관한 미

스터리이며, 그렇게 함으로써 이러한 깨달음은 우리를 더 크고 훨씬 더 어려운 질문으로 이끌어간다. 살아가면서 우리는 절대로 해답을 찾을 수 없는 사건들을 몇 번이고 되풀이해서 겪어 나가야만 한다. 그렇게 하는 동안 마침내 빌리는 알지 못하는 것, 알 수 없는 것들과 더불어 살아가는 방법을 배우게 되는 것이다.

질문_ 절대악을 제외하고라도 소설은 어둠의 세계를 집요하게 파고든다. 온갖 종류의 사악한 사건들이 일어나는데, 대부분의 사건에는 죽음이나 죽음의 암시가 동반된다. 어린 소년탐정 3인조가 천진난만하게 풀어내는 사건들조차 살인사건이 포함되어 있으며, 정신병원을 나선 빌리가 제일 먼저 만나게 되는 사건은 목이 잘린 토끼다. 하지만 이 모든 사악한 사건들이 다 동일한 어둠의 정도를 가진 것은 아니다. 어떤 악들은 다른 것보다 더 사악하거나 덜 사악하게 보인다. 예를 들어, 소년탐정의 숙적 폰 쿨룸 교수는 분명 사악한 인물이지만 (그리고 유추하건대, 최소한 한 명의 여자 조수를 살해했지만), 나약하고 쩨쩨하기 때문에 오히려 코믹하고 때로는 가여워보이기조차 하는 노인으로 묘사된다. 또한, 재미로 다른 사람을 증발시키던 정체불명의 여자는 스스로를 증발시킴으로써 최후를 맞고, 섬뜩한 투명인간은 허약한 빌리 아고와의 싸움에 져서 비참한 운명을 끝낸다. 그렇다면 왜 어떤 악은 다른 악보다 더 사악한 것인가? 왜 어떤 범죄는 다른 범죄보다 더 범죄적이고, 어떤 죄는 다른 죄보다 더 사악인가? 그 기준은 무엇인가?

죠 메노_ 이 소설은 작고 일상적인 상황과 그보다 더 크고 사회적인 사건들을 통하여 사악함에 관한 질문을 파헤치고 있다. 이 소설을 완성한 후 나는 사악함을 대단히 인간적인 충동으로써 이해하게 되었다. 우리는 누구인가, 그리고 우리는 무엇을 원하는가, 하는 것이 가장 기초적인 자아로서, 때로는 동물적인 수준에서 표출된 것이 악이다. 질문자가 예로 든 사건들이 어리석고 우스운 요소를 가지고 있기는 하지만, 그 각각의 사건마다 복수심, 탐욕, 두려움 등 대단히 인간적인 특성이 반영되어 있다. 빌리는 악이라는 것이 우리 외부에 존재하는 것이 아니라는 점과, 살아가는 인간들 모두 자기 내부에서, 소소하며 일상적인 행동 안에서, 직면해야만 한다는 것을 깨닫게 된다.

질문_ 여동생의 자살에 대한 죄책감과 의무감, 신경쇠약에서 오는 불안감과 피로감을 감수하면서 홀로 분투하는 빌리에게 처음 희망을 주는 것은 페니 메이플이라는, 빌리만큼 불안정한 인간이다. 하지만 그들은 진정으로 사랑을 하기 때문에 서로에게 힘이 된다. 마지막 사건을 해결한 소년 탐정은 '소년'을 버리고 페니와의 새로운 삶을 시작한다. 그렇다면, 이 소설에서 빌리의 희망은 페니라는 사랑을 찾은 것으로부터 오는가? 아니면 불안한 성장기로부터 졸업했다는 것으로부터? (이 질문은 특히 중요한데, 그것은 저자의 다른 작품에서도 성장기의 불안에 대한 주제가 종종 발견되기 때문이다.)

죠 메노_ 둘 다 맞는 답인 것 같다. 여동생 죽음의 미스터리를 풀어가면서도, 빌리는 스스로의 삶에 여전히 미스터리가 존재한다는 것을 끝끝내 받아들이지 못한다. 하지만 앞으로 나아가기 위해서, 질문자의 표현에 의하면 '졸업하기' 위해서, 빌리는 페니에게 기대는 법, 그녀가 세상을 바라보는, 어색하지만 경이로운 시각에 의지하는 법을 배우게 되는 것이다.

질문_ 소설에 등장하는 어른들은 하나같이 무력하고 무기력하다. 빌리 아고의 부모는 아이들을 키우는 방법을 아예 모르고, 멈포드 자매의 엄마는 배경 이상의 역할이 없다. 거스 멈포드의 학교 교사는 오히려 거스의 폭력성을 악화시킬 뿐이며, 소년탐정 3인조가 승승장구하는 동안 시장은 난감해 한다. 빌리와 동시대에 잘 나갔던 동료 소년소녀탐정들은 어른이 되면서 모두 천재성도 정의감도 잃은 채 진부하게 살아간다. 그런 점에서 볼 때 심신이 허약한 서른 살의 빌리 아고가 혼자서 모든 사건을 해결해나갈 수 있었던 것은 그가 아직 어른이 되지 않았기 때문인가? 그렇다면, 소설의 마지막에서 소년탐정이 성장기를 벗어버리고 성인이 되기로 결정한 빌리 아고의 경우는 어떻게 되는가?

죠 메노_ 일반적으로, 어린이가 탐정으로 등장하는 소설에서는 전통적으로 어른들은 능력이 없거나 허둥대는 캐릭터로 그려진다. 나는 바로 그런 개념을 차용하여, 우리가 가진 어린아이다운 성향—즉, 공상을 하고, 상상의 나래를 펴고, 수수께끼를 믿을 수 있는 능력—이 어른이 되는 동안 어떻게 사라지는지 그려보고 싶었다. 이 소설에서 어른들이 실패하는 이유는 그들이 미스터리에 관한 어린이다운 생각을 포기했기 때문이다. 서른

살의 나이에도 불구하고 빌리는 스스로를 소년탐정이라고 생각하는데, 그
것이 바로 그 자신 내부의 갈등의 근원이다. 마침내 빌리는 페니의 도움으
로 성장하여 스스로를 성인으로 받아들이고, 알 수 없는 세계 안에서 의미
를 찾겠다는 결심을 하게 된다.

질문_ 소설의 첫머리에 인용되어 있듯이, '천재성은 유년기를 연장시킬
수 있는 능력이다.' 빌리 아고는 서른이라는 나이에도 불구하고 '유년기를
연장시킬 수 있는 천재성'을 가졌기 때문에 여전히 소년탐정이다. 그런데,
이처럼 천재성을 가능하게 해주는 유년기는 어떤 유년기를 말하는가? 나
이는 먹었지만 지능은 전혀 발전하지 않은 미스터 플루토의 유년기는 아
닐 것이며, 화려했던 어린 시절의 추억에서 졸업하지 못한 채 폐인으로 살
아가는 펜튼의 유년기도 아닐 것이다. 그러므로 위에 적은 경구대로 유년
기와 천재성이 타당성을 가지려면 전제조건이 있어야 할 것 같다. (즉, 빌
리 아고는 원래 천재였기 때문에 천재성을 유지하고 있는 것이 아닐까?)
저자의 생각은 어떤가?

죠 메노_ 상상을 할 수 있는 능력 즉, 우리가 결정적으로 파악할 수 없는
것들에 대하여 믿음을 가질 수 있는 능력, 그리고 사물이 현재의 상태가
아니라 다른 무엇이 될는지도 모른다는 생각을 할 수 있는 능력, 그런 것
들이 유년기의 중요한 요소라고 생각한다. 우리가 비극과 실망으로 가득
한 어른 세계에 직면하기 위해서 가장 필요한 요소, 우리로 하여금 성장하
고 살아남을 수 있도록 도와주는 요소 말이다.